U0927371

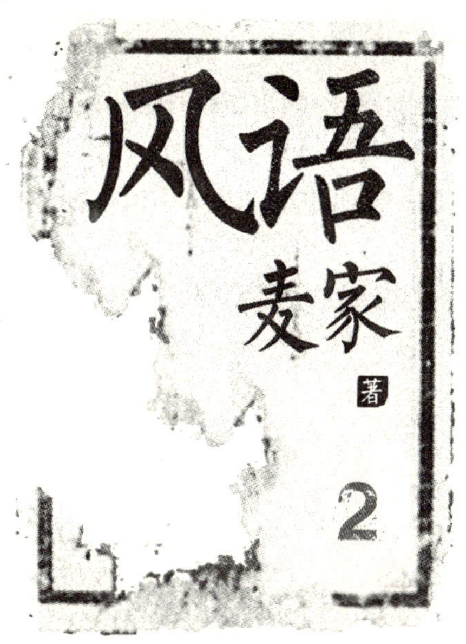

金城出版社
GOLD WALL PRESS

图书在版编目（CIP）数据

风语. 2 / 麦家著. -- 北京 : 金城出版社, 2010.12
ISBN 978-7-80251-749-3

Ⅰ. ①风… Ⅱ. ①麦… Ⅲ. ①长篇小说－中国－当代
Ⅳ. ①I247.5

中国版本图书馆CIP数据核字(2010)第229977号

风语2

作　　者　麦　家
责任编辑　雷燕青
出版统筹　精典博维
特约策划　陈黎明　史　翔
开　　本　710毫米 × 1000毫米　1/16
印　　张　21
字　　数　300千字
版　　次　2011年2月第1版　2011年2月第1次印刷
印　　刷　北京市世纪雨田印刷有限公司
书　　号　ISBN 978-7-80251-749-3
定　　价　29.80元

出版发行　金城出版社　北京市朝阳区和平街11区37号楼　邮编100013
发 行 部　（010）84254364
编 辑 部　（010）84250838
总 编 室　（010）64228516
网　　址　http://www.jccb.com.cn
电子信箱　jinchengchuban@163.com
法律顾问　陈鹰律师事务所（010）64970501

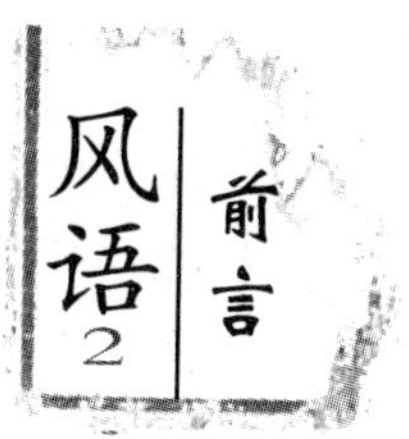

这世界有我们太多的不知道，但不是无人知道。如果没有禁忌，不知道都是可以知道的。中国黑室是个真实的机构，始创于二十世纪三十年代末，抗战时期的陪都，鼎盛时从业人员多达四位数。但由于禁忌，他们都成了哑巴。如今，他们中百分之九十的人都赴了黄泉，剩下的百分之十，像树叶藏于森林中一样，隐于闹市陋巷。不努力，没运气，你永远无法把他们从人堆里找出来。即使找出来了，他们依然可能跟你装聋作哑。水滴石穿，时间改变了所有人，包括一记石头，但他们的禁忌和恐惧，比石头还要坚硬，比时间还要长远。

我是幸运的，二十五年前，在福州，有人对我开了口：是一位一九四七年投诚的前中国黑室成员。当时我在相似于黑室的某机构从职，他是我师傅的师傅，年纪大了，七十六岁，身体不好，有哮喘，每年到了春季经常犯病。老人家一生未婚，身边无亲无故，发病时全靠几代徒弟照顾，送药，打饭，打扫卫生。有一回，他病得厉害，住了院，师傅让我停职，专门住在医院里服侍他半个月。也许是我的勤恳和单纯给了他说话的冲动，或者别的什么原因，断断续续地，我知道了他投诚前的一些事，就是中国黑室的一些事。我相信，如果他知道日后我将离开那个单位，并以写作为生，就算我掐死他他也不会开口的。他以一辈子的见识作凭据，认定我将重复他的一辈子，在那只“铁桶”里幽幽地燃烧至尽。我也没有想到，时代和我都说变就变了。

我很遗憾，不能像有修养的人一样，对曾帮助我孕生这本书的大恩人指名道姓地致一声谢——因为禁忌。写这本书，我经受了与过往写作不一样的考验：以前，考验我的是如何把虚构的故事写得让读者信以为真，而这次正好相反，是要为真实的事情披上伪装。老实说，我心里也有禁忌和恐惧。我怕伤害到老人家和他记忆中的前黑室同事，以及他们的后人，继而给自己平静的生活带来困难。写作让我在现世中变得越来越无能，又敏感：这是一对矛盾，我相信它已经深深地折磨了我，也许再不能负荷加量了。

最后，我要诚挚地申明：这是小说，请勿对号入座。

麦家
2010. 7. 6

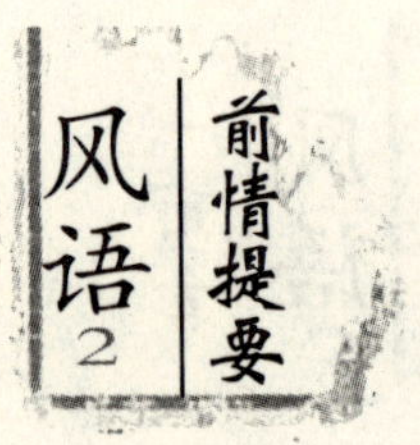

七七事变后，抗日战争全面爆发。日寇铁蹄迅速由华北南下，江南华南一片焦土。家国民族到了生死存亡关头，大难之下必有大义大节，众多海外华人愤然归国，投身抗日洪流。

留美数学博士陈家鹄便是其中一员。他携日本籍爱妻小泽惠子辗转香港至陪都重庆。他的归来引起了中日双方的高度重视。国民党秘密机构“黑室”需要他破译日军密码，不择手段地拉他入伙；深知其破译天才的日方则不惜一切代价要刺杀他。陈家鹄陷入了出乎意外、身不由己的巨大漩涡中。

性格倔强的陈家鹄发誓绝不与密码沾惹上关系，任由黑室长官陆从骏使尽浑身解数，他亦坚拒之。国民党高层要员杜先生不得不亲自出马，做通了陈家父母的工作。父命难违，陈家鹄只好勉强答应，离开妻子，上山接受培训。

在山上，陈家鹄的破译天才让黑室花重金从美国请来的大专家海塞斯也为之心折。陈帮助海塞斯破译了日本某集团军密码，斩获黑室第一功。国民党高层充分认识到了陈家鹄这匹千里马的能力，但要让陈家鹄正式进入黑室工作，必须斩断他和惠子的关系——黑室乃机要机构，绝不允许有成员是日本人的女婿。为此，陆从骏派人日夜监视惠子，想要找到她是日本间谍的证据，好名正言顺地将她除去。

惠子父亲的朋友、美国驻华外交官萨根帮助惠子在鱼龙混杂的重庆饭店找到了一份工作。萨根是货真价实的日本间谍。他从惠子口中探得陈家鹄的蛛丝马迹，展开了“除陈计划”。陆从骏将计就计，将日寇的矛头引向一家军用被服厂，欲对其一网打尽。不料，日寇竟施以空袭，整座被服厂被夷为平地，死伤无数。

另一方面，共产党亦想拉拢陈家鹄。他们的工作扎实而稳健，出人意料的策反棋子早已埋伏在陈家鹄身边，陈家鹄去延安并非痴人说梦、天方夜谭……

风语2

目录

第一章・・・001

第二章・・・019

第三章・・・035

第四章・・・055

第五章・・・075

第六章・・・093

第七章・・・111

第八章・・・133

第 九 章···155

第 十 章···181

第十一章···205

第十二章···231

第十三章···257

第十四章···281

第十五章···305

第一章 风语 2

壹

时间仿佛被切走了一片。

不知怎么的，陈家鹄突然发现身边空空如也，教授（海塞斯）不在了，所长（陆从骏）也不见了。明明刚才俩人还在他崭新的办公室里跟他聊天、说事，转眼间说不见就不见了，蒸发了，只留下俩人丢在烟灰缸里的烟头：一个纸烟头、小半截雪茄。

那纸烟头还冒着烟呢。

见鬼！

陈家鹄嘀咕一句出了门，四面张望：没有，院子里只有静物，间或有一两片树叶在拂动。喊一声，不见回音。又喊一声……连喊几声都没有回音。难道我是在梦中？陈家鹄突然怀疑自己还是在山上，下山后的一切不过是他做的一个长长的梦。他迈着梦的步子，返身入屋。办公室在廊道尽头，占用了廊道，是长长的一间，坐北朝南，南边窗户呈拱形，北窗是四方形的，玻璃都是普通玻璃，看上去不结实，也不是太通透明亮。

陈家鹄入屋后，漫无目的地踱着步，从拱形南窗踱到方形北窗，又从北窗踱往南窗，像在丈量自己的心智。不知踱了多少个回合，他最后停步在北窗前。已是午后四点多钟，太阳光都移到北边，北边的空间显得比南边的开阔、明亮。他追着阳光，无意识地举目眺望，近处、远处、空中、地上、屋尖、街角，目光像风一样飘忽、茫然。

这是一九三八年十月二十五日，是一千二百公里外的武汉历史上最阴霾的日子，日军第六师团之佐野支队在飞机大炮的火力配合下，强行渡河，攻克了汉口的最后一道防线——戴家山防线，从而宣告武汉沦陷。对陪都重庆来说，这是个哭泣的日子，天若有情，应该落雨代泣。但那个年代，天道也偏袒大和人，炎黄子孙只配受嘲弄、欺辱。这一天，重庆的阳光是少见的灿烂，即使是午后四点多钟的太阳，依然灿得喧嚣，烈得张狂。阳光把一片片黛瓦烤得黑中透亮，空气干燥得哧哧啦啦响，似乎落个火星子就会熊熊燃烧，把天地烧成一堆茫茫白烟的样子。

一道哀怨的声音拔地而起，响彻空中。

起先，陈家鹄以为这是空袭警报声。仔细听，发现不一样，警报声要更粗粝、更浑厚，且节奏明快，听了身体会不由得紧张起来。这声音尖细尖细的，飘飘的，缓缓的，带着怨气和哭诉，像一艘大船被汹涌波涛吞没时的哭诉，浸满了无辜、无助的伤痛。

其实，这是为武汉沦陷的哀悼声。

三公里外的一号院内，以委员长为首的一群官僚政要，包括杜先生在内，正在为国难举行降旗仪式。默哀。黑压压的一片人头，似乎在等人开镰收割。

别了，武汉！

别了，阵亡的将士们！

别了，武汉的父老乡亲！

哀号如诉，翻山越岭，波及四方。

陈家鹄一直用心地听辨到最后，也没有确定这到底是什么“号”，倒是这听辨的过程让他的注意力集中起来，精神饱满了。待哀号结束，他的目光陡然变成了探照灯，在空中——高空、低空——扫来扫去，最后从空中降落在两个不知从哪儿骤然冒出来的背影上。

背影居然有点熟悉，一个高大，另一个更高大：他们并肩走着，正往陈家鹄刚才进来的门而去。门口的哨兵看见他们过去，抢先拉开了大铁门，然后立正恭候俩人离去。就在两个背影即将走出门、消失之前，陈家鹄猛然认出，他们就是陆所长和海塞斯。

他们刚从陈家鹄那儿出来，这会儿正准备回斜对面的五号院去。他们的出现使陈家鹄又回到现实中，他想起刚才与他们相见、相谈的种种细节，可就是想不起他们是怎么与自己分手的。分手的过程成了一个黑洞，把他的心智吞没得无踪影，黑洞洞一个孔，一团没有过去和未来的时间切片。

这到底是怎么回事？

事实上，他是又犯病了：灵魂出窍的“迷症”。

但不论是陈家鹄还是海塞斯，或是陆从骏，此时都没有意识到这是病。这是一种罕见而神秘的病，确诊它需要一段时间和数量的演化过程，还要一定的机缘巧合。最后，陈家鹄把这个“黑洞”归结为人太累（发生了这么多怪事）。海塞斯和陆从骏则把它看做是陈家鹄对这个地方（过去的监狱）或者这种方式（把他骗下山）的厌恶、反感，心里有气，于是他有意冷淡他们，赶他们走。

与此同时，李政正在四公里外的陆军医院里寻找陈家鹄。他从蒙面人徐州那儿得知陈家鹄是被一辆陆军医院的救护车接下山的，便下山直扑陆军医院来找陈家鹄。

当然找不到。

门诊、住院部、楼上楼下，每一个病房都找了，连厕所都去暗探了，就是没有。他灵机一动，去找那辆救护车。医院就一辆救护车，一个司机，没费什么周折，车子和人都找到了。司机也不知道陈家鹄是什么人，没什么警惕性，加上李政连哄带骗的功夫实在一流，两支香烟没抽完，李政已经从他嘴里挖到全部真实情况：什么时间，什么地方，陈家鹄从他车上下来，上了一辆什么车——老孙的吉普车——不知去向。

一个小时后，天上星根据李政了解的这些情况，作出了正确判断：陈家鹄没得病，下山看病只是个幌子。“救护车把他接下山，又没有送他去医院，这说明什么？”天上星看看李政沉吟道，“他没有病。”

“嗯，”李政点头称是，“我怀疑他是去了黑室。”

“黑室不在山上？”

“嗯，徐州同志明确告诉我，山上只是一个培训学员的基地，真正的黑室在另外一个地方，可惜他也不知道在哪里。”

“他必须知道。”天上星沉默一会儿，斩钉截铁地说，“陈家鹄下山了，他现在在山上，我看用处也不是很大，让徐州设法混进黑室去。”顿了顿，又说，“我以为他早进了黑室，原来还在外面转。”

“看来黑室真的是不好进。”李政说。

“不好进也要进，他是我们现在唯一可以打探到黑室驻地的同志。”天上星目光炯炯地对李政说，“你尽快再上山一趟，告诉他我们的困难，我们只有依靠他才能找到黑室，让他务必设法钻进黑室去。”

当天上星说完这话时，脑门子似乎突然哧地亮了一下，恍然看见老钱在邮局伏案工作的样子。

其实，就在昨天晚上，天上星才同老钱交流过，希望通过他的岗位和人脉也打探一下黑室的驻地。这会儿，老钱正在打探呢。

叁

老钱在邮局是个新人，但仿佛又是个有来头的人，一来就高居二楼，坐进了负责受理收发电报的办公室里，整天日不晒，雨不淋，悠悠闲闲地喝着茶，看着报，干着活。稍加观察，发现局长大人对他还蛮客气的。有一次俩人在小酒馆里喝酒，被楼下的张阿姨瞅见。张阿姨是张快嘴，第二天邮局上下都在悄悄议论这回事。这更让局里的同仁惊异，把他想得很是复杂，暗暗地把他当成了一个有什么来路的人、有关系和背景的人。会不会是局长大人的什么秘密亲属？抑或是某个大官的三亲六戚？这儿不是黑室，人们的想象力有限，根本没有往他的胳肢窝里去想。如果大家知道他的胳肢窝里夹着一个“延安”，估计谁都不会挨近他。现在大家都喜欢挨近他，好像挨近他就挨近了局长大人似的。

对一个背景模糊的人，关心他的背景是大家热衷的事。于是一有空闲，局里人就在背地里打问老钱的过去、外围、老底。可打问来打问去，谁都没能打问到任何有关他的信息，就连他从哪里来，家住何处，有无家小，局里人都全然不知。问老钱，他也不说，总是淡淡一笑。有一次他好像很高兴，跟楼下张阿姨说什么战乱岁月，国破山河碎，有家即无家，无家即有家，四海就是家。说得云里雾里，高深莫测，更让张阿姨觉得不可小瞧。跟快嘴张阿姨说什么，等于是对全局人说什么。老钱是闯过江湖的，他知道该怎么来对付这些小龙虾们的热情关注——要保持一定的神秘度，又不能趾高气扬；要给他们一定的距离感，又要给他们一定的亲近感。平时没事，他喜欢往楼下跑，去跟那些跑外勤、负责送信的人抽烟，插科打诨。有时见他们忙不过来，还帮他们分信，帮他们把自行车推出去，吩咐他们在路上慢点，注意安全，等等。渐渐地，他跟这些跑外勤的人都熟了，大家都觉得他人好，有情义，好亲近，可交际。

老钱这是有意为之的，只有跟他们亲密上了，称兄道弟了，有些工作才得以有施展的空间。老钱想干什么？当然是找黑室的地盘。老钱一直在悄悄找寻给黑室送信的人，却怎么也找不到，好像黑室的信根本不是从这儿走的。为什么会出现这种情况？昨天晚上天上星找他聊，对这个问题进行了深入的分析。天上星认为信肯定是从邮局走的，只是可能黑室刚成立不久，往来信件还不多，要他耐心等待机会。

说来也巧，机会说来就来。这天午后，老钱办完手里的事，照例又逛去楼下帮邮递员们分发信件。才刚分了几封，他猛然看见惠子写给陈家鹄的信，便有意套邮递员的话，“嘿，陈家鹄？这名字我怎么这么眼熟？哦，想起来了，上次有人曾上楼来找我问过这个人。”说的就是汪女郎以陈家鹄小妹（陈家燕）之名来打听这个单位地址的事。

邮递员是个年轻的小伙子，本地人，二十出头，留着偏分头，看样子是读过几天书的。他把信放在一边，向老钱挤挤眼，带点儿炫耀口气说：“那人后来被抓走了，你知道吗？”

“怎么不知道？亲眼看见的。”

“你知道为什么抓她吗？”

“据说这是个保密单位，不能随便问的。”

小伙子抬头警觉地问他：“你听谁说的？”

老钱指指楼上，“头儿说的，”接着又说，“我还听说这单位里的人都是很有分量的高级知识分子，还有好多气质非凡的大美女，你整天给他们送信一定见过不少大美人吧。”

小伙子说：“大美人我倒还没见到，我见到的只有一个大黑鬼，北方佬。”

老钱笑道：“难道他们从来就没让你进过大门？”

小伙子说：“大门我也没见过。”

这怎么可能？听小伙子说了老钱才明白，黑室的信都是他们自己来取的，小伙子不知道，可能这里也无人知道，黑室到底在哪个死角落。好了，既然有人来取，把这个人挖出来，然后寻机会跟踪他即可。这么想着，老钱继续不动声色地套小伙子的话，很快就把那个“北方佬”的情况都挖清楚了：什么相貌，一般什么时候来取信，是开车来的还是骑车来的。

第二天，老钱掐着时间注意观察着，守望着。果然，正如小伙子说的，到了上午九、十点钟，便有一个大块头北方人骑着车来邮局交接信件。他的打扮很普通，穿的不是制服，而是一身廉价便衣，骑的车也是破破烂烂的，看上去像一个负责买菜的火夫。从骑车这点上判断，黑室就在本区域内，至少不可能过江，也不可能上山，因为那都是自行车去不了的地方。重庆的自行车很少的，因为到处是坡坎，用处不大，只有在小范围内可以用。老钱没有自行车，眼睁睁看着那个北方人洒下一路铃声消失在视线中，空叹息顾影自怜。

次日，老钱在八办借了一辆自行车，请了半天假，穿了件乡下人的粗布对襟衫，戴了顶大斗笠，架了两篓子的山珍，一个上午都猫在邮局对门的小巷子里当小贩，推销山珍，一边挨时守着那个北方人的来和去。

这回，自然是跟上了。

结果，跟到了渝字楼。

黑室在渝字楼。

这是个好消息啊，终于有个底了。可以想见，陈家鹄也一定在那儿。放出去的风筝是要收回来的，失踪了去哪里收啊？现在好了，人找到了，便可以设法安排人去接触，去慢慢工作，去收拢他的心。人在黑室不是问题，关键是心，他的心必须有人去工作、去收拢，最后交给延安。

安排谁去？天上星盘算一番，觉得目前还是老钱最合适，因为陈家鹄知道他是延安的人。明有明的好处，暗有暗的便利。在天上星的设想中，现在一些铺垫和预热工作，只要有机会，老钱是可以明目张胆地去做的，等哪天徐州打入黑室后，可以暗中帮老钱敲边鼓。这样明暗相辅，相得益彰，到一定时候再由李政去添最后一把火，效果一定好。

这样，天上星首先决定要给老钱调整工作岗位，让他去当邮递员，负责跑渝字楼那条线的邮递员，伺机联络上陈家鹄。邮局局长是童秘书的乡党，当初老钱进邮局工作就是童秘书找他安排的，现在调整个岗位应该更不在话下吧。

错！

童秘书这下使不上力了。

原来，渝字楼虽然离邮局不远，可以骑车来往，但是这条邮路总的说客户分散，路线拖得长，且要上山过岭，有一大半以坡路居多，只能徒步。所以，那些邮递员都不爱跑这条路线。老钱是楼上的，坐办公室的，地位比邮递员本身高一格，现在要从二楼下到一楼，从室内赶到户外，而且去跑最差的路线，这明显是贬，贬中又贬！你老钱想去跑这条路，就是说你犯贱，让童秘书去找他的老乡局长去说情，这肯定行不通的。人往高处走，水往低处流，你要往上跑，烧香拜佛，托人求情，可以理解；你犯贱，要去找屎吃，怎么找人去说情，不神经病了嘛！

怎么办？

犯错误！

老钱利用收发电报的职权，贪污了一笔公款，照理要开除公职。这时候，你再请童秘书出马，让他去找他的老乡局长送送礼，说说情，给他一次悔过自新的机会，这就能说得通了。

既然是悔过自新，跑一条最差的路线，理所当然。

老钱就这样瞎折腾一番，终于如愿以偿，成了跑渝字楼这条线的邮递员，每天早出晚归，走街串巷，磨破脚皮子。在徐州同志下山前，八办的同志都以为黑室在渝字楼里，直到徐州下山，送出情报后，才知道守错了地方。

这是后话。

徐州下山其实是“上刀山”，其间他所付出和所体验的，绝不亚于江宁一战对他的考验。那次“称雄”，他凭的是一种简单的不要命的热情，他看见那么多战友都像镰刀下的麦秆一样纷纷倒下，葬身于火海，他突然对自己活着有一种恐惧感。他希望自己速死，与战友一起命归黄泉，哪知道有时候死亡的权力也不在自己手上。他对死的渴求反而塑造了一个英雄的光辉形象，事后徐州总有种恍若隔世的感觉——像一场梦，所有的付出、勇气、恐惧、收获，都是梦的组成部分，是梦中的“他”的一次历险、一次荣光，跟他本人并无关联。这一次，他希望自己回到梦中，但时时刻刻，他分明感受到，一切都要靠他坚强的意志和毅力去完成。

在反复的思考中，徐州得出一个结论，想让自己下山，只有一个办法：让自己刚长好新肉的半张疤脸重新发炎、腐烂。山上只有一个医生，只能对付简单的感冒、发烧、肚子痛等小毛病，一张脸烂了，重新腐烂，想必是对付不了的。于是，徐州决定搞坏自己的脸，让伤口发炎、腐烂。他在昏暗的灯光下，对着妖气的镜子，举着从鬼子手上缴获的排雷刀，举了一个多小时都下不了手。

这几乎比割断自己的喉咙还要难！

好不容易，刀子下去了，创口有了，血流出来了——不要以为这就够了，这仅仅才是开始，还要想办法让伤口烂成一团恶臭的腐肉，刀口才会消失，才能瞒天过海。

徐州首先想到的办法是用盐。“往伤口上撒盐”，这话人人都在说，但几乎没人试过，因为实在太残忍，太毒辣，除非是用来撬开顽固的嘴，或是对付切齿痛恨的仇敌。徐州也许缺乏把自己当做万恶日鬼的想象力，但他并不缺少为凌云壮志赴汤蹈火的勇气，他放下刀，毫不迟疑地抓起一把粗盐抹在伤口上。

顿时，天地昏暗，心如刀绞！

徐州不敢叫，不能喊，只能靠握碎双拳、口咬毛巾来抵抗这鼎镬刀锯的彻痛彻苦的大滋大味。他在剧痛中手脚抽搐，浑身痉挛，头晕目眩，最后脑袋里钻进了大片大片的氤氲——他昏死过去了，像一匹被剥了皮的死马。

黎明时分，徐州在火辣辣的炼痛中醒来，他挣扎着抓过镜子看，一个踉跄险些摔倒。千古艰难唯一死，比身体痛苦更令人承受不了的唯有精神的绝望。徐州万万没有想到，盐能令伤口痛彻骨髓，却无法令其腐烂，相反，表层还会更快地弥合——见风就长，吸血而合。他是如此难以接受这个事实：一整晚令他痛不欲生的伤口竟在盐的帮助下开始结痂！

显然，撒盐是个错误。盐只能痛上加痛，却不能伤上加伤，让伤肉腐烂。

怎么办？

徐州强迫自己冷静下来。他背靠在墙壁上大口喘气，一边凝神聚心，穷思竭虑。突然，他想起了很多年前，在家乡看到的两个地痞打架的事：其中一个把另一个人的头按进一堆生石灰里，然后朝他头上撒尿，对方顿时如被丢入油锅似的，痛得嗷嗷叫。后来，这个人再出门时已是一个瞎子和麻子，满脸都是豆大的疤痕。徐州想，尿其实是起了水的作用，生石灰遇到水，像热锅上的油遇到火苗子……想到这里，他心里燃烧了。

培训中心初创不久，修建房屋剩下的材料都堆放在仓库里。徐州轻而易举就从那里搞到了一小袋生石灰。他揭开新长的痂壳，将白色粉末抹上去，没等他泼水伤口就冒出嗞嗞的声音。徐州一头栽倒在地，来回翻滚，以头撞地，比之前十倍的疼痛将他推到了发狂的边缘，不用看镜子，他也清楚地感觉到伤口的肌肉在燃烧，在溃烂，在稀巴烂。

可是光稀巴烂不行，要发臭腐烂才行，否则伤口太新鲜，容易被医生看出破绽。就是说，他必须再坚持两天，等待伤口腐烂化脓。

这两天，徐州真正感受到了什么叫做度时如年，每一分钟他都觉得自己要崩溃，要割断喉咙来解脱难以忍受的苦刑。生石灰粉，还有后来加上的辣椒面，在徐州脸上充分摧毁着人的意志，它们躲在面罩里面，时而哈哈大笑，时而窃窃暗笑，等待着一个世上最蠢的大笨蛋最后的崩溃。两天里，几千分钟里，徐州找到了几千个理由让自己放弃生命，可就是找不到一个理由让他放弃李政转达给他的天上星的一句话：

> 徐州同志，我们现在没有第二条路可以走，你必须付出一切努力，想尽一切办法下山来，让我听到黑室的声音！

正是这句话，让徐州艰难地挺过了几千分钟，骗过了山上的医生——他几乎被创口腐败的烂肉吓坏了，阵阵恶臭熏得他连忙捂住嘴鼻，屏气静息，像个酸腐的臭知识分子。“我这儿根本不行，必须马上转到山下去治疗。”当徐州听到医生在电话里这么对陆从骏所长说时，忍不住号啕大哭。几千分钟的痛死痛活终于换来了胜利的回报，他太激动了！泪水漫过腐烂的伤口，又一次刺激着伤口，但徐州感觉不到痛，而是有一种秋风送爽的感觉。

最后的苦往往有一种甜的感觉。

到了山下医院，徐州又费尽心机与医生们做游戏，伤口稍为见好又做点小手脚，让伤口再发作，一而再，再而三。三天，五天，一周，伤口总是不痊愈，车子天天送他下山来换药，别说司机烦，连汽车都烦了。一个无足轻重的废物居然要这么侍候着，实在是荒唐啊。

一天，徐州搭保安处长老孙的便车下山去换药，徐州不失时机地向他诉苦倾吐衷肠，深表歉意的同时又大表决心。

“这张烂脸我也不知啥时能好，闹得人心慌啊。司机天天为我跑差，早看我不顺眼了，左主任也看我心烦，不知处长能不能给我在山下找个工作，那样的话我就可以一边治病一边工作，也好让我心安。”

“笑话，你这样子怎么工作？”

“可以的，我已经给自己找了一份最合适的工作。”

“什么工作？”

“保护陈先生。”

“保护他？”

“他不是生病住院了？我想组织上肯定专门安排了人在保护他，我觉得这事可以交给我来做，这样免得司机每天接送我上下山，穷折腾，花掉的汽油费比我的命还值钱。”

话到此为止，还未引起老孙的足够重视，他接着说：“我和陈先生在山上相处得很好，我相信他也希望我去保护他。”徐州一边这么说着一边在心里想，这话是赌了，老孙一定会去征求陈先生的意见。那么，陈先生会不会给他机会呢？他只有一半的把握。

结果，陈家鹄给了他机会。

陈家鹄本来就在怀疑他是个共产党，很想进一步了解他，面对老孙的提议，他爽快地答应了，“好啊，你这算是找对人了，这儿本来就是个鬼地方，他来守门倒是很合适嘛，这样这儿就更像个鬼地方了。”

徐州就这样出色地完成了任务，下了山，留在了陈家鹄身边。如果说留在陈家鹄身边有一点赌博性质，有一定的偶然性，但徐州同志实施的上刀山、下火海的“苦肉计”，一定意义上来说，他注定是要下山来工作的，因为谁也受不了他天天下山来换药。这问题迟早要解决，要解决的办法只有一个，就是：把他留在山下工作，这样他可以自己走着去换药，不必动车耗油。要留在山下，他这吓人巴煞的鬼样子放在人来人往的渝字楼肯定不合适，要放只有放到黑室去。

这一点，徐州是算到了的，否则他也不会这么虐待自己。

现在情况比他预想的好，不但到了陈家鹄身边，还在黑室的屋边边上，真正是两全其美啊。这一回，徐州显然是交了好运，运气如此眷顾他，也许是出于同情吧，他付出的太多！

医院与黑室相隔两条街，相距不到三公里。开始一段时间，徐州每天上午都要去医院换药，一个人，步行往返，自由自在。也正是利用这个条件，他与组织取得了联系，及时把黑室的准确地址和陈家鹄的确切消息报告给了组织上，从而结束了他们对渝字楼的“一往情深”。

伍

话说回来，入驻五号院附院的陈家鹄，虽然对这地方一百个不喜欢，但对提前下山来工作这件事心里是认可的。事到如今，退出黑室的梦想已经没有了，既然如此，还不如早点干出点业绩，好让人尊重。人微言轻，只有被人尊重了，他才可能去尊重他该尊重的人，比如回家会会惠子，看看父母。以他对教授的了解和认识，他觉得他是个可以信赖的人，前次食言决非他本意——是不巧，被陆从骏撞上了。他对重庆不熟悉，但是相信下山后一定离家是更近了。他希望自己能尽快破掉一部密码，好得个奖赏：回家去看看。

所以，入驻当天他便马不停蹄地投入工作，半个下午看了好多资料。吃过晚饭，他想与教授做个交流，年轻的卫兵严格遵守纪律，不准他迈出院门一步，那就只有委屈海塞斯到他这里来。他打了电话，海塞斯很快就来了，又给他带来大量资料，把四面墙壁都挂满了：重庆市区地图、前线战略图、敌台控制表、敌台电报流量、敌情分析图、统计表，等等，屋子里顿时有一种战鼓四起、明枪暗箭在乱放的感觉。

海塞斯带他走到一面墙前，指着敌台控制表，介绍道："目前我们控制了六套敌台，其中四套是敌人军事电台，两套敌特电台。特一号线（标示为特1#，以此类推）电报流量不大，但表现异常。具体说来，在敌机来空袭我西郊军工厂之前，敌特一号线几乎没有电报，特二号线电报流量高于往常。所以，我原来判断特二号线跟空袭有关，但是空袭后敌特二号线没有任何动静，这让我感到奇怪，因为按理说空袭后特二号线至少要向上面汇报空袭情况，该有电报的，但就是没有，倒是之前在空袭前露脸甚少的敌特一号线意外的活跃。"

陈家鹄问："所以你怀疑特一号线跟空袭有关？"

海塞斯答："是的。"

陈家鹄认真地翻看一会儿电报，沉思半晌，缓缓地道："特二号线，空袭之前电报多，这些电报我估计主要是报天气情况的，空袭之后没有电报，再次证明之前的那些电报是在报天气情况。特一号线空袭之前没电报，空袭之后反而电报剧增，说明它是负责实施配合空袭任务的，那些电报是汇报空袭战果。看来特一号线才是真正的特务台，特二号线可能是敌人空军派出来的气象台。”

一下说到了点子上！

敌特一号线其实就是萨根跟南京宫里的联络线，海塞斯早从后来萨根跟宫里的一系列联络中作出正确判断，故意这么说是想考考陈家鹄，看他对敌情的分析判断力。没想到，他一针见血，一语中的，便估计他下午一直在研究这些特情资料，并且已有斩获。

果然，陈家鹄找出一份材料，问教授：“我看前不久，也就是空袭我西郊军工厂的次日，我方端掉了一个特务据点，怎么就没有找到电台？”

海塞斯说：“是啊，电台肯定是有的，只是我们没找到。我们把人家窝都端了还没有找到，说明他们至少有两个窝，电台在另一个窝里。那个窝在哪里，陆所长也知道，可就是端不了。”

“为什么？”

“因为在美国大使馆。”

“美国大使馆？”

“是的，那里面有一个叫萨根的人，是使馆内的报务员，被日本特务机构收买了。”

这是陈家鹄第一次听见萨根的名字，不觉好奇地问教授，萨根是谁。

海塞斯摇着头，叹了口气说：“我感到很惭愧，此人竟是我的同胞。我在替中国人民抗日，他却在毁我的事业，真是荒唐。”

陈家鹄看他真的面露愧色，上前安慰他，“别说是你的同胞，就是我的同胞都有当汉奸的。在我回国之前，经常看到贵国报纸上讽刺我们中国人，说这儿的汉奸和勇士一样多。”

海塞斯笑笑，说：“以我来中国后仅有的见闻看，我认为这不是讽刺，而是事实。蒋先生是主战的，不惜炸开黄河与敌人同归于尽，精神可嘉，但反对蒋先生降和的声音一直没有停止过。是战，是和，中国正走在十字路口。”

“不可能和的。”陈家鹄断然地说。

“为什么？”

“中国太大，鬼子吞不下去的。大有大的难处，什么人都有，人心涣散，人面兽心，不团结，狗咬狗。但大也有大的好处，饿死的骆驼比马大，要让四亿中国人都服输，跪地求和，比登天都还难。再说了，要是求和，也不需要兴师动众辗转到这儿那儿的，这个架势就是要战到底的架势，重庆不行了撤到贵州，贵州不行了去西北，中国大着哪。你看，这篇文章就说得很透彻。”说着，陈家鹄从抽屉里翻出一本白皮小册子递给海塞斯，一边背了一大段，“中国在战争中不是孤立的，这一点也是历史上空前的东西。历史上不论中国的战争也好，印度的战争也罢，都是孤立的。唯独今天遇到世界上已经发生或正在发生的空前广大和空前深刻的人民运动及其对于中国的援助。”

“这是什么？”

“你可以看一看。”

海塞斯当即翻开，看起来：

……

日本是小国，地小、物少、人少、兵少，中国是大国，地大、物博、人多、兵多，于是在强弱对比之外，就还有小国、退步、寡助和大国、进步、多助的对比，这就是中国决不会亡的根据。强弱对比虽然决定了日本能够在中国有一定时期和一定程度的横行，中国不可避免地要走一段艰难的路程，抗日战争是持久战，而不是速决战；然而小国、退步、寡助和大国、进步、多助的对比，又决定了日本不能横行到底，必然要遭到最后的失败，中国决不会亡，必然要取得最后的胜利。

……

中日战争既然是持久战，最后胜利又将是属于中国的，那么，就可以合理地设想，这种持久战将具体表现为三个阶段。第一个阶段，是敌之战略进攻、我之战略防御的时期。第二个阶段，是敌之战略保守、我之准备反攻的时期。第三个阶段，是我之战略反攻、敌之战略退却的时期。三个阶段的具体情况不能预断，但以目前条件来看，战争趋势中的某些大端是可以指出的。客观现实的行程将是异常丰富和曲折变化的，谁也不能造出一本中日战争的“流年”来；然而给战争趋势描画一个轮廓，却为战略指导所必需。所以，尽管描画的东西不能尽合将来的事实，而将为事实所校正，但是为着坚定有目的地进行持久战的战略指导起见，描画轮廓的事仍然是需要的……

小册子其实是毛泽东的《论持久战》。抗战全面爆发后，国内出现了“速胜论”和“亡国论”等论调。但是，抗战十个月的实践证明亡国论、速胜论都是完全错误的。抗日战争的发展前途究竟如何，一时成了人们最关注的问题。一九三八年五月二十六日，延安召开了为期一周的抗日战争研究会。期间，毛泽东作了《论持久战》的讲演，不久后讲演稿即结集出版。武汉会战后，身在陪都重庆的周恩来将《论持久战》送给“小诸葛”白崇禧，白氏读后拍案赞赏，对秘书程思远说：

“这才是克敌制胜的高韬战略！”

遂在国民党上层不断宣扬、介绍“持久战”理论，很快在当时中国军事界产生了重大影响。

白崇禧为毛泽东“论持久战”的理论和观点所折服，甚至还将毛泽东赞为军事天才，这些都逐渐传到了蒋介石耳中，并引起了他的注意。白崇禧趁此机会向蒋介石转述了《论持久战》的主要精神，并让程思远送了一册书稿过去。不出所料，蒋也对《论持久战》深以为然，武汉会战后的局面也印证了“抗日战争必将经历三个阶段”的论断。于是在蒋介石的支持下，白崇禧把《论持久战》的精神归纳成两句话：“积小胜为大胜，以空间换时间。”由军事委员会通令全国,作为抗日战争中的战略指导思想,并将《论持久战》印成小册子广为刊发，组织军民学习。

当然，军事委员会肯定不可能让军民知道，此乃延安毛泽东的思想，所以陈家鹄给海塞斯看的小册子与其他人手里的一样，其间涉及共产党字眼的句子都被删去，封面也没有署名作者，只有“国民党军事委员会印发”之字样。扉页则是蒋委员长的墨宝：国民抗战必胜！

海塞斯默不做声地一口气看完，掩卷长叹：“高论，真是高论！”转过头问陈家鹄，“这么精彩的文章，你是从哪里弄来的？”

陈家鹄答：“山上作为教材发的，说是一号院下令让抗战国民仔细研读。我一开始也没怎么放在心上，可没想到这竟是本真经！我只读了一小段就被这高屋建瓴又鞭辟入里的理论牢牢吸引了。不瞒你说，我反复读了三遍呢，很多段落都可以倒背了。”

海塞斯点点头，说：“回头也让陆从骏给我一本，我虽不是贵国国民，可也是参加抗战的一分子嘛。”顿了顿，又说，“不过有些奇怪，怎么没有注明作者是谁呢？”

陈家鹄也摇头表示不知，最后俩人猜测“可能是集体智慧的结晶”。

海塞斯兴奋地说：“这说明，你们中国人在战略意识上已经开始觉醒了。事实上我也是这么看的，所以我是主战派。”

陈家鹄浅浅一笑，“但你的萨根同胞并不这么看。”

海塞斯哈哈大笑，“他是我的反对党。不过，萨根为日本人干活，好像也是有苦衷的。”

陈家鹄诧异地瞪着他，不知道他说的是什么意思。海塞斯便向他讲了三号院收集到的有关萨根和他母亲的一些情况——萨根的母亲年轻时是个激进分子，被日本政府驱逐出国，现在年纪大了，很想回国安度晚年，萨根想通过讨好日本政府让他母亲回国。

“这么说，他还是个孝子？”陈家鹄笑道，“不过充其量是一条‘孝狗’罢了。”

此时，他做梦也没有想到，最终令他失去惠子的人正是这条“孝狗”。

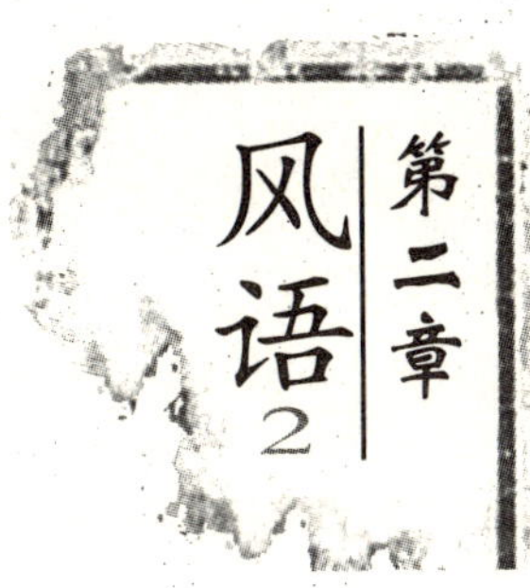

第二章 风语 2

壹

“孝狗”萨根眼下正过着碌碌无为的生活，单位不需要他上班——美其名为休假呢，老窝粮店被捣毁，日本主子魂归地狱，剩下还有三个同伙：冯警长、神枪手中田、美联社记者黑明威。后者去了河南采访吃人事件未归，前面俩人虽然近在眼前，但也不敢随便联络，因为他怀疑自己已经被盯上。包括见钱眼开的汪女郎，似乎也把他的钱看开了，老是躲着他。活色生香的生活没了，此时的他正过着一种死气沉沉的生活。

无聊和难堪的处境改变了他的生活方式，白天他几乎都待在家中睡觉，晚上才出动，像个贼，在夜色的掩护下，去酒吧喝酒，找妓女睡觉。考虑到可能被跟踪，这一阵子他去重庆饭店少了，更多的是去嘉陵江南岸的重庆国际总会。这儿是美国海军的天地，相对要安全些。

他一边在酒水和女色中打发时间，一边等待两个他眼下急需要见的人：一个是南京宫里派过来的新主子，另一个是因公在外的大使先生。前者欠他钱，他给日本国做了那么多事，一大批尾款还没有结呢；后者决定着他这辈子的名声。萨根知道，密特先生一定恨死自己了，目前只是迫于压力才不敢下手，手下留情，给了他一个休假的名义暂停了他的工作。等大使回来后，他一定会举报自己的种种丑行，让大使来下手宰杀自己。不过，他不会束手待毙的，在他与密特的明争暗斗中，他似乎充满必胜的信心，底牌就是：

陈家鹄没有死！

他相信，只要陈家鹄活着，对他的所有指责都将风平浪静。所以，陈家鹄到底是不是还活着，这对他很重要。当然，他深信惠子提供的消息不会有错的，只是由于这件事与他的前程大事关系太大，他时不时会冒出担心，怕陈家鹄已经死了。

今天下午晚些时候，他突然被这个念头——陈家鹄死了——吵闹着，牵引着，匆匆赶到天堂巷，把刚回家的惠子叫走了。他骗惠子父母说是去大使馆帮他看个日文资料，出了门，他却把惠子带到了美国海军的娱乐基地：国际总会。这是他第一次夜间带惠子出来，他们一起吃了美国大牛排，喝了香槟酒，品了上好的甜点。这里环境很好，服务细致周到，座位很舒适，只是歌词粗犷，有点略带性挑逗意味的爵士乐让惠子如坐针毡。惠子喊萨根叔叔，但这里的气氛却不是家族式的，而是情人式的。所以，坐了不多久，惠子就要走。

“急什么，时间还早，再喝杯威士忌就走。”萨根叫来服务员，要点酒。

“不了，我不想喝酒。”惠子婉拒了服务员，对萨根说，“我们还是走吧，回去迟了，爸爸妈妈会挂念的。”

萨根听惠子叫爸爸妈妈叫得很顺口，笑道：“你是说东京的爸爸妈妈吗？”

惠子不高兴地白他一眼，“你开什么玩笑，当然是我这儿的爸爸妈妈。”

萨根又笑道：“我觉得陈家鹄真有福气，娶了你这么一个好媳妇，对二位老人这么孝敬。”

惠子说：“那不是应该的嘛。”

萨根一本正经地说：“是，陈先生不在家，你应该孝敬他们。”他突然变得正经是因为他要打探消息了，“嗳，最近你们有联系吗？你亲爱的陈家鹄。”

“有啊，”惠子说，“前天我还收到他的信。”

“是他亲笔写的吗？”

“什么意思？”

“不会是别人代写的吧？”

“你想到哪里去了，他干吗要找人代写信？”

够了。

够了！

惠子的话和表情足以说明，她收到的是陈家鹄的亲笔信。死人能写信吗？不要多虑了，陈家鹄一定还活着，密特啊密特，你斗不过我的，你这个虚伪的乡巴佬！这么想着，萨根起了身，准备遂惠子的愿，打道回府。在俩人一前一后走出大厅时，带着点醉意的萨根，觉得惠子的背影、步态、穿着、胯部……比身边的所有女人都好看。月光从山梁上投下来，洒满了庭园，使那些青草看上去有一层湿乎乎的寒光。

俩人走出大厅后，萨根追上前去想搀住惠子的手，却被惠子推开了。

同一个月亮下。

海塞斯站在走廊上，手里捏着烟斗，在抽烟，吐出来的烟气，在月光的照射下是白色的，像山岚，一团一团的，飘飘荡荡的，消散在月光里。远处，一只猫头鹰时不时叫一声，声音凄凉，像月光一样的冷。

海塞斯抽完烟，回到办公室，对陈家鹄说："不早了，我要走了。这个地方确实很安静，太安静了。安静好啊，天使都是爱待在安静的地方的，希望你尽快碰到天使。"

陈家鹄幽默道："你就是我的天使。"

"不，"海塞斯摇摇头说，"我很清楚，你才是我的天使，我对日本文化不了解，我已经明显感到日本密码和日本文化的纠缠，这对你我很不利。我建议你可以先熟悉一下敌特一号线，这些电报的内容，我想和最近发生的事情应该有关系的，这对我们的破译是个捷径。"

陈家鹄刚才一直在翻看资料和那些电报，海塞斯顺手拿起一份电报说："你看这份电报，正好是我们端掉敌特据点两小时后发送的，那么我们基本上可以猜测电报的内容，应该就是汇报相关情况。"

陈家鹄笑道："比如'家被毁，老大遇难，损失惨重'，诸如此类。"

海塞斯点头，"这个意思的句式至少可以罗列出一万条。"

陈家鹄沉默一会儿，突然长叹一口气，什么也没说，走到窗前去，兀自望着外面浓厚的夜色发起呆来。海塞斯很诧异，走过去，拍着肩膀问他：“又是叹气又是发呆的，究竟在想什么？总不会是又想你的太太了吧，太太要想，但最好缓一缓。”

陈家鹄冷不丁转过身来，摇着头淡淡地笑了笑，说：“刚才我一直看这些电报，不知怎么的我有种预感，特一号线密码不会太难，可能是一部迷宫密码，主要技术手段就是替代。”

“你是说它的核心技术是国际通用的明码？”海塞斯惊讶地望着他。

“嗯，就是在国际通用的明码基础上改头换面而已。”

“这样的话，我们只要破译一份密电就行了？”

“对，一通百通，只要破掉一份电报，整部密码就会轰然倒塌。”

海塞斯禁不住盯着陈家鹄看，脸上表情非常的震骇而又惊奇。说实话，他从事破译工作多年，都不敢有这样大胆离奇的想法。要知道，日本可是世界一流的军事强国，其密码的发达程度也是世界数一数二的，他们往外派遣特务怎么可能使用这么简单的密码技术呢？即使世界上那些二三流国家的外派间谍，也不会使用这么低级的密码。

“你的想法太奇怪了，请你给我一个理由。”海塞斯不客气地说。

“没有理由，只有直觉。”陈家鹄面露狡黠，带点儿不正经地说。

“我知道你有理由的，告诉我是什么。”

陈家鹄思量一会儿，说：“你同胞的身份，他是报务员。”

海塞斯迫不及待地问：“这能说明什么问题？”

陈家鹄很干脆地说：“他身边肯定有国际通用明码本。”

有这个本本的地方多着呢。海塞斯认为这个理由不成立。但是陈家鹄告诉对方，日语是世界上最复杂的语言之一，它起源于象形文字，又经历重大变革，引入假名。现代的日语由四十八个假名组成，假名其实可以当字母看，世上没有哪门语言有这么多“字母”的，比如：古老的拉丁语和现代英语是二十六个字母，俄语是三十三个，德语是三十个，西班牙语是二十九个，意大利语本身只有二十一个字母，加上五个外来字母也只有二十六个。即使复杂的法语，加上十四个特殊字母也只有三十个字母，三十六个音素。

可见，日语之复杂。

因为太复杂，“字母”多，导致它的密码设计难度大，设计出来的密码本一般都特别笨拙，即使最简单的日本密码本都有好几大本，要用箱子来装。陈家鹄认为，大使馆人多眼杂，要藏这么大个家伙在那里是很不明智的，随时都可能被人发现。这是从空间上说。从时间上说，这批日本特务可能是最早到重庆的，有点投石问路的意思，能不能安顿下来吃不准——人生地不熟，说不定一来就被捣了。

“这种情形下，一般是不敢随身带密码本出来的。”陈家鹄总结说。

这两点理由都没有让海塞斯信服，他反驳道：“首先，我不相信萨根敢用大使馆的设备来替日本人干活，这个风险太大了。也就是说，我们可以肯定萨根手上有一部电台，既然有可以藏匿一部电台的地方，难道就不能藏匿一部密码本吗？其次，你怎么敢肯定这批特务是最近才来重庆的，他们可能早就潜伏在这儿，战争还没有开始就来了。也就是说，他们在这儿待了很久了，他们完全有时间、有条件带一部笨重的密码来。”

应该说，海塞斯的反驳是成立的。但是陈家鹄说的第三条理由，把海塞斯说沉默了。陈家鹄说：“虽然萨根在替日本人做事，但他毕竟是你们美国人，一个异国分子，说难听点不过是个讨口间谍饭吃的人渣子，一个玩命之徒。密码是一个国家核心又核心的机密，你认为日本高层会把一部密码随随便便丢给一个异国分子来使用吗？何况这个外国人的母亲你之前也说了，还是被他们国家开除国籍的人。为什么要开除她？肯定是做过对不起她祖国的事嘛。”

海塞斯沉默很久，发话道：“继续往下说。”

陈家鹄清了清嗓门，接着说：“替代密码的特点是只有密表，没有密本，或者说密本是公开的。但如果能进行复杂的替代，给人的感觉也是高深莫测的，就像一个玩牌高手玩纸牌，可以玩种种魔术出来，让人眼花缭乱，心智迷钝。密码就是魔术，伪装的魔术，如果玩得好，它完全可以瞒天过海。”

海塞斯打断他说：“这个你就不必多说明了，我就是个玩纸牌的高手，几年前我失业时，曾一度靠玩纸牌谋生，一副牌在我手上可以玩出一个人生、一个世界，可以做出所有人意想不到的精彩表演。”

“所以，一般人是玩不了的。”

“是，需要长时间的专业训练。”

“萨根作为使馆的一个专职报务员，他对国际通用密码本一定是精通又精通的。因为精通，所以有条件、有可能把它玩出花样来，玩得让人眼花缭乱，一天一个样，天天花样翻新。这是他擅长的，叫用人之长，也可以说是投其所好。他一定喜欢玩它，就像我们学数学的人迷恋博弈术一样。因为精通，又喜欢，他会尽情地玩，不知疲倦，不厌其烦，今天A是B，明天A是C，后天A是0或者1，等等。总之，像玩迷宫一样地玩。他这样花样百出地玩时，他也许有足够的自信，一般人是识不破他底细的，这也是他敢这样玩的理由。我甚至怀疑，即使日本人手上有现成的密码让他用，他也会嫌烦，弃之不用，建议他们以他擅长的这种方式来加密编码。这也是你们美国人的习惯，不愿被人指使，爱指使人听你们的。”

谈锋甚健啊。

这就是陈家鹄，平时话不多，可说到他感兴趣的事时，话比谁都多，旁征博引，比喻、例子一大堆，非让你叫停不可。海塞斯用哈哈大笑打断了他浓浓的谈兴，“够了，我不是陆从骏，是个只会看热闹的外行，我是你的老师，你不需要说得这么透彻，点到为止就行了。现在，我要问你，这个想法你是刚才有的，还是……”

陈家鹄莞尔一笑，“想法是刚才有的。”

海塞斯指指门口，“就我在外面抽烟的工夫？”

陈家鹄点头称是，“但想的过程早就开始了，刚才不过是瓜熟蒂落。”

海塞斯走开去，好像要思考什么似的，却突然回过头来对陈家鹄笑道：“看来天使已经来过这儿了，就是不知道他是真的还是假的。这么说吧，我从经验上不相信你说的，但是你确实又以一定证据说服了我。所以，我愿意把它带回去让演算师给你算一算。”

“不必了，我还是自己动手吧。”

“怎么，你是怕我剽窃你的成果？”海塞斯有点做贼心虚。

“教授，你想到哪里去了，我不过是想这工作量很小，也就是熬一个通宵而已，没必要麻烦他人。”

“如果你猜对了，理论上说你演算的最大值有1096次（即26个英文字母加上10个阿拉伯数字，36×36=1096）。”

“实际上……”

“实际上只有282次。”海塞斯抢过话头，指着电报对陈家鹄说，“我知道你要说什么，这份电报除了十个数字外，只出现了七个英文字母。原则上数字一般不会与字母互相替换，也就是说你要替代的分别只有十个数字和七个字母，两项相加总计为282次（即（10×10）+（7×26）=282）。”

“对。”

“所以我还是赶紧走吧。”海塞斯拿起烟斗，边走边说，“如果你运气好，也许我还没有回到办公室你就大功告成了。”

陈家鹄站起来，自嘲说他是初次掌勺，不要对他期望过高。海塞斯诡秘地笑笑，说：“公开干是第一次，以前悄悄干的成绩都被我占为己有了，还得了不少奖金呢。”说着掏出一沓钱来递给陈家鹄。陈家鹄惊愕地看着他，“你干吗？”海塞斯笑道：“我已占了你的名，再占你的利的话，晚上就睡不着了。”陈家鹄说对他最好的奖励不是这个。“你需要什么我知道，”海塞斯说，“又在想你的娇妻了，要回家？”看陈家鹄点过头后，他爽快地回答，“好，这一次你要猜对了，我一定想方设法给你争取。”陈家鹄说：“这话我可记在心上了，这钱嘛，你还是拿走。”说着，将钱塞回教授手里，把他往门口推。

“对不起，我要为我的机会奋斗了。”陈家鹄说着，打开了门，请他走。

海塞斯笑着摇摇头，揣上钱别过。出门的时候，他忍不住又回过头来深情款款地看了陈家鹄一眼，他发现，这个中国小伙子不仅外表长得英俊，而且内心也非常单纯、善良、真诚，对心爱的妻子一往情深，禁不住有点自叹弗如。

回到办公室后，海塞斯没有休息，而是冲了杯浓浓的咖啡，一边喝着，一边按照自己的思路，潜心分析研究起那些截获的敌特一号线的电报来。他虽然当时对陈家鹄的奇思怪想有一定认可，但回来仔细一想还是觉得有点离谱。他总觉得日本作为一个军事和密码都相当发达的强盗国家，外派特务不可能使用简单的替代加密技术。他又想，自己和陈家鹄不能在一棵树上吊死，他们得从不同的侧面包抄，即使两个人都不行，至少也是证明了两条死路。所以，他依然还是按照自己的老思路作业。

第二天早上，海塞斯起床后迫不及待地直奔附院，他还是好奇陈家鹄有没有给他弄出个惊天大喜。结果刚进院门，远远地，就看见陈家鹄像只鸟一样蹲在一截石坎上，举目望天，沉重的姿态不言自明，他的一夜努力已然付诸东流。

海塞斯从后面悄悄地绕过去，临近了才突然冒出来，对陈家鹄笑道："辛苦了一夜，以失败告终。不过，不要这样郁郁寡欢，你以为是我当众表演纸牌魔术，只准成功，不能失手的？你是在破译密码，一千次失败能够换来一次成功就已经是幸运之幸了。"

陈家鹄沉浸在自己的思绪中，许久才冷不丁答非所问地说："我感觉自己跟一个影子纠缠了一夜，我老看见他在我眼前晃，可就是抓不住他。"

"我给你泼盆冷水吧，"海塞斯走上前，正对着他的目光说，"也许影子只是你想象出来的，事实上它并不存在。昨天回去，我冷静想了很久，还是觉得你太异想天开了。"

"不，"陈家鹄霍地立起身，正经八百地申辩道，"绝不是我臆想的，我清楚地看见了他，可就是摸不到，像在玻璃的另一边。"

海塞斯一时无语，他思忖着该怎么才能打消他的古怪念头，让他跟着自己思路往前走。从某种意义上说，海塞斯连日来的努力已经开始有所回报，他也觉得自己已经看见过有影子一样的东西在他眼前晃晃悠悠，也许再接近一些，一个真实的家伙将会从天而降。

叁自侦听处侦控萨根与南京宫里的电台以来，至今已截获上线来电十一封，下线去电十三封，共计二十四封。其中一半电报，反映什么样的事情基本是明的，比如西郊被服厂被炸的当夜，下线对上发长电一封，其意一定是汇报轰炸战况。再比如，粮店少老大一行被毙后三小时，下线又向上发电一封，其意思也是不难估摸的。再比如，杜先生找密特先生状告萨根的当天夜里，电台最后一次联系，先是萨根去电（电文很短），半小时后宫里回电（电文更短），之后电台就消失了，至今没有露过面。萨根去电内容自可猜测，肯定是在向上报告：他被怀疑了，怎么办。诸如此类。海塞斯统计了一下，这样大致可以猜到电报内容的电报现有七封，他需要找其中之一作为突破口突围。只要撕开一道口子，正常情况下后面的工作就容易做了。

找哪一封电报作为突破口发力？

海塞斯经过反复研究、比较，最后确定的是南京宫里下发给萨根的最后一封电报。这封电报如下：

```
S-N
Oct-12                      特1卅
D-SSS十
れやえけ　しきみお　ひいへほ　はいふめ　につかく
やりをす　そこよて　おけもう　ん　りいたせ　ゆせねの
かいえむ　おやえき　さむえい　もへつい
```

电文的前三行，属格式内容，其实可以置之不理，无非是发报方、接收方和发报的时间、电报的等级等相关说明，电文的真正内容是在后面一串假名上。这些假名海塞斯业已破译，可以换算成如下数字：

8771 2169 5755 5050 4311

8892 2173 4169 # 8932 7244

1006 9791 2000 6539

总计十四组数码，一个假名。可以想见，中间那个孤零零的假名，多半是标点符号，此外的十四组数码，各代表一个字。也就是说，这是一封有十四个文字的电文，电文的大概意思基本上可以揣摩出来，肯定是在通知萨根暂时不要联络、等候通知什么的。

海塞斯为什么要从这封电报着手突破？首先是这封电报短，越短越好；其次他认为该电报可能有的意思相对比较确凿、固定，至少“暂停联络”的意思是确凿无疑的，因为事实已经证明从此后电台就哑了，消失了。根据该电文的字数和可能的意思，海塞斯预测，他需要罗列排猜的句式总和，不会超过两千次，现在他已经排除近一半，如果运气好的话半个月内必见分晓。

像海塞斯实施的这种破译方式，正如面对一把丢了钥匙的锁开锁，开锁师（破译者）根据经验作出判断，磨出一把把钥匙去捅锁眼，一把不行，又来一把，如是再三。这封电报，海塞斯凭经验判断，只要磨出两千把钥匙去捅它，必有一把可以将它捅开。两千把钥匙，就是两千句话，这些话意思基本相近，只是字面和句式选择不同而已。现在海塞斯已经试过近千句话，他自信最后能将锁捅开的“那句话”一定在剩下的一半句式中。

如果这些电文确实是设了密的，这也是脱密的常规方式，海塞斯在这么短的时间里已经路走一半，说明他很擅长这种方式，决非等闲之辈。但是，陈家鹄怀疑这些电文是未经加密的，不过是国际明码的巧妙翻新而已。照此思路来破译这些电文，等于是钥匙在手，只是锁眼被巧妙地掩盖了。就是说，陈家鹄干的事是在找锁眼（海塞斯则是配钥匙），当然是比较容易的。海塞斯认为这种可能性非常小，现在陈家鹄承认没有找到锁眼，也证实了他的预判。

接下来的日子里，海塞斯建议陈家鹄照他的思路走，他把自己已经排除的近千句报废的话提供出来，希望陈家鹄与他协同作战，一起来组织、揣摩剩下的那些话。陈家鹄跟着干了两天，总觉得提不起劲，他脑海里老是浮现那个熟悉的影子，赶都赶不走。两天下来，他揣摩出来的话不到一百句，连海塞斯的一半都不到。

自然，这些话都是废话，都不是那把能开锁的“钥匙”，它们的意义只是把那把钥匙锁定在后面的猜想中。

肆

转眼到第四天。

这天早上，海塞斯吃完早饭从食堂出来，正好撞上刚来上班的所长。这两天陆从骏晚上没有在单位睡，他怂恿家属做了人工引产手术（工作压力太大，不敢生下来），理当回家尽责。两天不见，陆从骏怪想念陈家鹄的，当即约上教授要去看他。途中，陆从骏被老孙喊住，去办公室处理了一些事，真正出发时已九点多钟，日上三竿了。快接近陈家鹄住的小院，陆从骏和教授都不约而同地仰起头来去看陈家鹄的窗户。阳光照在陈家鹄宿舍的窗玻璃上，熠熠生辉，可厚实的窗帘还紧紧地拉着。

海塞斯不由得笑道：“这小子，该不是干了个通宵吧？”

陆所长说：“年轻人，劲头足，精气旺，连干几个通宵没问题的。”随后问海塞斯，估计什么时候可以出成果。海塞斯捋着他浓密黑亮的胡子想了想，笑吟吟地说：“如果运气好的话，可能在一周内吧。”

陆从骏听了不大高兴，拉下脸半真半假地说：“别给我把宝押在运气上，一周之内你们必须给我出结果，你该知道，我把孩子都处理掉了，非常时期，你们要给我争气，可别让我干蚀本的事。”

俩人说着上了二楼。可推开陈家鹄宿舍，空空的，床上只有一床被子，没有人影。

便想一定在上班。

便去他的办公室。

推开办公室，俩人呆住了，陈家鹄根本没在干活，而是夸张地趴在桌子上睡得喷喷香，有声有色，睡得死死的，对俩人的闯入毫无反应。海塞斯走过去，拍拍桌子，叫醒他，说：“可怜的人，你怎么在跟桌子亲热呢？”陈家鹄醒来，揉着眼睛，打着长长的哈欠，一边含糊不清地问：“几点了？”陆所长有些不悦，揶揄道：“难怪你在培训中心的时候老在课堂上睡觉，原来你有这怪癖，放着好好的床不睡，硬要睡桌子。”陈家鹄一脸倦容，咕哝道：“睡桌子有什么不好？”说着拿眼睛去瞟旁边的一堆草稿纸，朝着陆所长神秘一笑，“你要是知道我睡桌子睡出什么结果来，恐怕你以后巴不得我天天都睡桌子喽。”

陆所长一时没反应过来。

海塞斯听了，一个惊喜，瞪着眼问他：“怎么？你找到那句话了？”

陈家鹄把那堆草稿纸往他面前一推，“何止一句话，我把它的老窝端了。”

原来，几天来那个熟悉的影子一直折磨着他，昨天晚上他又转回到自己的老路上去琢磨，一夜穷追猛打，竟然把那“影子”逮住了！就是说，特一号线的密码正如陈家鹄当初猜测的一样，确实是国际明码的翻新，只是翻新的方式没他猜的这么简单。事实上，该密码在翻新的过程中不但采用了替代技术（这是陈家鹄猜的），同时还加入了移位技术。

和替代术一样，移位术在密码发展史上也是最初级的技术，原理很简单，就是调换排列次序。本质上说，移位也是替代，比如把A、B次序转换一下后，也可以理解为B替代了A。不同的是，移位发生的替代必然是有规律可循的，比如特一号线密码采用的移位术是“奇偶对移”，即A、B对移，C、D对移，后面依次类推，直至Y、Z。而替代是没有规律的，它可以完全按照设密者的需要任意指定，比如A是Z，也可以指B为Z，就看设密者是怎么设定的。

特一号线采用的是替代加移位的双重技术，所以第一次陈家鹄单纯的替代是见不到结果的（出来的结果要么是乱码，要么就是怪字，词不达意，连不成一句话）。昨天夜里，陈家鹄突发灵感，想到移位术，在已有的经过替代的基础上又试着进行了移位，结果试到第九轮时，奇迹发生了，出现了下面这一句意思连贯的话：

全体暂时按兵不动，等待来人接应

毫无疑问，这回一定没错了，因为早有预判，该电文的内容差不多就是这个意思——这些天，陈家鹄和海塞斯正按这个意思在凑话呢。有趣的是，陈家鹄之前排测的近百句话中，有一句话其实已经很接近它：

切记全体按兵不动，等待来人接应

仅两字之差。

然而，失之毫厘，谬以千里，别说两个字没对上，只要一个字对不上，一切都是零。黑洞。白纸无言，天书无言，没有谁会告诉你，黑洞有多深、多宽、多高。

海塞斯发觉真相后，激动得上前一把将陈家鹄抱住，紧紧地抱住，一边欣喜难当地用英文大喊大叫：

“God works！God works！”（上帝的安排！）

“你在说什么？”陆所长茫然得很。

“成了，成了！”海塞斯丢下陈家鹄，转身去握陆所长的手，像个小孩子似的忘情地欢呼，“我的弟子太伟大啦！你又要立功啦！”

陆所长愣愣地看着一旁的陈家鹄，简直不敢相信这是事实，因为刚才海塞斯还在说，如果运气好的话有可能在一周内破解敌特一号线密码，而现在仅仅才过去几分钟，几分钟啊！一激动，陆所长也上前抱住了陈家鹄。

也许是太困了，陈家鹄不像他们那样兴奋，他从俩人的拥抱中挣脱出来，平静地对海塞斯说：“还是先忙正事吧，我只译出了一份密电，其他的就按着我弄出来的公式叫人去译吧，我才睡了三刻钟，太困了，我还要睡觉呢。”

海塞斯连忙说：“对对，这是分析科老刘他们的活了，不用你辛苦。”回头对陆所长说，“你不是要找出萨根是间谍的证据吗，把它们全都译出来，证据就有了。”陆所长想说什么，被海塞斯一把拉着往外走了，还轻轻地帮陈家鹄关上了门。

分析科刘科长领命，当即组织全体分析师，按陈家鹄提供的公式，对先前截获的所有敌特一号线的密电进行破译。不到一小时，所有密电均在劫难逃地原形毕露：

承蒙伟大的帝国空军精准打击，黑室现已从地球上消失，料陈家鹄亦难逃死劫……

经本地晚报资讯证实，著名数学家陈家鹄必死无疑。另请从速安排少老大返沪……

刚获悉，据点被捣毁，少老大等四人悉数尽忠，事发缘故正在调查中，外围暂无恙。请保持二十四小时联络……

今上司找我谈话，足见我身份已被其怀疑，恐有麻烦，电台必须尽快转移，善后必须尽快办理，请速派人来……

看着一份又一份密电相继告破，海塞斯喜不自禁，“这就是一个破译师最幸福的时刻，看着他们译出一份份电报，就像看见钞票在一张张印出来。”陆所长不甘落后，喜形于色地跟他比喜，“我比你还幸福呢，就像看见萨根的罪证被一样样地立出来。”海塞斯不满地嚷道：“什么叫‘就像’，事实就是如此嘛。”说着抓起那些译文举到陆所长眼前，“你看，白纸黑字，清清楚楚告诉我们，他就是在替日本人干活。”陆所长笑道：“是是是，我表达有误，行了吧？”随后，接过那些译文在手里掂了掂，对着窗外长舒一口气，摇头晃脑地说，“这下好了，密特先生，等你看了这些，你还敢怠慢我们的杜先生吗？”

仿佛密特先生就在窗外。

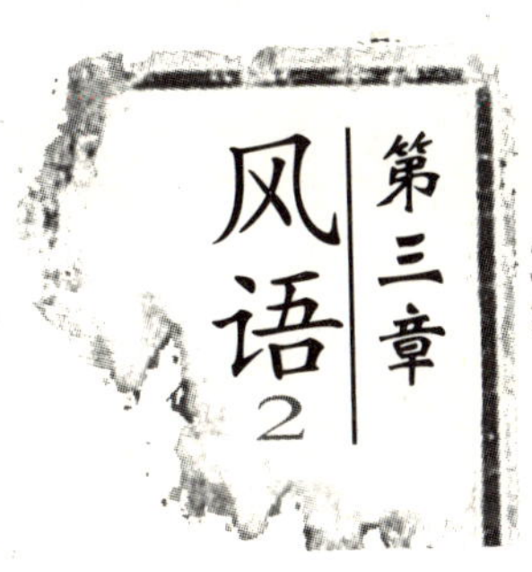

第三章 风语 2

壹 天空依旧，阳光依旧，大门依旧，卫兵依旧，就连那蓊郁的梧桐树林，也同样伸展着千万只绿色的巴掌，在微微吹送的嘉陵江暖风中，傲慢地摇曳着。所不同的是人的心情。当车子重新又停在美国大使馆门前，杜先生带着秘书，踏着高高的石阶梯一步一步地往上走的时候，他的心情已经发生了巨大变化。他知道他提包里装着的东西的分量，那不仅是一个美国人为日本国充当间谍的证据，还装着他的政府的尊严，他的组织的尊严，他的团队的尊严。所以，今天杜先生的步子迈得特别的沉稳、有力、充满信心。他仰起头，细心地打量着这座巴洛克风格的高大建筑，心中竟然没了那种惯有的压抑感、刺痛感。他显得非常轻松，非常庄重，甚至还有一丝不容觉察的自得和自负。人就是这么奇怪，四两重的心有着改变一切的神奇魔力。

会见照例安排在二楼的接待室里，密特先生迎接的态度较前次明显温和了许多，言语间也透出几分轻松、诙谐。

“坐，请坐。怎么不坐？难道你准备丢了东西就走人？还是为了表示对我的敬意，客随主便，等我先入座？”

“都是，也都不是，这要看主人需要什么，如果您希望我丢下东西走人，我不会多留半刻。”

“你觉得受到冷遇了吗？”

“没有。”

“那就入座吧，你就是给我带来的是毒药，我们也得在必要的礼节中交接嘛。”

这个开场白不错，双方都不卑不亢，有礼有节，既在互相示好，又在互相保持尊严，冷热有度，软中带硬。

可密特先生打开杜先生递交给他的文件夹，粗粗看了里面破译的电报后，却突然仰靠在椅背上笑了起来，“我还以为是什么呢，这能说明什么？”

杜先生偏偏不按他的思路走，答非所问地说另外的事，其实也是想趁机刺他一下，但话说得相当恭敬礼貌，足见杜先生在外交上的老到，“首先，我非常感谢阁下高度重视我们的要求，虽然心有疑虑，但依然在会见我之后的当日及时跟萨根作了严正的交涉。所以，今天我要专门向阁下鞠个躬，表示感谢。”

杜先生起身恭敬地向密特鞠躬。

密特先生并不领情，因为他感到了来者不善。他想，我和萨根的谈话他怎么知道，莫非他在我身边安了线人？这么想着，声色不觉地变严肃了，“鞠躬就不必了，但话有必要说清楚，你从哪里得到消息我跟萨根交涉了？”

杜先生从文件夹中抽出一份电文，递给密特看，一边不慌不忙地说：“这不是明摆着的吗，那天晚上八点十分，萨根给日军南京特务总部去电汇报——今上司找我谈话，足见我身份已被其怀疑，恐有麻烦……至今大使先生外出未归，他的上司自然就是阁下您了。”

密特先生一惊，但又不愿甘拜下风，依然假作怒颜，极力地狡辩道：“‘我’是谁？‘上司’又是谁？你无证无据作出这种推断，难道‘我’就是萨根，‘上司’就是我，这就是杜先生的工作方法？如果你是这样工作的，对不起我无法配合你，这样的话你也许真的可以丢下东西走人了。”

杜先生稳稳地坐着，笑道：“我们中国人有句俗语：既来之，则安之。我既然来了，当然要把想说的话、该说的话都说了才行。”

密特先生气咻咻地说：“可我没有时间陪你！”话虽这样说，却又没有起身逐客的意思。这给杜先生一个信号，其实密特先生是想谈的，只是不愿谈得这般没面子，他的脸面不仅代表他个人的尊严，也代表美国政府。于是，杜先生不再跟他玩机锋，双手抱拳，向对方示敬，开诚布公地说：“密特先生，我们不妨还是坦诚一点吧，从这些电文上虽然看不出‘我’是谁，但我们已经有足够的证据证明，这个‘我’就是萨根。阁下您瞧，该电文落款S，想必阁下心知肚明，S就是萨根替日本人干活的工作代号，所以……”

“没有所以！”密特先生失礼地打断杜先生的话，提高声音说，“你说的足够证据只不过是你自己一厢情愿的认为而已，在我这里……你代表不了我，更不可能说服我！”

杜先生的脸色陡地阴沉下来，心想，这就是你们美国人的不是了，错了就错了，怎么还这般强词夺理，死要面子！这么想着，杜先生腾地站了起来，还以相等的声音和颜色，“看来，我是没必要再留下来了，那么后会有期！”他拿起脚下的提包，准备往外走。

密特先生没有站起来，他一直盯着杜先生默不做声。眼看他的随从已经拉开门，杜先生即将出门之际，他突然说：

“请留步，杜先生。”

接下来发生的事情是杜先生万万没有想到的，密特先请走了自己的随从，然后态度虽然还是那么傲慢，但说出来的话已经透出十足的诚意：

“尊敬的杜德致先生，我可以坦率地告诉你，你已经无须向我提供萨根勾结日本人大行其丑的任何凭据，不需要了，因为我掌握的证据比你这些电文要过硬得多，充分得多！大使先生也赋予了我处置他的权力，你也许要问，那我为什么不处理他？我可以告诉你，我想处置他，很想很想，我恨不得马上就把他逐出中国！”

俩人互相注视，好像在互相辨认。

密特收回目光，继续说道：“其实我在等待你来，我有要事要问你，在我说明问题之前，我希望你给我一个承诺，你将给予我绝对的诚实，绝对诚实地回答我的问题。可以吗？”

杜先生从他的口气和目光中都感到，他没有否定的权力。

“可以。”

“你的数学家陈家鹄到底有没有死？”

“……”

“你不要耍心眼，你已经承诺我，要诚实，绝对诚实。”

“……”

"事关重大，如果你想让我处置萨根，你必须对我毫无保留。"

杜先生终于还是说了实话，密特听了气得一屁股跌坐在沙发上，连声叹息，"完了，他赢了，你们休想把他逐出中国。"不等杜先生有何反应，他又接着说，"我无法理解你们中国人为什么就那么爱说谎？难道谎言能给你们力量吗？"

面对密特的指责，杜先生又撒了一个谎，"并不是我故意要说谎，当时我们都以为陈家鹄被炸死了，没想到……"

密特打断他，"你没想到的事情多着呢，如果我告诉你萨根已经知道陈家鹄没有死，你会怎么想？你们以此作为讨伐他的一个重罪，可他知道陈家鹄没有死，这个罪不成立！"

"他不可能知道。"杜先生今天第一次觉得说话心虚。

"哼，愚蠢的人总是最自信的。"密特站起来，似乎是为了离愚蠢的人远一点，边走边说，"老实告诉你，他知道了，否则你在中国就看不到他了。我手上有确凿的证据证明他确实在为日本人充当间谍，理当革职，驱逐出境。我本来已经对他作出处理，停止工作，遣送回国，他就拿这件事把我难住了。我原来还在想，也许是他在狡辩，他用谎言来争取时间等大使回来，企图做垂死挣扎，没想到撒谎者是你。你让我很失望，现在你可以走了。"

杜先生想起身，突然觉得双腿发软。他定了定神，对密特说："可以证明他为日本人干活的证据还有很多……"

密特摆摆手，刻意地转过身去、移开目光，毫不掩饰他的轻蔑和厌恶，"你是不是要建议我去搜查他的房间，把电台找出来？请不要再说愚蠢的话了，这一次你输定了，输家还包括我。我可以告诉你，即便如此，大使回来了照样处理不了他，你们用谎言救了他。现在我想谁也处理不了他，除非你们先把陈家鹄处理了。就这样，我先告辞了。"

密特说罢即走，把杜先生一个人丢在沙发上。这结果是杜先生来之前怎么也没想到的，他木木地呆坐着，突然觉得这屋子是那么大、那么冷。不过，倘若杜先生有未卜先知的本领，能够知道幸运度过此次危机的萨根，最终将会成为陆从骏们处理惠子的决定性棋子，他一定不会如此窘迫，如此沮丧。世界上的事情就是这样，福祸相倚，塞翁失马四字成语，其意义有时候能抵得过一篇文章，一本书，甚至一部宏幅巨著。

贰

一个小时后。

陆从骏下了车，兴冲冲、喜滋滋地往杜先生办公室走去。五个小时前，他怀着同样的心情来给杜先生送刚刚破译出来的特一号线密电，得到了杜先生口头嘉奖一次。当时杜先生连声道好，眉宇间露出了孩童般的欢喜，这种样子对杜先生来说实属稀罕，给他留下了深刻印象，此刻都还在眼前晃荡。杜先生当即让秘书安排约见密特先生。他知道下午一上班杜先生就去见密特先生了，现在杜先生又召见他，可以想见一定是让他来分享从美国大使馆带回来的喜悦。陆从骏甚至边走边得意地想，杜先生这样的人，原来也是做不到宠辱不惊的。

哪知道，杜先生一见他，就劈头盖脸臭骂一顿！

当初杜先生之所以在给美国大使馆的材料中谎称陈家鹄被害，一方面是想借此给敌人放个烟幕弹——他死了，你们就休手吧；另一方面是觉得，这个谎言是包得住的，陈家鹄身在铁桶一般严丝密缝的黑室里，谁能知道底细？可萨根居然知道了，是哪个环节出事了？

“说，到底是怎么回事！”

面对杜先生的斥问，陆从骏乖乖道出了真情：他为了向陈家鹄家人证明陈没死，曾安排他们通过电话。杜先生听了，气得恨不得抽他耳光，可抽耳光能解决问题吗？现在的问题是谁向萨根通的风、报的信。

不用说，肯定是惠子。

说到惠子，俩人都有话要说，杜先生强忍住愤怒，有话好好说。

“你不是在侦查这女人吗？”

“是。”

“有结果吗？”

“请允许我说实话。”

“废话！难道你以前跟我说的都是假话？”

陆所长让自己冷静了一下，缓缓道来：“是和不是对半开吧。说她是嘛，理由很多，比如她到重庆饭店工作，还有她跟萨根的关系，都可以当证据看。还有，她的哥哥曾经是日本陆军情报官，当初陈家鹄差点被日本军方调用就是她起的头。说她不是吧，也有理由，到现在为止，我们盯她那么久了，还没有掌握确凿证据可以证明她在从事间谍活动。”

杜先生对陆所长的回答显然不满意，斜他一眼，“你这等于没说，我要的是你的判断，不是情况介绍。是和不是，我要你拿出决定。”

陆从骏迟疑一会儿，斗起胆量说：“以我之见，惠子跟萨根不会是一伙的，她不过是被萨根给利用了。”快速地看了杜先生一眼，发现他正看着自己，低下头又说，“当然我的判断不一定准确，恳请首座指教。”

杜先生冷笑一下，“以我之见，惠子的事情不是小事。”他已经平静下来，口气沉缓，却更像大人物在说话，“现在看来陈家鹄确实是个人物，藏起来只是权宜之计——你总不能老把他给藏起来吧？那个院子下一步要做你们的家属院，我已经在落实翻修的资金了。”

陆从骏很明白杜先生的弦外之音，就是要让他尽快拆散陈家鹄他们的夫妻关系。“但是我们完全可以把她说成跟萨根是一伙的。”

“光说没用，得有证据。”杜先生抽出一支烟，又甩给陆从骏一支，后者连忙给他点上。抽了一口烟，杜先生接着说，“你不是说他们夫妻感情很深，感情有多深难度就有多大，你必须拿出能够让他心服口服的证据，要让他来感谢你拆散了他们，否则后果将不堪设想。”

“嗯，知道了。”

“知道了就去做，不要再干傻事。”

高兴而来，败兴而归。

上了车，陆所长迫不及待地解开了风纪扣，不是因为天热，也不是因为挨了杜先生的骂，而是……他想起刚才杜先生的“要求”，心里顿时有些烦躁。说句良心话，他实在是不想去做那个恶人，活生生地拆散陈家鹄两口子。他知道陈家鹄对惠子的感情，更知道惠子对陈家鹄的无限眷恋。关键是，如果真的不择手段将俩人拆散了，未必就对黑室、对破译工作有什么好处。更何况，怎么说呢，古人不是说，四百年才能修到同坐一条船的缘分，一对夫妻就是一座庙，他现在要拆庙呢，心里总是有点儿忌讳和隐忧。

但杜先生的指令是绝对不容置疑的，更不能违拗，哪怕是一点小小的意见或建议你都只能顺着他的意思来，不能当面顶撞，不能阳奉阴违。看来，这恶人他当也得当，不当也得当了。俗话说，人在江湖，身不由己，他现在处的江湖可不是民间坊里的一个地窖，它是一个国家的黑洞，大着呢，深着呢，强着呢，悍着呢，险着呢，恶着呢。陆从骏深知，自己只能在这个强大无比的“大江大湖”里任人摆布，随波逐流。

所以，回到五号院，陆所长直奔老孙的办公室，劈头盖脸地问老孙：“惠子那边的情况究竟怎么样？她到底是不是间谍？”老孙被他突如其来的发问搞懵了，半晌才吞吞吐吐地说：

“暂时还……还不好说。”

“你不是一直在跟踪她吗？怎么到现在还没个结果？”陆所长的脸色变得非常难看，两眼瞪着他说。

老孙想了想，便直言相告，他觉得惠子不太像间谍。

陆所长发无名火，拍着桌子对他吼道：“什么像不像的？有哪个人生来就长得像间谍？”老孙愣愣地望着他，不明白他话里的意思。陆所长冷笑道：“亏你还跟了我这么多年，连这个也不明白？她是间谍当然更好，她不是间谍，我们就不能想其他办法了？”

老孙望着陆所长，惊愕之下似有所悟，便想起一个主意。

“办法倒是有一个。”

“说。”

说的是家鸿的事。

家鸿的表现，对老孙来说是两个字：惊喜！从陆所长那次跟他谈话后，家鸿一直恪尽职守，把他所看到和了解到的惠子的一些异常情况，都及时、如数地报告给老孙。只是惠子可以说的事情实在不多，“如数”也不过是寥寥。

情况从他知道萨根是日本间谍后发生了意想不到的变化。也许是石永伟一家人的罹难加深了他对惠子的恨，最近一段时间，他经常捏造一些事实来状告惠子与萨根怎么怎么着。家鸿不知道，其实老孙一直派人在监视萨根，虽不能说亦步亦趋，时时刻刻都掌握他的行踪。但至少已经有两次，老孙明明知道萨根没跟惠子在一起，可在家鸿的汇报中，居然有鼻子有眼地说他们在哪里干什么。更……怎么说呢，说起来是有点恶俗了，萨根带惠子去南岸国际总会的那次，小周一直盯着梢，老实说，他们在那儿待的时间很短，惠子的表现一点都没问题，很早就执意要回家，出门时萨根想搀她手被她断然拒之。可在陈家鸿的汇报中，变成了深夜“十一点才回家”，离开那儿时俩人“手搀着手，无比亲密”，给人的感觉俩人在那里面一定开了房，睡了觉。

陆所长一直默默听老孙说完这一切后，沉思良久，说：“且不管他为什么要诬陷惠子，我关心的是你想干什么。”

老孙似乎考虑过，不假思索地说：“我在想，是不是可以安排他们兄弟俩见个面？”

“干吗？”

“让家鸿把对我们说的这些对家鹄去重说一遍。”

“目的是什么，让陈家鹄抛弃惠子？”

“至少要怀疑吧。”

“是，要怀疑，怀疑的结果是什么？”

老孙不知所长想说明什么，一时无语。陆所长说：“你想过没有，这样搞的结果肯定是陈家鹄跟我吵着要回家去明察暗访，我同意吗？就算我同意好了，他回家了，通过明察暗访，发现其实不然。结果肯定是这样的嘛，除非你把惠子身边的人，他的父亲、母亲，还有他妹妹，家里所有人都收买了，你行吗？”

显然不行。

最后，陆所长总结性地说：“这肯定不行，要想其他办法，而且必须是万无一失的办法，千万别给我干傻事，捅娄子。别人不知道，你该知道，这家伙是头倔牛，满身都是火星子，惹了他，不把你烧死才怪。”不耐烦地朝他挥挥手，“你走吧，办法自己去想，目的只有一个，让他们散伙！”见老孙诧异地站着不动，这才想起这是他的办公室，便猛然转身，气咻咻地走了。

回到自己的办公室，抽了烟，喝了茶，烦躁的心情和莫名的怒气才稍微平息了一些，但脑海老是浮现陈家鹄的身影。有一会儿，他不自觉地站到窗前，又不自觉地极目远望，好像他的目光能够穿透双重围墙，看到对面那个院子，那个院子的小院落，那栋只住着陈家鹄一个人的房子。看着，看着，他长长地叹息了一声，对那栋楼喃喃自语道：“陈家鹄啊，你不要怪我心狠手辣，我也是实出无奈啊。”他说这话时竟古怪地想到了执行杀人命令的刽子手，每次刽子手要砍人脑袋之前，总会对受刑人说：兄弟，是官老爷要你死，我只能给你个痛快的，你到了下面，可千万别记恨我。

此时，陈家鹄已经在琢磨破译一部新的密码，他一定做梦也不会想到，他惊人的才华崭露得越多，他离惠子的距离也就越来越远。他的才华可以改变他人的命运，却无法改变自己爱情的命运。

事实上，他的爱情、他的命运，自从被黑室盯上他的第一天起，就已经铁定如山，无可更改了。

肆

阳历十一月份，北方已是天寒地冻，重庆只是刚刚有一点初冬的感觉，早晨从被窝里钻出来的一瞬间，觉得有点冷皮冷肉的。重庆的早晨醒得迟，因为太阳是从东边升起的，而东边有连绵起伏的崇山峻岭，太阳每日只好“犹抱琵琶半遮面”。入了冬，太阳光顾得越发迟了，七点多钟，天还是朦胧亮。

所以，重庆人的早餐一般总是在灯光下完成的，灯光下做，灯光下吃。

这天早晨，惠子下楼后，照例去厨房帮妈妈打下手，给一家人准备早餐。可刚进门，闻见一丝熟食的香味，她像受了什么刺激似的，肠胃忍不住地翻江倒海起来，随即捂住肚子，跑到庭园里，蹲在地上一阵干呕。

陈母见状赶紧出来关切地问她怎么了，是不是昨晚没睡好，着凉了。惠子摇摇头，面色苍白地尴尬一笑，说她最近经常这样，过一会儿就好了。说着又忍不住捂着胸口干呕起来，很痛苦的样子。

陈母是过来人，想起自己受孕之初也是这个样子，老干呕，便当即问她几个妇科问题。惠子一一作答，陈母听了明白自己估算得没错，便喜乐地笑道：“你呀惠子，确实还是个孩子啊，这种事都不懂。快去坐着休息，待会儿让我带你去医院看看。记住，今后要多休息，不要碰冷水。”

惠子一头雾水，“妈，我怎么了？”

陈母看看她很正常的腹部，努了一下嘴，“你可能要让我当奶奶了。”

下午去医院检查，果然如此，两个多月了。从医院回来，惠子看见陈父坐在庭园里在看报纸，照例要去给他泡茶，陈母却把她往楼上推，“行了，以后你就少忙乎这些，他还没有老到连杯茶都泡不了，他泡不了还有我呢。”陈父听了觉得怪怪的，对陈母说风凉话：“你今天去外面是不是染了羊癫疯了，回来就跟个疯婆子似的，不说人话。”

陈母不理他，把惠子往楼上推，一边继续对她说，因为心里盛满了欢喜，乐坏了，说得颠三倒四的：“上楼去休息吧，哦，不，不，赶紧给家鹄去封信，告诉他，看他会乐成什么样子，说不定就乐得回来看你了。”

送走惠子，陈母才回头来对付老头，看他正朝自己瞪着牛眼，训他："瞪什么眼，我这就给你去泡茶行了吧。我看你呀，是被惠子惯坏了，现在懒得连杯茶都要等着人泡，总有一天要渴死你！"

陈父看她欲进厨房，喊住她："你回头，没人要喝你的茶，我要听你说，"指指楼上，"你们去哪里了，到底怎么了？"

陈母乐陶陶地凑上前，"你猜。"

陈父毕竟不是个细心的男人，没有猜中。不过等到陈母告诉他时，他竟也乐得不亦乐乎。人上了年纪，最惧怕的事是"后继无人"，最开怀的事是"子孙满堂"。所以，惠子怀孕的消息让老头子着实是乐到骨头缝里去了。

伍

这天晚上，惠子一直沉浸在幸福无比的遐想中，她想起就在一个礼拜前，她曾给家鹄去信，提到她想给他生个孩子……本来，这只是她表达对他的思念的另一种方式，没想到孩子已经从天而降。不用说，那时候孩子已经在她腹中秘密地生长。怎么，我一想要孩子，就真有了……梦想成真，似乎说明她跟家鹄真是天赐良缘，他们一定能幸福美满地过上一辈子。这么想着，惠子觉得幸福得几乎要晕眩过去，她就在这种半晕半眩中趴在桌子上，提起了笔，给陈家鹄云云雾雾地写起信来：

> 家鹄，亲爱的家鹄，你可知道我写这封信的时候，心里是怎样的一个高兴？高兴之情，难以言表！此刻我还流着泪，那是喜极而泣，我简直都握不住笔了——因为我的手跟随心脏在猛烈地颤抖，喜悦和激动将我浑身的血液都燃烧起来了，我真想像鸟儿那样振翅，朝着你的方向，飞去，飞进你的心里去！
>
> 家鹄，我有十句、百句、千句、万句……太多太多的话想对

你说，但真正要说又不知该如何说起了，正如你常说的，数学上的“无尽大”就是“无穷小”，无限多的话竟让我失语。这么说吧，家鹄，那千言万语汇聚起来，就是我们长久以来最大最迫切的梦想，就是我们最完美最热烈的幸福。看到这里你猜到了吗？是的，你一定猜到了：我怀孕了！我怀上了我们的孩子！我们的爱就要结出最完美的果实。这是真的，如同我现在正给你写信一样真，如同我永远爱你一样真，千真万确的真。

你还记得吗？你在临走前，嘱咐我要我勇敢面对暂时分离的痛苦，并对我吟了一首正冈子规的俳句：痛苦难忍的时候，定有幸福在暗中靠近。我经历了这么长时间的周而复始的望眼欲穿和按部就班的忧心忡忡之后，幸福真的就来临了。

你可以想象，当我从医生口中听到那不啻观音菩萨玉旨纶音的诊断的时候，一朵绚烂的礼花顿时噼啪炸开了我的胸膛，那一瞬间，所有的美和所有的善就像富士山下的樱花一般在春风中尽情怒放，温柔的快乐在细腻地闪烁，如同你我在一起的时光，如同天上无瑕的星星。我不由闭上了眼睛，近乎眩晕中，就看到了你喜不自禁的模样，仿佛窗外的阳光一般暖人心怀。

对了，跟我们一样高兴的还有家里人。你知道吗，爸爸妈妈现在对我比亲生父母还要好，大哥和小妹对我也更好了，我感觉我已经完全融入了这个温暖的家庭中，是血浓于水的融入啊。啊，家鹄，我们的孩子还没有出世，就给我带来了如此多的幸福和安心，除了感激上天的眷顾和你的爱之外，我还能说什么呢？我什么都不说，但我相信你什么都听到了。

当然还有遗憾，就是你不在我身边，不能与我分享这份幸福和幸福的幸福。家鹄，我真的好想好想与你一起分享这一切的幸福啊，你快回来吧。我现在的期盼比以往更加热切，因为多了孩子的一份。我与孩子一起，分分秒秒期盼着团聚的时刻能够早日到来，期盼着看到你干净的布鞋，修长的手指，明朗的前额，甜蜜的微笑……

行了，惠子，别那么费劲了，你写得再多、再深情、再感天动地都将等于竹篮打水一场空。这封信的内容注定陈家鹄是看不到的，什么信都可以放过去，这封信绝对不行。

这是一剂毒药！

陆所长只扫了一眼，便将它撕了个粉碎。

这是所长第一次撕惠子的信，让一旁的老孙觉得异常，“她说什么了？”

陆所长没好气地说：“她说你要赶紧下手，有新情况了。”让老孙听了一脸茫然。“她怀孕了！”陆所长把撕毁的信扔到脚下的纸篓里，抬起头，目光犀利地盯着老孙，“你觉得这孩子能出世吗？”

“不能。”老孙已经明白陆所长的想法，坚决地说。

陆所长断然说：“这孩子一旦出世，陈家鹄就永远是鬼子的女婿了，孩子会像树脂一样把他们粘连在一起，你明白我的意思吗？”这还能不明白吗？“明白就好，快去处理。”陆所长站起来，面色阴沉地对老孙说，“要知道，这是一个魔鬼炸弹，定了时的，时间会让它越来越大，大到瓜熟蒂落时你就完蛋了，收拾不了了，还是趁早处理吧。”

中国有句老话：不孝有三，无后为大。

家鸿曾有一儿一女，哪知道从南京到重庆的逃难路上，一对金童玉女，还有他们的妈，都被敌机炸死了。家鸿本人也受了伤，成了独眼龙，半个残废人。转眼事过境迁快一年，母亲曾多次明的暗的想给他张罗一场新婚姻，但家鸿似乎被悲痛击垮了，整日沉浸在不能自拔的悲痛中，碌碌无为，心如死灰，对母亲的期望不闻不顾。他的心死了，只留下了一颗复仇的种子，一颗被仇恨碾碎的心，不论在电影上还是报纸上，只要看见日本人他就会气得咬牙切齿。想到家里有一个日本人，他就不想回家。回到家里，就老躲在楼上，尽量回避与惠子碰面。碰了面，他总是有种冲动，想破口骂人，想踩她的影子。过分的悲痛让他失却了基本理智和正常生活的信念，他对老孙凭空编织着惠子一个个罪状，心里充满隐秘的期待。不用说，现在的他，更乐于为这个家庭赶走一个女人，而不是再迎接一个。

家鸿的这个样子，其实是放大了两位老人对惠子“现状”的欣赏和爱戴，他们是那么想她尽快生个宝宝，以续他们陈家的香火。所以，惠子怀孕的消息不仅成了这个家庭里的头等喜事，保胎也成了他们的头等大事。

这天惠子下班回来，见母亲正在庭院里托着一个笸箩在拣米中的石子和稗谷子，就丢下拎包，跑上来蹲在母亲身边准备帮忙。陈母赶紧将她拉起来，不无怜爱地埋怨她，说她现在是有身孕的人了，怎么能这样蹲着。惠子甜蜜地笑着，说没事。陈母嗔怪道：“等有事了还来得及？快坐下吧，好生休息着。以后啊，烧饭买菜你就别管了，我管得过来。”惠子说她没那么娇气。陈母说：“你不娇气孩子娇气，妈是过来人，知道利害，前四个月的身孕最难养，一定要多注意，这可是咱们陈家现在唯一的骨肉。你没看这两天老头子高兴的样子，从来不上街买菜的，现在也提着菜篮子陪我去买菜，我心里呢也像喝了蜜一样，甜着呢。跟家鹄写信了吧？”

惠子点头，说：“写了。”

陈母望着惠子，美美地笑着，“他看了信后，还不知道会高兴成什么样子呢。快三十的人了，也该当爹了。下午老头子还在跟我说，怕你上班累着，干脆不要去上班了。”惠子说没必要，她上班很轻松的，就在办公室里坐着，没什么事。陈母疑惑地盯着她，问：“萨根先生真的没事了？那老板还会像以前一样对你好吗？”

惠子笑道：“妈你放心，老板对我和萨根叔叔都好着呢。”

坐在屋檐下看报的陈父已将她们的话都听进了耳里，这时止不住走过来，高兴地说：“没事就好，你们好着，大家都好着，我们也就放心了。这个家鸿啊也不知从哪里听来那些鬼头鬼脑的东西，害得我们都瞎担心了一阵。不过现在兵荒马乱，人心惶惶的，有些谣言乱传也正常。”说完又坐回到屋檐下，戴上老花眼镜，看起了当天的报纸。

连日来萨根有事没事总往外面跑，重庆饭店，国际总会，戏院，电影院，大街小巷，走家串户，所到之处，全是一副大摇大摆、四方招摇的模样，不是跟这人招手，就是跟那人点头，如同全重庆的人都是他家祖上的。

这就是萨根的老奸巨猾了，你们不是怀疑我是间谍吗，在重庆有同伙吗？他便有意跟些莫名其妙的人嘻嘻哈哈、打情骂俏、搅浑水，让人摸不着头脑。相比之下，重庆饭店他还是来得最多，咖啡馆、酒吧、前台、车行，七转八转，转到最后，总是免不了要去见见惠子。

他频繁出入惠子办公室，自有他的用意和目的。

这天，萨根在酒吧跟一个年轻漂亮的小姐调笑一阵后，又径直上了楼，去了惠子的办公室。惠子见他最近老是来找她，还嬉皮笑脸的，有些烦，便直通通地问他怎么又来了。萨根却毫不介意地耸耸肩，说："想你呗，就来了。"惠子调侃道："想我是假，想这楼里的某一个女人才是真的。"萨根哈哈大笑，径自坐到惠子对面，故做神秘的样子，说："你无法获知我内心真的在想谁，但我却知道你在想谁。"

"谁？"

"陈家鹄。"

"这人人都知道，有什么奇怪的。"

"是不奇怪，可换个角度看又太奇怪了。"

惠子挑着弯弯的细眉，狐疑地望着他。萨根见她上钩了，笑了笑，直言不讳地说："你们俩同在一城，日夜相思且不说，现在陈家鹄出了这么大的事，单位都没了，被炸成了废墟，你却只能闻其音而不见其人，就算是落草为寇嘛，也不至于搞得这么神秘，这还不奇怪吗？"

惠子顿即沉默下来，脸上的表情变得非常复杂。萨根见他的话触动了惠子那根最敏感的神经，便进一步往他所要抵达的彼岸潜行，说："我不相信你最近没有见过陈家鹄，你们一定见过面，只是不能对外公开而已。当然，这些我能理解的，惠子，要知道你叔叔是见过世面的人。"

"你理解什么，"惠子抢白道，"我真的没见过他，就通过一个电话。"

“哦，对了。”萨根一拍额头，像发现什么秘密，“我竟忘了，你们既然通过电话，告诉我他的电话号码，我就一定能帮你打听到他的新地址。”

“我也不知道他电话号码，是他打过来的。”

“嗯，确实搞得很神秘，那你们最近还通信吗？”

“信通的。”

“地址呢，变了吧？”

“没变，还是那个信箱。不过……”

“不过什么？”

惠子便如实回答，最近她已有好几天没收到陈家鹄的信了。萨根嘿嘿笑了起来，“既然没收到信又怎么会知道地址没变呢？”惠子撅着嘴说：“我是说最近这几天，不是从来没有，我们通电话后他给我来过信的。”随后便瞪着萨根，满脸疑惑地问他，“你老是打听家鹄的事干吗？”

“小意思，难不倒我的，”萨根嬉皮笑脸地说，“我的惠子，这要问你啊，你开口闭口都是家鹄家鹄的，我这不是投你所好，跟你找话说嘛。”

惠子白他一眼，心里满是欢喜。萨根接着说：“我这也是关心你，我怕你一个人在这儿，无亲无故，连说话的人都没有，所以就想跟你多说说话。”惠子白他一眼说，关心她的人多着哪。萨根明知道她说的关心她的人是陈家人，却故意偷换概念，瞪着双眼惊奇地说：“怎么，有很多人在追求你？这也难怪，我们惠子这么漂亮，到哪里都免不了被人追求，更何况是在这个国际大饭店。据说这里的人都好色得很哪，你可要多加小心哪。”

“你说什么，没有的事。”惠子嗔怪地看着他，脸上红晕微起，看上去好似一朵娇羞的玫瑰。萨根却直通通地盯着她，“我说的可是真话哦。”惠子不满地嘟囔道：“还真话呢，鬼话！”说着，有意支开话题，“哎，你最近好像很闲似的，以前也没见你这么整天在外面转悠啊。”

萨根哈哈大笑，爽朗地说：“不是有人传说我是日本间谍吗？我就是要有意多出来走走，辟辟谣。你想，我要是像他们说的还能这样到处晃悠吗？”惠子不觉扑哧一声笑了起来，说：“你这人，就是鬼心思多。”萨根笑吟吟地望着她，没有说话。其实他心里是有话的，他想说：我要是不多几个心眼，我还能在这兵荒马乱的世界里混下去吗？说不定脑袋早就搬家了！有句话怎么说的来着？物竞天择，适者生存啊。

其实陈家鹄最近不给惠子写信是有意的，他破译了特一号线密码，应该奖赏他回一趟家。他想，反正很快要回去，便有意不写信，想惠子按时收不到信一定会觉得异常，多一份忐忑和挂念，然后有一天他却突然站在她面前，那效果一定很刺激人哦。陈家鹄就是这样，喜欢在平常的生活中制造一些乐趣，他和惠子第一次相约去京都旅行，在赌馆前那次赌钱就是这样，把惠子吓坏了，当然结果是乐坏了。

一天。

两天。

三天。

回家的“奖品”迟迟没有兑现，陈家鹄等得心焦气躁，这天晚上，终于忍不住给海塞斯打去电话，问到底是怎么回事。海塞斯在电话上说：“你等着，我马上过来，跟你面谈。”

陈家鹄一听这口气，知道情况不妙。海塞斯来了，带来的果然是坏消息：陆所长不同意。如果面对的是陆所长，陈家鹄的牛脾气一定会冒出火星子，但对海塞斯他还是有忌讳的，没有发火，只是发了一通牢骚，且主要针对陆所长。在他看来，事情肯定坏在陆所长头上。

海塞斯告诉他：“这事你也不要怪陆所长，他是想给你机会的，专门为此去找过杜先生，是杜先生没同意。这种事只有杜先生恩准才行。”

“他也管得够宽的，就这么一点屁大的事都要管。”陈家鹄没好气地说。

“你别急，还有机会。”海塞斯安慰他，“刚刚我接到通知，明天晚上杜先生要请我们吃饭，到时我再为你争取一下吧。放心，我一定要争取的，否则我就愧对你啦。”

杜先生怎么会突然想请他们吃饭？

事情是这样的，陆所长觉得既然海塞斯有言在先，最好还是兑现为好，于是下午他去找杜先生汇报此事，希望杜先生恩准。杜先生不同意，他不甘心，替陈家鹄说好话，说得文绉绉的——就是为了冲淡说好话的嫌疑。陆所长说：“都说骐骥一跃不过十步，他下山没几天就如此这般的一个飞跃，怕是有百步吧，所以教授说他是匹千里马，实不谬矣。不过，可惜他这个功劳只能记在海塞斯头上。”

“为什么？”

“他名不正言不顺啊。”陆所长说。

杜先生听了连连摇头，叹息起来，但似乎是受了陆所长的文言感染，话也是说得半文半白的。“是啊，如果他那日本女婿的尾巴不除，怕是要‘骈死于槽枥之间，不以千里称也’。你要立刻想办法，不要让一匹千里马被一匹害群之马给拖死了，埋汰了。”陆所长知道杜先生在说惠子，告诉杜先生，已经给老孙安排下去了，让首座放心即是。

大人物是容易心血来潮的，临别之际杜先生突发奇想，说：“你这样回去不免要被教授责难，他答应人家的事你成全不了他，一定会怪你没本事。这样吧，明天我在渝字楼请他们吃顿饭如何？”

陆所长脸上笑出一朵花，“这当然是最好的。”

杜先生说：“那你就去安排吧，明天晚上，我正好没事，好好犒劳犒劳他们吧，也算是个弥补嘛。”

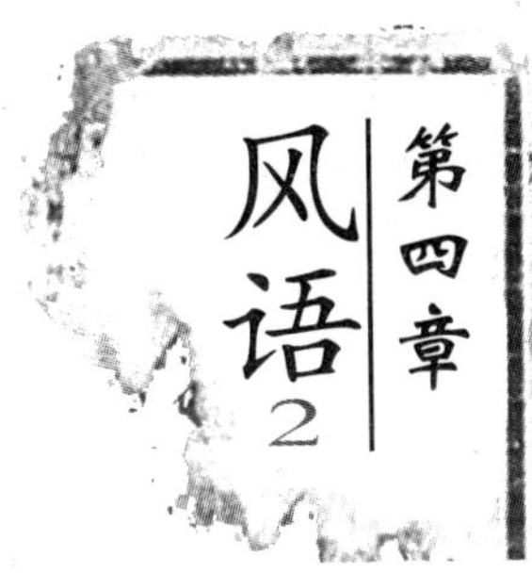

第四章 风语2

如果说重庆饭店是个妖艳风骚、放荡不羁的洋女人的话，渝字楼则是一个宁静端庄、温婉典雅的东方闺秀，两者在建筑、装饰、摆设甚至是气味上，都是截然不同的。重庆饭店豪华奢靡，张扬喧哗，充满着强烈的异域情调和肉欲气息，就连空气里都弥漫着刺鼻的香水味和浓重的体臭。渝字楼则不同，它是一座传统的“走马转角楼”式的中国建筑，主体为青砖白缝，多有附体，前庭后院、假山、曲径、回廊、花窗、屏风、盆景、字画，应有尽有，古朴又不失雅致，含蓄而又不失富贵，就连流动的空气也是清新爽快的，从每一扇洞开的雕花窗户里徐徐吹入，带着一种幽幽的花香和一种淡淡的茶水清气，满楼飘荡。

所以，重庆人把去重庆饭店吃饭说成“开洋荤”，把去渝字楼吃饭说成“吃家味”。所谓家味，就是家常之味，居家之味，家里之味，足见重庆人对渝字楼的喜爱。

谁能想得到，这一切不过是伪装而已。

今晚，渝字楼虽然一切如常，灯红酒绿，高朋满座，但也有不同之处，就是二楼餐厅，全被陆所长提前包下了，就连一些无关的服务员也被保镖提前驱之一空，长长的走道里静悄悄的，只有餐厅经理姜姐亲自带着两三个仪态端庄的服务员，穿梭往来。

其实，只有一个包间有客人。包间的名字取得有意思，叫“锦上花”，想必是从“锦上添花”这个成语变来的，去掉一个“添”字，浑然天成，别有一番韵味。

赴宴的人已到齐，有陆所长、海塞斯和助手郭小东，另有侦听处杨处长和保安处处长老孙，他们围桌而坐，小心翼翼地谈笑着。小心翼翼是因为杜先生随时可能到来。

怎么不见陈家鹄？

陈家鹄被临时放了鸽子！怎么回事？是杜先生的秘书的主意。秘书嘛，首长的管家，精神形象的保镖，他得知主人设宴款待的名单中有陈家鹄后，深感不妥。陈家鹄工作都要私藏，又怎能宴请他？请了岂不是让谁都知道他已经进了黑室工作？这样的事，用坊间的话说，就是脱裤子放屁，多此一举，没事找事。从一定意义上说，这次宴请是保不了密的，终将一传十、十传百，传得暗流涌动，四方皆知。

言之有理，只好让陈家鹄受屈了。

楼板上响起一阵杂沓的脚步声。不一会儿，杜先生在穿着新派又艳而不俗的姜姐的导引下，带风夹香地进了包间。与大家一一握手后，杜先生提议让海塞斯坐主宾位置：

"教授先生才是今天的主宾、红花，我们都是绿叶。"

海塞斯不从，执意要杜先生坐，其他人也众声喧哗，一起帮腔，杜先生才说一句："恭敬不如从命。"在主宾席位上坐了下来，一边吩咐姜姐，"记着，我是坐错了位子的，等一下斟酒上菜可不要再错上加错了，要从教授开始，以此为序转圈，我压轴，不得乱来。"

姜姐自是应允，开了酒瓶，给大家斟酒，可还是从杜先生开始。杜先生捂住杯子斥道："你胆子好大，我申明的余音还在耳际缭绕就敢违抗？照我说的，先教授，然后依次过来，我最后。今天的主人是他们，我和陆所长都是来鼓掌喝彩的，岂能喧宾夺主？"

姜姐笑笑，便先从海塞斯开始斟起了酒。罢了，杜先生示意姜姐和服务小姐退下，然后端起酒杯，站起来致祝酒词："人逢喜事精神爽，今天是我今年以来最高兴的日子，因为我把上一个高兴的日子也加到今天了。这些高兴呢，都是我们尊敬的教授先生和各位精诚合作的结果，是你们给我的锦上添花，所以这杯酒我就先敬大家了。"

大家纷纷举起杯，一饮而尽。

酒过三巡，气氛渐渐热烈起来，红光满面的海塞斯不仅放开了手脚，也放开了心情，举着杯子敬杜先生，大声说这杯酒他是代人敬他的。杜先生也端起了酒杯，问他代谁，海塞斯嘿嘿地笑，说："这个人嘛，本该坐在我身边的……"陆所长预感到他要提陈家鹄，急忙跟他使眼色。杜先生也明白他后面要说什么，赶忙插话堵他的嘴，“那一定是您的夫人了。来，陆所长，这杯酒你也要陪，这是教授代表他尊贵的夫人敬我们的。要知道，你生产的那个皮革上面啊，还留有我们教授夫人的汗水呢。”

“对，对。”陆所长笑着站起来，举杯对海塞斯说，“有道是，成功的男人背后都有个好女人，这杯酒我就敬贵夫人，我们虽然不曾谋面，但心早已相通，导线就是你啊教授，来，这杯酒你必须干掉。”

海塞斯却不买他们的账，或是已有了几分醉意，或是有什么不快堵在心头，挥着手打断陆所长，抢白道：“你别发表什么高见，什么女人？我背后没女人，我的女人就是密码！你说成功的男人背后都有个好女人，其实每一个成功的破译家背后都少一个女人，因为没有哪个女人愿意嫁给一个破译家。搞破译的人都是没有犯罪的犯人，终日枯守在黑屋子里面壁苦思，有音无影，哪个女人能够忍受这样的男人，天天独守空房，在无尽的期待和空想中耗散上帝赋予的全部感情和欲望？而在这儿，即使有这么一个女人，陆所长也会让她消失的。”

这自是在说钟女士。

钟女士在那个不幸的夜晚后（被陆所长撞见她与海塞斯共度良宵），以闪电的速度与她的诗集一起消失无影，海塞斯至今也不知她身在何处。每每问及，陆所长总是堂皇地说：前线需要她，她在枪林弹雨中接受至高无上的洗礼。

杜先生并不知晓此事，以为他在诉苦，顺着他的话点着头，感叹道：“您这么说来让我感到很惭愧啊，您本来与这场战争毫无关联，我也知道，您其实已经金盆洗手退隐江湖，在过平民百姓的生活，但为了帮助中国人民打赢这场战争，您毅然接受了委员长的邀请，放弃了舒适安逸的日子，投身到我们这个硝烟弥漫的土地上来，此精神可敬可嘉。来，这杯酒我们大家一起敬您！”

大家纷纷端起杯子，齐敬海塞斯。海塞斯想说的话没能说出来，被人堵回去了，心中甚是不快，便仰起脖子将整杯的酒全都倒进了肚子，然后闷闷地一屁股坐了下去。

适时，姜姐带着服务小姐端菜进来。杜先生灵机一动，拉住她，要她给海塞斯敬酒，还说海塞斯是个大教授、大科学家，他来帮助中国研究制造世界一流的皮革，让前线将士有皮衣皮鞋可穿，战马有好鞍可配，“你是不是应该代表前线将士敬教授一杯啊？”

姜姐欣然从命，先给海塞斯倒酒，又给自己倒上，并率先举起杯，一番好话后仰脖子一饮而尽，笑吟吟地盯着海塞斯，敦促他喝。海塞斯还是第一次见到姜姐，刚才第一次目睹便眼睛一亮，暗自惊异，为她的美貌所折服，但碍于众人颜面，仅限心旌摇曳而已。现在酒过三巡，胆量随着酒量倍增，目光不觉地顺着她的手臂滑到她的脸上，又从脸上滑下来，滑到了她饱满的胸上，丰腴的臀部，旁若无人。

秀色可餐啊，海塞斯心中的不快转眼间烟消云散。仿佛枯木逢春，仿佛久旱遇甘霖，他红彤彤的脸上绽放出灿烂的笑容。他端起酒杯放到唇边，却并不马上喝，而是沿着酒杯的边缘，定定地去看姜姐。姜姐笑吟吟的脸上已然飞红，正凝目注视着他，那晶亮的双眸，汪着一片滟潋的深水，像要把人淹死。海塞斯心里禁不住地一颤，愉快的电流通遍全身，他豪爽地张嘴倾杯，一饮而尽。

大家鼓掌，一齐叫好。

酒是男人的家伙，却有点女人的脾气，开始接触往往有点半遮半掩，要谆谆诱导才能往前走。走到一定深度——肌肤相亲后，她开始追着你，找着理由要你往前走。

喝！

又喝！

海塞斯越战越勇，从开始要劝才喝，到后来频频出击，越喝越多。

判断一个人酒量大小有两个特征，一是看他喝了酒是不是脸红脖子粗，二是看他喝了酒是不是尿频如厕快。一桌子人，最早如厕的人是杜先生，居后是海塞斯。厕所在走廊尽头，很派头的，地面是德国进口的瓷砖，盥洗间明亮宽敞，女厕有抽水马桶，男厕有陶瓷的小便斗。海塞斯撒完尿出来，看见姜姐立在盥洗台前，面带笑容，率先替他旋开水龙头：

“请。”

海塞斯洗完手，转过身，看见姜姐手上捏着热腾腾的毛巾，笑容依旧，殷勤依旧。

“请。”

面若桃花的姜姐口含春风、无限娇柔地为海塞斯递上热毛巾的时候，后者并没有去接毛巾，而是突然抓住了姜姐的手。姜姐虽然面露惊讶，备感意外，略有惊惶，却没有把手抽出来，而是怔怔地看他一眼，埋下了头。

海塞斯无疑受到了鼓励，猛地一把将她揽入怀里，拉到一边，抵着墙角疯狂地亲吻。姜姐虽然心怀鬼胎，但在这种地方这么快近身还是准备不足，她惊慌地躲闪了两下，随后就像水一样化掉了，软掉了，让他叼住自己的舌尖，如饥似渴地吮吸起来。

试想，如果此时钟女士尚未离开海塞斯身边，隔三岔五泄他一次火，他会这么放肆地去碰姜姐吗？他是饥了，饿了，酒又壮了他的色胆。再想一下，姜姐是什么人，如果说这也叫爱情的话，那么这场爱情将是黑室的致命炸药，它将不可避免地毁掉黑室半壁江山……

杜先生并没有忘记陈家鹄。

杜先生知书达理，谙熟人情世故，他深知“治大国如烹小鲜”的道理，对属下一向遵循着四条小理：一打，二哄，三拉，四捧。有了这几条，任你是个桀骜不驯的将才，还是唯唯诺诺的庸人，都会忠诚于他，像孩子一样乖乖地听话，像军人般规规矩矩地服从命令。

所以，渝字楼的庆功宴一结束，他便带着陆所长、海塞斯和他的秘书，驱车来到五号院附院，亲自来看陈家鹄。刚才没让陈家鹄去赴宴，可谓“打”，现在又亲自上门看望，慰问，就是“哄”和“拉”了。这是保得了密的，来了如同没来，不会有不良后果的。

陈家鹄拉开门，见是这四人，备感惊讶。陆所长怕杜先生记不住他，赶忙上前介绍，却被杜先生一摆手打断，“陈家鹄嘛，我认识的，中央大学陈教授的儿子，为了动员他加入我黑室，我还去过他家里的。我亲自去请过的人有几个？怎么可能忘记？”说着，走到他面前，像个慈祥的父亲，又像个和善的长者，颇有风度地将他细细端详一番，回头对陆所长和海塞斯笑道：“嗯，瘦了，瘦了，工作太辛苦了吧。有的人也辛苦，但出不了成果，你是个幸运的人，剑一出鞘就威震四方，了不得啊，了不得啊。不瞒你说，你跟别人不一样，本事都刻在脸上，我从看见你第一眼起就知道，你会有今天的！”

陈家鹄不好意思地笑笑，说：“看来，我父母一点也没有在我脸上加密。”说得大家都笑了起来。

海塞斯见杜先生如此夸赞他的徒弟，甚是高兴，加上酒劲尚存，不乏招摇地当着杜先生夸耀起陈家鹄来，“破译密码的人我见得多，但让我佩服的人只有一个，是谁啊？远在天边，近在眼前。”说得陈家鹄更不好意思，谦逊地表示，他不过是海塞斯的学生而已。

海塞斯听了大喜过望，连说不敢当，然后摸出一枚青天白日的大勋章，递给陈家鹄，说：“这是杜先生刚刚在饭桌上授予我的，我想我不过是代领而已，现物归原主。我再次申明，特一号线的密码能这么快告破，功劳只属于一个人，是你，不是我。你收下，别客气，我相信我的能力，下一次就是我的啦，运气不会只属于你一个人的。”

陈家鹄哪里肯收，俩人当着大家的面推来拒去。杜先生看了，呵呵笑着，一边道：“看你们，争什么，每人都有一份。”秘书会意，随即从随身携带的提包里摸出一枚勋章，双手呈奉。杜先生接过勋章，走上前，对陈家鹄说道：“你这个人脑瓜子灵光得很，可能早已经猜到我包里还有一枚吧。对了，这才是你的。”说着，亲自给陈家鹄戴上。

众人都兴奋，都鼓掌。

海塞斯显然没想到杜先生会有如此安排，再说酒劲上来了，举止不免有些不得体。他激动地冲上前去，紧握住杜先生的手，连声夸赞他，夸得杜先生啊哟啊哟的叫。因为他一边嘴上说着，一边手上还在使力，手越握越紧，把人家都捏痛了。

哈哈，醉了，醉了。

哈哈，高兴，高兴。

说过，笑过，闹过，杜先生率先找位置坐下。大家知道杜先生有话要说，纷纷拖过椅子，围着他坐下来，洗耳恭听。杜先生环视一下大家，以他惯有的高屋建瓴的首长气度，首先阐明了第一层意思：战争的形势不容乐观，前线战士虽然勇气可嘉，但终归是技不如人——武器太落后了，再加上高层鱼龙混杂，主和的声音一直无耻地叫嚣着，也极大地损伤了军队的士气，影响了战斗力。现在所有政府机构都迁到重庆，等于是向前线将士宣告，武汉失守了，中国半壁江山已落入敌人手中。

说得大家都神色黯然，一片凛肃之气。

接着，杜先生又说了第二层意思：既然重庆做了陪都，这里的防务，这里的安全，这里的秩序，就变得非常重要。但事实上，这里的安全令人担忧，地上有汉奸、特务，天上经常有鬼子的飞机。数据最能说明问题：近半年来，鬼子先后有十三个批次、总共三十七架飞机越过天堑，出现在重庆上空。当然，多半是来侦察的，只有三次真正实施了轰炸。

"第三次，你们都知道，是萨根的'杰作'，换言之，就是专门针对我黑室的。那么第一次是针对谁的？委员长！那天委员长正好在重庆视察工作，敌人专门来轰炸，就是炸给委员长看的，威胁你，意思就是你别战了，你退到哪里都安全不了的。"

说着，杜先生将话锋一转，开始进入正题，"这说明什么？说明重庆的安全大有问题！委员长秘密来重庆，敌人知道；敌机想来轰炸，我们不知道，空军拦不住，高炮打不下。这怎么行呢？所以，下一步工作的重心要转移，重点不是破译前线军事密码，而是重庆的特务密码。要把鬼子设在重庆的特务网撕破，一网打尽！"

他顿了顿，接着说："为什么我今天设宴款待你们，要给你们发勋章？因为你们解了我燃眉之急，是雪中送炭，雨中送伞，我高兴啊。你们了不起，你们掘到了第一桶金，破译了特一号线密码。万事开头难，有了一就会有二，我对你们是充满信心的。"

陆所长趁杜先生停顿之际，介绍道："我们现在已经控制了两条特务线，下一步我们争取尽快把另一条线的密码也破了。”

杜先生摇着头说：“我觉得不止这个数，还要找，都找出来，把它们都破了，我们的日子就好过了。”

陆所长和海塞斯都点头响应，有表态，有决心，有信心。可一旁的陈家鹄却没什么表现，情绪似乎不高。杜先生走到他跟前，和蔼地鼓励他要大展才华，再立新功，“下次你破了密码，我一定请你出去喝酒，好吗？”陈家鹄说好，但面色犹疑，欲言又止。杜先生笑眯眯地鼓励他，有什么要求可以尽管说，他竟脱口而出：

“我想回家一趟。”

“回家？”如此庄严之时他竟然提这种要求，让杜先生又好气又好笑，“你家里有事吗？”

“没有。”

“没有就缓一缓吧。”

“答应的事最好兑现，”陈家鹄振振有词地，书生气十足，“你们不能随便收回承诺。”

杜先生扭头看看陆所长和海塞斯。海塞斯如实道来，把他和陈家鹄之间的约定介绍一番，希望杜先生网开一面，成全他一下。杜先生听罢，思量一会儿，对陈家鹄笑道：“这样吧，我允许你改提一个要求，我会答应你的，唯独这个不行。知道为什么吗？”陆所长替杜先生帮腔，走过去说：“那些特务正在到处找你，你现在怎么能出去呢？”

杜先生说：“对，现在出去不安全，下次吧，下次我一定让你回去。”说罢，起身，带着秘书往外走。海塞斯带上陈家鹄也想出去送他，却被他挡住去路，“留步。”

他只让陆所长送。

已是午夜时分，夜色又浓又厚，仿佛一道巨大厚重的黑幕，紧紧地笼罩着四周万物。夜色深沉，像一种黏稠的物质，散发出阵阵凉冷的气息。在深不可测的高空里，倏忽掠过一道光亮，无声地起落，如梦似幻。

老孙打亮手电筒，领着杜先生和陆所长及杜先生的秘书往外走，一路上居然都不言语，好像是潜行在敌人的营区里。偌大的院子静得如在地下，空得如在空中，漆黑连着漆黑，似乎走不到边。直到踏上连接后大门的主道时，才看见门卫室的灯昏暗、无声地亮着。

忽然，一个人影鬼魅般地浮现，躬着高大的身躯，使劲拉拽开那扇沉重的大铁门。凭着灯光，杜先生猛然发现那人脸上蒙着黑色的面罩，心里顿时咯噔了一下，仿佛撞见了刺客。

“你怎么把他也带下山来了？”杜先生很快反应过来。

“人手不够啊。”陆所长趁机叫苦。

“让他来守这个门倒是挺合适的，”杜先生笑道，“至少要吓退不少女人，包括女特务。”

“其实山上更适合他，山下人多，有碍观瞻啊。”

“那又干吗把他弄下来？”

“他伤口发炎了，需要每天下山换药，很不方便。”

这是徐州下山上任的第一天，到现在还没见到陈家鹄呢，却先见到杜先生。杜先生深夜大驾光临陈家鹄寒舍——这个连人影都见不到的鬼地方！徐州有理由相信，陈家鹄下山后一定干出什么名堂了。他目送杜先生一行远去，心里默默地想，甚至还默默地说，总有一天，我要把这个宝贝动员去延安，那才是他该去的地方。

正派、老实的人，在一个相对漫长的时间里，总的说是不会吃亏的，但在相对短的时间内，他们却常常要受无赖、卑鄙小人们的欺弄、暗算。密特现在就是这样的，大使回来了，给了他两个小时汇报萨根的情况，同时给了萨根一个小时的陈述机会。

结果，密特大败，萨根获得全胜。

也许，大使也不希望自己手下是一个败类，这是原因之一。但关键是，陈家鹄不死的事实，成了萨根取得大使同情和支持的大利器。换句话说，大使找到了满足萨根和自己希望的把柄。

卑鄙是卑鄙者的通行证，大使恢复了萨根的职位，萨根又兴高采烈地摸上发报键：上班了！上帝打了一个瞌睡，让他逃过一劫，这是多么开心的事情。然而他一定想不到，由于他的开心，给老孙和陆从骏他们创造了更难能可贵的开心机会。

怎么回事？

是这样的，得知惠子怀孕后，老孙一直在寻找机会下手，给惠子制造一次人流事件。他想过用车撞她，想过给她偷偷在饭菜里掺打胎药，想到趁她体检请医生帮忙，等等，想过这，想过那……搜肠刮肚，应有尽有。但是，这些等等均有个大遗憾：难以嫁祸于萨根。

不用说，事情做了，又能嫁祸给萨根，一举两得，才是上上策。

这不，机会来了，萨根逃过了一劫，上班了，可喜可贺啊，理当设宴庆祝一下啊。找谁庆贺？惠子是第一人选，而且萨根似乎也不想再找第二个人。这天中午，萨根在重庆饭店西餐厅订了个小包间，点好了菜，到了时间给楼上的惠子打电话，请她共进午餐。

迎宾员领着惠子走进小包间，看见萨根正在对她笑。

"干吗呢？"惠子有点纳闷。

"请你吃饭啊。"

"干吗要请我吃饭？"

"我有喜事，想与你分享。"

"难怪，看你乐的，有什么喜事？"

"你先坐下，我慢慢跟你说。"萨根拉开凳子，请惠子入座。惠子迟疑着，"有必要吗？要吃也没必要在这儿吃，这儿很贵的。"

"那去哪里吃？"

"就在外面大厅里吃一点就行了。"

"外面？大厅？"萨根冷笑着，"我还从来没在外面用过餐呢，中国人喜欢在餐厅里大声说话，闹得你没胃口。来，坐下吧，不要心痛萨根叔叔的钱，今天的喜事就是我高升了，涨薪水了。"当然，他只能这么说。他总不能说自己已躲过一劫，恢复职位什么的。

惠子坐下。萨根问她："想吃什么？"惠子说随便。人逢喜事精神爽，萨根眉飞色舞地说："随便的菜是最难点的，这样吧，我先来点两个，然后你再来点两个……"

对不起，隔壁有小耳朵呢，你们点什么菜那只神秘的耳朵是最感兴趣的。老实说，这是某些人翘首以待的一天。从得知惠子怀孕的那一天起，他们就盼着望着这一天：萨根请她来这种大饭店用餐。大饭店人多事杂，热闹，混乱，有些事好操办，不像酒吧或咖啡馆，吧台清清爽爽的，有些事根本没机会下手。皇天不负有心人，这一天终于被他们等到了。

不要担心他们失手，不会的，机会太好了，何况他们训练有素，是老手、高手，闭着眼睛也能捉麻雀。这是一场意义重大的暗战，是一条龙服务的，不仅在餐厅里有他们的人，在楼下还有他们的车夫，在医院还有他们的医生。战争将从这里开始，在医院结束，一切都已布置好，时间上也基本预想好。

萨根点的菜品真是丰富啊，够他们吃上一个小时的。但是对不起（又是对不起，今天有好多个对不起），今天吃不了这么久了，因为药力将发作得很快，二十分钟。果不其然，时间一到，惠子的脸色越来越苍白，牙关咬得越来越紧，额头上的汗珠越来越密集。

"你怎么了？"

"我肚子有点痛……"

"肚子痛，怎么回事？"

"不知道……啊哟……好痛……"说着，惠子终于忍不住，弯下身，捂着肚子呻吟不止，冷汗直流。

"很痛吗？"

"是……啊哟……很痛……"惠子惊叫一声，从椅子上滑了下去。

萨根手忙脚乱起来，"我送你去医院好吗？"废话！当然要送医院，而且必须是马上。萨根赶紧喊人帮忙将惠子弄到楼下，叫了一辆车，送去医院。

萨根本来是自己有车的，可是对不起，一辆大货车横在他的车子前面，而且司机不知跑到哪里去了。别急，世上还是有好心人的，有一个司机看病人病得这么重，愿意为外交官免费跑一趟。萨根对饭店酒店是很熟的，对医院却了解得很有限，但没关系，好心的司机对医院很熟悉，把他们送去了相对最近又最不错的医院：陆军医院。

到这儿，一切都在精准的算计和掌控中，把一次剧烈的肚子痛演变成一次不幸小产，简直是小菜一碟。这叫小不顺则大乱，千里之堤溃于蚁穴，全世界都说得通的道理啊。所以说，这不成问题，没有难度。在老孙的计划中，有一定难度的是，如何让临时赶到医院的两位老人家在进病房的一刻，看到萨根和惠子有点超常的亲昵举止，这是要设计、运作的。事后证明，那天设计和运作得非常到位，时间节点把握得非常好。

肆

要让老人家来，得有人去通知。

谁去？必须是女的，扮成护士去。

老孙身边没有女的，只好临时向侦听处求助，杨处长派出一个年轻的本地姑娘，一个黄毛丫头，套上白大褂，就变成了护士。丫头跑得满头大汗，嘭嘭地敲响陈先生家的大门。正好是周末，家燕没上学，在家，她来开的门。

“这是小泽惠子家吗？”

“是的。”家燕说，“请问你找谁？”

“她出事了，喊你们大人快去我们医院。”

“我嫂子怎么了？”

“去了你们就知道了。”

陈父、陈母、家燕，三人齐上阵，匆匆赶往医院。老孙一直在楼上的某扇窗户前守着，当看到他的临时手下（黄毛丫头）领着三人冲进医院大门时，老孙通知医生立刻去告诉惠子流产的不幸消息。

天哪！

天崩地裂！

惠子号啕大哭，医生故意把陪同的萨根看做是她丈夫，充满同情地对他摇摇头说："对不起（又是对不起），我们已经尽了全力……这是没办法的，孩子的生命太脆弱了……好好安慰安慰她，她还年轻，以后还有机会的……"医生配合得很出色，说着说着，红了眼睛。

因为红了眼睛，只好先回避。于是，病房里只剩萨根和惠子俩人。伤心的俩人啊。此时陈家三人已经走在楼梯上，一分钟后当医生带他们推开病房门时，所有人都看见，惠子钻在萨根宽大的怀抱里在痛哭，在流涕，在呼天喊地，在痛不欲生……就是说，在合理、精心的运作下，经典的机缘巧合降临了。以后，陈家两位老人对惠子的情感发生裂变，这次机缘巧合，这个经典"镜头"是起了决定性作用的。

功夫不负有心人啊！

老孙的运气好转了！

至此，这一仗以完美告终。不过，这仅仅是开始，接下来需要老孙去落实的事多着呢。不过（又是不过），你要相信老孙，因为他的运气好转了——这次陆所长对老孙的表现十分满意，以后将会越来越满意。

尽管老孙至今不能找到惠子是间谍的证据，但是要拍、做几张令人浮想联翩的照片简直易如反掌。现在，他桌上放的都是这样的照片：惠子和萨根十分亲昵的合影，有的俩人相对而坐，眉目传情，有的牵手漫步在花前，有的甚至依偎在一起。

毕竟是作假的，陆所长怕被人看出破绽，一张张地用放大镜审，放在灯光下看。鸡蛋里挑骨头地看。看罢，陆所长笑了，"做得不错，足以乱真，现在的问题是谁出面，谁去当这个烧火棒？"

老孙说："不是你就是我呗。"

所长说："不，你和我都不合适，容易让陈家鹄怀疑是我们策划的，他这个智商啊，我们必须做得滴水不漏。是个外人最好。"

“外人？”老孙说，“哪里去找这个人？”

“首先要确定这个人应该具备的条件。”陆所长想一想说，“这个人应该具备两个条件：一、要和陈家很熟悉，最好是他们家信任的人；二、是党国的人，愿意受我们之托，并愿意为党国保守秘密。”

俩人想。

最后确定的人是李政。

对陆所长来说，不管从哪方面讲，李政都是最理想的人选，于私，是陈家鹄的挚友；于公，是党国堂堂处长，而且彼此打过交道，有一定交情。当然陆所长不可能告诉李政实情，他把这事说得义愤无比，十分动情。李政作为家鹄的好友听了很受感动，心想这么好的领导，为部下的私事都这么动感情，难得啊。

对李政来说，做这件事具有两重意义，首先他本来就想找机会接近黑室，与陈家鹄有联系，这不，机会来了，可谓机不可失啊；其次，作为家鹄好友，他也有责任关心此事，尽可能减少对家鹄的伤害。他对惠子虽不能说十分了解，但还是有个基本判断，觉得她不该是那种水性杨花的人。所以，刚看到一大堆照片时，他心里很有些疑虑，但哪经得起陆从骏举一反三的游说。

欲加之罪，何患无辞？何况是男女之事，家鹄不在身边，对方又是个油腔滑调的老美，要编圆一个桃色故事，哪有什么难的。再说这个萨根，李政是见过一面的，在重庆饭店吃过他的生日寿宴，那次见面说真的萨根没给他留下什么好印象，说话油嘴滑舌，举止不乏轻浮，甚至一定程度上也表露出了对惠子的不良居心。李政想起，那天萨根是那么积极怂恿惠子出来工作，又是那么巧舌如簧地把惠子推销给饭店老总，现在想来似乎这就是个阴谋。美女怕追，上床靠磨；只有硬不起的男人，没有追不到的女人；常在河边走，难免要湿脚……这些民间坊里的俚语俗话，让惠子在李政眼里变得朦胧暧昧起来。所以，李政“得令”后，迫不及待地去完成“秘密使命”。

天墨黑墨黑，下着雨，李政穿着军用雨衣，耸肩缩脖地出现在陈母面前。即使这样——根本看不出是谁，但陈母在开门的一刹那一眼就认出李政，你有理由怀疑她不是认出来的，而是闻出来的。

“啊呀，是小李子，快进屋，快进屋。”陈母像见到了家鹄一样的高兴，“老头子，快下楼，小李子来了！快进屋，快进屋，啊，这雨下得好大啊，你从哪里来的？晚饭吃了吗？衣服有没有淋湿？家里都好吧？”

面对这样一个母亲一样的老人，李政不可能直奔主题，至少得花上十几分钟来寒暄，来客套，作铺垫，作准备，等待最恰当的时机，寻找最合适的语言。时机来了，陈母将话题转到了家鹄身上。

“小李子，最近你有我们家鹄的消息吗？”

“嘀嘀，”陈父笑道，“可能小李子就是来给我们说家鹄的消息的吧。”

“家鹄的消息倒是没有，”李政开始进入正题，轻轻地说道，“不过你们都不用挂念他，他现在正在为国家干大事呢，我想他一定一切安好。”环视一番，别有用意地问，“惠子呢，没在家吗？”他并不知惠子流产的事。

陈母说：“她……最近身体不太好，在房间里休息呢。”刚流了产，精神和身体都要休养休养。陈母其实是想说明病情的，但陈父不想，用咳嗽声提了醒，陈母便改了口，问，“你找她有事吗？”

李政摇摇头，思量着道：“有句话我不知该不该说，是关于惠子的。”

陈父望了望陈母，道：“但说无妨。”

李政缓缓地说道：“不知你们有没有听说，美国大使馆里出了内奸，前段时间报纸上也登了，只是没有指名道姓而已。而据我听说，这个人就是惠子的那个朋友，萨根叔叔，我见过他的。”

陈母急切地申辩道：“惠子说……这是谣传。”

家鸿突然推开门，闯出来，气哼哼地插一句嘴，“你什么都听她的。”家鸿的出现好像是受人安排，来替李政帮腔的。其实不是，他的房间就在客厅上面，楼板的隔音不好，他听见李政来了，自然要下楼来打个招呼，不想正好听见母亲在替惠子辩解，便顶撞一句。

家鸿跟李政打了招呼，又对母亲说："你能听她的吗？她能往自己脸上抹屎吗？"

李政其实不希望家鸿在场，但家鸿在场又着实帮了他。家鸿坐下后，把萨根和惠子一齐数落了一通，言下之意好像他们一定有什么不可告人的秘密似的。这一下让李政自然而然地接上了腔。

李政说："我今天来，有些话还真是难以启唇，但事关二老及陈家鹄的荣誉和安危，我也不能不说。怎么说呢，刚才伯母也说了，虽然萨根是不是间谍现在可能尚未有定论，但怀疑他是肯定的。因为怀疑他，所以军方有关部门自然要跟踪调查他，在调查他的同时，偶然发现他与惠子的关系有些不正常。"说着拿出惠子与萨根亲密接触的一沓照片，"你们看，俩人经常同出同行，举止亲密，关系确实有点……不太正常啊。"

家鸿看了照片，如获至宝，一张张递给母亲看，"你看，妈，你看，爸，像什么话！我说嘛，她就是个狐狸精，家鹄是瞎了眼！"

二老看了照片，像吃了苍蝇一样的难受。尤其是陈母，心里甚是惊疑，但嘴上还是为儿媳辩解："萨根是她叔叔，对她好一点也没什么吧。"

"就怕是太好了！"家鸿不客气地说，"妈，你啊，我看完全是被她装出来的假象蒙骗了，到这时候还在替她说好话，这不明摆着的嘛，一对狗男女，男盗女娼，说不定全都是鬼子的走狗！"

父亲狠狠地剜了儿子一眼，发话道："你上楼去！这儿没你的事。"

李政送家鸿出门，回来看看怒目圆睁的陈父，缓和地说道："当然，从这些照片也许还不能确定什么，不过……"

陈父说："不过什么，既然说了还是说透了为好，不要藏藏掖掖。"

李政说："我总觉得他们之间有一些让人说不清道不明的东西，你比方说萨根明明是在为日本人做事，这一点惠子也许比我们都清楚，但她知情不报不说还为他狡辩。再比如说惠子凭什么能得到这么好的工作？试想，惠子并不懂饭店经营，怎么就那么轻易进了这么好的饭店工作？而且一去就是人上人，一个人一间办公室，薪水也是不菲啊。"

陈母说："这是萨根给她找的。"

李政说："是啊我知道，那天我在场，这是萨根一手操办的。但你们想过没有，惠子在美国待过多年，英语讲得很好，他萨根为什么不在大使馆给她找个工作，而偏偏要安排她去重庆饭店？那个地方你们想必也听说了，那可是藏污纳垢之地，风气很差的啊。"

李政见二老吃惊不悦的神色，有意退一步，"当然，也许是我多虑了，那是最好，只怕没有这么好的事。我的意思，你们暂且权当我什么也没说，不妨自己感觉一下。"

说得二老黯然神伤，因为"感觉"就在眼前，那么大的感觉啊，他们殷殷盼望出世的小孙孙变成了一块血布。人老了，总是有点迷信，因为经历的多了，惧怕的多了。那天陈母看见自己的小孙孙化为一摊血，那个伤心啊别提了，就像看见一个真活人走了。最后离开医院时，她悄悄把那张血床单带走了，因为她心里把未出世的小孙孙当成活人了，既然是人，死了当然要善待"尸体"。现在这块未经洗涤的血床单，被老人家藏在一个铁盒子里。

送走李政，二老径直上楼去睡觉，经过惠子房前时，陈母欲进去问个寒暖（这两天都是这样），却感到脚步异常沉重，迈了两步，便退回来了，默不做声地尾随着老头子去了卧室。心乱如麻，上了床也睡不着，陈母以为老头子睡着了，悄悄起来把那块血布拿出来，抚摸着，像在抚摸自己痛楚的心。

陈父其实没睡着，闻此异常，嘀咕一句："你在干吗呢？"黑暗中，老头子伸出手，顺着老伴的手摸过去，摸到是一块布，"这是什么？"

陈母沉浸在自己的悲情中，哀叹一声，抱怨道："你说这叫什么事？那天她出门还好好的，怎么突然就……真见鬼了……"

陈父听出她在说什么，叹口气安慰她："别哪壶不开提哪壶，睡觉吧。"

"你睡吧，我睡不着。"陈母觉得心里堵得慌，渴望一吐为快，"我们难受得睡不着觉，她会难受吗？"

陈父说："孩子是她的，能不难受嘛。"

陈母说："谁知道这是怎么回事？说不定是她自己要求打掉的！"

陈父惊得一把抓住老伴的手，“这……不会吧？”

陈母抓起老伴的手，举到嘴边咬着，想忍住悲伤，终于还是忍耐不住，抽泣着说：“什么会不会，人一旦变坏了，什么事都会做得出来的。我甚至怀疑……那孩子还不知是谁的呢。”

“你胡说什么！”陈父小声呵斥。

“我胡说？”陈母泣得更添声势，“你没有看到吗？像什么样！有事也不该是他在那儿，你没听，所有医生护士都以为他们是夫妻，这成什么体统！她可以不要脸，我们陈家丢不起这个脸……”

陈父听后默然，显然，他的态度已经更倾向于认可这种说法。

虽然陆从骏不是什么算命先生，但他在几公里之外已经算到二老此刻难过的心情和部分对话的内容。这不难算的，正如几天前他就算到惠子肯定会有那么一天：孩子，变成一摊乌黑的血，前途，变成一个狰狞的黑洞……惠子厄运的帷幕已经拉开。

第五章
风语2

壹

雨小了，但天空更漆黑了，风更大了。

风吹雨散，变成细雨飘零，淅淅沥沥，如浓雾。海塞斯一直在等待雨停，雨刚小下来，他便兴冲冲下楼，准备去看陈家鹄。可是一出楼，骤然而至的冷空气好像把他烫着似的，像被黑暗里一只无形的手抽了一鞭子，把他赶回楼里，返身上楼去加穿衣服。

这是重庆今年最冷的一天，风吹散了雨，留下了千里外袭来的冷空气。

虽然杜先生明令要他们重点破译敌特系统的密码，但由于敌特一号线密码已成功告破，敌特二号线最近电报流量骤然减少，海塞斯怀疑它可能真的是空军气象电台。若是气象台，最近破译它的价值不大。于是，海塞斯擅自把“矛头”对准了敌二十七师团。他有种预感，敌二十七师团的密码跟他们之前已破掉的敌二十一师团的密码可能有某种共性，所以他想碰它一下。他甚至想，也许它现在不过是只纸老虎，点一把火就能烧成灰烬。

可他把自己关在办公室里折腾了几天，连一点感觉都没找到。刚才雨在哗哗下时，他躺在沙发上，眼前不时浮现出一个似曾相识的女人，最后竟发现是钟女士。他已从司机口中探悉，钟女士是为何神秘“失踪”的。这是他睡的第一个中国女人，坦率说他并不喜欢，所以她的莫名消失并没有叫他恼怒，因此他也没有去责难陆所长。

他权当不知，装糊涂。

只是偶尔想起钟女士的不幸遭遇（丈夫战死在前线）又担心她现在过得不好时，他才觉得有些亏欠她。因为凭他无冕之王的地位，他可以给她些关照，毕竟他们有过肌肤之亲。中国人说，一日夫妻百日恩啊。所以他也想过，合适的时候要关心一下她的现状，如果际遇不佳的话他将尽可能为她说点话，做点事。

可是与姜姐的不期而遇，又让他淡了这份心思。

姜姐，他叫她美女姜，这个女人跟钟女士完全不一样。钟女士在他怀里像条鳗鱼一样，浑圆、油腻、沉默、有劲。一种大地一样的力量，超强的忍受力和坚强度，即使在身体已经烧得要爆炸时，依然牙关紧咬，不吭一声。她在高潮时咬破嘴唇都不吭声的模样给他留下了深刻印象，但总的来说并不欣赏。他想即使这是美的，也是一种病态的美。

病态的美往往只是惊人，而不动人。

说到美女姜，哦嗬，她可能是只母鸡王投胎的，那么具有性的魅惑力，那么爱叫床，那么能享受性的自由和欢乐。与钟女士相比，她身体里蕴藏着一股与性直接对阵的戏剧性的反叛气息，她放纵性的自由，把性的自由表演成为一种如抒情诗一样热情奔放的诗意。他们第一次偷情是在他的汽车里，她像只母鸡一样蹲在他身上（绝对不是中国式的），更令人不可思议的是，从蹲下的第一时间起她就嗷嗷叫，一直叫到最后，中间一刻也没有停，高音时的叫声绝对比汽车喇叭声还要尖，还要大。

这女人，美女姜，一下子让这个美国老色鬼喜欢上了这个城市。他觉得，她是陈家鹄送给他的礼物：要没有陈家鹄下山，他不可能认识她；要没有陈家鹄躲在对门，即使相识了，他们也很难寻机幽会。现在可好了，陈家鹄住在对门，他可以随时去看他。他就利用这个特权，几乎天天晚上去跟姜姐幽会。今晚大雨滂沱，再说连日来约会频频，他也累了，要养一养精血了。他怀疑姜姐在吸走他精血的同时，也把他的才华给掏走了，所以对敌二十七师团密码，他忙碌几天一无所获。这么想时，他觉得更要去会会陈家鹄。

于是，雨刚见小，海塞斯便着急地去了对门。

陈家鹄看教授抱来一大堆敌二十七师团的电报和资料，很是惊奇。“你怎么在破敌人的军事密码，杜先生不是说要我们全力以赴破特务密码吗？”陈家鹄问。海塞斯说：“现在侦听处找到的敌特电台也就是两条，特一号线已经被你破了，特二号线呢，最近电报流量骤然减少，说说看，你觉得为什么它最近会突然减量呢？几乎睡大觉了，很怪啊。”

“你该记得，我曾说过它是空军气象电台？”陈家鹄问。

“嗯。”

“然后你再看看外面的天气，进入冬季后，重庆的天气就这样，天天是乌云压顶，千篇一律。”

“你因此更加肯定特二号线是空军气象电台？”

“对，在重庆，到了冬天，因为雾天居多，报气象的电台没事干了。”

“是的。”海塞斯说，“我现在也基本认同你的看法，它是一部给空军报气象的电台。因为进入冬天，重庆气象恶劣，敌机基本不可能来轰炸，所以它进入冬眠状态。这时去破译它价值不大。”

“难度反而很大。”

“对，所以我决定暂时不管它。”

“所以你想破译敌二十七师团的密码？”

“嗯。”海塞斯说，“没事干，总不能闲着吧。”

“我估计特一号线会很快更换密码的。”陈家鹄说。

“但起码现在还没有换，难道我们就这样干等着？”

“杜先生知道吗？”

“不知道。”

“你不怕杜先生和陆所长责怪你，扣你的工资？”

海塞斯捋着他下巴上黑亮的胡子，大声说：“他们该给我加工资才对，哪有像我这样为他们着想的人？正如你们中国人说的，‘在其位，谋其政’，我在想方设法给他们多干事呢。”

“可中国人也说，端人家的碗，服人家的管，这你就不知道了吧？”陈家鹄笑道。

“别管他们，”海塞斯说，“我们悄悄干，有了成果他们还能不高兴？”

“这叫先斩后奏。”陈家鹄说，“但必须奏凯歌，否则要挨板子的。”

“挨板子我来接，没你的事。”海塞斯说，想了想，又说，“这样吧，万一他们问起我们为什么不破特二号线，到时你和我统一口径，就说特二号线的电报流量不够，下不了手。”

“巧妇难为无米之炊？”

“对。”说着，海塞斯把二十七师资料往陈家鹄面前一推，“你了解敌二十七师团的情况吗？”陈家鹄说了解一点。这时，海塞斯突然发现，陈家鹄的办公桌上放着好一些敌二十七师团的资料，又惊又喜，“你……怎么也在研究它们？”

陈家鹄叹口气说，他对破译敌特密码没兴趣。“我真不理解，难道我们委员长就这么认输了？大半个中国在敌人的铁蹄下，我们居然置之不理。”陈家鹄侃侃而谈，“不瞒你说，我也在偷偷破译敌二十七师团的密码，我觉得我们应该把工作重心放在破译敌人的军事密码上。虽然杜先生说重庆是我们最后的防线，所以重庆的防务很重要，要抓特务，可谁都知道最好的防守是进攻，在前线，在军事上给敌人以最大的打击。”

海塞斯听了，乐坏了，“英雄所见略同，既然这样我们来探讨一下敌二十七师团的密码。”说着，又翻出一沓资料给陈家鹄看，“你看，这是我脱密的敌二十一师团的密码技术资料，开始我想他们同是陆军关裕仁体系的部队，使用的密码也许大同小异，总是有些通路的。但我研究后发现，好像不是一回事，不知怎么回事。”

陈家鹄接过资料，顺口说道：“你知道吗，敌二十一师团以前是警察部队，两年前才改建为野战军的。”海塞斯一愣，瞪大眼睛说：“哦，原来还有这事？我就觉得奇怪，同一体系的部队怎么使用的密码完全不是一回事呢。”

“嘿，你上当了。”

“可骗得了我，骗不了你。”

“我在日本待过五年。”

“身边还有个日本太太。”

“是啊，所以那边的情况我比你了解。”

“你对密码的直觉也超过了我。”

陈家鹄笑道：“你表扬我就是为了让我多干活。”

海塞斯认真地说：“不是表扬，是事实。”他若有所思地望着陈家鹄，如同他本人就是一部高级的玄奥密码，让他难以窥破似的。“我见过不少破译上有天赋的人，但没有一个像你这样杰出的，你对密码的直觉似乎更有系统性，也更敏锐准确，好像你手握一把上帝赋予的剑，你轻轻往什么地方一指，那地方肯定就是破译的关节和要害。有时候我不得不好奇地问自己，你那充满神性的直觉是从哪儿来的，天生的，还是后来的？你能告诉我吗？”

“无可奉告。”陈家鹄学着美国人的做派，耸耸肩，摊摊手。

“我认为一半是天生的，一半是人教的。”

“就是你教的。”

“不，绝对不，你在认识我之前肯定干过这行，而且干得极为出色。”海塞斯目光咄咄地盯着他。陈家鹄避开他的目光，去看桌上的资料，淡淡地说：“不是。”

“你没有说真话。”

“你得了职业病了，总不相信简单的事实。”陈家鹄从资料上抬起头来，盯着海塞斯，“你刚才说我的直觉具有系统性，我觉得这其实是在否定我。”海塞斯一怔，问他：“此话怎讲？”

陈家鹄站起身，不紧不慢地讲道：“你不是在课堂上对我们说过，破译密码就是倾听死人的心跳，但死人的心跳又怎么会被听到？所以密码破译从一开始便是一件荒谬的事情。荒谬，就意味着没有一般的规律可循。换言之，破译密码不能用普通的思维，也不能将破译个别密码的经验堆积起来加以量化，或者系统化，那样就永远不可能破译下一部密码了。”

海塞斯眨闪着他蓝莹莹的眼睛，催他往下说。陈家鹄却不肯说了，说是班门弄斧，让老师见笑了。海塞斯索性板起一副老师的面孔，命令他继续说。陈家鹄无奈地摇摇头，只好继续说：“其实，每破译一部密码就意味着破译的方法减少了一个，因为世上没有两部相似的密码。你也曾说过，让两部密码落入相似的思路，比在战场上让两颗炸弹落到同一个弹坑的可能性都还要小。研制真正的高级密码无异于挖空常识基础，然后抛弃它，建起一座崭新的空中楼阁。这样的空中楼阁，昨天没有，将来也不会有，那又谈何系统性呢？”

海塞斯听罢，用手指着他鼻子，严肃地说道：“好了，现在我可以更加肯定地说，你一定干过这行，而且有高明的人指点过！”陈家鹄笑笑，依旧不置可否。这天晚上师徒俩的心好像贴得更近了，又好像是拉得更远了。在回去的路上，海塞斯仿佛变成了一个诗人，以诗的节奏和句式自语道：

有些人，你通过了解反而会更无知；

有些人，你无须了解然而已经了解。

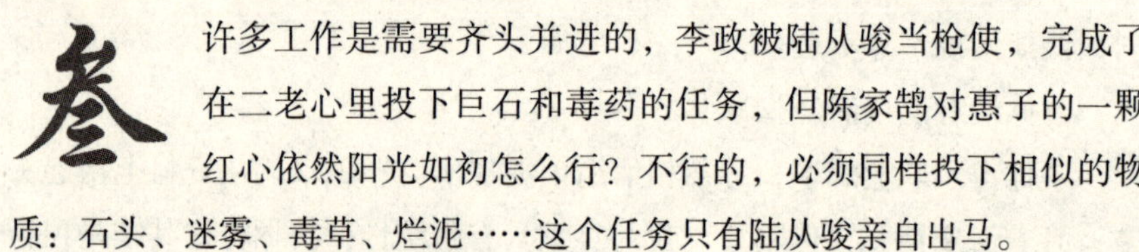

许多工作是需要齐头并进的，李政被陆从骏当枪使，完成了在二老心里投下巨石和毒药的任务，但陈家鹄对惠子的一颗红心依然阳光如初怎么行？不行的，必须同样投下相似的物质：石头、迷雾、毒草、烂泥……这个任务只有陆从骏亲自出马。

这天午后，陈家鹄背对着门，躺在沙发上一边听着收音机，一边在埋头研究敌二十七师团的资料。收音机里一个带河南口音的男播音员在播报今日新闻，说什么武汉虽然失守，但前线军心依然高亢未损，薛岳麾下八十三师灵活利用地理优势，集中优势兵力，在澧江一带与敌二十七师团英勇周旋，昨晚在临坪村发生正面交战，歼敌八百余人，俘虏近百人，并缴获大量重型武器……说到这里收音机戛然而止。

陈家鹄以为是停电了，起身看，见陆所长手上提着一只黑色公文包，正立在背后对他笑，指着收音机，“亏你受得了，就这水平也配在喇叭上说话。”陈家鹄看一眼他手里的黑包，以为陆所长是来给他布置新任务的，笑着说教授已经布置过了。陆所长问是什么任务，陈家鹄指了指收音机，“你刚才说得不错，就这水平还在喇叭上说话，按理说我应该受不了，不去听它，可是为什么我还要听？因为它能够给我提供敌二十七师团的信息，而信息能够激发我的灵感，成为我工作的保障。”

“你的意思是，教授让你破译敌二十七师团的密码？”

“是的。”

“可杜先生不是让你们先破译重庆的特务密码？”

陈家鹄想起教授说的“统一口径”，故意显得不耐烦地说：“是的，杜先生让我们煮白米饭，可现在的状况是，敌特二号线的信息量太少，我们手中根本没有米，巧妇难为无米之炊，怎么做白米饭？做不了，我们就做其他的。你应该比我更清楚，目前前线战事吃紧，战局严峻，时不我待啊。”

陆所长想了想说：“也对，没法破敌特线，你们试试攻坚军事密码总比闲着强。有进展了吗，现在到哪一步了？”

陈家鹄笑着说：“进展当然有，至于到哪一步了，说了你也不懂。”

陆所长说：“你说说看。”

陈家鹄摸了摸鼻子，“它与已经破译的二十一师团的密码完全不同，二十一师团所用的密码是简单的指代密码，原理如同密码箱，这一点教授向你解释过，我就不多说了。相比之下，二十七师团的密码要复杂得多。这么说吧，譬如你的名字，用二十一师团的指代密码进行加密后变为密文2312、17652、9063，我只需一把密钥，就能将它重新变回明文‘陆从骏’。但在二十七师团的密码系统中，我却需要三把不同的密钥才能完成解密，你明白吗？每个字都需要一把单独的密钥来解开，这是其一；其二，其密钥不但繁多，而且繁复。我们如果单纯一把一把地去找，就算凑巧找到了一把、两把，对于破解整部密码来说毫无用处。一把只能破解一个字，沧海一粟，杯水车薪。所以，我们的根本目标是找出每把密钥之间的联系，也就是它们的共性——基础密钥，再反过来打造执行密钥，只有这样才有完全击破它的可能。”

陈家鹄说着，抬头看了一眼陆所长，发现他一张脸拉得老长，显然是有得听没得懂，于是笑笑，“看吧，我说了你听不懂，再说下去显然只有一个结果，那就是浪费我的精力与口舌。”

“那就不说这个。”陆所长点了点头，“我们今天不谈工作。”

“哦，那谈什么？”陈家鹄饶有兴趣地望着他。

“谈你的私事。”陆所长正色道。

陈家鹄自嘲道：“想回趟家都不成，还谈何私事哦。”陆所长说初战告捷，立了功，想回趟家其实应该，但杜先生断然拒绝，“知道这是为什么吗？”陈家鹄摇头说不知道。陆所长说：“是为了你的安全！”陈家鹄苦笑，“又回绝了我，又要我感激不尽？别这么冠冕堂皇行吗？”陆所长紧盯着他，说：“这绝非冠冕堂皇，真的是有人想要你的命！”

自从踏上中国的土地后，曾有不少人以各种不同的方式警告过他，有人想要他的命。先是共产党那边的人对他这样说，现在陆所长又来跟他这么说，不知道他在打什么主意。他仅仅是个从美国回来的数学博士，他的命有这么值钱，值得国、共、日三方如此兴师动众或大动干戈地来争夺他，谋害他吗？甚至还影响到他和惠子的感情生活，把他弄到这个阴森森的鬼地方来，大门不能出，二门不能迈！这么想着，陈家鹄心情不觉烦躁起来，皱着眉头，说：

“我对这个问题不感兴趣。”

“你会感兴趣的。”陆所长高声说，随后打开提包，取出几份电文给他，“你先看这些吧，这是根据你破译的敌特一号线密码译出的部分电报，上面两次提到你——陈家鹄，不会是同名同姓的另一个人吧？”

陈家鹄接过电报一看，不觉惊呼道：“我的天呐，这是真的？”

陆所长点头，“千真万确。你还记得有一次我们借用你的衣帽和饰物这件事吧？”陈家鹄点头。陆所长便给他讲了他们借这些东西去干了什么，还给他讲了日本人得到消息后，派出飞机狂轰滥炸的事。陈家鹄听得呆了，急了，站起身问他老同学石永伟及其家人的情况。陆所长拿出石永伟一家人的遗照，面色沉痛地说：

“全家无一幸免，整个工厂，连地皮都烧焦了。”

陈家鹄双手不觉地颤抖着，他捧起石永伟一家人的相片，愣愣地看着，霎时间悲痛万分，泪如雨下，喃喃地道：“怎么会是这样，怎么会这样呀……”陆所长安慰他说石厂长是个战士，不会白死的。“他是在我的怀里走的，走之前他恳求我告诉他你在做什么工作，我说你在破译鬼子的密码，他听了后很欣慰，安详地走了。”事实上并非如此，石永伟的确向陆所长询问过陈家鹄在做什么，但陆所长并没有告诉他，等陆所长想要告诉他的时候，已经太迟了，他永远也不可能听到了。陆所长现在撒这个谎，理由很简单，那就是要用所谓的亡友的欣慰来让陈家鹄坚定作为破译师的信念，不敢轻言放弃。

陈家鹄擦去泪水，稍稍平静了一下自己的情绪，问陆所长为什么不早告诉他这事。陆所长说：“那时我们很多情况也不了解，不知道跟你怎么说。现在我们都搞清楚了，有人就是挖空心思想谋害你，所以你必须有安全意识，要懂得保护自己。”

陈家鹄点头，一副心有余悸的样子。

陆所长又进一步说：“你想知道是谁想杀你吗？”陈家鹄问是谁。陆所长拿出一张照片来，指给他看，“就是他，一个美国大使馆的外交官。”陈家鹄抓过照片看一眼，惊诧道：“他就是海塞斯的那个同胞，萨根？”陆所长点头，“对，就是他，一手策划了这次惨无人道的轰炸！”

陈家鹄瞪着萨根的照片，目光咝咝作响，如在燃烧。

陆所长望着久久无语的陈家鹄，心里禁不住放出一丝明快的笑意。这才是他今天来拜访陈家鹄的真正目的。他要的就是这种效果，他要让陈家鹄对萨根种下不共戴天的深仇大恨。可陈家鹄却蒙在鼓里，他根本不可能想到，这其实是陆所长完成杜先生交给他的特殊任务——替十里乌袪病——的第一步。

夜幕降临，街灯一盏接一盏地亮起，稀稀疏疏，影影绰绰，像嘉陵江上倒映的暮色天光。大街上行人寥寥，路两旁的梧桐和桉树落叶纷飞，让人想到缴械投降一词；一棵树冠庞大

的桂花树，有一种历史深远的意味，枝繁叶茂，树叶在昏黄的灯光中，瑟瑟颤抖着，沙沙作响，像一个历史老人在对天说话；两只精瘦的黄毛杂狗偎在一起，并肩而行，畏畏缩缩，像对行将来临的黑夜充满恐惧。

八路军办事处的伙房平时“人气不旺”，因为这儿工作人员本身不多，加上这些人常在外面跑，碰在一起吃饭的机会很少。今天晚上不平常，人都齐了，甚是喜庆热闹。苏北厨师在厨房里忙碌着，正在做铁板烧牛肉锅巴，警卫员小钟则在厨房与餐厅间来回穿梭，忙着端菜上餐具。餐厅里，一张八仙大桌，已经上坐的有天上星、老钱、李政、童秘书以及发报员、机要员等人。大家脸上喜乐，谈笑风生。

水煮花生米、夫妻肺片、泡凤爪、凉拌三丝……老钱看小钟端上来的都是下酒菜，好奇地问天上星：“怎么，今天领导要请我们喝酒？”天上星变戏法似的从身上摸出一瓶高粱烧酒，给大家倒好酒，“不错吧，今天我让厨师加了三个大菜，大家一起庆贺庆贺！”

老钱不知情，疑惑地问天上星庆贺什么，天上星笑吟吟地说道：“庆贺两件事，第一件，李政现在成了黑室的编外成员，离黑室只有一步之遥，我们有理由期待，以后陆从骏那一套对我们不会再神乎其神了。”老钱惊诧地扭头问李政怎么回事。李政看着天上星，问他：

“可以说吗？”

“当然可以。”天上星说，“我们这儿不是黑室，我们这儿是一个家，大家情同手足，亲如兄弟，有什么不能说的。”于是，李政将他替陆从骏当二传手（枪手）给陈家鹄父母传情递照的事一吐为爽。

老钱笑道：“你这不是棒打鸳鸯吗？他们有这回事吗？”

李政正为这事苦恼，因为他也不知道惠子跟萨根的具体情况，而且最让他担心的是，陆从骏还在怀疑惠子是日本间谍，是萨根同伙！天上星觉得这是问题的关键，问李政是怎么看的。李政想了想说：“到现在为止我是无法判断，我只能说希望她不是，因为我知道陈家鹄很爱她，如果她是日鬼，陈家鹄这辈子……那不管怎么说，心里都会有个大黑洞。”

天上星用筷子指着他大声嚷，“嗨，看你这沉重痛苦的样子，还让不让我再给大家报喜了。”李政连忙灿烂一笑，“报，报，你报喜才能冲我的忧啊。”天上星顿了顿，便用很郑重的语气向大家通报了第二件喜事，“徐州同志已经成功下山，而且就在陈家鹄身边！”“这太好了！”李政和老钱都发出惊喜的感叹。

“他的苦肉计成功了。”天上星笑微微地说。

“你见到他了？”

“我见到他给我捎出来的东西了。”

天上星拿出一个已经拆口的信封，那信封外面包着一层油纸。“这就是徐州同志捎出来的东西。”天上星介绍道，“他今天从邮局给我打了个电话，要我迅速叫人去陆军医院北门的垃圾桶里取个东西，就是这个玩意，东西塞在一只破布鞋里，我让小钟去取回来的。”

随后，天上星将相关情况作了说明：黑室并不在渝字楼里，而是在止上路五号，陈家鹄也并不在黑室本部，而是在本部对面的院子里，徐州同志现在就在那儿当门卫。“最近他的伤口还在发炎，隔一天要上医院换药，但这是暂时的。”天上星说，“估计今后他要上街也很困难，所以他在信里跟我们约定了一个今后交接情报的地方，今后要靠我们去取。”

信中约定交接情报的地方是，黑室附院后大门门前的路灯电杆，电杆是一根老杉木，杉木一米高处有一个节疤，日晒雨淋，节疤裂开一个大口子，有拳头一样大，可以塞藏东西。如果有情报，他会在门口放一把扫帚作提示，等等，约定是很详细的。

“问题是，如果我们经常去那儿露面，目标太大。”天上星看着老钱说，“所以，你这个邮差下一步要争取换一条线路跑哦，要去跑那条线，这样你可以利用每天去那一带送信的机会顺便看看情况，有情况就带回来。”

“这可不是我想换就能换的，”老钱长叹一口气，为难地说，“我现在在单位是个犯过错误的人，没地位，说话没人听。”

之前以为黑室在渝字楼，那是邮局最难跑的一条线，都是坡坡坎坎，没人爱跑，老钱为了争取去跑那条线，故意犯了经济问题，被人从办公室赶出来，受罚去跑那条线。现在想换跑止上路，等于是不想啃骨头，想吃肉，可不是那么容易的。

“没问题，”童秘书拍了胸脯，“这事交给我好了。”

“就是，”天上星说，“这你急什么，对你的要求小童哪一次没满足过？”

童秘书志得意满地对老钱说：“放心钱大哥，你想啃骨头我帮不了你，你想吃肉，包在我身上。我这个老乡局长身上有的是口子，贪着呢，两条烟，一只火腿，事情保办成。”

“减掉一条烟，怎么样？”天上星跟他讲价。

“没问题。”童秘书对他的老乡充满底气。

“那就好，”天上星开始正式对老钱布置任务，“今后跟徐州接头的任务就是你的啦，你明天就去止上路看看，摸个底，争取尽快跟他接上头，建立联系。徐州同志这次为了下山作出了巨大牺牲，今后我们一定要充分利用好他的价值，建立长期、安全、有效的交通关系，他有情报要出得来，我们有要求要进得去。我们要争取让黑室对我们来说不是黑的，而是白的，要让陈家鹄身子在里面，思想在我们这儿。只有这样，”看看李政，笑道，“我们李政同志才能够甘心，是不是李政？”

“就是，”李政说，“他本来就是我们的，现在不过是把他养在里面而已。”

“这话说大了。”天上星认真地对李政说，“他可以说是你的，你们的友情确实非同寻常，但他现在并不知道你的真实身份，他和我们之间还有距离，很大的距离。这些工作要慢慢做，不要指望一夜之间改变他，欲速则不达。煮成了夹生饭，可就后悔莫及了。”指着桌上的信说，“徐州同志在信中说了，前两天杜先生专程去看过他。杜先生会随便去看望一个人吗？这说明什么？里面很重视他，把他当人才，当专家，当宝贝。里面越把他当宝贝看，我们要做的工作就越多，难度就越大，你们要有思想准备。”

老钱和李政都郑重地点点头，气氛似乎一下子变得凝重起来。这时小钟将那盘热气腾腾、吱吱作响的铁板烧牛肉锅巴端上来，满屋子顿时热气腾腾，香飘屋宇，引得大家口水直流，啧啧称赞。天上星拿起筷子，画着圆圈，用诙谐的四川话口吻催促大家赶紧吃：

“四川好啊，因为有铁板牛肉烧锅巴这个菜啊。这道菜嘛，一定要趁热吃哦，不然就不脆啰，不脆就不爽口啰。”

吃！

吃！

大家纷纷提起筷子，趁热吃，吃得人人嘴巴里都冒出烟来，一个个烫得龇牙咧嘴，辣得惊叫连连。但谁都没有放下筷子，大家都说好吃！真香！四川菜好巴适哦！

徐州此次成功下山，为同志们赢得了这餐美味，只是他们一定没有想到，这是一个温柔的陷阱。正如川菜虽然好吃，但因为油重辛辣味咸，吃多了对脾胃并无好处一样，徐州此番工作调动，虽然接近了同志们，接近了黑室，接近了陈家鹄，可也接近了危险……

此时五号院附院，黑室的黑室，不仅冷清，冷清得简直可以说得上是阴森森了，偌大的院子里，只有陈家鹄办公室里亮着一缕朦胧的灯光，除此之外，全是一片死沉沉的黑和暗，风吹过树梢，沙沙沙的树叶声，满院里流泻，像从午夜坟场里传来的荒草声，或者幽灵掠过草尖的异样响动，听着都让人心惊胆战。

门卫室里同样黑着。徐州像个幽灵鬼蜮似的，坐在浓墨般的黑暗里，一动不动。自从徐州被毁坏面容后，他就不再喜欢任何光线或灯光了，白天他尽量不出门，晚上几乎不开灯。他觉得，白天已经不属于他，他属于夜晚，他愿意一个人静静地浸在黑暗里，静静地守着他的内心。只有在这样的时刻，只有在这静如死海的黑暗中，他才能心绪飞扬，金戈铁马，纵横万千，他的内心才重又变得强大充实，他才真正变成了一个人，而不是白天那个人见人怕的鬼。

突然传来有节奏的敲门声，徐州听得出来，是那个老外来了，他像个幽灵一样，悄无声息地走出来，拉开门，看见海塞斯手里拎着一兜水果，显然是来看他的高徒陈家鹄的。

徐州一声不吭地将他放进来。海塞斯看看他，笑着说："怎么不开灯呢？黑暗让人胆怯哦。"他说得拿腔拿调，是想引诱徐州对他说句什么。徐州却置若罔闻，默不做声地将门拉上，真的像一个鬼。

海塞斯耸耸肩，欲走，刚抬脚又停下来，从兜里拿出两个苹果，递给他："山东青岛的苹果，尝一下吧。"徐州幽灵鬼蜮般地站着，不接，只用从面罩上露出的两只黑森森的眼睛，冷冷地盯着他。海塞斯只得摇头笑笑，重新把苹果放回兜里，开步往前走去。

陈家鹄住的庭园里也是漆黑一团，直到上了二楼才看见走道里有一线狭窄的灯光，是从陈家鹄半掩的办公室里挤出来的，亮得刺眼。同时，门缝里传出噼里啪啦的声响，吸引海塞斯加快脚步。

推开门，看见陈家鹄正伏案在用心打算盘。海塞斯不觉一怔，惊疑地问他是不是有了什么新思路。"才十几份电报，你可不要过早下判断噢，天才也要遵循规律嘛。"海塞斯说。

陈家鹄离开算盘，说他今天午睡时做了一个梦，梦见了炎武次二先生。海塞斯知道炎武先生是他在日本留学时的导师，此人是日本数学界泰斗，曾有传言说他与日本军界关系紧密，军方的密码高楼是在他的指导下建造的。海塞斯很关心炎武先生在梦中跟他说了什么。

"你跟先生对话了吗？"

"没有，"陈家鹄说，"我只看见他一个背影。"

"你不会追上去嘛。"

"我追了，可怎么都追不上，最后追到悬崖边，以为这下他没处跑，要被我追上了。结果他纵身一跃，像只大鸟一样飞走了。"

"然后呢？你也跳啊，反正在梦中，摔不死的。"

"我跳了，并且学他的样张开双臂想飞，结果成了个自由落体，刷刷刷往下丢，速度快得——那些白云都像树叶一样抽我的脸，我就这样惊醒了。"

"白云打人，"海塞斯大笑，"这一刻你像个诗人。"

陈家鹄没有笑，而是认真地对他说："醒来后我就想，先生是日本当代数学的一面旗帜，当下又极力追捧军国主义，跟陆军部一直过往密切，他会不会真的像外面传言的一样，秘密参与了陆军密码的研制？”

“说，继续往下说。”海塞斯收起笑容，认真地等他往下讲。他却说：“那还有什么好说的，我就开始琢磨了。”转身从桌上拿起几页稿纸，递给海塞斯，“你看看，我已经有个思路了。”

海塞斯接过稿纸飞快地看完，很是兴奋，说：“你这思路很有意思啊，我之前怎么就没有想到呢？”兴奋地上前拍拍陈家鹄的肩膀，“现在我也不敢说这个思路对不对，如果是对的，我真想打开你的脑袋看看，里面到底有什么特别的构造，能够产生这样神奇的想法。”

“恐怕你会失望的。”

“为什么？”

“因为这不是神奇，而是神经，看上去星罗棋布的神经。”陈家鹄笑道，“我把水中月当成了真正的月亮，也许是某根神经搭错了，神经错乱了，俗称‘十三点’。好在这不需要多么复杂的求证，简单的演算就足矣。”说着又递给海塞斯一张草稿纸，“你看，一个未知数，竟然同时满足无限大和无限小。”

“有这种事？”海塞斯的眉头拧成一个“川”字。他接过草稿纸，细细审看陈家鹄的演算程序。看着看着，忽然扑哧一声笑起来。陈家鹄问他笑什么，他把草稿纸放回桌上，拿起粉笔，在黑板上写下一组复杂的公式，讲解道：“你这几步推论从数学角度看是没有任何问题，但按照你的思路，n在这里的意义并非一个自然数的变量，而应该是｛（n+x）÷81｝，这是个有限小数，不一定是自然数。还有这里……”海塞斯一边讲解一边修改起来，粉笔与黑板摩擦的吱吱声有点像耗子的叫声。

陈家鹄一眼不眨地看着他的讲解，两道剑眉越蹙越紧，好像教授手上的粉笔是在他宽阔的额头上刻画着。待海塞斯讲完，他已是满额头的汗水。海塞斯讲解完，也没有订正错误之后应有的欣然，竟然也是双眉紧锁，呆呆地坐在沙发上，苦苦思量着。

俩人默然半晌，陈家鹄才打破沉默，“你说得有理，但是……”

海塞斯突然抬头，目光咄咄逼人地盯着他说：“我知道你要说什么，你想告诉我，这样的演算等于是在求证无限小的自然数等于无限大的自然数，这没有任何意义，是在原地打转。”

陈家鹄目光失去焦点，茫然地望着天花板，喃喃地说：“不错，这是……就地打转……鬼打墙……我们迷路了，要突围出去……可出路在哪里呢？”

海塞斯叹一口气，走到窗前，望着窗外深邃的夜空，神色幽幽地说道：“是啊，陈家鹄，茫茫黑夜，出路在哪里呢？”

与此同时，门卫室的徐州也望着夜空在发呆。所不同的是，海塞斯和陈家鹄的夜空是神秘的密码世界，而他的夜空，则是陈家鹄那扇亮着灯光的、他永远也无法进入的窗户。

第六章
风语2

壹

奇迹是在启明星升起的时候蓦然出现的。

在中国人眼里，启明星是一颗吉祥之星，美丽之星，它不仅代表来自黑暗的光明，来自远方的力量，还代表着来自神秘世界的启人心智的智慧——迷路的人看见它会找到回家的路，迷了心智的人看见它会茅塞顿开，找到心灵的家。这种玄之又玄的关于星象的说法，竟在陈家鹄身上得到了应验。

这天晚上海塞斯没有回单位去，俩人被一种神秘的热情和困难鼓舞着，折磨着，搞得精疲力竭。海塞斯来之前还去会过美女姜，恰逢美女姜"挂灯笼"，没有搞成，所以才转到这儿来。但毕竟年纪不饶人，到后半夜，凌晨三点多钟，海塞斯实在招架不住，倒在沙发上呼呼地睡了。陈家鹄却越发兴奋，也许是怕打搅教授的酣睡，也许是教授那肆无忌惮的呼噜声让陈家鹄听着刺耳，他便从桌上拿起香烟，出了门。

此时恰值黎明，夜风携带着嘉陵江的冷气，悠悠地吹拂着，启明星从东边黛青色的山峦后面升起来，硕大明亮，像一颗晶莹璀璨的宝石，幽幽闪烁着。而正前方，繁星密布，满天的星光把夜空衬得无比辽阔和深远。陈家鹄来到外面的走廊上，点一支烟抽着，头脑一下清醒许多。他望着满天的繁星寻思：天上的星星比地上的人还要多，我只要一颗，是哪一颗呢？

转眼间，一支烟抽完了。他将烟头扔到脚下，准备蹭灭它，就在这时，他望着烟头的眼睛蓦地睁大了，瞪圆了。他想到了什么，飞快地抬起头，去看那遥远天河中的无数的星星，然后又飞快地将目光收回来，低头去看脚下的烟头。轰的一声，他听见自己脑袋里发出一声巨响，如同来自天外的巨大陨石掉入了他心海里。他禁不住一阵狂喜，冲回屋去，冲到海塞斯身前，激动地大喊：

"教授，有了！有了！"

海塞斯吓了一跳，醒了，睁开眼睛问他有了什么。陈家鹄激动得几乎气喘吁吁，语无伦次地说："出……出……出路，是烟头和星空……是它们……提醒了我。"

海塞斯惊愕地望着他，不知道他神奇的脑袋里又有了什么离奇古怪的新想法。陈家鹄不等他开口问话，连珠炮似的说出烟头和星空给他的启示——就是利用距离的递换，实体的两相对比，星星可以看做是无限大，烟头毫无疑问是无限小，可站在阳台上，在人的眼里，它们都是一点微笑的光源。就是说，假如存在着这么一个距离差，相对求证，问题就明朗化了……

海塞斯想了想，没感觉，无反应，无语，愣着。叼一根烟抽，踱着步想，抽着，想着，烟灰洒了一地。突然，海塞斯停下脚步，站着静思一会儿，猛然冲到陈家鹄面前，大声说："对！对了！找一个距离差，正是这个距离差，造成了每把密钥之间的不同。"

"也正是这样的距离，才会将密钥之间的相同，暴露在我们的视野里。"

"总之现在的问题已经明朗化了。事实上这部密码的密钥在根基处也与指代密码一样，只有一把，他们通过植入距离的方式，将它在另一维空间生生拉出无数把来。我们现在要做的，就是将这维空间切片，让它由繁到简，化非自然数为自然数。"

"就好像从一本立体的书里裁下一页平面的纸一样。"

"问题是怎么裁，"海塞斯眨了眨眼睛，"你找到办法了没有？"

陈家鹄似笑非笑地说："以我对电文的分析和对炎武次二先生的了解，他们只有通过一个办法，才有凭空植入距离，制造出新维度的可能。"

"愿闻其详。"

"四个字，"陈家鹄一字一顿地说，仿佛是用牙齿咬出来的，"变化进制。"顿了顿，又说，"只有这样，才能像变戏法一样，使一个数同时满足相对无限大和相对无限小的可能。"

海塞斯欣慰地上前拍了拍陈家鹄的肩膀，"不错，同一个数，在进制无限大之时，数值会变得无限小，同理，在进制无限小时，其数值又会变得无限大。我们总是以十进制的目光去看待它，自然捉不住它。”这道理其实很简单，譬如十进制的自然数1000，如果换算成二进制，则是1111101000，可如果换成千进制来算，则成了10。乍一看，一个十位数，一个二位数，根本不可能相同，但事实上它们却是相同的。

“啊，用我们中国人的话说，这就叫胶柱鼓瑟，刻舟求剑。”陈家鹄不无感慨地说，“炎武次二先生正是抓住了常人习惯于十进制的这番心理，才会搞出这样一手花招来。呵，与其说他是造的数学密码，不如说他造了一部心理密码更加恰当。”

海塞斯突然皱起眉头来，“但是这部‘心理密码’的数学要求很高，从现有的材料分析，这一把能够衍生出无限密钥的根密钥，应该躲在至少二十万分之一中。我们得尽快写出方案来，叫演算科去算算看。”

“这演算量可不小。”

“用你那个手艺来算至少得数月半载，他们去算，估计也就十天半月吧。”

陈家鹄便坐下来，写演算方案。海塞斯站在旁边看着他，脸上抑制不住地流露出一种惊喜和爱慕。此刻在他眼里，陈家鹄无疑是个神乎其神的人，他真不知道他脑袋里都装了些什么，怎么会冒出这样神奇美妙的想法。

“你刚才去哪里了？”海塞斯问。

“就在外面阳台上。”

“可你带回来的东西，好像是从天上下来的。”

陈家鹄仰头一笑，“如果演算证明我错了，你又要说我从是地狱里来的。”

海塞斯兴奋地说：“错了也是从天上下来的，因为只有天上的人才会犯这么高级的错误。”

这天早晨，演算科的人刚上班，海塞斯就把陈家鹄写的方案交给他们，要他们加班加点，抓紧时间进行演算。

一天。

两天。

三天。

第四天晚上，敌二十七师团的机密就在噼里啪啦的算珠声里，白纸黑字地呈现了出来，最后都一一送到了抗日名将薛岳将军手上。民间野史称，打共产党薛岳是软蛋，派他去贵阳追击红军，屡战屡败，让红军死里逃生，放虎还山。但打日本人，薛岳是战神，独创神奇的“天炉战法”，消灭了大批日军，被日本人称为“长沙之虎”。战后，薛岳著有《天炉战》一书，书中介绍天炉战法，是一种“后退决战”的战术。所谓“天炉”，即将兵力在作战带布成网状据点，以伏击、诱击和侧击、尾击等方式，分段消耗敌军的兵力与士气，最后把敌军拖到决战地再狠狠围歼。它因薛岳保长沙、败日军而成名。

作为抗日第九战区司令，薛岳先后指挥过武汉会战、徐州会战、长沙会战等著名大会战。但名噪一时还是靠长沙会战，三战三胜，大败日军士气，因此荣膺美国总统杜鲁门所亲授的自由勋章。同是薛岳，为什么在长沙会战中表现得如此英明、神勇，以致日寇后来几年都不敢再向长沙发起进攻？答案或许就在参战的敌二十七师团的密码上。

密码被陈家鹄破掉了！

敌军之心被薛岳看透了！

话说回来，杜先生欣闻敌二十七师团密码被破掉，自是兴奋。为了鼓励和犒赏海塞斯和陈家鹄这对梦幻组合，这天上午，杜先生竟突发雅兴，派人给陆所长送来一箱法国香槟，要他学做一回法国人，在陈家鹄工作的庭园里搞一个时髦的户外餐会，并说他到时候也要来。

到时间，海塞斯拉着陈家鹄下了楼。餐会已经布置完毕，两张长条桌子上放着大小不一的几瓶香槟酒，还有法国面包、色拉之类的洋玩意。正是一天中天气最晴好之际，空气清新又暖融融的。海塞斯拿起一小瓶香槟，啪地打开，对着陈家鹄直射。陈家鹄猝不及防，被喷了一脸。海塞斯高兴得手舞足蹈，说是提前祝贺他，像个老顽童。

陈家鹄说："你要是真心想祝贺我，等一下他们来了，就帮我个忙……"海塞斯知道他又要提回家的事，断然回绝，"这事肯定不行，本人爱莫能助。依我之见，到时你也最好别提，免得他们为难。"

但是，这回海塞斯错了。席间，陆所长居然主动向杜先生提起，能否奖励陈家鹄回去探一次亲。你总以为杜先生不会同意的，可杜先生居然同意了，而且几乎是不假思索，脱口而出，同意得异常爽快。

真是太阳从西边出来！

杜先生对陆所长假作怒颜说："我看你是脑子进水啰，他们这是违抗我的命令逞能干私事（没有破敌特密码），按说要处分他们才是，凭什么还奖励他回家探亲？"陈家鹄当即板了脸，张口想说点什么，却被杜先生一个挥手拦住。"你听我说，"杜先生话锋一转，对陆家鹄说，"不过我又在想，你现在还是编外人员嘛，也谈不上违抗军令，或许我该做一回好人，满足一下你。"问大家，"你们说好吗？"

众人自然都说好。

陈家鹄曲折的回家路就这么轻易接通了，有点不可思议。

陈家鹄哪里想得到，这天上掉下的既不是饼子，也不是林妹妹，而是个大阴谋，是给"千里马祛病"的第二步。作为一个阴谋，自然有布置，有安排，有环节上的要求。所以，陆所长对陈家鹄特别强调说："既然杜先生开恩，我祝贺你梦想成真。但有一点我申明在先，你什么时候回、带什么东西回、在家待多少时间，这些，你必须听从我的安排，因为我要保证你的绝对安全。"

"没问题！"陈家鹄答应得比杜先生还爽快。

于是，大家举杯祝贺陈家鹄，不料这时西北方向突然传来巨大的爆破声。杜先生秘书要求杜先生马上离开。杜先生却置之不理，不紧不慢地笑道："嘿，这些小鬼子好像知道我要跟你们说什么似的，配合我呢。我要说什么呢？我们已经得到确切情报，下一步，等雾季一过，敌人将要对重庆进行大规模轰炸。飞机是不长眼的，眼睛都在地上，最近敌人至少对重庆空投了五批特务，加上前段时间随我们迁都混进来的，我想现在敌人埋在我们身边的‘地上的眼睛’至少有一个加强排吧，他们的任务就是向天上提供轰炸目标。我敢说，我们黑室是不会进入目标的，因为我身边没有内奸，他们根本不知道我们在哪儿。”然后又回头对他的秘书说，“所以，不要怕，炸弹落不到这里来的。”

秘书依旧是一脸的焦急，让他小心为好。

杜先生没理他，继续说：“那就长话短说吧，特务脸上没长疤，要完全靠三号院去找是找不到的，要找到这些狗特务，还是要靠你们。特务脚下也没长风火轮，不会飞，提供目标的情报只有靠电台发出去，这就是他们的尾巴。这个尾巴只有你们揪得住。把这些尾巴通通给我揪出来，怎么样？这是当务之急，其他任务暂时都可以放下，不要再干私活了——以后。这次私活干得漂亮还捞了一顿敬酒喝，下次要再干，哪怕干得再漂亮都是罚酒，明白了吗？”

“明白！”

“明白就好。”

就干杯，就走了。

陈家鹄一直恭敬地目送杜先生离去，心里觉得热乎乎的，好像已经踏上了返家的路。如果他知道惠子已有的遭遇和将来还有更多、更不幸的遭遇，他又会是怎么个感受呢？

这不是密码。

这不言而喻。

惠子在家养病期间，萨根曾上门来找过她两次（探望病人），但都吃了闭门羹。陈老先生坚决不准他进门，甚至严正警告他，不准他再来纠缠惠子，否则将报警，说他骚扰他们家！

萨根虽是个无赖，但也知道什么叫“知趣”，何况他还要在中国人面前保住他作为一个美国人的骄傲和体面，便不再上陈家去自讨没趣，决定等惠子上班再说。

毕竟年轻，惠子只休息三天，身体恢复如初，就又去上班。

萨根就又去看她。

老孙手上就又有了新“材料”。

陈家二老就又将看到他们在一起的照片。

这是一个进入魔鬼程序的程序，误会会衍生误会，罪恶将衍生罪恶。老孙有个更高明的方案，不但要让二老看到惠子与萨根的新照片，还要“创造”他俩在一起的“新时间”。

于是接连几天，惠子下班都不能按时回家，这天是路上遇到汪女郎，被热心地拉去吃饭了，那天是撞见给她看病的医生，被好心地劝去做检查了，又一天是被车夫绕路了。总之，老孙在背后操控着，组织着，让惠子在下班的路上意外迭出，休想按时下班。与此同时，陈家二老手上不断出现她与萨根在一起的“新照片”，在二老的认知中，惠子未能按时下班，都是因为与萨根在一起。

惠子倒好，每次因故不能按时回家，都会主动、诚实地向二老解释，实打实地说。殊不知，这又成了她撒大谎的证据，因为他们手上有她跟萨根在一起的“证据”。总之，虽然惠子一如往常，但在二老眼里，她已经变成另外一个人：与萨根关系暧昧，撒谎不脸红，骗人有一套，心里有个鬼，手上有把刀。

山雨欲来风满楼，这些都不过是“风”，雨还没下呢。

不过，也快下了。呼风是为了唤雨，下雨才是目的、根本。所以，唤雨是大事，老孙得亲自出马了。这天下班时候，惠子走出重庆饭店的大门，沿着街边准备踏上回家的路时，无意间发现了老孙——他正将那辆三轮摩托车停在街对面的路边，蹲着身子，用一把扳手在摩托车上捣鼓着。

显然他的摩托车坏了，正在修理。

惠子一见老孙，感到十分亲切和高兴。黑室里的人，她认识几个，但老孙跟她打交道最多，印象也最好，给她老大哥的印象。孩子流产让惠子十分伤心，她感到对不住陈家鹄，她迫切地想见陈家鹄一面，亲自跟他说声对不起，请求他的谅解，也想得到他的安慰。她甚至都想过要去找老孙，请他帮忙。现在老孙远在天边，近在眼前，怎不令她欣喜？

她感激这种相逢！

她几乎是怀着一种激动的心情，毫不犹豫地跑了过去，欣喜地跟老孙打了招呼。老孙见是她，直起身来，擦着手上的油污，笑着问她是不是刚下班。惠子说是的，老孙将扳手放回工具箱里，一边朗声说道：

"来得早不如来得巧，我刚把车修好，干脆送你回家吧。"

惠子不说行，也不说不行，就那么将拎包提在身前，局促地站在那里，两眼紧盯着他，似乎有话要说。老孙见状，微笑地问她："怎么？有事？"惠子低声说："我想问你，最近有没有见过家鹄？"

老孙想了想，说："说没见过是假的，我昨天还跟他打过照面。"

惠子的眼睛陡地发亮，上前跨一步，急切地问老孙："他在哪里？你能不能带我去见见他？"老孙说："当然不行，陈先生正在完成一项重大任务，单位规定不许任何人去打搅他的。这你知道的。"

惠子的脸色即刻暗淡下来，眼圈忍不住红了。老孙发现她眼里噙着泪水，装出一副怜香惜玉的样子，问她有何苦恼。惠子神色凄惶地说："最近发生了许多事，我都快承受不住了。我……我好想见见家鹄，跟……他说说话……"说着泪水蜿蜒而下，呜咽着恳求，"孙大哥，你……能不能……帮帮我，让我……见见他……"

老孙一副被她哀怜的神情打动的样子，沉思一会儿，紧盯着她问道："你是不是……遇到什么麻烦了，必须见陈先生？"惠子急忙点头，诚挚恳切地说："就是，我……出了点事……想当面跟他说……我真的很想见他，孙大哥，你就优待我一下，给我个机会。"

老孙叹口气，迟疑道："不是我不通人情，单位确实有规定。当然，我上次就同你说过，规定是规定，什么事总是有……怎么说呢，我看你跟陈先生分开时间也不短了，分开后从没有见过，我想他一定也想见你。所以，我思忖如果我带你去见他，他该不会……怪罪我的。"

"对，他肯定不会怪你的。"

"如果他怪我，甚至揭发我，那我就麻烦了。"

“绝对不会。”

“好吧，既然你这么说，我也相信你。那我就再违一次禁吧！不过——”老孙卖起了关子。

“不过什么？”

“你要全部听我的安排。”

“我听，全听你的。”

于是老孙说，今晚他会带她去一个地方，保准可以见到陈先生。惠子欣喜若狂，问他是什么地方。老孙说：“渝字楼茶厅，陈先生今晚肯定会去那里见一个人，到时你提前去那儿找我，我会安排你们见面的。”

惠子激动得满面通红，心都快要跳出来了。她向老孙连鞠三个大躬，一口气说了好几个谢谢，才转身高兴地离去，整个人像被充了气似的，变得轻盈快乐起来。

老孙呼唤她：“上车吧，我可以送你回去。”

惠子挥舞着她手中的拎包，喜洋洋地说：“不用啦，孙大哥，时间还早，我要慢慢走回去，充分享受一下这份快要见到家鹄的快乐。”

老孙把一条腿跨到摩托车上，双手握住车把，对着她的背影哼哼地笑。他一边冷笑一边在心里对惠子说，看你乐的，该乐的人是我，笨蛋！你被我卖了，还在替我数钱呢！

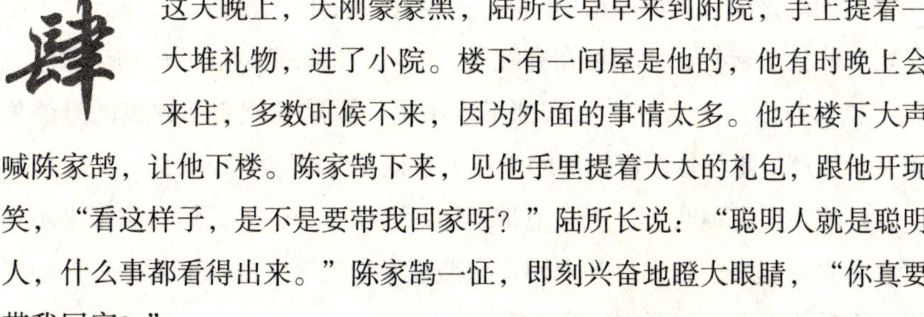

这天晚上，天刚蒙蒙黑，陆所长早早来到附院，手上提着一大堆礼物，进了小院。楼下有一间屋是他的，他有时晚上会来住，多数时候不来，因为外面的事情太多。他在楼下大声喊陈家鹄，让他下楼。陈家鹄下来，见他手里提着大大的礼包，跟他开玩笑，“看这样子，是不是要带我回家呀？”陆所长说：“聪明人就是聪明人，什么事都看得出来。”陈家鹄一怔，即刻兴奋地瞪大眼睛，“你真要带我回家？”

“难道你不想吗？”

“当然想！我一直等着呢。”

“你以为我会食言？你把我想成什么人？准备走吧。”

“现在就走？”

“等一下车子来了就走。”陆所长说，但他临时又增加了个前提，要陈家鹄为此行保密，“无论如何都不能让杜先生知道。”

“为什么？杜先生不是同意了的吗？”

“你呀，只会破译密码。”陆所长摇着头说，“你不知道，事后杜先生把我骂惨了，说我当着你的面帮你求情让你回去给他难堪了，他答应其实是假的，后来出门他就训斥我，不能回！他为什么对你说能回，对我说不能，就是想让我来做恶人啊。这就是玩弄权术，我哪玩得过他。可他也不替我想想，这次我如果食言了你会怎么看我？肯定恨我一个人，是不是？所以，我也想通了，明的不行来暗的，咱们悄悄走。今天他去下面部队视察工作了，我们快去快回，只要不让他知道，没事的。”这叫放烟幕弹，目的就是要陈家鹄觉得这次回去不容易，你别怀疑这里面有什么阴谋。陆从骏真是只老狐狸啊，他料到事后——诸事发生后，陈家鹄可能会反刍这些事，所以事先把可能有的漏洞都补了，封了，堵了。

不一会儿，车子来了，就走了。兴奋的陈家鹄怎么也不会想到，其实这不过是陆所长巧设的一个阴谋，一个诡计而已。他此一去，不仅见不到他日思夜念的惠子，还可能要永远失去他心爱的女人。

由于战时拉闸限电，天堂巷附近几条街区全都黑魆魆的，陷在四周繁密璀璨的灯火中，犹如城市塌陷的一个阴森森的巨大黑洞。陈家人早早吃了饭，收拾了碗筷，此刻都在庭院里，就着一盏昏黄的煤油灯枯坐着。气氛明显没有以前那么好，大家都不言不语，默默地望着那摇曳的灯焰发呆——流产的惠子像个怪物似的，让大家欲说无语。

一阵晚风飒飒吹来，明显地带了初冬的寒意，让人瑟缩。惠子坐不住了，首先站起来，对父母和家鸿、家燕歉意地笑笑，独自上楼去——她要去见心爱的丈夫，总要去装扮一下。

陈母望着她离去的背影，暗自叹气摇头，叫大伙也散了，回房休息。

不久，刚上楼的陈父听见楼下院门吱呀一声被人拉开，接着听见老伴在厨房里不满地叽咕着什么，甚至还把捅炉子的火钩哐当一声摔在了地上。陈父便起身下楼去，问老伴什么事。

家鸿在一旁替母亲说："你没看见，这么晚了，她还出去，妆化得跟个妖怪似的！"陈父知道刚才出门的人是惠子，问她出去干什么。老伴气恼地说："谁知道，你问我，我问谁。"陈父说："你可以问问她的嘛。"家鸿又替母亲答："怎么没问，妈问了，她说是饭店有事，要加班，你信吗？鬼才相信。"老伴痛苦地摇着头，自顾自叹息道："她怎么……会这样呢？"家鸿瞪着眼说："她从来就是这样，是你们以前被她骗了。"

当然不是。

惠子所以不说实话，是因为老孙再三要求的，不能让多一个人知道，包括家里任何人。如果他们知道她这是要去见家鹄，没准都要跟去呢。

陈父摇摇头，叹息道："哎，这人……真想不到……"家鸿冷笑道："我看世上就没有一个鬼子是好东西。"陈父蹙眉望着外面漆黑的夜色，没有反驳，似乎是认同了家鸿的说法。

家鸿说罢上楼去了，两位老人像被人抛弃似的默默地坐了好久，准备把煤炉里的火熄灭了，上楼去睡觉。可就在这时，外面忽然又传来了开门声。陈父小声说："嗳，你听，回来了，回来得还蛮早的。"

"迟和早都一个样，心野了，收不拢了。"陈母说着，一边去开门。

"谁啊？"

"我。"

"你是谁？"

"妈，是我……"

听声音，好像是家鹄，母亲以为是幻觉。打开门看，母亲蓦地一怔，果真是家鹄！遂欣喜若狂地奔上前，紧紧拉住家鹄的手，一边"鹄儿鹄儿"地叫着，一边摸他的头，又摸他的脸，上下打量着，一种久别重逢的喜悦的泪水霎时盈满了老人的眼眶。厨房里的父亲，楼上的家鸿和家燕闻声都跑下来，与家鹄相见。表现最热烈、夸张的还是小妹家燕，高兴得跟只喜鹊似的，拉着哥哥的手又笑又跳的，还学着西洋礼节，给了哥哥一个热情的拥抱。陈家鹄扭头四顾，没有看见惠子，问：

“惠子呢？”

大家一下子沉默了，都低头不语。

此刻，惠子刚到渝字楼，刚同老孙大哥接上头。老孙安排她在一个僻静的角落入座，给她要了一杯茶，让她等着。老孙悄悄告诉她：陈先生还没有来，但应该快来了，让她安心等着。

“放心，等陈先生来了，我会安排他来同你见面的。”老孙非常体贴地对惠子说，让惠子心里一阵热乎。她心想，孙大哥真是个好人啊。她哪里知道，陈家鹄正在家里问询每一个人，打听她的下落。

“小妹，你说，你嫂子去哪里了？”家燕闭口不开。

“哥，你知道惠子的情况吗？”家鸿沉默的脸色变得非常难看。

“妈，惠子到底怎么了？”陈家鹄急了，再一次问他妈，“惠子是不是出什么事了？”

“她出的事太多了！”家鸿率先打破沉默，气呼呼地说，“进屋去说吧，别让人听见了，丢人现眼的。”

陈家鹄一怔，预感到了什么，赶紧拉住父母的手，带他们去了客厅，不等脚跟站稳，便急切地催问道：“爸，妈，我感觉得出，家里发生了事，不管是什么事，你们都要跟我说，你们都不说，那谁还会跟我说呀。”陈父叹口气，对身边的老伴说道：“家鹄说得对，你说吧，是什么就说什么，天塌下来，用纸糊是糊不住的。”

家鸿气咻咻地说：“本来就该这样，都什么时候了还瞒什么，瞒来瞒去骗的还不是你们自己的儿子。”

陈母想了想，摇着头，幽幽地叹息一声，沉痛地说：“家鹄啊，妈觉得……你是……看错人了，惠子她……她变心了……”说着，埋下头去，伤心地饮泣起来。家鸿则直通通地说：“什么变心了？她可能从来就是个坏心眼！”陈母抹着眼泪，一副气恨得欲言无语的样子。家鸿接着说：“我来说吧，她不在家，去跟那个美国佬约会了。”

家鹄听得一愣，追问道：“美国佬？哪个美国佬？”

家鸿说：“萨根，美国大使馆的那个萨根。”

家鹄说：“萨根？惠子怎么会跟他去约会？”

家鸿没好气地说：“不是他还有谁？她说萨根是她什么叔叔，我看啊这关系也许根本就是瞎编出来的。”

之前家鹄知道惠子在美国大使馆有个叔叔的事，但没想到这人就是黑室的眼中钉萨根，便沉吟道：“这可不好，这萨根可是个坏人，不能打交道的。”

家鸿哼一声，满脸鄙夷地说：“可你不知道，他们打交道打得火热呢，最近她连晚上都在家里待不住了，这不，又出去了，骗我们说是去单位加班，加什么班，都是鬼话。我敢肯定，她现在一定跟萨根在一起！”

家鹄不无厌烦地看看家鸿，又不无求助地看看父亲、母亲，希望二老给他帮助，反驳一下家鸿。可二老爱莫能助啊，他们说的口气和用词比家鸿或许要好听一些，但本质无二，都是在数落惠子，替他难过、着急。

母亲说：“家鸿的话说得是难听了一点，但说的都是真的。”

父亲说：“有些话我们都羞于说，但谁叫你这么倒霉，碰上了。”

母亲说：“家鹄，妈真觉得你看错人了，你走了她就变了。”

父亲说：“什么变，我看她以前那种温柔善良的样子都是装的。”

两位老人你一言我一语，尽情数落着惠子，令陈家鹄震惊不已，仿佛走错了家门，他们在说的是另外一个人。凭他对惠子的了解，凭他们多年相依相随、忠贞不渝的感情，陈家鹄是不相信惠子会突然变心，会做出对不起他的事来的。他想为惠子做点辩解，结果二位老人家狠心地抛出了一个大炸弹：惠子背着他们去医院把怀的孩子做掉了！

这事太大了，太意外了，陈家鹄简直不敢相信。可母亲有血布为证，家燕有亲眼目睹为证，如果需要，还有医院和医生为证，肯定假不了。陈家鹄捧着血布，如捧着一座山，双腿一软，一屁股跌坐在椅子上，傻掉了。

“她不是整天给你写信，怎么没跟你说？”

“这么大的事为什么不跟你说？有原因的。”

“因为她从来就不想要这个孩子，所以才不说。”

“她说是吃了什么脏东西腹泻引起的，我根本不信，哪儿这么容易，腹泻就能泻掉孩子？”

“你知道出事那天她在跟谁一起吃饭吗？那个讨厌的萨根叔叔！”

“我敢说他们现在又是在一起，天天这样啊，不是回来晚就是提前走……”

两位老人和家鸿又开始新一轮狂轰滥炸，居然还是没有把家鹄炸投降。陈家鹄平静下来后，又帮惠子说话：

“爸，妈，我觉得……这中间可能有些误会……”

“什么误会？”父亲责问道，“难道我们是在挑拨离间？”

“不是。”陈家鹄讷讷地说，“我在想……会不会是她遇到了什么事？”

“什么事？一个妇道人家还有什么事比名誉更重要的！”父亲愤愤地说。母亲则痛惜地摇着头说：“家鹄啊，你就是太自负了，明摆的事情还不信，我们是你的父母，可怜天下父母心，巴不得你好呢，能骗你吗？”家鸿看弟弟还是执迷不悟的样子，一气之下上楼，从母亲房间里把那些不堪入目的照片都拿下来，丢给家鹄看。

“这是谁给你们的？”家鹄问。

“李政。”母亲说。

“李政？”家鹄欲言无语，“他怎么……”

“他是关心你！”陈父没好气地说，“换成别人，谁会管你这些闲事？”

“可他怎么会有这些照片？”

"因为萨根是鬼子的间谍，被人跟踪了。"父亲说。

"何止是萨根，难道惠子不是吗？一丘之貉！"家鸿说。

围绕这个问题，二老和家鸿又准备掀起一轮轰炸。但这回只是小炸，因为陆所长临时闯进来，催促陈家鹄该走了。走之前，母亲一反往常的态度，坚决要儿子快刀斩乱麻，跟惠子离婚。陈家鹄刚摇头，还来不及说不同意，父亲一下子火了，跺着脚吼："摇什么头！我看你妈说的没错，我们陈家世代都书香门第，清白人家，绝对容不下她这种儿媳妇！"

这是陈家鹄这次回来听到的最后一句话。

这对陈家鹄来说真是一次比死还难受的会面。

与此同时，惠子虽然没有陈家鹄这么难受，但时间一分钟、一分钟从心上划过的感觉也不好受啊。很难过！陈家鹄是剧痛，她是煎熬。楼梯上不时传来脚步声，客人一拨拨地来，可就是不见陈家鹄。

他怎么还没来？

家鹄，你快来吧，我在等你。

千呼万唤，能把陈家鹄唤来吗？

该收场了，老孙终于不无遗憾地通知惠子："走吧，看样子今天晚上他肯定不会来了。我早同你说过，他忙得很，事情很多，今天肯定是临时又冒出什么事来了。"

有善始，无善终，空欢喜一场。可这能怪谁呢？家鹄不能怪，他本来就不知道，孙大哥也不能怪，他是一片好心。要怪只能怪自己，运气不好，仁慈的上帝没有眷顾她。为了表示自己不是那种经不起打击的人，也是为了减轻孙大哥的负疚心理，惠子甚至连一点难过的感觉都没有表露出来，都埋在心里。和老孙分手时，她脸上一直挂着浅浅的甜笑，好像在与陈家鹄告别。

说真的，老孙很是佩服她的涵养，把内心的失落情绪包藏这么好，真像是一个有良好教养的大家闺秀啊，而且很显然，她有一颗善良的心，自己这么难受还想着要体谅别人。可是，佩服归佩服，印象好归印象好，难道老孙会因此而罢休吗？不会的，老孙看着消失在黑暗中的惠子，坚定地告诫自己，她必须消失，从陈先生的世界里彻底消失！

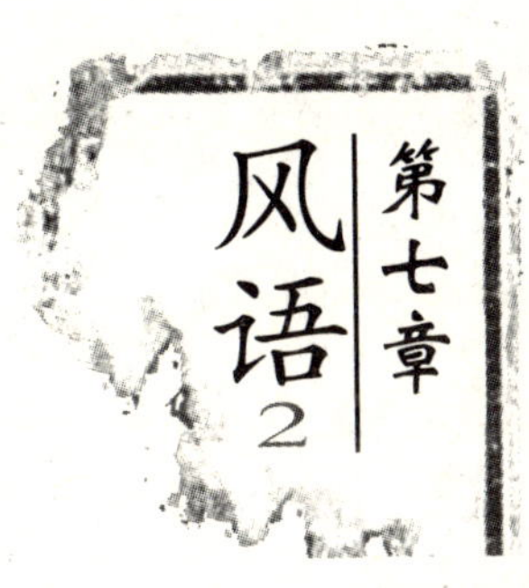
第七章
风语
2

壹

说一点开心的事吧，说惠子的事太那个……闹心！

话说这天，晨雾浓浓，到八点多钟天才明亮，从云层中挤出来的软弱的阳光无力地打量着嘉陵江，打量着山城四面八方，可以见得万千苍生依旧如蝼蚁一样，游走穿行于这个杂乱的城市，四处忙碌，八方刨食。世界就是这么残酷，生活就是这么麻木，不管谁在哭还是闹，不管谁受了灾，还是闹了病，死了人，日子照样流转，照样月落日起，风生水起。在浩瀚、巨大的天面前，人真是小又弱，在乱世当中，乱七八糟的世相面前，人真是苦又悲，既无奈又无助，既掌握不了自己，也改变不了生活。

不过，有几个人似乎掌握了自己，他们就是重庆八路军办事处的人。

这天早晨，止上路发生了一点小小的、却是根本的变化，就是骑自行车来这条路上送发信函的邮递员，已不是往常那个留着小分头、颇有几分学生气的年轻人，而是换成一个粗皮大脸、腰圆体壮的北方佬。

就是老钱！

老钱在邮局大起大落，都是为了今天，为了接近黑室，为了与徐州同志建立长期固定的联络，以谋宏图。今天是他第一天上班，在他放信件的邮包里，放着一封天上星回给徐州同志的信。首次接头，他不知道能不能接上头，心里有些忐忑不安。但你看他哼着小调、不亦乐乎的样子，是发觉不了他内心的景致的，你只会觉得他是个乐观的人，他喜欢这份工作，喜欢这个早晨。

这条邮路确实比渝字楼那条好跑得多，路面虽然不怎么宽阔，也不完全是坦途，有几个坡度甚至是蛮陡的。但总的说，坡路少，坦途多，可以骑自行车，只有两个大坡度需要下车，人推着车走。老钱精神勃勃地一路打着铃铛，有声有色地闯入安静的止上路，放慢车速，数着门牌往前骑。一号，二号，三号……不行了，坡度太大，骑不动了，便下车推。老钱发现这点后，心里高兴啊，他就想在这截路上多磨蹭一会儿，慢点经过，好多打量一下周围。

路遂人愿，比天遂人愿还叫人乐啊！

止上路五号，哇，好大、好厚的铁门啊，好高、好深的围墙啊。这哪像个单位嘛，从外面看怎么看都像哪户豪门人家的大宅子，难怪我们以前找不到啊。老钱推着车走，四下打量着，寻找徐州信中描述的那道门。

哦，前面那儿不是有根电线杆嘛，可能就在那儿。

上去看，果然有一扇横拉的单铁门——铁定就是它了！老钱前后顾看，发现没有人，遂夸张地大叫一声啊哟，把车撂翻在路上，人也躺倒在地，操爹日娘地骂天，骂地，骂路，骂电线杆。

徐州闻声，从小铁门的门缝里往外瞅，发现有个人气恼地坐在地上在操祖宗骂娘，眼睛却顺着电线杆方向骨碌碌乱转，心里明白了大半，便拉开门出来看。

“你怎么了？”

“他娘的，摔了一跤。”

“没人碍你，骂什么娘。”

“徐州同志，我是娘家来的……”

徐州这样子太好认了，保准错不了，老钱索性直截了当地摊了底牌，令徐州又惊又喜，四面察看。老钱扶起车，扶车的同时故意把链条弄脱，然后将车靠在电线杆上。车上承载了两大包邮件，光靠电线杆支撑不住，徐州便趁机上前帮他扶着车，这样俩人基本上是交头接耳了。

就这样双方把该说的说了，该约的约了，以后只需“照章行事”即可。两分钟后，老钱弄好车后又哼起小调，上了路。徐州目送他离去，心里想，这下我终于再也不需要往伤口上撒石灰了。接着又想，以后可以随时与组织联系了，难得啊。接着又想，这叫苦尽甘来，人世间还是有公平的一面的。

这一天，徐州想了很多。从当年在丰都教书写字，到偶然认识天上星，到宣誓加入共产党，到赴前线参加抗战，到江宁大战，一点一滴恍如隔世，仿佛已经过了好几辈子……

眼下，想得最多的自然是陈家鹄。

陈家鹄昨晚一夜未眠，根本就没有睡意，连床都不想躺，一直站在窗前，久久地，好像在等人破窗而入，要不就是自己飞天而去。好几回，他都有一种强烈的冲动，想去找楼下的陆从骏，带他再回去。只是想到陆所长今晚不在楼下，才作罢。其实也没有作罢，有一阵子他甚至想偷跑出去，他想搞清楚，惠子今天到底去哪里了。

他还想搞清楚，家里人为什么会群起攻之——惠子。

他还想搞清楚，惠子回去知道自己今天回家过会有什么表现，什么想法。

他还想搞清楚，父母亲说的那些——那么多——到底是怎么回事，是误会还是……如果是误会，又是怎么造成的。

还有！

还有！！

他觉得自己成了一个黑洞，洞子里全是无头无尾的东西，飘来飘去，浮浮沉沉，吵吵闹闹，沸沸扬扬。有时他又觉得自己成了个透明体，玻璃缸，夜色都掩盖不了它：它在黑夜中闪闪发亮，父母亲说的那些事，像金鱼一样在玻璃缸里游来游去，有时还猛烈地四面撞壁，玻璃随时都可能被撞碎——他觉得自己随时都可能要爆炸！

他眼睛一直不眨地盯着窗外厚厚的夜色，有时黑暗让他觉得晕眩，有时黑暗又变得雪亮，像黑暗在燃烧，在痛苦地燃烧，痛苦得吱吱的叫。他希望自己累倒在地，可怎么一点也没感觉啊！他觉得自己的身体成了空气，只有浮沉在脑袋里的一个个念头是沉重的，黑色的，有时又是红色的——像用血做的。

这个夜晚，漫长如一生，短促如一秒。

陈家鹄经历了一个一生中从未有过的夜晚，没有生命的感觉，只有灵魂被剥光了外衣、赤裸裸的、无所适从的感觉。

天亮了，他把自己沉沉地放倒在床上，要么死亡来把他接走，要么陆从骏来找他，给他回应。昨天晚上，回来的路上，面对陆从骏再三的问话，他只说了一句：

“惠子可能出事了，她没在家。”

回到这儿后，面对陆从骏又是再三的问话，他又说了一句：

“你手下不是有侦探嘛，我想知道惠子今晚去哪里了。”

陆所长是个聪明人，听了这两句话一定会想见很多事——陈家鹄相信，这两句话已经把他自己当下的困和苦、面子和乞求卖给了陆所长。所以，他在等陆所长来找他，给他回应。

陆所长却迟迟没来。

陆所长来了，来得太迟了，下午三点钟才来。

他为什么来得这么迟？当然，原因可以很多：因为侦查一时无果，或者因为临时有事，或者别的其他什么。但事实上，什么原因也没有，说白了这就是个程序——魔鬼程序的一部分：来早了不可信。原定是午后就来的，后来（昨天晚上）因为方案临时有变，要突击排演，不得不又延迟。

昨晚，陆所长把陈家鹄送回宿舍后，便回单位去等老孙。老孙很快回来，他们事先约好的：什么时候所长带陈家鹄回单位，什么时候老孙便放惠子回去。俩人见面后，先是互通有无，发觉一切都按程序在走，没有任何出入。唯一有点失望的是，二老希望家鹄跟惠子离婚，家鹄的表现有些干脆：不同意！几乎是不假思考就摇了头——陆所长当时在场，亲眼看到的。后来父亲放了绝话，坚决要求他离，他也没有接受，乃至很生气地走了，说明他对父母大人的这个意见很不赞成。

凭良心说，这是可以理解的，毕竟是那么恩爱的一对夫妻，哪可能说离就离的，总要给他一点时间。但话说回来，你是不能给他时间的，一方面杜先生那边催得紧，另一方面你越给他时间，越可能出现意外——毕竟那些玩意，那些是是非非，惠子的那些罪罪恶恶，都是假的。事情绝不能拖，越拖对这边越被动，必须快刀斩乱麻。最理想的效果是——陆从骏的梦想——陈家鹄一听惠子的那些龌龊事，一气之下，手起刀落，来个了断。

但现在看来这种可能性不但不大，且几乎为零。这从他回宿舍后从牙缝里挤出来的那句话可以作凭——他不是要求陆从骏派人去侦查“惠子晚上去了哪里”嘛，这说明什么？他不会轻易下刀的，他要探寻真相后，破译了“密码”后，才会有决定。

惠子晚上去了哪里？

当然是去和萨根偷情了，睡觉了，做爱了。这哪要派人调查、侦探，这是魔鬼程序早就设置好的。老孙甚至都做好了相应的照片和音响录音。陆所长来跟老孙商量的事是，要他定好时间去向陈家鹄陈述经过。这可是一件定乾坤的大事哦，所长要亲自与老孙合谋一下，什么时间去说最合适，怎么说最有效——必须有完整的细节和可靠的时间、地点、场所，因为他们面对的是一个高智商的人，要经得起智力的推敲，万万不能有差漏。一旦被陈家鹄有所察觉，前功尽弃自不待说，更可怕的是，他很有可能因此与黑室反目，事情如果到了那一步，他们就是拿命去填也挽不回来了。

老孙深感压力很大，却灵机一动。

“有个人比他更合适去完成这件事。”

“谁？”

“家鸿。”

家鹄的大哥！

当时陆从骏听了兴奋得直拍大腿，是啊，我怎么没想到家鸿呢，家鸿当然是最合适最理想的。理由有二：一、之前他曾多次对老孙诬告惠子的种种不是，说明他比谁都想叫惠子身败名裂，从他们家滚蛋，被家鹄休掉，扫地出门；二、作为同胞兄弟，从他嘴里吐出的每一个字都有会异样的光芒，异样的价值，异样的可信度。

行了，无须多虑，就这么定了。

原定的方案就这么变了，可以说有重大调整。

于是，今天一大早老孙就去找家鸿，道明实情，表明态度。果然，家鸿二话不说便答应下来，态度十分爽快，配合十分积极，整个上午都与所长和老孙在合计、推敲说什么、如何说的一些内容和细节。最后又经过反复排演、试演，确信效果百分之百的好之后，才整装出发。为什么来得迟？就因为准备工作做得充分啊。

家鸿，对不起，虽然你是我们最好的朋友、战友，我们充分信任你，但规定要求你必须戴上眼罩，因为你将要去的地方太重要了。没问题，我理解，这也是对我负责嘛，不该知道的东西不要知道。家鸿毕竟也是半个军人啊，通情达理得很。

除了戴眼罩外，家鸿此行身上还带了一样东西，就是一份誊写规范、清楚的离婚书。从某种意义上说，家鸿此行要完成的任务不但是黑室的意志，也是他父母的意志，所以这份东西他带得是非常理直气壮的。只要弟弟在离婚书上签上大名，说明他已经放弃惠子，然后不论是家里还是黑室，于公于私，都可以随便处置她了。换言之，请家鹄在离婚书上签字不仅是个仪式，更重要的是个态度。态度不明，于公于私都不知如何下手啊。

家鸿，你一定要好好说啊，一定要让你弟弟走出樊篱，走出困境，走出被欺骗的迷局，走向光明，走向美好，走向崭新的生活。

家鸿说得真是够卖力的，从点滴说起，由浅入深，不紧不慢，娓娓道来，晓之以理，动之以情。某月某日，我第一次看见他们手牵手在大街上溜达；某月某日，我无意撞见他们在我们家巷子里搂搂抱抱；后来我有意跟踪他们，看到的就更多了，更那个了……

"就说昨天晚上吧，"家鸿严格按照排演的内容，继续说道，"你走之后爸爸妈妈很难过，妈伤心得哭个不停，爸骂人，摔东西，家里鸡犬不宁。我心烦就出去了，往山上走，等我从山上下来，正好碰到一辆车停在我们家巷子口。我估计是他送她回来了，下去偷偷一看，果然是，还在车里搂搂抱抱，那个恋恋不舍的样子，看得真叫人恶心。"

在家鸿的陈述中，惠子活生生成了汪女郎一样的角色，风骚，下贱，骗人有一套，害人有一手。

“俗话说，人心隔肚皮，知人知面不知心。家鹄，你太幼稚了，完全被她的假象迷惑了，包括我，我们全家人，开始都被她表面温顺的样子迷惑了。可俗话又说了，假的就是假的，狐狸精就是狐狸精，总有一天要露出尾巴的。她现在不光是露出尾巴，连青面獠牙都露出来了，你还能糊涂嘛。再糊涂我看爸妈都要被她气死了，你不为自己想，总要为爸妈想想啊，他们都老了，经不起折磨了。我这一年来心情不好，让他们受了不少委屈，给他们增加了不少心理负担，我希望你再也不要让他们受委屈了，就听他们这一次，把东西签了。”

家鹄不签。

家鸿又做工作。

家鹄还是不签。

家鸿还是做工作。

如是反复多次，终是把家鹄惹火，撕了那页纸，打开门，请家鸿走：不欢而散！

家鸿出门时说了一句狠话：“我看你非要把爸妈害死不可！既然你这么无情就别怪我不义，只要爸妈因为这个烂人有个三长两短，我会亲自把这个烂人赶出家门！”

陆从骏刚才一直踅在楼下偷听楼上动静，这会儿听到家鸿说这番狠话，气得抱头蹲在地上，好像家鸿恨的是他。他当然知道家鸿没在说他，可他更知道，楼上谈崩了，意味下一步非他亲自出马了。

叁

陆从骏没有马上出马，他告诫自己：得有个缓冲，否则一轮轮冲锋，轰炸连着上，容易被陈家鹄识破。他乐意暂时当个局外人，让他们家里人先折腾，折腾不下来再说。现在，他给他们家里做的牌还没有打完呢。即使打完了，他觉得自己也不便立即出手，得缓两天后再说。欲速则不达，心急吃不了热豆腐，凡事得有个法度，不能凭性子来，陆从骏是沉得住气的。

和所长相比，惠子显得很沉不住气，她简直乱套了，心里像被炸了堤坝，开了锅，水漫金山，洪流破堤，乱七八糟。昨天晚上，家鸿有点过分了，把门闩上了，惠子从渝字楼回去，怎么敲也没人来给她开门。家燕是想给她来开的，可父亲正在气头上，说了句气话：

“她还有脸回来！”

家燕听了，无所适从，下楼去开也不是，不开也不是。

惠子不知道家里发生了什么事，以为是没听见，照旧一个劲地喊：爸爸，妈妈，家燕，大哥……喊了一轮不行，喊二轮、三轮。最后还是母亲发了慈悲，给家燕一个脸色，家燕才下楼去给她开门。

“你去哪里了？”家燕开了门，有点不高兴地问。

“我……饭店里有点事。”惠子因为见不到家鹄心情很差，冷冷地说。

家燕想，骗人，我好心惦记着你，你还给我脸色看，一气之下不理她，掉转头，甩开腿，咚咚咚地上楼去了，把惠子一个人晾在门外。

惠子不知道是怎么回事，一个人站在空无一人的长长的巷子里，突然有一种被人抛弃的感觉。她上楼想去向父母问安，本来二老房里的灯是亮着的，可听她的脚步声过去，灯灭了。去找家燕也是这样，临时关灯，明显是拒绝见她。她回到自己房里，想起家鹄见不到，家人又这样冷淡她，她突然觉得浑身散了架，没了一丝劲，进了门连走几步的力气都乏了，瘫软地坐在地板上，欲哭无力，只有泪滚滚地流下来，湿了衣襟和地板。

泪水默默流淌，心里似乎被泪水洗涤了似的，有些东西清晰地呈现出来。她回想起，这些天除了家燕，父母大人以及大哥对她都很冷淡，她时时处处小心翼翼，尽量做到对老孝敬，对外贤惠，可还是遭受到父母的冷待。特别是母亲，不要说不像过去一样对她问寒问暖，就连话都懒得跟她说。大哥嘛，本来就对她爱理不理的，她也习惯了。家燕虽然还嫂子嫂子的喊她，可总觉得少了点过往的亲热劲。以前，家燕还经常夜里来钻她的被窝，跟她说私房话，现在连她房间都很少进了。

她很难过。

但她不怪他们，因为她知道问题出在哪里，就是：孩子没了。她认为这确实是自己的错，不小心将孩子流掉了！可是，这天晚上大家这个样子真让她太伤心了，泪水也治不了她的伤心，伤心得她怎么都睡不着，好像伤心把睡眠的机关烧坏了。

伤心又出了乱牌，像病急乱投医。第二天上班时，惠子第二次（第一次是刚来时）主动给萨根打去电话，表达了相见之愿——这不是一张臭牌嘛。萨根挂了电话，直奔宾馆而来，俩人一起在楼下吃午饭，餐桌上惠子述说了心里的苦恼和郁闷。

萨根的看法跟她完全不同，他认为陈家人之所以对她冷淡，跟孩子没关，主要还是因为日本的军队每天都在中国的土地上推进，逼得他们把政府都迁到重庆来了，到了重庆还时不时地遭日本飞机的轰炸，现在这里也是焦土遍地，血流成河。

“惠子，你不想想，你是哪里人？日本人，你的国籍已经注定要被这片土地和土地上的每一个人恨，包括陈家人。”萨根说。

惠子委屈地说：“可我现在是他们家的儿媳妇，我已经是中国人了。”

萨根摇头，笑，“那是你一厢情愿，惠子，你就是再过十年、几十年还是日本人！就像我母亲一样，儿孙都一大堆了，还认为自己不是美国人，是日本人，非得要把我弄回到日本去学日语。年轻时，她曾发誓不再踏上日本国土，可现在老了，做梦都想回去，死也想回去。水有源，树有根，人呐，也一样，故土就绑在灵魂深处，一辈子都扔不开，也甩不掉。”

惠子无言以对，默默地看着萨根，心里却是更加的难受，仿佛自己也会变成像他母亲那样的人，一生都无所依傍，灵魂无所寄托。萨根看着她忧心如焚的样子，不知是出于心痛，还是为什么，伸出手去握惠子的手，不乏亲昵。这是萨根第二次有此举动，和第一次一样，又被惠子干脆地挡而拒之。

远处，咔嚓一声，留下了惠子挡拒之前的一瞬间。不用说，照片洗出来你只能看到两只手紧挨在一起，仿佛是一场新欢的前奏。

惠子绝对没有想到的是，此时的陈家老小在商量和策划让她跟陈家鹄离婚的事。一家四口关在客厅里，都正襟危坐，一派要商量大事的肃静。父母开始没有说话，让兄妹俩发表意见。家鸿一样沿袭他过往的作风，特别积极、活跃，率先发言。他认为这桩婚事本来就没有征得爸爸妈妈的同意，现在又出了这么多丑事，爸爸妈妈完全可以做主让他们离婚，否则他们家的脸面没地方放。可家燕却不同意，理由是这必须征得二哥的同意。

父亲听了家燕的话很生气，忍不住跳出来训斥她，“他在往火里跳，你也不拉他一下！你不拉，谁拉！人都有犯糊涂的时候，我看家鹄是在国外待久了，昏了头了！”

父亲的态度已很明确。母亲虽然极力主张俩人离婚，但到关键时刻，她又没了主意，问老头子：“那……怎么跟惠子说呢？”

家鸿说：“很简单，我们写个东西，就说是家鹄捎回来的，让她在上面签个字就行了。”

家燕说：“她要不签呢？”

家鸿说：“这就是你的事了，你要想办法，让她签！”

父亲说：“对，你一定要说服她签！”

父亲的坚决让家燕很是吃惊，便呆呆地立在旁边，眼睁睁地看着父亲和大哥拟好的离婚协议书。家里人中跟惠子感情最深的还是家燕，家燕也是最了解嫂子的，说句良心话，她有点不相信惠子做了那些丑事，可是……怎么说呢？证据又这么确凿，她真是糊涂了。现在父亲又交给她这个任务，她更是觉得难过，不知道说什么，索性悄悄抹着眼泪走了。家鸿追出来，想拉她回去，她气呼呼顶撞他一句：

“还有什么好说的，我照你们说的去做就是了。”

这天傍晚，惠子下班回家，喊爸爸，爸爸爱理不理的，想帮妈妈烧饭，妈妈也给她脸色看，不让她插手。她觉得很无趣，落寞得无所适从，只好上楼去了自己房间，呆呆地捧着家鹄的照片看。看着看着，又是泪流满面。

不知什么时候，家燕悄悄进来。有道是：嘴上没毛，办事不牢，家燕哪经过这些考验嘛，进来后正事没办，自己先失控了，情不自禁地扑进惠子的怀里，失声痛哭起来。惠子不明就里，连忙抹去自己脸上的泪，搂着家燕问她出了什么事，说了一大堆安慰话。

家燕听着心里更加难过，禁不住泪如雨下。可哭有什么用？哭不能把要说的话咽下去，父母亲就在外面听着、等着呢。最后，只好一边哭着一边把父母亲要他们离婚的意思说了。

惠子听了大惊失色，问："离婚……爸爸妈妈……干吗，要离婚……"

家燕以为她听错了，纠正道："不是，他们，要你和二哥……离婚。"

惠子其实没听错，只是急不择言，表达不周而已，"是啊，爸爸妈妈……干吗……要我们离婚……"

"干吗？你自己知道！"家鸿说。

面色沉郁的父母和家鸿，这时一齐闯进来，家鸿把拟好的离婚协议书递给惠子，家鸿真是有点快刀斩乱麻的架势，直截了当地说："现在说什么都是多余的了，家鹄已托陆先生把协议书带了回来，你就在上面签个字吧。"这是他临时拈来的一个说法。

惠子看罢协议书，不觉惊呼道："爸爸，妈妈，这不可能！家鹄他……"

不料父亲立即打断她的话，显得很绝情，冷冷地说："以后你不要再这样叫我们了，我们不是你的爸爸妈妈，你的爸爸妈妈在日本。"

惠子彻底傻掉了，泪水一下涌出眼眶，喃喃道："爸，妈，这……这是怎么回事啊？"

"怎么回事？问你自己！"家鸿说。

"我……我不知道，妈……我……我要见家鹄……我要去见家鹄！"

说着起身要往外跑。陈父给家燕使个眼色，家燕赶紧抱住她，说："二哥没回来，他在哪里你都不知道，你去哪里找他呀。"

惠子愣了愣，本来就苍白的脸色愈加显得苍白了，满眼的泪水，满脸的悲哀和无助，茫然地回过身来，扑进家燕的怀里恸哭起来。家燕抱住她，也哭。父亲看看她们，示意家鸿把离婚协议书放在桌上。家鸿放了，父亲又朝家燕往协议书上重重地指了指，带着老伴下楼去了。

哭。

哭。

哭。

哭累了，家燕抹着泪，拿起离婚协议书，对惠子说："惠子姐，你……你还是签了吧……"惠子像突然醒过来似的，坚决地摇着头说："不不，我不签！小妹，这肯定是个误会，家鹄不会这样对我的……"说着，眼泪又滚滚而下，像两道涨满悲伤与痛苦的小溪一样，在她苍白的脸上汩汩地流淌着。

家燕的心里五味杂存，百感交集，但父亲的"旨意"是不可违拗的。她交织着不安和痛苦，流着泪再次劝她签——既然父亲说是二哥的意思，她照样画葫芦把二哥搬出来说："我也不希望这样，可二哥……已下了决心……惠子姐你还是签了吧。"

惠子像没听见，径直从床头柜上取过陈家鹄的相框，紧紧地抱在怀里，眼泪汪汪地说："不会的，家鹄不会这样对我的……他说过，我们要终生相爱，爱到死，爱到天荒地老，爱到海枯石烂，爱到下辈子还要爱……"一边情不自禁地抬起头，望着窗外的天空，痛苦地呼唤，"家鹄，这到底是怎么回事哦？家鹄，你在哪里，我好想见你啊……"

真正是声泪俱下！让家燕忍不住又抱住她痛哭起来。

撕心裂肺的哭声传到楼下，陈父陈母听着有些坐立不安，心潮难平。陈母到底是个女人，听见惠子哭得那样凄切伤心，禁不住长长地叹口气，说话的口气软了许多，"我看她……也是怪可怜的……会不会……"陈父瞪她一眼，却也没有直接数落惠子，而是把心里的怨气全都发泄到自己儿子身上，怪他自负轻率，婚姻大事都不跟他们说一声。

“成于斯，败于斯，我看他是太自以为是了。”父亲跺着脚骂。

“他以前的路确实是走得太顺利了。”母亲说。

“这个脾气他要不改，以后还有苦头吃！”父亲说。

楼上的哭声丝毫不减，如果再这么哭下去，二老的心情会不会有所变化？也许吧。事实上，他们的心情已经有点变化了，慈心在苏醒，在增加，在收拢。但陆从骏似乎早已算到这一刻似的，及时派老孙把惠子和萨根今天中午在餐桌“牵手”照片送来。二老一看，加上又听了老孙胡编乱造的东西，刚才稍有见软的心肠又变得坚硬无比。

比原来更坚硬！

而且，彻底杜绝了以后有可能见软的余地，因为这是一次活的教训。

伍

该打的牌打了一圈了，定音之锤还是悬在空中，加上连日来陈家鹄几次三番向他要求再回去，让陆从骏烦不胜烦。人烦了，难免会心急——陆从骏有点心急了。关键是，今天午睡时他突然做了个梦：陈家鹄跑回家去了！虽是白日梦，可他真担心哪天这头倔牛偷偷跑回去，见了惠子，真相大白，岂不枉费心机？

于是决定出马。

用老孙的话说，你做了那么多铺垫工作，不急不躁，稳扎稳打，现在可以出手了，去做最后那四两拨千斤的事啦。老孙还说：“这事该收场了，老是贼头贼脑做亏心事，心里不安啊。”这话是大实话，说真的陆所长本人也有同感。可是同感归同感，该骂还是要骂。

他狠狠教训了老孙，“妈了个×，你装什么好人！你以为你有菩萨心肠，我就是蛇蝎投胎，没心肝的！告诉你我也不想去做这些鸟事，可我不能不做，你也不能！”他知道自他干上这一行起，他就不再是原来的他，名字被改了，就连自己的未来和命运都一齐拱手交了出去——为了党国的利益，他必须牺牲自己的一切，包括生命和荣誉在内。至于做一点偷鸡摸狗栽赃陷害之类的事，更是小菜一碟，眼睛都不该眨一下。

这天午后，他把惠子和萨根亲密接触的一些照片和三号院搞来的一些秘密资料，离婚书，等等，一并装进黑色公文包里，决定登场。一路上，他暗自思考一番，觉得这一仗胜算的把握还是居大，因为他感到陈家鹄已经被他们搞得焦头烂额，而他手上的“武器”也是够的：婊子，间谍，全家人的名誉，父母大人的恐惧和因恐惧而生的威严，一大堆呢。这么想着，陆从骏的脚步越来越有力，他甚至渴望与陈家鹄一战。

然而，自以为滴水不漏、胜券在手的陆从骏，还是失算了。陈家鹄根本不接招，对你的这个证据、那个武器视若粪便，他对那些照片和资料一眼都不看，就把它们统统扔在地上，大声吼道：

“我不要看这些东西！你就是提着人头来，我也不相信惠子是间谍！”

“为什么？”

“因为我了解她，我相信我的判断力。”

“俗话说，智者千虑也有一失。”

“那我告诉你，知她者，莫如我。”

“嘿，还有句俗语，知人知面不知心。”

陆所长尽量显得平静，让“水面”飘浮几片落叶，有澜无惊。他知道，陈家鹄憋了多日，开始一定会有激烈反应，小不忍则大乱，他要反其道治之，以静制动，以柔克刚，以“理”服人。他平静地告诉他，三号院的人（强调不是他五号院的）早就盯上萨根，通过盯萨根，发现惠子诸多“秘密”和“问题”。现在已经掌握足够的证据可以证明，她是萨根不折不扣的同谋，既对不起中国，也对不起你陈家鹄。

换言之，既是间谍，又是婊子。

陈家鹄以不变应万变，只嚷着要回家！回家！

陆所长缓缓地摇头，从容不迫地说：“既然我们已经确定惠子是间谍，怎么还敢放你回去？这不是把你丢入虎口嘛，他们做梦都想把你引出去，好下手。你不知道，惠子为了引你出洞都绞尽脑汁了。你看，这是什么，她已经签了大名。”说着拿出一份离婚协议书，交给陈家鹄。

陈家鹄看见上面果然有惠子签名，却根本不信，他知道所长身边这帮家伙是什么事都干得出来的，当初给他寄子弹就是例子！于是勃然大怒，拍着桌子指着那份离婚协议书吼道："不可能！不可能的！你少来这一大套，这肯定是假的，惠子不可能跟我离婚！"

"真和假你比我清楚。"陆所长照样不怒不气，"我也不关心它是真是假，我关心的是，也许这就是她引你出去的一个阴谋。"

"她都要跟我离婚，干吗还要引我出去？简直是鬼话！"

"因为你不相信啊，你现在的心情就是这样，纳闷她干吗要跟你离婚。你不理解所以要去找她，见她，问她。这就是计谋，就是要勾引你进她的口袋，你出去就是死路一条。"

他居然说得振振有词，有理有节，把陈家鹄气得浑身发抖，全身的血液往上涌，满脸通红，充满一种愤怒而又悲壮的表情。"就是去送死我也要去见她！我这样活着还不如死！"陈家鹄失控了，像狮子一样吼。

"你现在的生命不属于你，你可以置之不顾，我不可以。"

"你要在乎我，可以派人保护我啊！"

"你要去见的人正是要杀你的人，怎么防？防不胜防！所谓明枪易躲，暗箭难防，天上飞的，地上跑的，我们都可以防范，但是你身边的炸弹，我们想防也防不了。你先坐下，好不好，我们有话好好说，慢慢说。"

陈家鹄不坐，他情绪激动得很，完全失控了，放肆了，他对所长脸红脖子粗地嚷叫："我跟你无话可说！你让我走！我要回家去，我一定要见到惠子，我要用自己的眼睛看看她，问问她。"

退一步说，什么都可以，就是不能让你见到她本人。这个计划启动之初，这便是铁律。于是，俩人就在办公室里激烈地争吵起来。忍耐是有限的，开始的平静是为了后来的发怒更显出威力。最后，陆所长拿出长官的架势，命令他在协议书上签字。

"陈家鹄，你突然让我瞧不起，不就是个女人嘛，一个下三烂的货色。最毒妇人心！你知道吗？你今天是瞎了眼，倒了霉，遇到了，撞下了。再说了，人家都已经签了字，你还执迷不悟。不要说她还是个日本女人，就是观音菩萨，也不值得你这么死皮赖脸，你还是个男人嘛。”

“好，我告诉你，什么叫男人！”

陈家鹄冲上前去争抢那份协议书，想把它撕了。陆所长发现其意图，立刻制服了他。一时间，俩人拳脚相加，出手相打。当然，转眼间所长一发力便把陈家鹄撂倒在地，动弹不得。

这次交锋的激烈程度，可以与那次在墓地的争吵一比，不一样的是，那次争吵陈家鹄一直咄咄逼人，绝不示软。这次却在陆从骏谎言瞎话的围攻下，在酒精的作用下，渐渐败下阵来。借酒消愁愁更愁，但总是不乏有人明知故犯，老调重弹。陈家鹄接受喝酒，是转机的开始，果不其然，两杯酒下去，陈家鹄的火气锐减。半瓶酒不见，俩人已开始和颜悦色，你好我好起来。

陈家鹄看着离婚协议书，面色平静地说：“这个……先不签吧，突然冒出了那么多事，你总得让我先消化消化再说嘛。”

陆所长也干脆，“那好吧，我把它留下，你想好了再签，我相信你迟早会签的。”

“你不能搞鬼名堂，找人签。”

“怎么会呢？要找人我早就找了，何必还要多此一举来找你？你看，我的舌头都说得起泡了，你啊！真是个难啃的骨头，我算深有领教了！”

“也包括当初劝我来这里？”

“是啊，那次我们在坟地也像今天一样，好话歹话说了几箩筐，把死人都吵醒了。”

“这儿跟坟地差不多。”

“不，这儿是坟地的前一站。”

“现在想来我幸亏被你劝来了这里，否则……也许就被他们圈进去了。”

“这很可能，两个人朝夕相处，难保你不被他们利用。”

“如果被利用了，有意也好无意也罢，我都将抱恨终生。”

“那当然，那你就成了中华民族的千古罪人了。”

“是啊，我满腔报国之心，如果不慎误入歧途，便是死有余辜。”

俩人就这样一边把酒一边掏心，酒越喝越多，心越掏越深，一直聊到夜深天变。

天打雷了！

陆所长看陈家鹄已完全平静下来，便提议回去睡觉。餐厅在楼下，陆所长宿舍的隔壁。俩人从餐厅出来时，乌沉沉的天空突然裂开一道大口子，把黑夜照得形同白昼，也照亮了陈家鹄那张英俊、帅气的脸孔。然而即使这样，陆所长也没看清他的真实面孔，他的智力要欺骗他似乎是绰绰有余的。

陆

事实上，陈家鹄从决定喝酒起就已心怀叵测，他要逃跑！要回家！

选什么时候逃跑最好？一般人也许会选择后半夜，人睡得最死的时候。陈家鹄选的时间是陆所长怎么也想不到的，他上楼就开始行动，先是撕碎一件纯棉内衣，缠裹在双手上（对付围墙上的铁丝网的），再把一张床单扯成布条，拧成绳子，系在腰间（爬大院的围墙时可能有用），然后走到窗前，全神贯注地盯着天空，等着电闪雷鸣。

闪电亮时，等于是对他喊"预备"。

雷声响时，他迅速打开窗户，开窗的声音被雷声吞得干干净净。

然后又等第二道闪电、雷声，利用这一道雷声他又神不知鬼不觉地站在了窗户上，呈凌空欲飞状。然后再等下一道闪电、雷声……闪电——预备——跳！毕竟在二楼，他跳落到地上的声响真是不小啊，可哪有雷声大呢？然后再等下一道闪电、雷声……用相同的办法和运气，他顺利地翻上他们庭园的矮墙，然后溜下去，从陆所长的眼皮底下成功突围出去。

天助我矣！

不过也是他算计得好：一是他巧妙地利用了雷声，二是他也大胆地谋取了陆所长的麻痹心理。其实，他行动时陆所长还没睡呢，这就是“算得好”，你总以为他刚上楼，我还没有睡呢，要逃总不可能选择这个时机吧。可是他就选这个时间逃，你的警惕性还没有提起来。

按理，徐州夜里要起来在院内巡逻两次，另有在黑室院内负责巡逻的流动哨兵会每小时一次在围墙外巡逻一回（他们不知围墙内有何要人或宝物）。可雨下得这么大，连夜游的野猫和耗子都钻洞躲雨了，谁还会出来巡视？周围没有一个人影，只有雨在哗啦啦地下，迅速在地上积成水流，在阴沟里潺潺地流。围墙外电线杆上那盏昏黄的路灯，在雨水中战战兢兢地飘摇着，闪烁着，成了陈家鹄选择逃跑路线的“指南针”。

他当然不能往那边跑，那儿有蒙面大侠。

他往相反的方向跑。

他猫着腰狂跑，浑身瞬间被淋得像只落汤鸡。

雨啊，下吧，下吧，把我的脚印全冲走才好。

雷啊，打吧，打吧，把我的声响全都吞没了吧。

不一会儿，他已经站在院子的围墙下。他娘的，这围墙真高啊，可你难不倒我的，我知道哪里可以爬上去。他白天早已经侦察过，知道可以从瞭望哨那儿爬上去。这儿以前是监狱，围墙边有东南西北四座伞形的瞭望哨，它们只有围墙的一半高，很容易爬上去，然后站到伞顶上就可以攀越围墙了。

今晚闪电真是他的祖宗，冥冥中频频助他力，施他运。凭着闪电的照耀，他一步步攀援而上，终于磕磕绊绊地爬上瞭望哨，然后像一只壁虎一样，紧紧挨着墙体，艰难地在伞顶上站住了。此时高大的围墙变矮了，甚至比他刚才翻越的他们庭园的那堵矮墙还要低，但攀上去的困难无疑更大：一则脚下是坡形伞面，二则头顶是铁丝网，无法用爆发力攀上去，只有抓住一个东西，引体向上，慢慢爬上去。

好在事先有准备，手上裹着棉布内衣，可以跟铁丝较量一下。他顺着铁丝摸索着，运气不错，摸到了一个他期待中的架固铁丝网的木桩。木桩插入墙体，他试了试，很牢固，又试了试，能承力，便牢牢抓住它，双脚蹬着墙壁，奋力往上攀援。

他手脚合力，艰难地引体向上。

一趾头，一寸寸。

一趾头，一寸寸。

手臂开始有弯度。

手臂的弯度越来越大，转眼肘子将可以架到围墙上去。

只要有一只肘子架上去，身体就会有更牢固的着力点。

可就在这时，之前一直助他的闪电出卖了他，一道雪亮的闪电在他精力最集中的时候突发而至，一下惊扰了他，致使他脚下打了个滑，身体顿时悬了空。如果木桩足够牢固，这也没关系，可以重来。问题恰恰出在木桩上，它经年日晒雨淋，已成半朽，经不起突然的发力，咔嚓一声，断了。虽然咔嚓声被紧接的雷声吞得悄无声息，可木桩断了，手松开了，无处受力的身体怎么办呢？

掉下来！

像伽利略从比萨斜塔上抛下的铁球一样掉下来。

其实木桩虽然断了，但还是被铁丝牵扯着的，所以如果他没有松开手，还是紧紧抓牢着木桩，他不会落地的，最多往下掉个几十公分，因为铁丝网会牵住木桩的——即使铁丝网被扯坏，牵不住木桩，坠落过程也会被减缓。这样，他很可能是有惊无险。可是，他的手在惊吓中松开了木桩，这个假设成立不了，他只有充当伽利略手中的那个铁球了。

如果掉落的过程中，没有碰到瞭望哨的尖顶，他像伽利略手中的那个铁球一样自由坠落，中途不碰不磕，他肯定是脚先着地，这样也许腿骨会断，也许腰椎会受伤，但总不至于让脑袋受伤。可是很遗憾，他坠落的过程中与瞭望哨的尖顶碰撞了，身体因之改变了坠落的姿态，最后是头先着地了。

头着地就头着地吧，如果是着在泥地上，问题可能也不会太大，顶多是严重脑震荡吧。可是很遗憾，他的头最后着在一块有款有型的石头上，这块石头铺在哨所门前，有点门前台阶的意思，曾经可能是狱警进哨所前用来跺拭鞋底泥土用的。从那么高的地方落下来，头着在这么坚硬的地方，陈家鹄，你真是撞了大霉了！

今天晚上，闪电一直是陈家鹊的福星，凭靠它的关照，他像只穿山甲一样遁地有术，无声无息地过了一关又一关。可最后竟是闪电出卖了他，而且从此后运道发生根本逆转，所有不该撞上的厄运都被他撞上了。这叫什么？福兮，祸所伏矣。

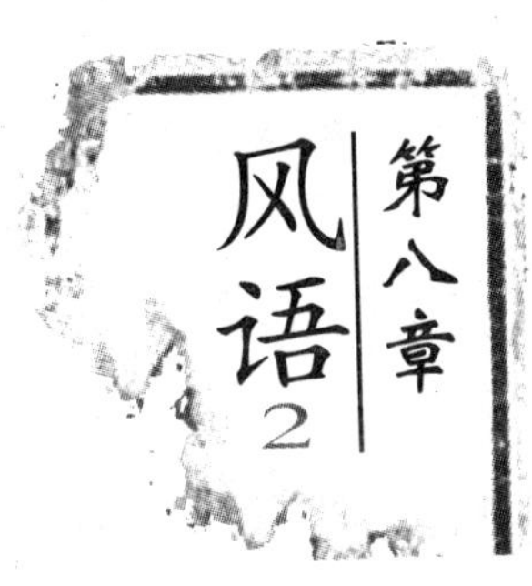
第八章
风语 2

壹 在陈家鹄紧张出逃之际，侦听处首席侦听员蒋微也处在高度的紧张中。

连日来，蒋微注意到在三个不同的频率上出现了“同一只手”，其发报的手法娴熟、老到，甚至老到到了有点油腔滑调的程度。从联络的呼叫用语、电台的声音特质、出没的时间等特征看，它与已经很久没出来的特一号线有诸多相似之处，蒋微判断应该是日本特务系统的电台，所以锁定了它。

但是很奇怪，它多次出来呼叫，反复呼叫，均不见有谁跟它搭腔，仿佛它是个弃儿，一只野狗，没有主子。

其实，有两种情况可能出现这种现象：

1．它是特务广播台，其呼叫用语实是广播暗语，在给众收听方下达指令。

2．它是日特系列新启用的一部电台，初来乍到，在苦苦与对方联系，但一时尚未成功——若是如此，说明敌人又派遣特务过来了，而且是高级特务，带电台来的。

蒋微一直死死跟踪此台，希望搞清楚它的属性。恰在这天晚上，一直苦苦呼叫的一方，突然拥有了对方。后出来的这一方，电台的声音明显比对方好，说明它离重庆较近——也许就在重庆。

在它们初次联络后大约一个小时，天上开始打雷时，“前一方”却突然出来呼叫，“后一方”显然一直在守听，立即响应。经过正常的呼叫联络后，前一方开始发报。

由于天空正在打雷，信号断断续续，时好时坏，连蒋微这种“首席技术”都应付不了，搞得很紧张，连忙紧急呼救，几个侦听员同时上来“救火”，包括杨处长都上场了。即使这样，几个人抄的电报拼凑在一起，电文还是七零八落，处处开着天窗（空着）。

这份电报很长，有整整三页。统计一下，漏抄的码子至少在十组以上，占全报的百分之六。按规定，这属于“事故”。好在，杨处长亲自上了场，他可以作证，这是天气造成的，不是人为事故——若是人为事故，要通报批评，很丢人的。

蒋微看着四处开着天窗的电文，很气恼。杨处长却安慰她，“你气什么，这是好事，该高兴才是。”

杨处长认为，如果敌人（收听方）跟他们在同一片天空下，他们这么多人“联合作战”都要开天窗，更何况敌人。“这么大的雷，他独自一人能把电文一次性抄全才怪呢。所以，”杨处长说，“如果等雷电停了他又出来呼叫，要求对方重新发报，说明他就在我们身边，就在雷区里。如果他不要求重新发报，说明他离我们远着呢，我们可以不管它。”

半个小时后，雷电停了，抄报方又出来要求对方重新发报。

好了，杨处长对蒋微说：“看来你立功了，又发现了一条敌特线。”

事后，从当地气象台了解到，当天重庆城区是雷区的正中心，且雷电辐射范围很小，说明这部电台就在重庆一带。然后再根据电台联络用语、呼叫方式、信号特征等分析，足以确定这是又一条特务线路，遂命名为“特三号线”——发报方是上线，抄报方是下线。

与此同时，雷电停止后，徐州出来巡逻，准备巡视一遍后回去睡觉。

徐州有一个装有三节干电池的大手电筒，夜里出来巡视总带着它，一边走一边四方照。他首先发现地上有一路脚印，赶紧追着脚印看，看到围墙上有一片铁丝网歪歪扭扭的，像有人翻越过。他紧张了，迅速跑过去仔细察看，很快就发现了躺在地上的陈家鹄。

雨停了。

风止了。

夜静了。

陈家鹄四仰八叉躺在地上，头枕着有款有型的石头，一动不动，像在安眠。

徐州在战场上闻过太多的血腥味，他对这味道太敏感了，即使被雨水稀释过的，淡淡的血腥味，依然被他敏感地捕捉到。用手电往头部一照，哇，石头上一片血水！

陈家鹄是后脑先着地，后脑勺成了个大鸡蛋，如此激烈地与石头相碰，后果可想而知。迅速送医院抢救！医生只用了半个多小时便处理好了伤口。伤口谈不上大，只缝了四针。这么小的伤口，住院的资格都没有，战时的重庆哪有那么多病床啊。

可陆从骏却接到了医生开出的病危通知书。

显然，问题不在看得到的伤口上，而是看不到的颅内！从徐州发现他起，陈家鹄一直昏迷不醒。第二天早晨，院长还在家里用早餐，即接到一号院杜先生的电话，要他全力抢救此人。

于是，院长一上班就赶到病房来看望陈家鹄，了解他的病情。

“病人情况怎么样？”院长向一位姓柳的医生问，昨晚是他出的诊。

“很危险，九死一生吧。”柳医生随口淡淡地答，他不知道躺在病床上的是个什么人，有谁在关心他，“他现在心跳只有31下，真正是属于命若游丝，命悬一线，随时都可能撒手人寰。”

院长眉毛竖起来，目光刺过来，“他是个大科学家，前线需要他，委员长都在关心他，知道吗，要全力抢救！”

柳医生没想到此人来头这么大，不由慌了神，诺诺地说：“这……这要看今天、明天……如果今明两天能够醒过来就没事……否则……”

陆从骏已在医院忙乎一夜，知道陈家鹄病情严重，内心已经虚弱得害怕听到有人说什么晦气话，冲上前，失礼地打断医生，“对不起，没有任何否则！你必须把他抢救过来，不然——”他本想说句狠话，临时又改了口，摇摇头，垂头丧气地说，“没有不然，没有，我们需要他，前线需要他，委员长需要他。”他也许以为用这种加强的口气可以给他们增加压力，给陈家鹄增加生的希望。

医生一副很悲观的样子，说：“如果这两天能醒过来就好啦。”

陆所长咄咄逼人地盯着他问：“如果醒不过来呢？”

废话，没醒过来不就是死了，问得医生哑口无言。

院长六十多岁，见过世面，人情世故这一套很懂，很会说话。他安慰陆所长道："你别着急，放宽心，我会组织最好的医生，调拨最好的药品，成立专门的抢救小组全力抢救他。他还很年轻嘛，你要对他充满信心。你的信心也是我们的信心，"用手指指昏睡在病床上的陈家鹄，"也是他的信心。"

其实，院长嘴上这么说时，心里却是另一番话：如果今明两天病人不能醒过来，死亡的可能要远大于不死；即使不死亡，留住了性命，也不过是一个废人而已。

就是植物人！

经历了一夜心力交瘁的折磨，陆从骏仿佛一下老掉了十岁，从医院回来的路上，他坐在车里，望着车窗外熟悉的街道，一种物是人非的沧桑感油然从心底升起。他有一种强烈的诉求，想大哭一场，只是碍于司机的面，他极力控制住了情绪，却控制不住眼泪，夺眶而出。

回到办公室，他关了门，想一个人静静地待一会儿，电话却极不知趣地响个不停，很顽强。他抓起电话，听到了海塞斯兴奋的声音：

"如果你想听好消息，就来我办公室吧。"

"你过来吧，"陆所长冷冷地说，"我刚从外面回来，有点累。"他想，除非你的好消息是陈家鹄醒了我才愿意过去。这是不可能的，因为海塞斯还不知道陈家鹄出事了。

与海塞斯一起来的，还有侦听处杨处长，他们进来后便发现陆所长精神不对头。陆所长没有具体说明原因，只是说昨天晚上出了点事，他一夜没睡。海塞斯沉浸在喜悦中，没有问他什么事，只管眉飞色舞地对他表达着自己的喜悦，"那好啊，你现在最需要兴奋剂，我们就给你带来了。"

说的是特三号线的情况。

昨天晚上到今天上午，特三号线在短短十几个小时内连发三份长电，海塞斯分析电文的基本面，得到一个结论：敌人往重庆派遣的这批特务级别很高，而且“极可能”就是萨根要求派来的那帮人。

这确实是个好消息，海塞斯兴奋地说：“既然是萨根的新主子，你最近只要死盯着萨根就可能把他们一网打尽。萨根成了他们的尾巴，他们总要见面吧，即使不见面总要联系吧。”

说得一点没错，该高兴。可现在陆所长心情不好，很难被鼓舞，他没有兴奋起来，反而反问海塞斯：“你只是说‘可能’——‘极可能’，就是说你还没有破译电文，是猜的。”

“废话！”海塞斯生气地说，“你以为我是他们的同伙，怀里揣着密码本，可以随时对着它查出来的。”

陆所长想抽烟，可身上的烟在医院早抽完了，便向杨处长要了一根烟，抽了一口，才对海塞斯说：“生什么气，我遇到的事说出来能把你气死！”海塞斯问他遇到什么事，“我看你的样子是遇到大事了。”陆从骏没有回答他，而是接着前一句话说：“不过能猜出来也是你的水平，说来听听，你是怎么猜的。”

海塞斯请杨处长将昨天夜里电台的初次联络情况先向陆所长介绍，接着他问陆所长：“你说，为什么之前这条线的‘上线’频频呼叫‘下线’，下线却不答应呢？”

“下线还没到达重庆。”陆从骏说。

“对，”海塞斯解释道，“毫无疑问，下线什么时候出发启程，上线一定知道的。上线估计下线应该在前两天到重庆，于是频频呼叫它。下线不答应，说明它还没有到，现在答应了，说明它到了，已经到重庆了。”

“那你凭什么说，这批特务跟萨根有关。”

“电报。”海塞斯从杨处长手上接过讲义夹，打开给陆从骏看，里面有几份电报，“从昨天晚上到今天早晨，上线给下线连发三份电报，你看，电文都很长，我估计都是在给下线作指示，下命令。一个小时前，下线突然给上线回了一份很短的电文，你看，就是它。”

这份电报确实很短，只有一组电码，后面是一个问号：413?

海塞斯指着这份电报说：“这组电码（413）在前面三份电报中都出现过，显然是在问上线——这组电码是什么意思。就是说，下线在破译过程中无法理解这组电码，便向上线发问。上线大概不知如何用密电来作答，用暗语回答：是‘我’之代号。这个‘我’是谁？就是萨根。”

“为什么？”

“请问萨根给宫里发的最后一份电报是什么内容？”

陆所长想一想，背出来：“今上司找我谈话，足见我身份已被其怀疑，恐有麻烦，电台必须尽快转移，后事必须尽快办理，请速派人来。”

海塞斯说：“当时我看这份电报时就觉得奇怪，萨根居然敢在电报中自称‘我’，连代号都不用，太轻率了。后来我想可能因为他是临时入伙的，上面没给他代号，无奈，只有这样表示他自己。直到刚才看到上线的这份回电后，我才猛然想，萨根在电报中自称‘我’不是轻率，也不是无奈（没有代号），而是这个‘我’就是他的代号。”

这个我，那个我，跟绕口令似的。海塞斯担心混淆两个“我”，有意停顿一下再说：“你们想，萨根是什么人，不过是少老大雇用的一个人，他有什么资格代表这部电台。这部电台的主人是少老大，如果说这个‘我’不是代号，而是自称，那指的就不是他萨根，而是他的主子少老大，对不对？”

“对。”杨处长看看陆所长，点头称赞。

“好了，现在我们知道这个‘我’其实就是萨根，那么可以肯定‘我’就是一个代号，代表的是萨根。”

“嗯。”陆所长会意地点点头，对海塞斯说，“这种代号方法其实是很容易欺骗人的。”这是他今天第一次有说话的冲动，“他们是故意这样搞的，目的就是想混淆人物关系，给我们造成错觉。”

“就是这样的，”海塞斯开心地笑道，“所以你该高兴，找萨根的人来了，你只要盯着萨根就能找到他们。”

“不会这么容易的。”陆所长摇头说，“萨根不是已经向上面报告了，他的身份已经被怀疑，他们不会随便跟他联系的。”

“先生，请你重复一下刚才背的那份电报——今上司找我谈话，足见我身份已被其怀疑。听到了没有，是萨根的上司怀疑他，不是你们。”

“是一回事。”陆从骏说。

“怎么是一回事？”海塞斯说，“难道萨根的上司知道他在做伤害中国人的事，还会向你们通报？”

“不会汇报，但他们会人为地放大恐惧，即使我们不知道，他们也会把它想成我们知道了。”陆从骏说。

“为什么？”

“你没有干过间谍不明白，出门的间谍都是一群在刀尖上行走的人，每一个汗毛孔都是被莫须有的敌情吓得张开的。”

“照你这么说萨根对他们已经没用了，那为什么上线在电报中又反复提到他？”

“可能就在提醒他们，不要去找他。”陆所长露出了今天第一个笑容，他对海塞斯在这个简单的问题上跟他较劲感到好笑，“再说了，就算来的人是一群蠢货，缺乏应有的谨慎，敢同萨根去联系，可萨根会理他们吗？难道萨根还不知道我们已经盯上了他？”

叁

陆从骏所言极是。

萨根早知道自己已被盯梢，所以前段时间他故意出动四处，乱寻人搭讪，甚至乱跟陌生人打招呼，混淆视听。要说他找得最勤的人，自然还是惠子。一来，惠子完全被哄住了，他总觉得可以利用她做点事——陈家鹄还没死呢，而宫里即将派新主子来这儿收场，万一宫里也知道陈家鹄没死，谁给他钱？所以，如果能通过惠子博得天赐之良机，把陈家鹄干掉岂不最好？二来，他似乎也“爱”上惠子了，尤其是惠子流产后，他明显觉得她内心变得很脆弱，很无助，似乎给了他一定机会。现在，他经常想起那天在医院惠子主动钻入他怀里的一幕。啊，那感觉真好啊，不能把陈家鹄干了，把他老婆“干”了也不错嘛。

这就是一个混蛋的内心！

这天他又来找惠子，惠子居然没来上班。他怏怏地从楼上下来，匆匆穿过大厅。他有点心不在焉，险些与一个临时闯进来的人撞上。待定下神来，彼此对看，才发现竟是熟人。

黑明威！他采访回来了，风尘仆仆的样子。

黑明威见是萨根，正要打招呼，却见萨根赶紧把头扭开了，装作不认识他的样子，匆匆离去。黑明威顿时若有所悟，连忙装着若无其事的样子往服务台方向走去。这一天，负责跟踪萨根的是老孙的得力部下小周，他未能捕捉到黑明威和萨根之间转瞬即逝的异常，虽然这也难怪，但确是十分为憾，否则后面新建的敌特网本可以轻松破掉的。

惠子已经几天没去上班了，从那天起，得知陈家鹄要跟她离婚的那天起，她便没有去上过班。她的世界在一瞬间天塌地陷，日月无光，她崩溃了，当天便卧床不起，滴水不进，一直在床上躺了两天两夜，最后又坚强地起来，因为她觉得自己还有事要去做。

那两天，她痛不欲生，几次想一死了之，生不如死啊！但在生死之间，她脑海里总会浮现家鹄的声音：这不是真的。这也是她最后坚强起来的原因，她不相信！那天，不论家燕怎么苦苦相求，她都不肯在离婚书上签字。陆从骏拿给陈家鹄看的那份离婚书上，惠子的签字完全是假的。不过，模仿得很像，连陈家鹄都没看出来。这不能怪陈家鹄没眼力，而是……怎么说呢，陆从骏手上扣着惠子好几封信（后来的信都没给陈家鹄），每封信上都有惠子的签名，要找个人照样画葫芦太容易了。再说，三号院里有的是这样的人才，代人签名、做假照片、假声音，这是他们的专业，最擅长的事。

惠子从床上起来后，不管家里人对她怎么冷淡，反正不要面子了，该吃饭就回来吃饭，该睡觉就回来睡觉，其他时间她都耗在一个地方：渝字楼。这是她唯一想得到的地方，她曾在这儿跟陈家鹄通过电话，老孙也曾告诉过她陈家鹄偶尔会到这儿来喝茶。

偶尔？多大概率？

管它多大，再小我也等！因为除了这地方我没有其他地方可以去等，就在这儿死等！等到死也要等！

惠子心里盘着一个强大的愿望，一定要见到陈家鹄，她要当面问他，盯着他的眼睛问他：这究竟是怎么回事？怎么回事啊！

于是，白天等。

于是，夜里守。

什么时候这儿开门了，你一定会看到她已经在这儿等了。白天，她主要守在门口瞅着，天黑了就去茶楼或者餐厅转，直到这儿打烊、关门，她总是最后一个离开。

这样等，陈家鹄是等不到的，别说现在，以前都等不到。而现在，他已经昏迷在病床上，生死未卜，命悬一线。惠子，你可能真的今生今世都见不到他了。但她这样等，倒是一定会等到老孙或陆所长：他们总是会来这儿的。这天晚上，她在楼梯口碰到了老孙。

“惠子，你怎么来这儿？”老孙见到她很是吃惊。

“我来找家鹄……”惠子像一个病人，虚弱地呻吟道。

“他不在这儿上班。”

“可你说他有可能来这里……”惠子死死望着他，神情凄哀地乞求道，“孙大哥，求求你告诉我，家鹄在哪里？我要见家鹄……我一定要见他……一定要的啊孙大哥……”

老孙发觉她神情不对，把她带进茶楼，给她叫来一杯茶，装着什么都不知道的样子，问她到底发生了什么事。惠子便把家里逼她跟家鹄离婚的来龙去脉哭着诉说一遍，再次更加迫切恳求老孙要帮忙替她安排见一下家鹄。

“孙大哥，这肯定是假的！家鹄那么爱我，怎么可能会跟我离婚？我求求你孙大哥，让我见一见家鹄吧，求求你了孙大哥，让我见一见家鹄，你就可怜可怜我吧，我好可怜啊孙大哥，求求你啦……”

求到这种程度，好话说尽，尊严不要——就差下跪磕头，让老孙那副杀人不眨眼的铁石心肠都生出了酸楚味。老孙一直在惠子面前装好人，他想好人只有扮到底，便皱着眉头沉思起来，为了找到合理的说法。嘿，说法想好了，他装着一副很诚恳的样子，对她说："惠子，你是个好人，我不想骗你。其实，陈先生他现在根本就不在重庆。"并解释说，由于最近敌人派了好多特务到重庆来搞阴谋暗杀活动，为了安全起见，他们已于上周把专家全都安排到外头去工作了，她要见他是不现实的，起码目前肯定不行。

老孙对自己临时找到的说法颇为满意，从陈家鹄的现状看，他这么说也不全都是假话。这是陈家鹄昏迷后的第三天，他没有在两天内醒过来，医生基本上已经把他判了死刑，所以惠子要见他确实已成无望。

至少，那个会对她说情话、跟她做爱、嬉戏打闹、情意绵绵、会神机妙算的陈家鹄是不可能见到了。

惠子眼泪汪汪地问了老孙一大堆问题：他现在哪里、什么时候可能回来、她能不能赶去看他、可不可以给他打电话，诸如此类。老孙以不变应万变，一概以否定的方式作答。惠子突然变得坚强起来，抹了一把脸上的泪水，目光咄咄地盯着老孙说：

"我要见陆先生。"

老孙禁不住一愣，他不知道该怎么回答她——直接答应吧，不敢，拒绝吧，显得太不近人情，前面的好人有白扮演之虑——这倒无所谓，关键是陆所长也许想见她呢，拒绝了不是失了个机会？想了想，他决定留条后路，便装出满脸的同情，深深地叹了口气说："我看你跟陈先生也怪不容易的，这样吧，我回去跟陆所长汇报一下，我替你争取一下，行吗？"

肆

不行！

陆所长一听老孙的汇报，断然拒绝，气得骂他："都什么时候了，你还给我凑这些热闹。已经整整三天了，他还没动过呢，眼皮都没动过，医生说……"他实在害怕说晦气话，因为他还不死心，"你说这种情况下我去见她干什么，我现在什么人都不想见，只想见陈家鹄活过来！"

确实，如果陈家鹄就此别过，惠子对他来说什么都不是，他哪有闲工夫去见她，有病啊。老孙灰溜溜地走了，刚走到门外，又听到里面在喊他：

"回来。"

怎么了？还没有骂够？老孙想。

不是的。原来，陆所长临时想到一个主意，想让惠子亲身去陈家鹄的病床前喊他，虽然谁也不知道有没有用，但是……怎么说呢，死马当活马医吧，试试看呗。

"这不行。"

"为什么？"

"问题多着呢。"老孙心想，你真是急昏了头了，怎么会出这种馊主意，"别的不说，万一灵验了怎么办？"就是说，万一陈家鹄要真被惠子喊醒过来了，怎么办？活了，睁开眼睛了，怎么办？

确实，这也是个问题，你总不能看陈家鹄一活过来马上赶开他们，不让他们对上话。可一旦让他们对上话，你陆从骏和孙立仁做的那么多缺德事不全露了底？那样陈家鹄非把你们吃了不可，你还指望他给你干活，做梦！所以，这确实行不通的。

怎么样才行？

很显然，惠子人不能去，但声音可以去。点子就这么想出来了，老孙的任务是去找惠子录一段千呼万唤陈家鹄的声音。"你可以又当她一次好人了。"陈从骏说。老孙想，这主意确实不错，说得过去，行得通。现在的问题是，让惠子说什么。

思来想去，陆从骏给出了答案，"我看这就不用设计了，惠子现在心里肯定委屈死了，太冤枉了，丈夫莫名其妙要抛弃她，她一定有千言万语要对陈家鹄诉说。我看就让她放开说，骂也好，哭也好，求也好，随便说，尽情说，反正就要她那个情绪，那个声音，一定会很感人的，越感人越好。”

确实，现在的惠子，你就是不给她录音，她都经常在对陈家鹄喃喃自语，有时对天，有时对地，有时对枕头，有时对陈家鹄的照片，有时对陈家鹄的信……当听说好心的老孙愿意给她录一段话给陈家鹄带去——这可比带信带话带什么东西都好啊，惠子感激得连忙起身对老孙鞠了三个大躬。

这是第二天早晨的事，事不宜迟。紧接着，老孙迅速带惠子到渝字楼，用最好的录音机，最安静的房间，最体贴的方式，让惠子尽情地说。开始，惠子不适应，找不到感觉，不知道说什么。

“孙大哥，我脑袋里一片空白……”

“你就把话筒当陈先生看好了。”老孙给她出主意。这主意不行，惠子对着冰冷的话筒继续发呆着。时间紧迫啊！老孙跟她急了，“你不说我来说，”抢过话筒嚷嚷起来，“陈先生，我倒要问问你，惠子对你多么好啊，你为什么要跟她离婚，你到底有没有良心的，人家背井离乡、漂洋过海跟你来，你居然就这么随便休了她，你的良心给狗吃了！”

这把火可把惠子烧着了，没等老孙把话筒还给她，惠子已经泪流满面地扑上来，抢过话筒，哭哭啼啼地诉说起来，越说越来劲，声泪俱下，催人泪下……情绪完全上来了，叫她停都叫不应。

情绪太激动，难免说得有点乱——太乱了！但这没关系，三号院有最好的录音剪辑师。剪辑师根据陆所长“感人、揪心、震聋发聩”的要求，剪辑出一段十分钟的录音。陆所长第一遍听了，不大满意，觉得叙事的话太多，哭声太少。剪辑师又重剪一遍，时间还是十分钟，删了一些话，加了一些哭声。陆所长第二次听，满意了。

文字是不可能表达录音的效果的，但也不妨摘录部分：

（抽泣的声音）家鹄……（呜呜哭）家鹄，家鹄，我是惠子……惠子啊……（哭）你现在在哪里，我好想好想见你啊家鹄……（哭）你这一走就是好几个月，我天天都在想你，盼你……盼望见到你，每天……（哭泣）可是……你……家鹄……（噎气）你在哪里啊——我每天抱着你的衣服想你，看着你的信想你，白天想你，夜里想你，做着梦想你，时时刻刻都在想你啊家鹄……可是你……（抽噎）家鹄，家鹄，你到底在哪里啊，我想去看你家鹄……（长时间哭）家鹄，你说过，你要爱我一辈子，无论遇到什么事情……（哭）今生今世……一辈子……我们都要在一起，可是，可是……（哭）他们说……他们说……我不相信，可是……可是……（长时间哭）家鹄，我听他们说……你已经不爱我了，你爱上了……别人（号啕大哭）这到底是怎么回事啊，家鹄你告诉我，这是真的吗，我不相信！不相信！！（更加号啕）家鹄，你快出来见见我吧，我要你亲口告诉我，这不是真的……（呜呜）这肯定不是真的！家鹄，我受不了了……如果这是真的，我只有去死……家鹄，你不知道这些天我是怎么过的，我每天都在哭，我眼睛都要哭瞎了，家鹄……家鹄……你快回来看看我吧，这还是你的惠子吗，你的惠子……她怎么会这么伤心啊，她好可怜啊，除了哭……她不知道还能做什么……（长时间哭，几次噎气）家鹄，家鹄，我知道，你不会这样对我的……你快回来告诉我吧，你没有……变心，你还是我的家鹄，我还是你的惠子……就算……你……有什么事……家鹄……不管你对我做了什么，家鹄，我还是你的惠子，我愿意……我还会像从前一样爱你……做你的惠子……依偎在你的怀里，枕着你手臂睡觉……家鹄，家鹄……你是不是遇到了什么麻烦啊……（抽噎）没事的，只要你爱我，不管发生了什么事，我还是你的惠子……（哭）家鹄，你让我做什么都可以，就是不能丢下我，让我一个人孤零零……孤零零的……（号啕大哭）家鹄，我已经背叛了我的父母和哥哥，家鹄，你就是我的全部啊，没有你……家鹄，我怎么活下去啊，我只有去死，去死……（呜咽）家鹄，求求你，无论如何回来跟我见一面吧……我快崩溃了，家鹄……我真的快崩溃了，家鹄，家鹄，家鹄……

不论是第一次听，还是第二次听，陆从骏都情不自禁地流了泪，惠子说的真是太那个——情真意切，悲苦交加，悲也感人，苦也感人，情也感人，意也感人……那个感天动地的劲道啊，催人泪弹啊！

鳄鱼听了都要流泪！

这天夜里，是海塞斯在病房陪陈家鹄。

其实，陆所长昨晚想到用声音唤醒陈家鹄的点子后，连夜就把海塞斯带到了病房：一来是不想瞒着他，也瞒不了了；二来是想让他先试着喊喊看。他和陈家鹄毕竟有一定的感情，更重要的是他想抓紧时间，多昏迷一个小时，醒来的可能就要小一分。

海塞斯很卖力，连着喊了几十分钟，喉咙喊哑了，被喊的人纹丝不动，甚至离死亡更近了。他的心律一直不稳定，刚进医院时每分钟三十七下，到第二天早晨七点钟降到三十一下。午后开始发烧，体温最高时达到四十一度，心律也一度窜高到每分钟九十八下，紧急用药抢救后体温降至四十度以下，心律也回落，基本上在三十五到四十之间徘徊。这两天，他一直发着三十八度左右的低烧，心律在三十到三十五之间徘徊。这么热的体温，这么低的心律，能够这么一直挺着，挺三四天，在医生看来已属罕见。

刚刚五分钟前，值夜班的护士下班前例行地来给他测心律，每分钟竟只有二十九下。就是说，海塞斯又喊又陪了他大半夜，结果是他的心律第一次跌出了三十。到了中午，又跌了，跌到每分钟二十八。这是不祥的信号，柳医生赶来检查一番，却是一筹莫展，不知说什么好。在海塞斯的反复追问下，他苦不堪言地感叹道：

“可能只有神仙才救得了他了。”

陆所长带着老孙和刚剪接好的录音带和录音机走进病房，正好听到柳医生在这么发感叹——晦气话！陆所长听了很不高兴，顶了他一句：

“我就带神仙来了。”

于是，迅速接电源，架机器，放录音……

一遍，没反应。

两遍，没反应。

三遍，没反应……

到晚上九点钟，已经放了整整三十遍，其间陆所长、海塞斯、老孙、医生和几名护士轮流上阵，一秒钟都不放过，每一秒钟至少有两个以上的人圆睁眼睛死死地盯着陈家鹄，观察着他可能有的变化。

对不起，没有任何变化。

陆所长不甘心，休整了半个小时后又准备发起新一轮“攻势”。这一轮攻击他引入了“新元素”、“新武器”。他动员一个年轻女护士，在放录音的同时假扮成惠子，跟陈家鹄有身体的接应。就是说，从放第三十一遍录音起，不但有惠子的真声音，还附有惠子的假身体感应，有动作。当然，主要是一些握手、捶胸、抓肩等这些常规动作。

女护士应该说还是蛮用功的，至少是开始那几遍，每一个动作都倾入了应有的热情和期待。在期待没有任何回报的情况下，又坚持重复了十来遍，即女护士总共忙乎了快两个小时，那一套假动作重复做了十多个回合，陈家鹄身上有些部位都被抓伤了，结果是——

对不起，还是没有任何结果。

但陆从骏还是不甘心，不放弃，他似乎走火入魔了，跟他一起忙乎的人都累得趴下了，去休息了，病房里只剩下他一个人，他还是一遍一遍地放着录音。夜深人静，惠子的哭声更显得大，从病房里窜出去，游荡在楼下那条僻静的小路上，一遍又一遍，把每一只夜游的猫和耗子的心都揪得要抓狂。

有一会儿，他也支撑不住了，枕着陈家鹄的手睡着了，并且做了梦。他梦见自己看着女护士机械、僵硬的动作（后面几个回合确实很马虎）大发雷霆，骂声之大，把他自己都吓醒了。

醒来，他又有了新主意，准备发起新一轮攻势，他冲下楼把老孙叫醒（病房里太吵，他躲在车上在睡呢），让他立即上山，把林容容接下山来。

他要让林容容来充当女护士的角色！

换言之，女护士的努力得不到回报，陆从骏认为问题不在陈家鹄身上，而在于女护士，在于她没有投入感情，动作太僵硬。他相信林容容如果来干这活，绝对不会一点感情都没有。以前，林容容总是在他面前夸奖陈家鹄，他有理由怀疑林容容对陈家鹄有些好感，即使没有，至少还是同学，是战友，肯定比女护士要有感情嘛。

是的，感情，有了感情，效果肯定不同！

陆

林容容被连夜接下山。

林容容虽是陆从骏派上山的暗探，知道很多内幕，但接陈家鹄下山的内幕却是不知道的。这是杜先生的内幕，她还没资格知道。当初陈家鹄因体检查出心脏有病，被救护车当日接下山，林容容曾一度怀疑其中有什么猫腻，当她走进病房看到陈家鹄那样子时，才发觉自己怀疑错了：陈家鹄还真是病得不行了。

好好的一个人哪，转眼生死两茫茫，林容容根本不需要陆所长来给她煽情造势，很自发、很直接地扑到病床上，抓起陈家鹄的手，哭哭啼啼起来。让林容容纳闷的是，她在一边哭哭啼啼，收音机里还有一个人也在哭哭啼啼。这需要解释一下的。

怎么解释？

又是欺骗。

陆从骏说："为什么连夜喊你下山来，你听惠子的话就知道，陈家鹄心里有新女人了，你不知道是谁吧，就是你！我想他现在心里只有两个女人，一个是暗恋的人，就是你，一个是他觉得……愧疚的人，就是惠子。”所以，他才这样安排，让她们两个人同时喊他，刺激他，从不同的情感层面去刺激他。为什么不让惠子来？因为陈家鹄现在肯定不想见她，所以只要了她的声音。云云。

这种解释也许不乏牵强，经不起推敲。但现在哪是推敲的时候，现在是洪水汹涌啊。林容容一下子面对这么多咄咄怪事，智力降到最低点，本能被提高到最高点。鸟之将死，其鸣也哀，一个默默暗恋自己的人命悬一线，何况……她哭得更来劲了，更放开了，身体的接触面积和范围更大了，更多了，更紧密了，更投入了。

如果说女护士的配合是有瑕疵的，林容容绝对是无可挑剔的，甚至比你期待的还要好，还要真，还要美。如果说这样的配合——绝配啊——还唤不醒此人的沉睡，那么他的沉睡就……无异于死亡了。陆所长和老孙再一次——可能也是最后一次——睁大双眼，紧紧盯着陈家鹄，密切注意他的反应。

一遍。

又一遍。

又一遍……

没有，还是没有，仍是没有……眼看窗外的天光渐渐发亮，眼看林容容嗓音明显变得嘶哑，可陈家鹄仍然像大地一样沉默，像死亡一样的沉默。

比死亡还沉默！

比沉默还沉默！

陆所长终于认输了，放弃了，绝望了，他让老孙把林容容劝走，送她回山上去。林容容离开医院不久，被冷风一吹，头脑略微清醒，回想起刚才经历的这一些，总觉得有些荒唐，经不起她质问。她记得王教员曾经对她说过，黑室绝对不可能允许日本人的女婿进去，所以不管陈家鹄与惠子有多么相爱，组织上一定会拆散他们的。她也记得——更记得——陈家鹄在山上时是怎么对她的——很冷傲的。她不知道到底发生了什么，问老孙，老孙恶声恶气地呛她一通，“你他妈的怎么还有心思问这些鸟事，他死了说什么都没球用，你就祈求他活吧，他活过来了你什么都会知道的。”林容容想也是，便什么都不想了，只在心里默念陈家鹄的名字，一遍又一遍。上了山，还烧了一炷香，对着它又是一遍遍地呼唤陈家鹄的名字。

与此同时，陆从骏是彻底绝望了，不做任何努力了。送走林容容后，他一直立在窗前，眼睛茫然地望着窗外，双手默默地毁坏着磁带，一寸寸地把它从盒子拉出来，揪着，扯着，撕着，捻着，发狠的样子像要把它捻成粉，毁成灰。他心里有一个声音：就让它们随陈家鹄而去吧。

上早班的护士悄悄进来，看见陆从骏发狠撕扯着磁带的样子，举止变得更是心惊胆战，敛声敛气。她把体温计塞进病人嘴里，顺便观察了一下他的反应，见他依旧长眠般的纹丝不动，不觉地摇摇头，想叹口气，怕惊动陆所长，叹了一半又忍住了。

几分钟后，当护士拔出体温计时感觉病人的嘴唇好像动了一下。她惊诧地瞪大眼睛，有些不相信，怀疑是错觉。她紧盯着他嘴唇，希望它再动一下，可就是没有。她确信刚才的感觉是错觉，目光从他的嘴唇边放散开来，向上方移动：人中，鼻孔，鼻梁，眉心，眼睛，眼角……

哇！天大的发现！！护士失声惊叫起来。

陆从骏猛然从窗前冲过来问护士：“怎么回事？”

护士用一只哆嗦的手指点着，“你看长官，那是什么……你看他的眼睛……眼角……那是什么……”

啊，那不是泪水嘛！

是的，是泪水，有两行，一边一行，细细的，软软的，像两根肉色的小蚯蚓一样在蠕动，分别向两边太阳穴的方向伸着、长着……陆从骏把头低了又低，看了又看，甚至都闻到是泪水的味道，可就是不敢相信。他一直默默地盯着它们蠕动的情景，一会儿左，一会儿右，同时感到身体在绷紧，越绷越紧，似乎随时都要爆炸。

今天值早班的不是柳医生，是一位戴眼镜的年轻军医小毕，他刚才在值班室里听到护士的惊叫声后立刻跑过来，问护士："怎么回事？"此时护士已经确信那是眼泪，兴奋地迎上来，把军医带到病床前，有点炫耀地指着两行泪水说：

"毕医生你看，这是什么。"

医生定睛一看，顿时惊叫道："我的天呐，他流泪了。"转而失礼地一把抓住陆从骏的肩膀，激动地说，"长官，他醒了！"

陆从骏再也支撑不住，一屁股坐倒在一旁的椅子上，流如泉涌，身子却一点点矮下去，瘫下去，最后从椅子上滑下去，直挺挺地倒在地上。过度的兴奋和疲劳终于把他击垮了。

就这样，在昏迷了漫长的106个小时后，陈家鹄用两行细细的眼泪向所有关心的人宣告了他的新生。他的生命正如他的破译才能一样强大神奇，强大得让死亡低头，神奇得令人们惊叹不已！

消息传开，所有医生和护士都来庆贺。

然后是老孙。然后是海塞斯。这家伙本该早来，陆所长在第一时间给他打电话，可他凌晨才睡下，把电话挂了，打不进去。后来是老孙回去通知他，他才匆匆忙忙赶来的，不过还是蛮周到的，匆忙中也没有忘带一捧鲜花来庆贺。

花好漂亮哦，惹得在场的医生护士一阵夸奖。

陆从骏已经睡过几个小时，精神十足，见海塞斯花团锦簇地进来，大踏步迎上去，板着脸孔，大声地对他说："带花来干什么，你根本不需要带什么花，你的脸就比任何鲜花都还要灿烂！"

海塞斯哈哈大笑，"你不知道，我的心里更灿烂着呢。"然后走到床前，把鲜花送给陈家鹄，顺便又拔出钢笔，在护士的白大褂上写着：π＝3.14……写到这里他停下笔，回头对陈家鹄说，"嗳，我的朋友，帮帮我，后面是多少？"

陈家鹄浅浅一笑，道："15926535897……"竟一口气报出十几位数，而且还准备报下去。海塞斯赶忙对他摆手阻止，"好，好，够了，够了。"然后回头对陆所长大笑道，"放心吧，他没傻。"

说得在场的人都哄堂大笑。

第九章
风语2

壹

现在是两天前晚上八点多钟，即老孙在渝字楼碰到惠子的同一时间。

也是同一地点，同一栋楼里，在顶层尽头的一间客房里，姜姐正在与一个穿着考究、模样精干、三十多岁的男人窃窃交谈着。

“他是美国人，是八月份到重庆的。”

“他是干什么的？”

“具体职业不知道，但我敢说他肯定在帮姓杜的干活。”

“会不会就在黑室呢？”

“我也这么想，但至今没拿到证据。”

“你们不是都上床了嘛，这点货还搞不到？”

“毕竟是杜先生身边的人，他嘴巴很紧的。”

“姓杜的对他真的很好？”

“嗯，这是我亲眼所见，就在这儿，姓杜的专门请他吃饭，饭桌上显得很亲热的，他对姓杜的也很随便。”

“好，这是条大鱼，你一定要把他养好了……”

说的就是海塞斯。

毋庸置疑，如果海塞斯看到这一幕一定会气疯的，因为这个房间是他的，至少现在是他的。天气越来越冷，车上幽会的感觉越来越差，海塞斯出资包下这个房间，是为了与姜姐有个固定的秘密幽会的地点，而不是为了让姜姐从事其他的秘密活动。可事实上，现在，包括今后很长一段时间，姜姐把这个房间的用途扩展了，除了每个星期与海塞斯幽会一到两次外，至少她还要时不时在这里分别秘密接待冯警长和这个男人。

其实，最早这个房间是冯警长掏的腰包，那时姜姐是他的甜点，现在姜姐路子越走越宽，名头越来越大，任务越来越重，冯警长虽心有不甘，也只有退居二线了。对此，姜姐也给了他一定回报，至少是免了他的腰包，让海塞斯来当冤大头。当然，海塞斯并不知道这一些。

说到冯警长，俩人的对话是绕不开的，这不，就说到他了。

“你现在手头有多少人？”

“我只跟警长有来往，其他人我不往来的，多见一个人多一份危险。”

“嗯，对，我们要干的事大着呢，谨慎是必需的。其他还有多少人？”

“让我算一算。美国大使馆的萨根你是知道的，萨根有个助手叫黑明威，他是个记者，另外茶铺里还有以前少老大的得力助手中田，他是个神枪手，好像就这些人。”

“萨根身份暴露了，不能再用了。”

“可是……我听警长说他等着要见你呢。”

“他见我干什么，我才不见他，见他是找事。”

“你们还没给他钱，我觉得这个问题要解决，否则……这些人的底细都在他手上，听警长说他是个刺头，不好惹的。”

“钱好说，关键是他事情干了没有？”

“我去现场看过，那地方确实被炸得稀巴烂了。”

“可我这边得到的情报说，黑室照常在工作啊。”

“那说明黑室可能不是只有一个地方，陈家鹄肯定是在那里面，我了解的情况是他确实被炸死了，报纸上登了，警长还亲眼看见他们家里人去了现场，一家人在那边号啕大哭，他那个日本太太还伤心得昏过去了。”

“你见过她吗？”

“谁？”

“陈家鹄太太。”

“没有。”

“她是个疯女人，爱上了她祖国的敌人，让全家人都伤心透了……”

男人的声音充满磁性，富有男人的魅力，折射出一种厚实、稳重，甚至是温暖，但一双眼睛总是冷冰冰的，和他声音形成强烈反差。他五官看上去还是蛮端正的，鼻梁挺拔，嘴巴棱角分明，牙齿整齐、洁白，但他脸上总透出一股痛苦的微笑，是一种好像吃了酸辣的东西刺激了他，可他又要向人表明这没什么，他喜欢这种刺激，只好哭笑不得。刚才他一直沉陷在沙发上，只有说到惠子时他才支起身来，鲜有的向窗外瞟了一眼，好像他知道此时惠子在楼下似的。

此时惠子确实就在楼下。

人生如戏，是因为生活中确实常冒出一些阴差阳错的事儿。此人千里迢迢而来，惠子是他必须见的一个人，因为——他就是惠子的哥哥相井目石。如果有缘，此时他只要当窗一站，向楼下张望一下，即可见到在风中伫立的惠子：她就像传说中的那个傻瓜农夫一样，在守株待兔，日复一日，夜以继日，在等她心爱的人从天而降。

今晚见不成也没关系，只要他想见她，在眼下简直易如反掌，因为冯警长、萨根，包括黑明威，都知道惠子家住何处，这些人日后都将成为他的手下，荣誉和性命都将掌握在他手上。然而现在，他初来乍到，觉得要做的事太多，暂时他还不想见惠子。有一天，等他想见时，惠子已经成了天涯沦落人，居无定所，行无踪影，找不到了。

这就是无缘。

相井怀里揣着一只纯金的怀表，这会儿他看看时间，立起身，看样子是准备走了。

“你要走？”姜姐很是舍不得的样了。

“嗯，你们今天不是有约会？”

“还早，还有半个多小时呢。”

“我没事了，该走了，万一他提前来呢。”

“他不会提前来，只会迟到，以体现他是美国人，我讨厌他！”姜姐这么说的时候，眼睛里有光放出，含情脉脉地看着他的新主子。

“你不能有这种情绪！”相井口气很硬，目光更硬。

“他身上臭得很，跟他做爱就像跟一群狐狸在一起一样的，熏死人了。”像身上有一只开关，姜姐转眼间露出风尘女子的那一套，妩媚地凑近他的新主子，假模真样地朝他嗅了嗅，“我觉得你身上的气味好好闻啊，有一种海水的味道，他是臭水沟的味道。”

太露骨了，必须得给她一点警告。“我不希望你挑逗我，我来这鬼地方不是为了女人，何况你是我的手下。”相井胸脯一挺，正色道，“我希望你记住，他是条大鱼，你必须养好他。今后这地方警长不能再来了，我也不希望你与警长继续有那种关系。你们中国不是有句话，天降大任，必劳其筋骨，苦其心志。我们是来干大事的，比天还要大的事，不要陶醉在享乐中，要学会忍耐和付出，我现在心里只有一个人。”

“谁？”

“天皇！”

这一点，海塞斯一定无法想象，这个男人竟然对姜姐的身体不感兴趣，他们从来不进行肉体对话，他们只进行——工作对话。这个工作内容太伟大了，也可以说太无耻了，他们要把重庆变成第二个南京，要让整个中国都成为南京的辖地，天皇的土地。通俗地说，他们搞的是颠覆重庆乃至大中国的特务活动，这个男人就是新到任的特务头子。

他不是小毛贼，他是个大家伙。

大家伙站得高，看得远，怎么可能因色起乱？

大家伙伸出手，与姜姐握手，“再见了，好好养着他，忍着点。我相信，为了天皇伟大的意志，为了大东亚美好的共荣圈，牺牲一下自己，忍受一点狐臭算不了什么，你会习惯的。”看姜姐点头称是后，接着又说，“通知警长，除了萨根，其他人都召集一下，尽快去我那儿开个会，我要重新组织他们。”

“时间？”

“再定吧，这两天我都会来见你的，听说你手下有个好厨师嘛。”

“你要来吃饭最好中午来，人少，我照顾得到。”

“嗯，好，留步。”

就走了。

姜姐回头打开他留在茶几上的一个布包，发现里面有一支点三八的镍色左轮手枪，一盒子弹，还有一只信封。信封是一沓钱，都是法币。她先看了钱，又看了枪弹，嘀咕道：“给我这么多子弹干什么，难道还要我去杀人？”显然，她嫌给的钱少了。

海塞斯果然如姜姐说的，没有准时到，迟到了十分钟。

他迟到不是因为他是美国人，而是因为他是黑室的人。迟到十来分钟，其实是他小心的策略：他的司机在替他望风呢。

每次来渝字楼，海塞斯总是让司机把他丢在半路上，让司机先开车过来守望一番，确信无风无浪后，他才去赴约。走的时候也是有讲究的，他不会直接从渝字楼上车，他要走去重庆饭店歇个脚，在那儿抽口烟，等司机把车开过来再打道回府，给人感觉他是住重庆饭店的客人。

这么谨慎，一半是因为自己的身份特殊，另一半是因为美女姜太特别了。这个美女的真实身份他自不知晓，但隐隐中他对她有点忌惮。他鲜明地感觉到她身上的不简单，他有理由认定，她是见过世面的，她是有秘密的，且不小——露出的只是冰山一角。她善于逢场作戏，她至少跟两位数以上的男人上过床……几次交道下来，海塞斯对她有种莫名的惧怕，莫名的警惕，如在高空走钢丝，危险比平地上大几次方。

他的司机也有这种感觉。

司机姓吕，本地人，人到中年，上有老下有少，每个月挣三十法币，日子过得紧巴巴的，经常拣海塞斯扔掉的烟屁股抽（雪茄的烟屁股又粗又长，一个烟蒂的烟量相当于一支纸烟）。海塞斯雪中送炭，每个月塞给他一二十个法币，把他收买得服服帖帖的。钟女士失踪后的一段时间，他还给海塞斯拉皮条，带他去逛肮脏的暗娼。可以说，即使海塞斯把陆从骏老婆睡了，他都不一定会吭声的。可对美女姜，他曾对海塞斯有过这样的警告：

“她颈脖子上长了三颗黑痣，那可是吊死鬼的命啊。”

言外之意，就是这女人碰不得的，碰了要倒霉的。

海塞斯确实也想过要离开她，可就是变不成行动。为什么？舍不得啊，下不了狠心啊，每次下决心不去找她后，他的身体总会出卖他。甚至有一天晚上，本是去跟美女姜约会的，走到半途海塞斯临时改了主意，让司机带她去逛妓院。结果，叫了人，脱了衣，怎么看都冲动不起来，因为满脑子都是美女姜啊。

撤！

便又回头去见美女姜。

总而言之，海塞斯对美女姜虽有戒心，却欲罢不能。他忘不了她白璧一样洁白无瑕、游蛇一样曲美娇柔的身体。她的肌肤仿佛是牛奶加蛋清合成的，她的躯体也许是罗丹捏出来的，凹凸有致，无可比拟：是世界公认的黄金比例。还有，她做爱时的那一颦一笑，那受苦受难的呻吟、嚎叫，那反传统、反人体、反文化的姿势……那么多回了，海塞斯不记得有哪一回她是安静的，老实的，是规规矩矩地正面迎接他的。等等这一切，都令海塞斯梦牵魂绕，让他的大脑控制不住腿脚，不知不觉中扬蹄而去。

正如不知她是敌特一样，海塞斯同样不知道，她做爱时之所以回回摆弄出那么新潮的姿势，回回从开始起就不停地呻吟嚎叫，不是因为她真的兴奋，真的那么追求新潮，那么奔放，而是由于她受不了他身上那股狐臭。她有一只灵敏的鼻子（所以很适合做餐厅工作），她必须转过身去，通过大声呼叫、竭力呻吟来驱散、摆脱熏人的狐臭。

可是，在相井"苦其心志、好好养着他"的逆耳忠言的教导下，今晚她决定正面迎接他。所以，这次俩人的爱是别开生面的，第一次出现了下半身对上的同时上半身也对上的局面：胸对胸，面对面，口鼻相抵，四目相迎。她要用意志和思想来驱散那股令她反感的味道！

可也许是她的意志太薄弱，也许是她的嗅觉太敏感，她实在忍无可忍啊，她想逃跑，她想抽身而去，她要转过身子，她要捂住鼻子……可这怎么行，小不忍则乱大谋啊，你必须好好侍候他，千万不能扫了他的兴。

忍！

忍！

哇！

终于忍不住了，她奋力地摇头，疯狂地骂他、抓他、揪他、咬他、撕他，完全是兔子急了也咬人的那种疯，那种被逼无奈、狗急跳墙、猫急撒尿的疯，身不由己，情不自禁。

她是被熏人的狐臭给逼的！

哪知道，海塞斯以为是她高潮降临，他欢乐无限地忍受着她的臭骂、她的抓扯、她的撕咬。他觉得她的唾沫、她的爪子、她的牙齿都在向他宣告一个色情的事实：这个女人是个尤物，沸点这么低，这么快就高潮了，高潮的情景竟是这么轰轰烈烈。他为之备受刺激，跟着也疯狂起来，鼓励她，骂吧，抓吧，咬吧，狠狠地咬，再狠一点……

这么疯狂的高潮也是难得一遇啊。

这个晚上，这个女人在海塞斯心里变得更加了不得了。

现在是陈家鹄苏醒后的第二天晚上。

正如医生说的，只要他醒过来，康复是指日可待的，就像破开了密码，译出密电只是个时间和工序问题，不用担心的。从今天早晨起，陈家鹄已经开始吃流食，自己去上厕所，下午还在窗前站了一会儿，忧愁满面的。显然，他的记忆像飞出去的鸟，又飞回来了，恢复了，即使没有全部恢复，关于惠子的那部分肯定“历历如在目前”了。

除了昨天跟海塞斯说过π的几位数，之后他一直没开口对任何人说过任何话，包括对医生护士，交流经常是以点头或摇头来达成。显然不是开不了口，而是不想。说π时，他是如梦初醒，也许还没有完全回到现实中，现在回来了，体力和一大堆烦心事都跟着回到眼前，沉入心里，写在脸上。

陆从骏看在眼里，愁上心头，他想也许要不了多久他就又会来跟我谈惠子的事，这头倔牛会因为这次劫难改变对惠子的想法吗？不可能的，只有我们去改变惠子。

所以，吃罢晚饭，陆从骏把老孙叫到办公室，商量对策。

老孙干脆地说：“那你就见她一下吧，她不是想见你嘛，你就借机向她揭发一下陈家鹄的风流韵事。你看，我都给你准备好家伙了，效果不错的。”

是两张照片，一张是林容容的单人照，胸部以上，身子前倾，笑得甜蜜，穿的是毛线衣，饱满的胸部毕现。照片还描过色，嘴唇红红的，牙齿白白的，两个腮帮子也有淡淡的桃红。另一张是林容容与陈家鹄肩并肩的合影照，显然是做出来的，陈家鹄的表情很不自然，俩人的样子也不是太亲昵，甚至有点紧张，但这恰恰说明他们在偷情。

陆所长翻来覆去地看了几回，越想越觉得可行，脸上不可抑制地露出欣赏的表情，“你这下算是钻到我肚子里来了，好，很好，我就需要它们，口头嘉奖一个。嗯，是什么时候做的？”

“就昨天。”老孙说，“陈家鹄醒了，我就想陈先生肯定还要继续扮他陈世美的角色，就着手做了。”至于为什么是林容容，是可想而知的，那天林容容的表现太投入了。陆所长晃着林、陈的合影照，问老孙：

“你觉得他们有戏吗？”

“我觉得林容容心里绝对有陈先生。”

“这好啊，我就希望他们之间有戏。”

“你其实早有预感，否则就不会想到让林容容下山来。”

“有一点吧。你没看她那个劲，只要说起陈家鹄，尽挑好词用。”陆所长兴致很好，对老孙挤眉弄眼地说，“可惜林容容没看到陈家鹄醒来，要看到了当时你抓拍它两张，效果肯定比这个好。以林容容的性格，一激动她没准会钻在陈家鹄怀里哭呢。”

“要不请她下山来安排一次见面？”

“这就不必了，她早激动过了，我已经跟她在电话上说过，陈家鹄被她叫活了，把她乐得恨不得飞下山来，我坚决不同意。”

“为什么？”

“惠子还没除。”

“这一招没准就能把她除掉。”老孙指着林容容的照片说，“她这照片照得还真不赖，有杀伤力，我看够惠子受的。女人都是爱吃醋的，她凭什么死皮赖脸赖着他，她还年轻嘛。”

“真要是这样那就是我们的福气了。”陆从骏叹口气道，“我估计不会这么容易。”他看过陈家鹄和惠子每一封往来书信，他深知他们俩的感情有多深。“你去安排吧，让我尽快见到她。”说的是惠子。

老孙走后，办公室里突然安静下来，静得有些空落落的。陆所长在办公桌前坐下来，将手搭在抽屉的把手上，竟莫名其妙地连连叹气。他迟疑片刻，最后还是拉开抽屉，拿出一沓信。这是陈家鹄与惠子的所有来往信件，有的是备份，有的是原件。自从打定主意一定要拆散他们后，陆从骏就再没有让一封信走出过这个办公室，也就没有备份的必要，全存的是原件。他已经将这些信读过多遍，有些话由于它们富有的诗意和浓烈的情意，已经像一口口痰一样粘在他心头，经常冷不丁从脑海里跳出来，恶心他，嘲笑他——

家鹄，还记得吗，那一年春天，我们一起去福田君（应是在美国的日裔）的庄园里玩，你走时偷走了一棵小樱花树，种在我们望湖苑宿舍区的公园里。哦，转眼已经过去两年，那棵树一定长得比我还高了，我好想去看看它。其实我每天都在看它，因为它就种在我的心田里，它在我心里生根、长大、开花。好美好美的花哦，灿烂如霞，热烈如焰，我深深地为此陶醉、迷恋、守望。家鹄，我是如此相信，你的心里也一定盛着同样美妙的风景……

惠子，亲亲，我的宝贝，你说得没有错，我心里也盛满了这样一片迷人的景色，它们是如此的美，如此的妙，如此的温暖我，是因为有你的爱在浇灌，在滋润。尽管我们在战争频发的年代中相爱，但我深信我们爱情的这片净土将永远没有战火，没有离别，没有欺骗，没有丑陋，只有爱，只有美，蓝天的美，大海的美，森林的美，而你就是这一切美的根，美的源……

彩虹是需要阳光的，家鹄，有了你这片深情、活泼的阳光，我才能色彩斑斓；有了你这片和煦、温暖的阳光，我才能明媚照人。有了你，我就是这个世界上最漂亮的彩虹，没有你，我只能在长夜里沉睡，在风雨中凋零，在黑暗中黑暗，在寒冷中寒冷，在哭泣中哭泣……

惠子，凡是你给我的，我都会存在爱的存折里，用我的一生来支付你百倍、千倍、万倍的利息。如果失去了你的爱，我的世界将会完全失明，我的人生将毫无意义。惠子，我永远的爱人啊，我贪心地觉得，一生一世的爱是不够的，我要你来生来世、生生世世都与我相爱，点亮我的人生。记住哦，不光是今生，还有来生……

家鹄，这又是一个极端的想念你的夜晚，睡眠突然离我很远，远得就好像去了你的身边……我忽然想起我们在美国时，你要随导师去华盛顿参加会议，要去大半个月。出发之前，你拉着我，说了很多话，走了很多路，然后彻夜欢乐，彻夜不眠。后来你告诉我，那只是为了分别的幽独。家鹄，现在幽独已成了折磨，时间也变得薄如蝉翼，我只有反复回忆我们在一起的时候的一切，把自己关入过去的时光，才能用泪水减轻离别的痛苦……

惠子，我何尝不是如此痛和苦。《我是猫》里面夹着一片树叶，那便是那个晚上你拾起的梧桐叶。亲爱的，你可以把它读作一点，也可以把它读作一切，在那个飘满微凉的季节，在那个余音绕梁的晚上。你的爱是那么的单纯、固执，与以往一样迁就着我的一切，带给我非常非常轻柔的温暖和诗意般轻灵的祝福。我会永远牢记那所有我们相依为命的时光，而离别带给你的伤楚，我会给你一万倍、十万倍的补偿，以我最真诚的态度和最坚定的决心。相信我，度过现在的黑暗，灿烂的明天将变得更加灿烂……

多恩爱的一对啊！

读着这些情深深、意绵绵、肉麻麻的情书，陆从骏有时也会恍惚：他究竟该不该对他们下毒手？他这样棒打鸳鸯，会不会遭报应？难道这是必需的吗？我是不是该去找杜先生说说情？如果惠子的身份确有瑕疵倒也罢，现在看来她几乎绝对是清白的，仅仅是“为名除害”，值得吗？

但他一直没去找杜先生，因为他知道找了只会遭骂，只会给自己在杜先生面前减分。以前在三号院，现在在五号院，在杜先生手下工作这么长时间，他最大的体会是：党国的利益是神圣的，为了党国的利益，他们可以置任何个人的生死不顾，可以不择手段，可以不计后果，可以不讲良心道德。他认为在这个国家和民族生死存亡的关头，这并没有错，所以他甘愿为之努力，为之奋斗，为之付出——即使付出生命也在所不惜，更不要说良心道德。

维护党国的利益就是最大的良心和道德！

这么想着，他毅然划旺火柴，毫不迟疑地烧了这些信。对着燃烧的火焰，他庄严地告诫自己：不要再儿女情长，投鼠忌器！快干吧，别让杜先生久等了，黑室是多么需要陈家鹄去效劳啊，党国是多么需要我们献出忠诚乃至灵魂血肉，筑起钢铁长城，去阻挡侵略者的铁蹄！

第二天上午，渝字楼，二楼茶房的一个包间，惠子和老孙相对而坐，茶桌上放着惠子那盘录音磁带。老孙正在给陆所长做铺垫工作，磁带被老孙原封不动地带回来，还给惠子。

“为什么？”

“陆所长觉得没必要了。”

“为……什么？”

“陆所长马上来了，到时你问他吧。”

说曹操，曹操到。陆所长脚步生风，满面春风地走进来，与惠子热烈握手。

“你好啊惠子，好久不见，你都好吧。”

“我好……”好什么！这一问，让惠子顿时伤了心，流了泪。

“哎哟，怎么了惠子，谁让你受委屈了？”

“没有……我……”惠子拭着泪水，眼巴巴地问，“陆先生，你最近见过我们家鹄吗？”

“最近他不在这儿，在别的地方。”陆所长照着老孙编的谎言重说一遍，继而笑逐颜开地说，“但毕竟不是去了美国，我哪里会见不到他。我说见不了他那就是对你撒谎啰——你放心，我是绝不会对你撒谎的。不瞒你说，我前天才去过他们那儿。”

“你见到他了吗？”

“当然。”

“他好吗？”

“好，好得很。他们那儿现在很安全，有吃有喝，又不挨飞机轰炸，比我们在这儿好多了。就是……怎么说了，离你更远了，不过远近都一样，近了也见不了。啊，谁叫你的家鹄是大专家呢，首长把他当宝贝一样保护着，连家人都见不了。不过没事，这是暂时的，等战事平息下来就好了。”

陆从骏故意夸耀陈家鹄，把他的工作和生活说得天花乱坠，实际上是在往惠子的伤口上撒盐。说到这里，陆从骏以为惠子会问他什么，没想到惠子一直默默听着，小心翼翼地等着他往下说。他一时无语，好在目光碰到那盘磁带，不愁没话说了。

“这盘磁盘是你的？”

“嗯。”

“你干吗要给他送磁带？”

“你听了吗？”

“我没听，但大概的意思孙处长已跟我说过，我认为没必要了。”

“为什么？又是为什么！”

陆从骏深思一会儿，装得很难开口的样子，“怎么说呢惠子，有些话……我不知该怎么说，怕你听了难受。”

“你说……我不会难受的……”可实际上又在抹泪了。

“好，惠子，那我就直说了。”陆从骏眼睛一闭，像勇气倍增，滔滔不绝地说起来，“我说没必要是想给你个面子，其实这话是陈先生说的，陈先生说他要对你说的话都由他父母转告给你了，你有什么要同他说也可对他父母说。”顿一下，看看惠子的表情，叹口气道，“其实我想也没什么好说的了，木已成舟，箭在弦上，已经不得不发了。”

惠子的心本已经空虚，这下被弄得更空更虚了，一点心志都没了，她恍惚一会儿，噗的一声，好像气球破了，其实是她哭了，“难道爸爸妈妈要我跟他离婚是他的意思？”

陆从骏颇有耐心和涵养地等她哭够了，才深情款款地说：“像这种事要没有他本人授意，哪家父母会出面来说呢，不论是日本还是中国，就是欧美国家，都一样，这种事都是父母心头的一个痛啊，谁愿意自己的子女在婚姻上受挫折，你说是不，惠子？”

惠子眼巴巴地看着陆从骏，脸一会儿红一会儿白，终于还是咬了牙说：“对不起陆先生，我想问你，希望你别在意……”

“没事，惠子，有什么你随便问。”

“他……身边……现在是不是……有了其他女人……”

“啊，”所长故作惊状，“惠子，你难道什么都没听说吗？”所长故意欲言又止。惠子两眼死死地盯着所长，眼里再次噙起泪花，“陆先生，对不起，我想听听你说……”

战争进行到吹号冲锋的阶段了，胜利的前沿，更要确保质量和效果。陆从骏掏出一根烟，抽上，缓缓地说：“惠子啊，说真的我听说了一些，我想你一定也听说了，一定是他父母告诉你的吧。”他摇摇头，叹息道，“我不知道你们的感情基础怎么样，陈先生到了我们单位后很快与一个姑娘……建立了不一般的关系，在单位造成很不良的影响啊。为此，我曾代表组织上找他谈过话，意思是你是有妇之夫，在同异性打交道中要注意影响。当时他们的关系也许还没有发展到现在这个地步，他跟我打太极，说一些大话空话，我手上也没有掌握什么凭据，就不了了之了。但没过多久，关于他和那女人的风声越传越大，有人还偷拍了他们在一起的照片向我举报。没办法我又找他谈话，这一回他倒是一坐下就坦坦荡荡地跟我承认说有这回事，并向我保证他要跟你离婚，跟她结婚……”

话没说完，只见惠子腾地站起来，表情肃然，像变了个人似的，对陆所长一个大鞠躬，“陆先生，我恳求您让我跟家鹄见一面，不管他在哪里，无论如何我都一定要见他，陆先生，我求您了。”

陆所长本想去扶她入座，但不知为什么又缩回手去，稳稳地坐在卡座里，只是口头请她入座。惠子不从，居然又来个大鞠躬，“陆先生，我求求您了，请带我去见一下家鹄。”

惠子长躬不起，眼泪啪啪地砸在楼板上，溅起水花。陆从骏只好去扶她，惠子坚决不从，“不，陆先生，请答应我，我求求您了，我要见家鹄。”

陆从骏淡淡地说：“这怎么行嘛，惠子，肯定不行的，你知道，我们单位上有明确规定，不能让任何人去见他们，包括亲人家属。现在是战争时期啊，有些规定可能并不太合理，但是这就是规定，没办法的。再说了，陈先生再三交代过我，绝不能带你去……”

只听扑通一声，惠子已跪在地上，声泪俱下地苦苦哀求一定要去见家鹄，让陆从骏十分难堪，只好大呼老孙前来挡驾。老孙刚才一直在外面，这会儿闻声连忙赶来救场，好不容易才把惠子劝起身，带走。

等他们走后，陆从骏才想起今天带来的照片还没有派上用场呢，惠子中途出怪招，搅了场，坏了局，这是事先他没有想到的。四十分钟后，老孙送完惠子回来，陆所长正好下楼准备回五号院去，在楼下俩人劈面相逢。

“怎么样？”陆从骏问他。

“回家了。”老孙说。

“废话，我还不知道回家了，我是问她人怎么样。”

“一路上都在哭，我看人都快哭虚脱了。”老孙看看所长，小声嘀咕，“看她的样子真是挺可怜的。”

陆所长顿时沉下脸，像机关枪一样朝他猛射一阵，“哼，你可怜她？那到时候谁来可怜我？你不是不知道，他已经醒过来了，可能不久后又可以上班了，你让我还是把他当个贼似的藏在对门？少来这一套！你以为只有你有良心，我就是狼心狗肺，铁石心肠，非要把她弄成这样？”

老孙连忙申明，“我不会同情她的，您放心。”心里却在发牢骚，我说什么了值得你这么大发雷霆。

其实，陆从骏这么发火也说明他在同情她。是人都会同情惠子的，但又有谁能帮助她？即使是亲哥哥，龙王相井，虽然近在咫尺，一时也无缘来见她，因为他也是个国家的人，有许多国家的事需要他早早去落实。

伍

此刻，相井一身布衣，在一个修有假山假水的花园里驻足观望，手里抱着一把大扫帚。

花园坐落在山脚下，面积不大，但视野开阔，站在园内任何一处，都可以瞅见城市的一角：一片杂乱无章的屋顶和墙垣、电线杆、烟囱。园子不大，倒是脏腑不缺，花台、水池、假山、曲径、凉亭样样有，花地里种有花花草草，有月季、玫瑰、丁香、腐竹、杜鹃、冬叶青、菊花等，还有桃树和桂花各两棵，高大的桉树一株，另有一丛密匝匝的凤尾竹。相形之下，菊花的品种和样式是最多最醒目的，大的、小的、高的、矮的、红的、黄的、白的，摆成花篮的，扎成牛形马样的，颇为隆重。只是眼下，花期已过，花都凋谢了，看上去反而显得病恹恹的。其他那些花草果树也是一样，要不是过了花期，要不就还没有到花期，都不见花开结果。入冬了，枝叶也少了生气，只有那丛临水的凤尾竹，对初来乍到的寒气似乎很不了然，仗着临水的优势，依然绿得发亮。

这儿是重庆著名的上清寺，如今由于汪精卫主席的驾临，这儿的花草都被善待了，土被翻过，枝被修过，落叶天天有人收拾、打扫，再加上汪主席推崇陶渊明，甚爱菊，专门为他移来不少菊花。总而言之，虽不是花开烂漫之季，但看上去园子还是精神抖擞的，置身其中是留得住脚步、散得了心的。

汪主席眉清目秀，诗才照人，人才和文才均出众。他的《双照楼诗词稿》里收录了一首咏菊的词《疏影》，百十字长调，写得极好的景致，与1938年秋末初冬上清寺的环境相差仿佛，不妨摘录在此：

> 行吟未罢，乍悠然相见，水边林下。
> 半塌东篱，淡淡疏疏，点出秋光如画。
> 平生绝俗违时意，却对我、一枝潇洒。
> 想渊明、偶赋闲情，定为此花萦惹。
>
> 正是千林脱叶，看斜阳阒寂，山色金赭。
> 莫怨荒寒，木末芙蓉，冷艳疏香相亚。
> 不同桃李开花日，准备了、霜风吹打。
> 把素心、写入琴丝，声满月明清夜。

山坡坐北向南，花园有南北两道门，南门大，一扇大圆形，直径达两米，通往汪府正院：花园在正院背后，是后花园的意思；北门小，一扇拱形单门，走出去，穿过一条百十米长的羊肠小道，便有一座小院，高高在上，坐在山坡上，一棵树冠庞大的黄桷树，遮天蔽日，把小院内主建筑隐去大半，上下看，都难以一下判定这是何处。

这是寺院，但是小的，只有一个不到三十平方米大的庙堂，供着如来观音（正面如来，背面观音）。小且不说，更是私密的，不准外人参观、供奉。

事实上，这是汪主席的私家庙堂，不对外布道传福的，对的只是汪主席和家人及随从。

庙里有两个和尚，一个四十多岁，人高马大，眼睛明亮，是小庙之主；另一个是头皮青青的小和尚，十七八岁，脖子上有一道泛红的刀疤，显然是新疤，还在长新肉。

相井在这里负责清洁卫生，白天经常抱一把扫帚转来转去，关了门却常常教训两个和尚。其实，他是这里真正的老大，黑老大，两个和尚都是他千里迢迢带来的同胞手足、跟班，大和尚能飞檐走壁，武功高强，小和尚正在向他拜师学艺。

不用说，这是个挂羊头卖狗肉的混账地方，是相井暗度陈仓的据点。作为日本在华重要特务机构——梅机关（前身是竹机关）派出的一名要员，相井今后要替汪精卫走通降日之路献计献策，保驾护航，同时也负有监视汪的职责。说好听点，他有点秘密外交使节的意思，说难听了，就是个跑腿的，来做一些游说、串通的工作。

此外，相井也肩负着父母大人交给他的把惠子弄回家去的"家务"。陈家鹄不是死了嘛，她还留在中国干吗？吃一堑，长一智，她该幡然醒悟了，该回到她父母身边去了。

说实话，相井对这份工作不是很满意，大老远的，深入虎穴，太危险！他在上海当药店老板当得蛮好的，一面做着乐善好施的大好人，一面拿着梅机关的身份和薪水，既能精忠报国，又能牟利发财。关键是安全，而且好玩，朋友多，寻开心的地方多，没有身在异乡的孤独感。上海是太阳旗的天下，也是有钱男人的天下，花花世界，吃喝玩乐，比东京还丰富多彩。可来这鬼地方，整天做贼心虚提心吊胆且不说，还有那么多时间不知道怎么打发，在上海，时间跟黄浦江的江水一样在流动，在这里，时间成了花园里的这潭死水，臭烘烘的。

这两天，他很不开心的，姜姐倒是见了几次了，可让她通知警长召集那些人来开个会，至今都没落实。这都是些什么人嘛，素质太差了！好在刚才姜姐来报过信，那些人总算都通知到了，约好了，今天晚上可以来见他。

夜色浓浓，夜空沉寂，上清寺的汪精卫公馆里灯影零落，巡逻的卫兵以一团黑影的方式停停走走，忽东走西，使夜色变得更加威严、肃穆，也更加诡异、神秘，好像黑暗随时都可能滋长出事情来。

庙堂里，烛光幽幽，香烟袅袅。相井像如来一样，打着坐，端坐在正中的稻草蒲团上，双目微闭，旁若无人。今天他特意穿了一套藏青色的和服，显然是要在即将与会的人面前体现帝国特色。说不定，要不是庙堂的穹顶太高，也许他还会在头顶张挂几面太阳旗呢。

旁边其实是有人的，是大和尚，立在一旁，更显得高大、彪悍，但收腹挺胸双手抱腹毕恭毕敬的样子，显出了他的小。

“几点了？”

“还有一刻钟。”

“怎么一个都还没来？”

大和尚欲言之际，忽听外面有声响，“可能来了。”

来者是神枪手中田健二，第一个到的。他和相井曾共过事，相识已久，久别重逢，寒暄是热烈的。不知是对姜姐不信任，还是希望中田能给他提供什么好消息——多些人头，他问中田的第一个问题是曾经问过姜姐的。

“你们组现在有多少人？”

中田是科班出身，规矩蛮好的，准备回答上司问题前，先一个立正。相井因为要做规矩，蛮横地打断他：

“萨根就不要说了，他已经破了身，不能用了。”

“明白。”中田声音坚定，“此外有四人，我，还有一个警长，姓冯，有一个外国记者，叫黑明威，还有一个是女的，叫姜姐，她是冯警长的人，以前从来不参加我们的会，我至今不认识她。”

“你错了，”相井笑道，“她是我们机关的人，我们早就有联系了，今晚你就会认识她的。”

正说着，又有人来了，是冯警长。

“你是冯先生？”

“是，你是……相井君？”

“是，”中田介绍，“今后我们小组由相井君指挥。”

“知道，知道。”冯警长欣欣然地上前握住相井的手，热气腾腾地扯起大嗓门，“你好，老大，久仰，久仰……”

“什么老大老小的，一听就像个黑话。”相井毫不掩饰对他的不满，也是为了立规矩嘛，“以后叫我龙王。”

“好，龙王。”看中田和大和尚都立得笔挺的，冯警长不由地也挺起了身板。

“今后我要让我们这些人做一条大中华真龙。”相井脸上习惯性地露出痛苦的微笑，“你，用你们老祖宗的话说，是身在曹营心在汉，你的心属于我们大日本帝国，穿的却是这身烂黄皮，委屈你了，我就赠你一身龙袍吧——以后你就叫龙袍。”

“这称呼我喜欢。”冯警长对相井点头讪笑，转身问中田，“你呢，以后该怎么尊称？”

相井走开去，一边走一边沉吟道：“中田君，神枪手矣，他手中的枪一旦出声就是我们的福音，叫龙吟怎么样？”

“好！”

“好！”

警长和中田异口同声。大和尚刚才一直岿然不动，这会儿也露出一丝笑颜首肯土子，说了一个古色古香的字：“妙！”警长闻声，掉头好奇地看看他，问相井：

“这位兄弟……”

“怎么又称兄道弟的？”相井剜了警长一眼，警告他，“不要叫兄弟，叫战士知道吧？我来给你介绍一下吧，二郎。二郎君是柳生剑派的传人，拔剑，十步之内，可直掏你心窝，腾步，登上这种屋顶不在话下，百步之内，落叶声也逃不过他的耳朵。怎么样，这庙堂之主不寻常吧？”

“嗯，不寻常。”警长巡视二郎一番，好像在寻他身上的剑。

“剑在我心里。”二郎看出警长在他身上找剑，微微笑道，接着又说，“我的使命是负责龙王的安全。”他今天一言一语，一姿一态，都是替龙王相井树威风的。

“二郎君曾是酒井直次将军的贴身保镖，”相井问警长，“你觉得他该取个什么名字好呢？”

警长想了想，道：“你是龙王，他负责保护你，是你的防火墙，安全门，叫……龙骨怎么样？”

相井高声道：“好，龙骨，好名字，他是我安全的主心骨啊，就叫龙骨吧。”

这时，门外响起突突的鞋跟声，渐行渐近。冯警长欣然转身去开门，“她来了，我们的女战友。”开门看，门口立的是一个时髦女郎，戴着帽子和墨镜，围着丝巾，让警长茫然不敢认。

“怎么，不认识我了？”原来就是姜姐，翩然跨进高门槛，笑道，“什么眼力嘛，我还没有化妆呢，只加戴了顶帽子就把你蒙住了，看来我颇有以假乱真的潜力嘛。”

“哟，你这行头太洋派了，来，来，让大警长为你效劳。”警长替她接过帽子和拎包，看着相井，有点炫耀的意思。

相井鼓着掌，朗声笑道：“真是美如天仙啊。你的美貌给了我灵感，送你一个悦耳动听的代号——龙珠。”

冯警长跟着鼓起掌，“好，龙珠，这个名字好！”

姜姐一头雾水，问相井：“什么意思？”

相井答非所问，对她说：“画龙点睛，由你来点睛，我们这条龙不但威武有余，还美不胜收呢。”

忽然，外面传来两个人急促的跑步声，是小和尚带着最后一个人黑明威来了。黑明威迟到两分钟，相井开始没有批评他，毕竟是第一次，给他个面子。但在给他取名过程中，黑明威又露轻浮，被相井狠批一顿。

是这样的，说到他的名字，冯警长说他是大记者，能说会道，口才好，建议叫龙嘴。相井考虑到今后他将与姜姐配对搭档，提议叫龙耳：一个是龙的眼睛，一个是龙的耳朵，他私下觉得挺好。

挺好的建议不妨问问大家，这样既体现他有见识，又体现他作风民主。“你们说，叫龙耳，好不好？”相井问大家。大家都说好，唯独黑明威独树一帜，嬉笑道：

"那不如叫顺风耳呢。"

相井顿时拉下脸，训斥他："你太不严肃了！你今天迟到两分钟，我还没说你呢，干我们这行的，这是大忌！时间就是生命，时间就是情报，时间就是一个战士的战斗力，你年纪轻轻，油腔滑调的，像什么话！"

众人噤若寒蝉，相井骂得更来劲，他今天本来就要树威风的，黑明威是撞到枪口了。最后是姜姐出来帮黑明威解的围，要说这就是缘分了：姜姐和大记者的缘分。

缘分这东西说来只有一个字：玄。

其实，当时相井还没有给大家分组，姜姐也不知道在相井的算盘里她今后将与大记者同组。但不知怎么的，姜姐从第一眼看大记者起，就暗暗地对他怀有好感，也许在潜意识里，她觉得相井已明确不许她与警长搞相好，只准她好好服侍海塞斯这个半老头子，叫她吃亏了，得找个小年轻补一下。所以，相井骂黑明威时，她心里莫名其妙地不舒服，替他难过，心疼他。便出来打圆场，找话说，给他解围。她看看小和尚，知道只有他还没有新名字，问相井：

"嗳，这位小师傅叫什么名字啊？"

相井骂够了，见有台阶便下，开始张罗给小和尚取名。小和尚不论年龄还是资历都是小字辈，叫他龙尾最合适不过。

便叫龙尾。

便完了一件事。

便开始第二件事：相井给大家分组。

最终分成三个组：龙袍警长和龙吟中田一组，由警长负责；大和尚龙骨和小和尚龙尾一组，自然是龙骨为长；姜姐龙珠和黑明威龙耳一组，由龙珠领头。姜姐一听自己要领导大记者，心里那个高兴劲啊，甭提了，因为如果不是跟他同一组，她只有跟中田一组（因为相井要求她与警长断交）。她很讨厌——也许是害怕——中田，觉得他整个人跟一杆枪似的冷冰冰，杀气腾腾的。

相井为什么要把黑明威分给姜姐，莫非真是要“补”她一下，让他们来一场姐弟恋？当然不是。是什么？他想启用萨根留下的那部电台。自萨根交出电台后，那部电台一直没有启用。相井虽然自己带了电台来的，但他知道电台是个定时炸弹，最容易惹事。最近宫里不停地给他发电报，下达各种指示和命令，他真担心被揪住尾巴。言多必失啊！所以，他想尽快启用萨根留下的那部电台，这样，一个组织两部电台，既能分散“言多必失”的风险，又能搅浑水——万一被人侦听到，对方一般不会想到这是同一组织。

要用这部电台，现在唯一的人选是姜姐。相井知道，她今年初专门在梅机关受过训练，他们也是那时候相识，并建立合作关系的。可姜姐租住的是民宅，不宜架设电台。现在有一种无线电测量仪器，你发报它几百米内都能感应到，民宅处怎么可能有无线电？也就是说，在那种地方架设电台，等于是干此地无银三百两的傻事。

架设在哪里最合适？

黑明威的房间，他是美国的大记者，住的饭店又是禁炸区，又是各国间谍出没之所，有个无线电信号很正常的。所以，相井觉得电台放那儿最安全，遗憾的是大记者不会使用电台。

不过，相井认为这没关系，可以让姜姐过去用，他那儿是饭店，楼上楼下都是吃的喝的玩的场所，即使姜姐经常去也没什么的，不扎人眼的。就这样，相井才决定把他们弄成一组，目的是要启用电台。

当然相井也想到，让龙珠、龙耳整天搅在一起，俩人偷鸡摸狗或许是迟早的事。他已经有足够证据相信，龙珠是只骚狐狸，而大记者看上去好像也有点不正经（其实不然），一个半斤一个八两，关在一个房间里不上床才怪呢。虽然相井是不希望手足间搞相好、轧姘头的，但这有什么办法？要用电台没其他办法，他们要搞也只有睁只眼闭只眼了，总不能因噎废食吧。

分完组，相井又谈到黑室和陈家鹄存亡的事。对此，大警长、大记者，包括中田，都言之凿凿，拍胸脯、发毒誓，证明少老大炸黑室“那一票”干得绝对漂亮，黑室基地已毁、陈家鹄必死，这是铁定的事。冯警长还特意带来了当时的报纸，白纸黑字，以资证明。

带报纸来，明显是来邀功领赏的，虽然相井心里也清楚，他们的一面之词不可全信，但既然这样——都言之凿凿啊，他要再不作表示，以后的工作就很难开展了。便给大家发了奖金，每人一只信封，看上去都还是不少的。对警长和中田还各记功一次，因为他俩是直接参与者，比黑明威和姜姐介入深，干得多，添加个精神鼓励，理所当然。

那么萨根呢，他是这次行动的真正主谋、干将，理所当然要得到更多，而且谁都知道，他是在等着要这笔钱的。这钱不给他，冯警长、姜姐、黑明威、中田都觉得没有安全感，怕他翻脸，把他们都卖了。中田心里是希望他们来提的，尤其是黑明威，是最该提的，他们是师徒关系，徒弟该为师傅的利益负责。可黑明威不知是今晚挨了骂的缘故，还是什么原因，反正没提。冯警长也没提。中田觉得不妥，用日语方言跟龙王提了这事。中田所以用日语方言说这事，是怕龙王想赖这笔钱，方言说反正其他人听不懂，赖了就赖了，不难堪的。龙王倒好，反而表扬了他。

龙王早准备了钱，有中田的双份之多，因为姜姐早同他打过招呼，这个美国佬是个刺头，不能亏待他。刚才龙王所以不提，也是想借此丈量这些人，看谁心中有义气这杆秤。显然，中田此举博得了龙王好感。这下，他又有理由高看他们大日本帝国了，日中美三国，最讲义气的还是咱们大日本帝国啊。

龙王把另一只信封拍在桌上，对中田夸奖道："龙吟君，多亏你提醒，我差点忘了。我龙王做事决不亏待人，你们看，早准备好了，我还专门给他准备了美金呢，这钱够他养老的。"既然中田最讲义气，这钱自然让他转交最放心。"听说你住的地方离他们使馆很近，就拜托你转交可否？"

可以。

中田收下了钱。

奖金都发了，龙王善待部下的形象也塑造了，最后该说几句总结的话了。龙王感慨地说："你们可能不知道，这个姓陈的家伙啊，一直是我们机关的一大块心病，在东京的炎武教授听说他进入中国黑室工作，很震惊啊，特别地给我们机关长写来信，明确表示这个人对帝国密码威胁极大，要不惜一切代价干掉他。现在好了，心病已除，对我也是免了件杂事。说老实话，我的任务艰巨啊，我可不想让这些杂事缠身。这次我出发前机关长找我谈话，说万一陈家鹄还没有死，我必须腾出手来，一边干大事一边要把这件小事了了。”

冯警长领了赏，记了功，心情好，不免话多，接着相井的话问：“龙王说的大事是什么呢，我们能知道吗？”

相井扫视一下大家，最后把目光落在警长脸上，对他摇了头，“暂时无可奉告，不过有一点是可以说的，等我们完成了这件大事，这个任务，你们的奖金一定会比这更多，多得多，多得多啊。”

连说几个“多得多”，说明他心情特别好。这天晚上，大家的心情都一个比一个好，好得很啊，好像慈悲的如来和观音纷纷给他们福禄添寿了。

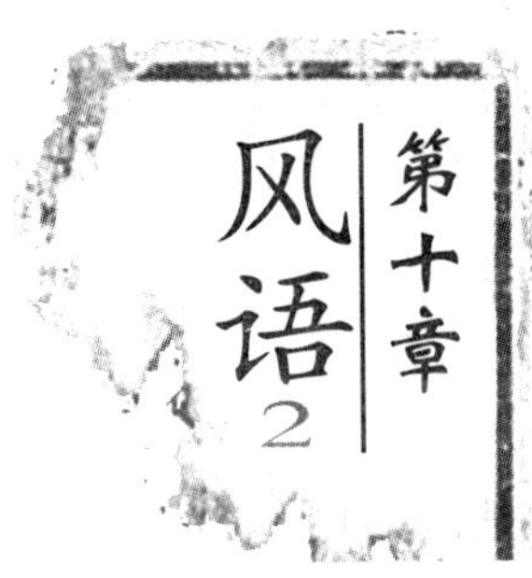
第十章
风语2

壹

相井的担忧是对的。

转眼间，海塞斯的案头已经码着十七封特三号线的电文，其中一半都是长电文，最长的一封长达五页电报纸，像一份冗长的外交公报。海塞斯纳闷，这到底是拨什么人啊，想干什么，怎么会有这么密集的电报？给人感觉大兵已经在家门口，决战将一触即发。

但一号院的报告又分明告诉他，敌人在长沙的进攻受挫，日军根本没有兵临城下。倒是委员长最近几次讲话，一再强调主战的重要性和现实意义，对那些主降的声音予以极度露骨的批判、谩骂。这说明什么？武汉的沦陷让降和派更添了劲头和势头，让主战的委员长难以不管不顾，一笑了之。他感到了压力，感到了挑战，所以不客气了，不顾风度了，像泼妇骂街一样上阵了。这使他想到，这拨敌人可能是来给主降派传话的，因为只有这种情况，上面才会有很多精神、指示和要求，他们在磨合呢，谈判呢。

海塞斯把这个意见写成报告报了上去。一号院很重视，当天下午便有重要批文下来，批复全文如下：

> 贵院今呈SJ—071号报告，所表之意得委员长深切关念。当下不乏高层要员逆史而行，执迷不悟，与日方媾和之心越发彰显，令四万万国人痛心疾首。口说无凭，切望深入挖掘，实据在握，把柄在手，以便拿奸捉贼。

批复落款是委员长侍从室，说它是委员长的口谕也不为过。海塞斯看了批复后自然明白，所谓“深入挖掘，实据在握”，就是要他破译密电。捉奸捉双，白纸黑字才是证据。

哼，一群臭官僚！

海塞斯在心里骂，他想对他们说：敌人这是在干盗卖一个国家的大买卖，派出来的自然不会是个小毛贼，用的密码更自然不会是小毛贼玩的把戏。少老大是小毛贼，所以才玩那种破玩意，被陈家鹄一眼识破。经验告诉他，特三号线的密码一定是高级的，他们敢接二连三又连篇累牍地发长电便是证据。可以想象，那些电文里铺排着一个个收买汪精卫良心的诱惑、道理、条件、许诺……但要具体看清楚这些诱惑、道理、条件、许诺，你们得需要耐心。一般来说——正常情况下，等你们看清楚的时候，他们的买卖，成交也好，断交也罢，已经结束了。这就是一个破译家的命运，也是密码存在的价值所在，即正常情况下，在保险期限内，你无论如何也难以敲开密码的牙关。

那么破译家是干什么的？他们整天面壁苦思，搜肠刮肚，空心思苦，其实是在追索一个“非正常”，或者说是在追寻一个“大天才”。大天才就不说了，那是芝麻秆上结西瓜，可遇不可求，谁遇到了谁就可以改变世界，贪夺天功，这没道理可说。你只有瞪大眼欣赏，拿起笔记下来、传下去。所谓非正常，就是言多必失，就是吃饭漏饭，你把对方在使用密码过程中犯的错误揪住了，然后顺藤摸瓜摸到人家心窝窝里去了。

海塞斯觉得二十年前自己是个大天才，坐地生风，平地拔楼，莫名其妙地破译了日本、欧洲各国几万份电报。尤其是当时日本的外交密电，那么古怪、深难的一部密码，他居然在汽车旅馆里，同一个来自宾夕法尼亚的乡村女教师的一夜情中获得了至宝灵感。他至今记得（终生不会忘记），灵感降临时他正在自上而下亲吻女老师干练的腹部（刚从挺着两只梨形乳房的胸部滑下来），他仿佛就是在她那个浅浅的肚脐眼里拾到了九霄云外的灵感。

不可思议啊。

不可思议啊！

今非昔比，回想起这一切，海塞斯如在梦中，不相信这曾经是他活生生经历过的，甜滋滋品咂过的。他不会对任何人说，但在心里他时刻都在对自己说：你已经回不到从前，你的演出结束了，现在是陈家鹄的演出时间了……陈家鹄让他看见了自己的从前。但同时他又自负地认为，陈家鹄不如二十年前的他，因为他总觉得，或者说他怀疑，陈家鹄之所以能这么神奇地三次破译日本密码，一定与曾师从炎武次二的经历有关。换言之，陈家鹄靠的不全是才华，而是他的经历，他的运气——刚好碰到他导师在参与研制日本密码。

平心而论，从特三号线密集的电报流量中得出的结论——敌特已派人抵渝与降和派媾和——这本身已是一种破译。许多破译一般也就是进行到这个层面，甚至有些情况也只需了解到此便够了，比如海塞斯到黑室接的第一单任务就是这样。当时五支日军围困武汉，武汉大本营急于想知道哪一支部队会率先发力打头阵，海塞斯正是通过分析五支日军的电报流量得到结论：敌二十一师团将打头阵。前线部队因此重新布防兵力，有效地阻击了敌人进攻，延缓了武汉沦陷的时间，从而使大批军工企业得以顺利转移到后方。

现在一号院不满足于此，要你更上一层楼，要你把每一份电报白纸黑字写出来，这谈何容易。等着吧，海塞斯心想，你们耐心等着，反正陈家鹄可望近期康复出院，等他来给你们交卷吧。

这是陈家鹄醒后的第六天。

医院那边传来消息说，陈家鹄后脑勺的伤口今天已经拆线，伤口愈合情况良好，他精神状态也不错，已经在看书，云云。陆从骏听说后，激动得差点当即赶去医院看他，可当时因为有一件事悬而未决，老孙有望中午回来给他回音。所以，他决定先等老孙回来，把悬而未决的事敲定后再去看他。

带着好心情去。

一点多钟，老孙略为推迟回来，但消息是好消息：他已经跟重庆饭店的王总见了面，很投机，对方很愿意支持他们的工作，现在一切都按他们预想的方案在推进。就是说，悬而未决的事定了音，而且是悦耳动听的音。陆从骏觉得今天真是个好日子，当即喊上海塞斯，去医院看陈家鹄去了。

果然是带着好心情去的。

俩人高兴而来，结果扫兴而归。

也许，陆从骏来的时候是希望借今天这个好日子添喜。前些天他陆续来过医院几次，但陈家鹄始终情绪低落，不想跟他交流。这两天他在山上开会，昨天下午才回单位，已经三天没来看陈家鹄了。士别三日，如隔三秋。还有个说法：士别三日，当刮目相看。他相信，今天看到的陈家鹄一定可以“刮目相看”，因为医生说他都已经在看书了。

何止是看书！

陆从骏和海塞斯推开病房门时，看到陈家鹄一只脚搁在床沿上正在压腿。入院已有小十天，楼不能下，楼道的门都不能出（为了安全嘛），他可能觉得骨头都胀了，要活动活动。

“好啊，看你这样子可以重振旗鼓了。”陆从骏高兴地迎上去，爽朗笑道。

“我要回家。”陈家鹄直通通地说，板着脸孔，像一台机器在说，其认真和冷漠的样子是不容商量的。

陆从骏一时无语，太意外了！三天不见，身体和精神是明显好转，可心思好像是坏透了，变得六亲不认，连长官和恩师都不放在眼里，见面招呼不打，直接给脸色看。还是海塞斯放松，笑笑，幽默地说：

“你说回家是指哪个家，单位的家还是……”

“我要回家看惠子！”同样的口气，同样的严肃，他对陆从骏说。

“等你身体好了再说吧。”陆从骏说。

“对，等你身体好了再说。”海塞斯附和道。

“那么实话相告，”陈家鹄依然是对陆从骏说，依然是老样子，像一台机器在说，“如果你同意我回去看惠子，我身体已经好了；如果不同意，对不起，我的身体恐怕永远也好不了了。”

这不是威胁嘛，你把我当什么人看了，我是你的长官，敢这么放肆！

陆从骏的心底无名火乱窜，真想破口恶骂。海塞斯看出陆从骏脸色青了，出来打圆场，“怎么能这样说话，难道你脑子里还有水？”说着哈哈大笑，给陆从骏灭了火，泄了气。就算给教授面子吧，陆从骏想，极力压制了情绪，冷冷一笑，基本上是和颜地说：

“我同你说过，现在回去不安全，特务……”

“我也跟你说过，就是去送死我也要回去，为此我已经死过一回了。”说罢掉头就走，甩门而去，好像真是脑子里的水还没散尽，不但抢人家的话说，还不让人说话。

反了，反了，这家伙疯了！一次满怀热情和希望的会面就这么收场，陆从骏懊恼死了，恨不得掏出枪来朝天开它几枪，以发泄心头之恨。问题真的是很严重的，他已经把话说绝了。海塞斯的心都捏紧了，回去的路上，他小声跟陆从骏提议道：

“要不就让他回去一下吧，多派些人保护就是了。”

笑话！

怎么可能呢？陆从骏心想，你教授身在局外，不知道其中的秘密，这个秘密早注定他和惠子已经不可能再见面，让他们见了面，我的面孔又往哪里放呢。确实，在这件事情上，陆从骏扮的就是鬼，心怀鬼胎，投毒下药，逼良为娼，丧尽天良，干的全是鬼事，怕见光的，见光要死的。

不过，陆从骏似乎不像教授那么着急、悲观，他已经平静下来，反而安慰教授，“天要下雨，娘要嫁人，随他去吧。我想我们的好心他总有一天会认识到的，现在他是把我们的好心当驴肝肺，这头不识好歹的犟牛！”

陆从骏之所以这么达观，是因为老孙正在替他打一张绝对牛的牌。等这张牌出来后，陈家鹄，我就是用八大轿把惠子抬到你面前，你都不一定想见了。他在心里说：听着，陈家鹄，跟我斗，你还嫩！

叁 老孙在打什么牌？还得回头说。

得看看惠子这几天是怎么过的。老孙说过，那天他送惠子回家，一路上她都在哭，哭得人都快虚脱了。到了天堂巷子口，下了车还在哭，进了巷子还在哭，直到敲门时才强忍住不哭。但眼泪忍不住啊，泪水像动脉血从创口冒出来一样，汩汩地流着，流啊流，流得她浑身像一团棉花一样轻，又像一只秤砣一样沉。她就这样泪流满面地走着，一脚轻，一脚重，穿过廊道，经过庭园，往楼上走。

上楼梯时，她连着跌跤，有一回差点从楼梯上滚下来。当时家鸿和家燕没在家，家里只有两位老人，惠子敲了门，是陈父去开的。老头子开门看见是她，像见了鬼似的，掉头就走，溜进客厅。陈母也是这样，知道是她回来了，连忙钻进厨房，好像真的是一个鬼子进了家，他们都躲着，藏起来。后来听她在楼梯上跌跤的声音，陈母出来张望，看她扑通扑通跪下来的样子，有点心酸，想上去扶她一把，但就是迈不开脚步。

脚步像是被钉在了地上！

最后几步楼梯，惠子几乎是爬上去的，看了着实叫人心酸。

“作孽啊！”陈母心里难过，就这么含糊其辞地感叹了一句，不知是在可怜自己还是惠子。

惠子进了房间，鞋子都没脱，便上了床，用被子裹着，放声痛哭。哭到什么时候呢？不知道，反正后来就没有时间概念了，所有的时间她不是在哭就是昏迷，醒了，继续哭，哭累了，又昏过去。

下午五点多钟，家燕放学回来曾上楼去看过她，见她穿着鞋子昏睡在床上，什么话也不说，只是帮她脱了鞋子。七点多钟，家燕又上楼来喊她去吃饭。惠子没力气说话，用摇头表示不去。家燕问她是不是病了，她还是摇头。家燕想再跟她说什么，但想了好久也不知从何说起，就一声不吭地走了。

第二天晚上同一时间，家燕又来喊她去吃饭，她还是一如昨天地摇头。这时她已经一天多没吃东西了，这哪里行，要饿出毛病来的。家燕便把饭打上楼，劝她吃，惠子还是摇头。要喂她吃，她还是摇头，家燕急了。

“你一天多不吃饭怎么行，快吃吧。”

"……"

"你到底怎么了，昨天你去哪里了？"

"……"

"不管有什么事，饭总是要吃的，否则要生病的。"

"……"

"惠子姐，我求你了好不好，快起来吃一口吧。"

"……"

不论怎么劝，说什么，问什么，惠子都不出声，最多是摇头，搞得家燕又气又急，气急败坏地朝她吼了一句：

"你到底想干什么！"

"我想死……"惠子突然睁开眼这么说了一句，又闭了眼，跟着泪水哗哗流出来，好像泪水是被声音控制的，一出声，开关开了，想关都关不上，汹涌的样子像血流，像有一只无形的手在挤似的。

死！这是这两天惠子醒着时唯一的念头。她真的想死，如果身边有把枪，她一定朝脑门开枪了，毫不犹豫，决不后悔。家鹄有了新的女人！这个消息不啻晴天一个大霹雳，把她彻底击垮了。

撕碎了！

碾成了粉！

像故乡暮春的樱花，在冰凉的风雨中扑簌簌地摇落，落得满地都是，落得花雨纷纷，最后碾成了泥，化作了尘，连香味都不剩一缕。

生不如死啊！

让我去死吧！

惠子的整个身心都被巨大的痛苦和悲伤包围起来，死亡是唯一的突破口，她要用死亡突围出去，她要用生命的死亡来洗涤生命的苦痛，无法摆脱、忍无可忍的苦痛！可是，她被粉碎了，瘫软如泥，神志不清，有气无力，连弄死自己的力气都没了。

那就饿死自己吧！

这就是惠子不吃饭的原因，她要通过绝食接通去天国的路。家鹄已有新爱，人间已经了无牵挂，只有苦和痛，走吧，坚决地走，决不后悔！惠子死的决心和曾经对家鹄的爱一样大、一样深。

一个烂女人，死不足惜，就是死在家里挺晦气的。

这自然是气话。惠子即使作了最大的孽，总不能见死不救吧。找谁来救？老孙。为什么？因为那天是老孙把她接出去一趟后，回来就这样了，可以想见这可能跟老孙跟她说了什么有关。

有道理。

于是，当天晚上家鸿便给老孙打电话，反映惠子的现状。

这怎么行？

这怎么行？

老孙一听头都大了，无疑，惠子因绝食而死在家里，家鹄总有一天要知道内幕的。这绝对不行，得想办法阻止她。怎么办？怎么办？老孙急得不行。这是前天晚上的事，陆从骏在山上开会，老孙一时连个商量的人都找不到，只好约家鸿去渝字楼商量对策。俩人见了面，老孙虽然心里急，但首先还是接受了家鸿的问询。

“那天你带她去哪里了？”

“就这儿。”

“你跟她说什么了，她回去就赖在床上，一口水都不进。”

“唉，我能说什么，还不是她的臭事。”

“什么事？”

“我手下拍到一批她跟萨根那个……偷情幽会的照片，我给她看了，可能就把她吓着了。哎哟，我不该给她看的。”老孙现在说谎话根本不要打草稿的，信手拈来，驾轻就熟。

“现在怎么办呢？”家鸿问。

“反正肯定不能让她就这样死在你家里，那要遭人闲话的，对家鹄，对你们家和我们单位都不好。还有那个萨根，他可能也会因此找你们麻烦。”

“他敢！”

“这种人什么事不敢，你不敢干的缺德事他都敢。唉，现在先不说这些，先想想办法，你看谁——你们家里现在谁跟她……关系最好？”

“家燕，我小妹。”

“那你就让家燕去做做她的工作，好好劝劝她，哄也好，骗也好，反正一定要阻止她，绝不能发生那种事——她绝食死在你家里。”

“家燕都劝过几次了，不行。”

“你妈呢？”

“更不行。”家鸿说，“现在要劝她，我们家里的人都不适合。”

“你觉得谁最合适呢？”

“当然是萨根了……”

是啊，多合适的人选，我怎么没想到呢？老孙是当局者迷，他明白惠子与萨根鬼混全是自己编的鬼话，鬼话当然是不能信的，所以想不到他头上，老在惠子家里人身上打转转。可家鸿恰恰是被他的鬼话照亮了智慧，他觉得既然他俩在轧姘头，而且事就出在他们轧姘头上，解铃当然还需系铃人。

是啊，是啊，萨根绝对是不二人选，就是他了！老孙想，让萨根去扮演这角色，他还可以借机把他们“轧姘头”的文章做大，或许会出现更多的素材，至少还可以再拍几张他们在一起的照片吧。

那么谁去通知萨根好呢？当然是家鸿哦。这一回，老孙没有迷，一下找到了最合适的人选。家鸿是他们忠诚的“战友”，有些事可以放开说，可以设计，可以合谋，可以串通，可以一起说鬼话，走鬼路，干鬼事。

第二天，家鸿按照老孙的设计，早早地把萨根带到惠子床前。家鸿离去时特意关上房门，让他们可以自由发挥，随便说什么都可以，只要开口吃饭，别死在这张床上。

很久，房间里没有传出任何声响，萨根一定是压着嗓门在说话，所以在楼下是听不到的。后来，楼上突然传下来惠子破涕恸哭的声音，好像决堤了似的，杀猪一样的恸哭声，震得房子都颤了一下。家鸿在楼下听着，知道这是好兆头，压力锅泄气了。随后，哭声渐渐小下来，越来越小，直到无声无息。也许还在抽泣，但楼下是听不到了。

这样过去了很长时间，楼上一点动静也没有。家鸿又纳闷又好奇，脱了鞋子悄悄摸上去，隔着板壁侧耳听，正好听到萨根老于世故地在说："惠子啊，我早跟你说过了，中国人都不是好东西，但你一意孤行，我也是爱莫能助啊。"

萨根继续说："其实很多东西是明摆着的，你们一回来他就消失了，说是近在身边，可就是不见人影，正常吗？"

"那是……他工作需要……"是惠子的声音。

"什么工作有这种需要？"萨根说，"好，就算是工作需要嘛，平时不能回家可以理解，可是你怀孕流产这样的事，你的生命危在旦夕，他都不回来，这正常吗？"

惠子说："我……没跟他说……"

萨根说："嘿，你刚才不是说，有一天他回来过，没见你就走了？"

惠子说："是妈妈跟我说的，也许不是……真的……"

萨根说："为什么？"

惠子说："他们希望我跟家鹄分手，可能是故意气我的……"

萨根说："好，好，就算他没有回家过，你小产的事他也不知道，可是你刚才又说，你最近已经好长时间没收到他信了，以前从来不这样的是吧？"

沉默——应该是惠子点了个头。

萨根接着说："那你想过这是为什么吗？为什么他突然不给你来信了？我告诉你原因吧，就是——正如他首长跟你说的，他在外面已经有了新的女人，这个女人像魔鬼一样夺走了他的心，而他的心只有一颗，怎么办？你说怎么办？这都是很简单的道理，何况现在还有那么多证据，照片、离婚书等，你居然还心存幻想，岂不荒唐吗？嘿嘿，惠子，你们女人啊，你们东方的女人……真是不可思议。"

沉默了一会儿，惠子突然哭着说："萨根叔叔，难道家鹄真的有新女人了？”

萨根好像打了个手势，“百分之两百。”

惠子哭得更伤心了。

萨根说：“你哭什么，有什么好哭的？这种男人值得你伤心吗？你还为他绝食，要为他送命，你傻不傻？太傻了，傻到家了，你死了他最高兴，离婚手续都不用办了，清清爽爽开始新生活。还哭啊，别哭了。你在哭，他在笑，这眼泪都在嘲笑你，你还哭！”

哭声变小了。

萨根好像立起身，声音很坚定，“行了，够了，擦干眼泪跟我走，别让我再看到你流一滴眼泪……”

家鸿听说他们要走，连忙溜了，后话便不知了。

但可能是惠子不想出门，也可能是惠子身体太虚弱，一时走不动，总之，还是过了近一个小时，陈母午饭都烧好了，家鸿都已经上楼喊他们下来吃饭了，这时他们才下楼。不是下楼吃饭，而是去外面。萨根说惠子需要吃一点营养粥，他知道哪里有，他带她去吃。

惠子已经快两天没吃东西，身体确实虚弱得很，下楼梯的时候只有让萨根撑着她才行。下了楼，惠子不要萨根撑，坚持要一个人走，可走得颤巍巍的，让萨根提心吊胆地伸着一只手，似乎随时要防止她倒下。他们就这样走了，像一对父女，又像一对忘年交。

老孙闻讯后，对家鸿连声道好，“这样好，就让他们在外面野，我估计萨根这个老色鬼今天说不定就把她带回家去了，反正大家都撕破脸皮了，也用不着躲躲闪闪的。”

家鸿说：“这样最好，让家鹄也可以死了心。”

老孙假惺惺地问：“难道你弟还没有对她死心？”

家鸿出一口粗气，“我看是没有，我这个兄弟啊，读书读傻了。”

老孙又假惺惺地安慰他道：“陈先生才不傻，要真傻了，孤注一掷，九头牛都拉不回来了，但我看他最近态度已经有大转变了。”

“是吗？”

“我感觉是这样的。”

“那就好，否则我父母的心都要为他操碎了。”

“不会的，就等着好消息吧，今天如果萨根把她留在外面，也就不需要等多久了。”

天黑了，惠子没有回来。八点钟，惠子还是没有回来，这让老孙和家鸿都暗自窃喜，感觉梦想即将成真，他们可以去开怀喝一杯。

这就是昨天晚上的事。当时陆所长已从山上开会回来，得知惠子的最新情况后也是满怀喜悦，觉得有点天助的感觉。但是，惠子最终还是让他们失望了。九点多钟，她像个幽灵一样回到了家，无声无息地上了楼，钻进了房间，跟谁都没有打招呼，像回到了旅馆，进门就上床睡了。

老孙和陆从骏闻讯后（家鸿打电话报的信），自然是很沮丧。但只沮丧了一小会儿，负责当天跟踪萨根和惠子的小周回来了，给他们带来一个一定程度上的好消息。小周说这天晚饭萨根是带惠子在重庆饭店里吃的，吃饭之际他偷偷溜到前台，给惠子开了一个房间，要惠子今天就住在饭店，只是惠子不同意，执意要回家。

这至少是半个好消息，说明萨根对惠子绝对是有色心的。现在的问题是在惠子身上，她可能还沉浸在伤痛中，也可能是别的什么原因，使萨根空有其想——心向往之，而不能至之。正是在掌握了这个情况后，陆所长和老孙才合谋了今天这张绝对的牛牌。

现在是下午三点钟，老孙在重庆饭店咖啡吧阳光走廊上享受着法国情调。一只高脚的玻璃杯里盛着满满的白色泡沫，据说这是咖啡，老孙觉得匪夷所思。老孙是随便点的，咖啡吧里当然是点咖啡，没想到上来的是这玩意，弄得他都不知道怎么下嘴。

那就胡乱喝吧，喝得满嘴泡沫，像个孩童。

三点一刻，饭店总管王总腆着肚子坐到老孙的对面，他们中午才见过、谈过，虽一面之交，却一下子建立了深厚的阶级感情、革命友谊。因为，他们正在联合对付一个日本间谍，就是萨根。

以前王总把萨根当贵宾仰望，美国大使馆身份，又是消费大户，财神爷加名门望族，能怠慢吗？绝对的贵宾，要言听计从，尊之重之。当初让惠子来饭店工作，且落得这么好的差使（王总的专职外文秘书），还不是看萨根的面子？可现如今萨根在王总眼里成了一泡屎：美国人，为鬼子干活，岂有此理！要知道，重庆饭店是公认的“国际间谍自由港”，王总能在这种地方当大，能没有官方背景吗？

有的，所有大饭店的“总字辈里”必有一到两个人，跟国家安全部门有着紧密的关系，国际上俗称“线人”，王总就是三号院的线人。所以，老孙和王总一拍即合，很投机，因为是一根藤上的瓜嘛，心心相印着呢。既然他是日本间谍，那你说就是了，我一切照办。这会儿，他就是来向老孙汇报他已经办了什么事。

“已经联系上了。”王总上身前倾，左右四顾，压低声音，显得很专业。

“怎么样？”

“有请必到，晚上六点半，顶楼商务包间。”

“惠子呢？”

“他说他去接，我不管。”

“服务员呢？”

“安排好了，是老手，放心好了。”

老孙刚才的右手一直握着，这会儿对王总敞开，示意他看。王总看到老孙掌心里握着一只比试管大一号的玻璃瓶，瓶子里装着几粒蚕豆一样大小的药丸子，有白色和红色两种颜色。

老孙把瓶子交给王总，一边低声交代道：“有区别的，白的是男的，红的是女的，放在热汤里效果最好，各一粒就行。”

王总仔细瞅了一眼，“这有四粒呢。”

“备用的嘛，万一一次不成呢。”

“如果一次成了，剩下的要退还吗？”王总笑得鬼鬼的。

“你就留着吧，可以找人试一下，包你满意。”老孙笑得更鬼。

“你哪里弄来的？”

“花钱买来的。”老孙说得神乎其神。其实，这玩意虽然有点儿耸人听闻，但并不像其他那些耸人听闻的玩意那么难搞，如军火、毒品、军事情报。搞到它的难度大概跟大麻差不多，只要找对人了，没问题，都能成全你。

老孙找的是汪女郎。

汪女郎现在换地方了，很少来重庆饭店，因为她不想跟萨根再搅在一起，她怕惹事，怕老孙再找她干活。她躲萨根，其实是躲老孙，这些人是她们这帮人最怕的，他们弄死你就像弄死一只青蛙一样容易、随便。没想到，老孙还是找到了她，她很懊恼，以为又要她“出勤”，去赴汤蹈火。不过，听说只是找她去搞这玩意，她又笑了，满口答应。要这玩意，找她确实也算找对人了，汪女郎只过了两个小时就给老孙交货了，并且保证绝对是真资格的。

“不信你可以试，你吃白色的，”汪女郎谈起这些就显得很放松，有点回家的感觉，熟门熟路，张口就来，“半个小时包你变成一头发情的公狗，会把身上所有的钱都掏给我。”

“我没有钱，但有这个，免费请你吃。”老孙说，指着那颗红色的药丸。

“那也成，我吃了它，你没钱我还要求你呢。”汪女郎格格地笑，色迷迷地看着老孙，好像只是闻了闻它的气味就来劲了。

从严格意义上说，老孙应该试一下的，至少找人试一下，以防是假货。毕竟这是要花钱买的，是生意，汪女郎这些人的诚信度总是不高的，最好试一下，确保货真价实。但听汪女郎说，要试这玩意没两个小时完不了事，他哪有这么多时间，只好相信她一次了。

其实，老孙这一着棋是走得挺冒险的。春药虽然算不上什么毒药，但也并非可随便嚼食的麻糖。自古以来，因服春药而丧命的案例不乏其数，像汉成帝、咸丰皇帝等，都是死在这玩意上的。清人陈士铎在其医书《石室秘录》中有此记载：

如人有头角生疮，当日即头重如山，第二日即变青紫，第三日青至身上即死。此乃毒气攻心而死。此病多得之好吃春药。盖春药之类，不过一丸，食之即强阳善战。非用大热之药，何能致此？世间大热之药，无过附子与阳起石之类是也。二味俱有大毒，且阳起石必须火而后入药，是燥干之极，自然克我津液。况穷工极巧于妇女博欢，则筋骸气血俱动，久战之后，必大泄尽情，水去而火益炽矣。久之贪欢，必然结成大毒，火气炎上，所以多发在头角太阳之部位也。初起之时，若头重如山，便是此恶症。急不可待时，速以金银花一斤煎汤，饮之数十碗，可少解其毒，可保性命之不亡，而终不能免其疮口之溃烂也。再用金银花三两，当归二两，生甘草一两，元参三两，煎汤。日用一剂，七日仍服。疮口始能收敛而愈。

此种病世间最多，而人最不肯忌服春药也，痛哉。

汪女郎给他搞的这几颗春药，源于明代洪基《摄生总要》中记载的偏方，俗称“房中宝”，好的是蛮贵的，因为原料都是如阳起石、牛鞭、狗鞭、驴肾、肉桂、淫羊藿、肉苁蓉、鹿茸、晚蚕蛾、九香虫、蛇床子等这些温和大补品，但汪女郎供的是便宜货，用的主要是阿芙蓉之类的猛药，服后立竿见影，但其副作用极大，服后必影响一生健康。

王总揣好瓶子，腆着大肚皮，迈着八字方步走了，那肥胖笨重的样子在老孙看来，让人心有疑虑。胖男人，瘦女人，是最不适宜合作做事的，胖男人一般都懒，做事不踏实，瘦女人一般都过分精明，易流于奸诈。做事要成功，男勤女懒，男紧女松，倒是最好的搭档。现在，老孙的搭档看上去并不理想。

陆

错!

错了。

王总今天晚上的表现太好了，六点十分已经到场，提前二十分钟，安排了一男一女两个服务员，都是有貌有相，训练有素的。同样的包间，隔壁是红木太师椅、八仙桌、圆盘凳，虽然古色古香，也高档豪华，但缺乏温馨宜人的感觉，没有情调，纯商务的。这儿，软软的羊毛地毯，红色的转角沙发，茶几式的矮脚小方桌。没有凳子（也不需要），或者说"凳子"是一块法式鹅毛垫，四方形，染成抒情的橙色。原来的餐桌成了摆台，铺着蓝印花布，架着一部留声机，另有一只拿破仑花瓶，插着一枝饱满怒放的山茶花。

六点钟，老孙来检查。

进门——对不起，请脱鞋，换拖鞋。

把老孙吓了一跳，以为走错地方了。没错，这是下午布置起来的，原来这儿跟隔壁大同小异，现在天壤之别。老孙懒得脱鞋进去，就立在门口左右四顾一番，心里想，这房间不就是一张大床嘛，有这效果还需要下药吗？就是说，老孙觉得这情调已足够诱发人上床的欲望，下药似乎就是双保险了。

他不相信今天晚上会无功而返，他已安排好了三名警察，准备好了两架德国莱卡相机，此刻他们就在隔壁喝着茶，吃着小点心。只等他一声令下（连敲三下门），他们就会悄悄溜出来，冲进隔壁房间，对准两具胴体，不停地摁下碘钨灯。

三个小时后，一切都像老孙现在想象的一样，准确、生动地发生了。警察和摄影师悄悄从隔壁溜出来，一左一右分立在他两边。眉目传言之后，警察一脚踹开门，那么精彩的画面也来不及多看一眼，连忙让开，让摄影师先冲进去大显身手。

咔嚓——第一张：俩人没有反应过来是怎么回事，下意识地都在看镜头，光溜溜的萨根坐在光溜溜的惠子身上回眸而望；惠子则躺在萨根身下惊恐地仰头而望，好像她的家鹊自天而降……精彩至极啊！

咔嚓——第二张……

咔嚓——第三张……

咔嚓——又一张……

咔嚓——又一张……

王总给他们什么都准备好了，就是没有准备被子、毯子什么的，要遮羞简直找不到一样合适的东西。关键时候还是女人的直觉好，惠子在被偷拍三张后迅速钻进桌子底下，并把桌布拉下来，桌布像幕布一样保护了她。但是，她也付出了沉重的代价，她钻进去的一瞬间被摄影师抓拍到了，那是极其色情又丢人的一幕：一个光胴胴的大屁股，像某幅蹩脚、粗俗的色情招贴画。

萨根开始只是靠那块法式鹅毛垫挡驾，结果捉襟见肘，欲盖弥彰，让摄影师拍得更来劲。因为如果全裸的话，反而不宜流传，只能供老孙他们当枪使，像这样关键部位挡住了，就可以供人观赏，当笑柄把玩了……笑柄太多太多，多得让陆从骏盛不下！

一个小时后，陆从骏和老孙、小周、王总在隔壁喝酒，有点庆功的意思。一向话不多的老孙今天判若两人，表现欲特别强，一开始就喧宾夺主，端起酒杯滔滔不绝：

“喝酒之前我先来说两句，说什么呢？说说我今天为什么要在本饭店最好的地方请你们喝酒，为什么？为你，惠子，我要给你压惊。我偶然得知你最近受了莫大委屈，难怪你前段时间一直没来上班，原来出了这么大的事。”

说的都是王总刚才鸿门宴上的开场白，老孙想用这种方式向陆所长介绍情况并夸奖王总。王总憋着气，模仿惠子的声音加入进来：

“王总……您……从哪儿……听说……我什么了……”

“哎哟，明人不说假话，你和萨根先生昨天在楼下西餐厅吃晚饭，我就在你们隔壁的卡座里，你们说的那些至少有一半我都听见了。”老孙说，学的还是王总的话。

王总叫道：“错！你漏了一句。”

老孙问：“哪儿漏了？”

王总说：“我说‘明人不说假话’之后还有一句，‘不瞒你们说’。”

老孙说：“这句话漏了有什么关系，没变你的意思嘛。”

王总说：“你不是要学我嘛，要学就学像一点，别让你们首长觉得我就是你这水平……”

酒过三巡，老孙又学王总敬惠子的酒，他有意矮下身子，腆起肚皮，学着王总的腔调说起来：“酒啊酒，上帝给人类酒就是因为人间有不平，有痛苦……你痛苦有多大，酒量就会有多大，来，惠子，干杯！为了你有萨根这样的好叔叔干杯！”

王总端着酒杯站起来，学的是萨根的样，先是一阵哈哈大笑，然后苦着脸拉长声音说：“惠子，为一个薄情人痛苦不值得，你恨他也好，爱他也好，就把他当做这杯酒，一口消灭它。”

老孙又学王总劝萨根喝酒，总之两个人你演我，我演你，把陆从骏笑得前仰后翻，脸上的肌肉都笑僵硬了。“行了，行了，别再说了，你们看，我脸上肌肉都抽筋了，僵硬了。”陆从骏说，一边使劲地揉着脸。可是，陆所长，你在今晚这张酒桌上怎么能说“硬”这个字呢？俩人趁机把话题转到萨根被药力做得坚硬如钢的“根部”，更是笑料百出。

真的，笑柄太多太多！

次日凌晨，照片冲洗出来，陆从骏发现果然如此：由于药的威力，即使在照相机前，萨根的那玩意依然屹立不倒，翘得老高，充分体现出他作为一个混蛋极其无耻、下流的形象。

照片一大堆，他分别挑出六张，让老孙各备三份，立即给警察送去。他拿一份（六张）放在皮包里，准备自己用。相比之下，陆从骏对惠子钻在桌子底的那张大屁股照片并不欣赏，他认为有点恶俗，又不能证明什么，就没选。

有这些照片在手，这天夜里陆从骏睡得尤其踏实、香甜，没有做梦，因为他当前的梦——陈家鹄出院——已经指日可待。煮熟的鸭子飞不了了，他暗暗安慰自己，这是铁板钉钉的事，不需要做梦了。

这天晚上，萨根和惠子是在警察局里度过的，分别关在两个看守间里。萨根大叫大嚷，说他是外交官，中国警察无权抓他。警察要看他的证件，以为他没带，结果他带了。

带了照样治你！照样羞辱你！

警察一边看着证件，一边说："这是真的吗？让瞎子来摸一下也知道是假的。一个美国大使馆的堂堂外交官怎么可能干出这种下三烂的事，不可思议。这是猪狗不如的事，猪狗干这种事也要挑个没人的地方，你撒谎也不打个草稿，我罚你一夜站着！"

本来看守间里还有张板凳可以坐，这下被义愤填膺的警察踢走了。警察早打好招呼的，一切都按老孙和陆从骏制订的方案行事，第二天一大早，通知美国大使馆和惠子家人，让他们来交罚款领人。这样做的目的就是要张扬他们的丑事。当然登报的效果可能会更好——对陈家鹄效果一定更好，但怕伤及美国大使馆的感情，不敢造次。

第二大，大使馆助理武官雷特来把萨根接走了。当然，警察不会忘记把那些不堪入目的照片向雷特呈上一份，雷特回去自然也不会忘记把它们交给大使一睹。事后证明不登报的效果出奇的好，因为这维护了美国大使馆的名声，大使在处理萨根的过程中反而更加严厉：

把萨根遣送回国！

这是陆从骏计划中没有的，属意外之喜。至于陈家之后发生的一切事，都是他预想中的。

这天，陈家简直鸡犬不宁。老头子接到警察通知后，当着警察的面对一家人咆哮道："你们给我听好，谁也不准去接她回来！这个女人从此再也不是我们陈家的人了！"转头对警察说，"你走吧，我们陈家没有这个人！”说罢，踉踉跄跄地上楼去，仿佛一瞬间老了十岁。

陈母也在一旁哭诉道：“真是丢人啊，怎么出了这种事！家鹄啊家鹄，你看你娶的什么女人，禽兽不如啊，我们陈家的脸都被她丢尽了。”说罢也踉踉跄跄地上楼去，好像要躲起来似的。

家鸿知道，在老孙的计划中，家里必须派人去把惠子接回来，而自己显然不便去，便怂恿家燕去。警察看家燕迟疑着，丢给她一句：“快走吧，在警察局多待一天你们要多付一天的钱，别以为我们是慈善机构。”说罢，扬长而去。

家燕被家鸿推着，畏畏缩缩地跟着警察走了。

一个多小时后，差不多午饭前，家燕带着惠子回来，刚进家门就听到父亲在楼上的骂声。

“……你们别拦我，今天我非要赶走这个贱货！烂人！从来没见过这么不要脸的人！没想到我这把老骨头还要蒙受这种耻辱！”

声音是从惠子的房间里传出来的。惠子听着，浑身发抖，缩在门廊里，不敢前行。

楼上，惠子的房间里，老头子亲自动手，把惠子的东西一件件往外扔，一边扔一边发狠地骂着：“这些都是脏东西，我们陈家容不下它。”回头对陈母和家鸿吼，“你们傻站着干什么？把她的东西都清出来，丢在门口，她要就要，不要就当垃圾丢了。”

“你别这么大声嚷嚷好不好，怕邻居听不见啊。”陈母说。

“我就是怕，怕邻居看见她再走进我的家！还愣着干什么，快动手！”

家燕突然进来，喊道：“爸，你别骂了，她回来了，就在下面。”

“她还有脸回来！”陈父并不顾忌，大声地骂道。

“她不回来去哪里？”家燕小声地说，“她在这里举目无亲……”

“她不是有男人吗？！你还怕她沦落街头？沦落街头也不关你的事，你要管的是自己的脸面。”陈父看了看家燕又说，“树活皮，人活脸，我教了一辈子的书没让学生骂过一句，更没有做过一件昧心事，到头来，却要低着头走路，我活得窝囊啊！”

“爸，你别这样，她……不能怪她，是萨根把她灌醉了酒……”家燕说得词不达意。

父亲哼一声，用手指着女儿的鼻子说：“萨根怎么没来灌你的酒呢？不要跟我说这些，不是我无情，是她不义！我已经活了大半辈子了，还没有做过绝情的事，今天我就要绝一次！是她逼我绝的！”

“爸……”

“你不要说了，没什么可说的，今天不是她走，就是我走！”

惠子冷不丁从门外进来，对二老深深地鞠一个大躬，镇静自若地喊道：“爸爸，妈妈，对不起，我这就走。”

陈父闻之，率先拂袖而去，继而是家鸿，继而是陈母，都未置一词、气呼呼地走了。家燕悲痛地抱住惠子哭，倒是惠子反而出奇镇静，安慰她道：“小妹，别哭，是我不好，我对不起爸爸妈妈，让他们丢脸了。来，帮我收拾一下东西。”

家燕哭道：“惠子姐……”

惠子笑着说：“别哭小妹，别为我难过。家鹄经常说，人生就像一个方程式，一切因果都是早就注定的。”

两个人，一个站着哭，一个静静地收拾着东西，好像受难的是家燕，好像惠子昨天吃了那药后，完全变成另一个人，不再是那个羞涩、腼腆、温顺、说话小声、做事胆小的小女子，而是一个处事不惊、大难吓不倒、风浪吹不垮的女强人。她镇定、利索、麻利地收拾完东西，干脆地与家燕拥抱作别，然后提着箱子下楼来，没有哭，没有泪水，没有悲痛，好像是住完旅馆，没有任何依恋和感情地走了。

经过客厅门前时，家鸿突然从里面出来。家鸿递上纸笔，冷冷地说：“请你在这上面签个字。”

是离婚协议书！

惠子看着它，思量着。

家鸿说：“你走了，我们家鹄还要重新生活。”

惠子听了，说：“好，我签。”

就签了。

家鸿掉头又进了客厅，关了门。惠子继续往外走。走到门廊里，她犹豫地站了一会儿，放下箱子又回来，回到天井里，对着二老的房间咚的一声跪在地上，“爸爸妈妈，对不起，我走了，希望我的走能带走我给你们带来的不幸和痛苦，祝你们身体健康……”

说着说着，头越埋越低，声音越来越小，到最后变成呜呜的哭声。她越哭越伤心，哭着哭着腰软下来，整个人趴在地上，像一堆垃圾。家燕刚才一直尾随她下楼，只是走得慢，没有跟上。这会儿，她上来扶起惠子说：“惠子姐，好了，起来吧，我们走。”

俩人一起往外走，走到门口时，家鸿赶出来，喊：“小妹，爸叫你呢。”老头子确实也在叫她，叫她别跟个贱货到大街上去丢人现眼。

惠子说：“小妹，爸叫你呢，快回去吧。”

家燕哭道：“你去哪里呢？”

惠子笑，“我也不知道去哪里，但我必须走。”

就走了，就又变成刚才那个女强人惠子，没有回头地走了。从此，惠子就像一只鸟儿永远飞出巢穴，再也没有回来过。家燕哭了好一会儿，猛然甩开腿追到巷子口，远远地看见惠子拎着皮箱，埋着头，深一脚，浅一脚，摇摇摆摆独行在大街上。

这是惠子留给家燕最后的记忆，像一个被逐出天堂的女鬼，浑身散发出一种孤独、悲伤、贫寒、弱小、可怜的气味，好像风随时都要把她吹走，又好像随时都可能冒出一个坏人把她带走。

第十一章
风语2

壹 陆从骏今天像料事如神的诸葛亮，在家静候佳音。他对自己说，赤膊上阵大干一番，总会收到一点好处的，像屠夫宰了猪，没有猪肉，猪下水总是要收一些的。换言之，他知道今天会有佳音传来，却没有想到最早给他送佳音来的人是杜先生。

“告诉你个好消息，”是电话，“萨根要滚蛋了。”

“啊，真的？”

“我跟你开玩笑？！你还不够资格吧。”

“太好了太好了，是你找了大使先生？”

“如果萨根不犯淫戒，我找了也没用。”

“就因为偷奸的事，大使把他赶走了？”

“是的。”听筒里传来杜先生一贯的笑声，“什么是美国？总统就职时要按着《圣经》宣誓，威尔逊（一战时期的美国总统）摸了下打字员的屁股差点丢了总统的帽子，这就是美国，你以为！美国不是花花世界，美国是以清教立国的，家庭是他们的掌上明珠。我们的大使先生可以容忍萨根当间谍，但不会放任他当淫棍。嘿嘿，这叫有心栽花花不开，无心插柳柳成荫啊。”

“我认为这也是您用心栽花栽出来的结果。”陆从骏给首座抹起了麻油，“正因为您上次找他们严正抗议了，申诉了，大使这次才会下这么狠的手，这叫‘计前嫌’。”

“嗯，可能有一点关系吧。”

“嗳，肯定有关，大使肯定不想以间谍的名义让萨根滚蛋，那样对他也不利的，但现在这样让他滚蛋就无所谓了，这是个人品质的问题，没有谁可以牵涉的，萨根只有独自吞食苦果。”

“这不是更好？！我们要治的就是他。”

“是啊，萨根这是罪有应得，首座您是种瓜得瓜。”

“行了，你就别夸我了，要夸我你也还不够资格。”

就挂了电话。

半个小时后，陆从骏又给杜先生打去电话——

“报告首座，我这边也有好消息，惠子已经不是陈家人了。”

“离了？”

“就差陈家鹄再签个字。”

“他会签吗？”

“这已由不得他了，他不签也得签。惠子都已经被二老逐出家门，他还能怎样？跟父母决裂？不可能的。惠子这是自作自受啊。”

“不对吧，这片柳荫可是你精心栽培的。”

“但说来也是阴差阳错，我都已经觉得山重水复疑无路了，突然又峰回路转——”

“柳暗花明又一村！”

“对，就是这样的。”

“这叫‘谋事在人，成事在天’。”

与此同时，侦听处正在给陆从骏酝酿一个新的好消息。是什么？听——

“报告领班，”是01号侦听员喊的报告，领班就是蒋微，“我发现一部新电台，声音很像以前特一号线下线台的声音。”

“频率多少？”蒋微问。

“3341千赫兹。”

“明白，3341千赫兹。”蒋微调过去辨听了一会儿，“嗯，就是特一号线的下线台机器的声音。”

“但是报务员变了。”

“对，这人的手法很软，像个女的。”

“新来的？”

“如果不是新来的，就是她故意装的。”

“我觉得不像装的，太不一样了。”

“嗯，它的上线怎么没有出来？”

“是，我也纳闷呢……”

不用纳闷，因为这是姜姐第一次启用电台，按规矩她得在一个固定的频率上连续呼叫三次以上，发完所有暗语后上线才会出来跟她搭腔。正如你是个地面特工，去外面跟你的上线接头，上线一般会猫在一边观察你几分钟，确认你是真家伙后才会上来认你。就是说，姜姐一出来就被这边盯上了。这叫倒了大霉，沉下去这么长时间，刚浮上来又被逮住了。也可以说，陆从骏这回运气真好，今天确实是个好日子啊。

后来上线出来了，并且给下线发了电报。以后，特三号线至少有三分之二的电报被转移到特一号线来发。狡猾的相井为了欺骗黑室，还专门让上线启用一个新报务员与姜姐单独联络，否则黑室根据“上线报务员手法相同”的这一点，很容易把它和特三号线联系在一起。但现在，相井老谋深算地挡了一招，来了一个障眼法，致使侦听处很长时间不能做出正确判断，进而导致海塞斯的破译也受到严重干扰，误入歧途。

但眼下海塞斯还不知道他们被装进套里，他为特一号线的复出高兴，当即给陆所长打来报喜电话——

“好消息啊！”

“怎么又是好消息，我今天好消息已经够多的了，你留着明天给我报吧。”

“噢，你是说陈家鹄已经出院了？”

“现在还没有，但明天的这个时候我会给你满意的答复的……”

人逢喜事精神爽，说话都在玩猫捉老鼠的游戏，抒情得很，生动得很。

确实，事已至此，陆从骏已经稳操胜券。难道还会出什么篓子？不会的，木已成舟，铁已成钢，坐享其成即可。他深信，这次他尽可以当个跷脚老板，坐在一边观看就行，不必亲自披挂上阵。因为有人一定比他还急着希望陈家鹄在那份离婚书上签下大名，他们会很快就来找他，他们就是：

陈家二老。

要知道，二老身边有个黑室的编外成员：家鸿。这会儿，他正在按照计划怂恿二老尽快去找家鹄开诚布公，申明大义，当机立断，手起刀落，一了百了，落个清静。

母亲问："他在哪里都不知道，怎么去找他？"

儿子答："我去找陆所长，争取请他安排你们跟家鹄见个面。"

父亲说："那你就快去找吧，还愣着干什么。"

第二天上午，十点多钟，陆从骏如约带着二老去了医院，一路上他都把自己演成一个局外人，跟二老问寒问暖，说些海阔天空的事。他一边（表面上）不知道二老去见儿子是为了哪般，一边（心里）又在不停地想：陈家鹄面对二老递上的离婚书会是什么反应。他绞尽脑汁设想出了多种反应，但陈家鹄给出的答案是绝对超出他的想象的。

尽管已是十点多钟，但窗外灰蒙蒙的天好像还在迎接清晨。陈家鹄坐在临窗的板凳上，背靠窗户，在看赛珍珠的英文小说《大地》。他的体力和脑力均已恢复如常，陆从骏的脚步刚在走廊上响起，他便听出来——他没有听出父母的脚步声，是因为老人的脚步太轻，也因为确实想不到啊。

陆从骏推开病房，笑容可掬地对陈家鹄说："你看，我给你带谁来了。"

陈家鹄刚才听到他来，有意背过身去，对着窗户在发呆，这会儿回过头来看见父母大人，着实一惊，有些慌乱失色。不过很快，转眼间，他知道自己该干什么。他像没看见父母似的，声色俱严，怒容满面，直截了当地对陆从骏说：

"别耍小聪明！我跟你说过，不见惠子我不会出院的，你搬最大的救兵来都没用！"

这突如其来的发难，叫三人都惊骇无措。

父亲叫："家鹄……"

母亲喊："家鹄……"

二老呼着，喊着，上前想对他说什么。家鹄立刻抢白，阻止他们往下说，"爸，妈，你们都好吧？"

父亲瞪他一眼，"我们不好，你……"

家鹄又打断他说："爸，我们有话以后说吧，今天我什么都不想说。"回头对陆所长说，"今天我就一句话，如果我们还有合作，你首先得让我见惠子。"又转身对爸爸妈妈鞠一个躬，"爸，妈，对不起，我先走了。"言毕开步，径自离去。

父亲厉声喝道："你去哪里！"

儿子回头看着，用手指着陆从骏说："我不想看见他。"

陆从骏说："这容易，我走就是了，你们谈。"说着要走。

愤怒使陈家鹄的脸色变得铁青，他上前挡住陆从骏的去路，强忍着愤怒，看着他一字一顿地说："你不该这样，你这是在把我和你自己往火坑里推。如果你聪明，请送我父母回去，带惠子来。"

父亲被他的话气得身子往后仰了仰，好像被他推了一把，陆从骏见了连忙上前伸手扶住他。父亲稍事稳定，想说点什么，千言万语却哽在喉咙口，不知道怎么说。他很恼怒，干脆放开喉咙骂儿子："我还不想看见你呢！"话骂出口，他似乎临时决定一走了之，走几步，又回头从身上摸出一个信封，扔给儿子，"我更不想看见这些脏东西，你留着看吧！"信封里装的是陆从骏精心挑选的六张艳照。

父亲再转身走时对老伴使了个眼色，示意她留下来跟儿子再谈谈。

陆从骏跟着陈父下楼，一边依然装着很茫然无知的样子安慰他。他们都以为陈母一时半会儿不会下楼，便上了车。不想，刚上车坐下，老头子看老伴也从楼上下来。

"你下来干什么，跟他好好谈谈啊。"陈父责怪她。

"他不想跟我谈。"老伴说，眼里含着泪花。

"他看了那些照片没有？"陈父问。

"看了，"陈母说，"他把它们都撕了。"

“这个混账！”父亲骂。

“这个家鹄……”母亲无语，只流泪。

平静下来后，老两口把他们了解到的惠子跟萨根偷情的来龙去脉向“浑然不知情”的陆从骏简明扼要地说明一番，并把带来的惠子已经签字的离婚书交给他，希望他去劝劝他们儿子，做做他的工作，让他认清惠子的真面目，识时务，断心思，快刀斩乱麻，签字离婚，以解他们燃眉之急。

陆从骏满口答应，心里却在想：他现在把一切矛头都指向我，怎么会愿意跟我谈呢。思来想去，他决定让海塞斯去试试看，虽然不抱太大希望，但也有一些期待，因为现在的陈家鹄毕竟已经看过那些照片，他不相信这对陈家鹄一点影响也没有。

午后，太阳还是没有出来，但天空较上午明亮一些，只残留一点灰扑扑的感觉。这已是重庆冬季的大晴天了：天空有明亮的远方。感谢老天，重庆的冬天总是不明亮的，总是雾蒙蒙的，总是云多雾厚，总是看不清几十米开外的世界，让满载炸弹的敌机经常晕头转向，又满载着炸弹飞回武汉去了。陪都重庆热爱冬天，正是因于此：凭借雾的力量折断了敌机的翅膀。

陈家鹄依然坐在窗前的板凳上，手上没有了书，目光呆滞，面无表情。海塞斯坐在床沿上，一直目不转睛地看着他，像一只小狗刚邂逅一只老狗，在小心翼翼地接近他。

“特一号线又出来了，换了密码，报务员也换了，特二号线最近很少出来，看来确实是空军的气象台，不过……”

“别跟我谈这些，我不感兴趣。”

“你只对惠子感兴趣？”海塞斯笑道，“她是你的密钥。”

“我不是密码，我是个有血有肉的人。”

“可我听说是她主动要跟你离的，已经单方面签了离婚书。”

“所以我必须见她，这中间必有阴谋。”陈家鹄盯了教授一眼，目光如炬，烫的。

“也可能她是部密码，你误入歧途了。”

“您这是对我智力的玷污！”陈家鹄提高声音说明他很生气，“如果我连她这部密码都破不掉，你们把我留下来有个屁用。”粗话说明他真的很生气，你不能再去惹他，得小心点，最好露出笑脸跟他说无关紧要的话。

“你那么信任她？”海塞斯笑意浓浓。

“超过我自己！”

“我很遗憾没见过她，不了解她。不过我了解你，我是相信你的。”海塞斯说，上身前倾，把手放在他大腿上，“但是现在的情况有点复杂，你们双方都拉下了脸，这能解决问题吗？我认为你可以听我一句劝，先回去工作，然后再提要求。”

“不可能的！”陈家鹄腾地立起身，决绝之样一目了然，“这是我现在手上唯一可以打的牌，出去了谁理我？教授，我了解这些人，你别指望他们跟你通情达理，讲道理，死胡同，只有来硬的，跟他们拼！”

“你就不怕把他们惹怒了？”

“教授，我都是死过一回的人了，还有什么好怕的？”陈家鹄开始反守为攻，“我倒觉得，教授您应该去劝劝他们，我现在是个亡命之徒，他陆从骏要聪明的话应该答应我的要求。”

其实陆所长一直在门外偷听，听到这里知道海塞斯已经没招，便推开门闯进来，打开窗说亮话，也做好准备说狠话，“我都听见了，你不要命可以，但你不要失去理智。你想过没有，你去见她无异于送死！她是婊子我不管，可她是间谍我不可以不管！”

陆从骏准备激怒他，跟他大吵一场。陈家鹄却根本不理他，起身往外走，一边说：“我不会跟你对话的，因为现在我对你要说的话就只有一句——让我回去见惠子，见一面就行，如果不行你就等着来替我收尸吧。”指指床头柜，上面放着冷菜冷饭，“你最好去通知护士，别给我再忙乎这些了，我不需要，什么时候你同意了我的要求再给我送。”

说后面一句话时他已经出门，是站在走廊上背对着里面说的。

即使到了杜先生面前，陆从骏依然处在被陈家鹄激怒的余火中。为了得到首座的同情和谅解，他让一支铅笔牺牲在他的一只手掌里，咬牙切齿地说：“太放肆了他！居然以绝食要挟，我真想一枪把他毙了！”

这时候你不能再指责他什么不是，那是火上浇油，要烧死人的。想着这些，杜先生笑逐颜开，朗朗地道：“看来你已经黔驴技穷。我倒是更喜欢他了，连这个犟劲也是牛气冲天。做事有这个气度嘛，无法无天，六亲不认，生死不顾，跟你玩命。”

“什么博士，我看是个疯子！”

“没法子了？”

“他命都不要了，我还能搬什么救兵？”

“那怎么办，就让他们见一面嘛。”

“这怎么行，他们一见面所有真相都大白了，那他不更恨死我。”

“嘿嘿，”杜先生笑，“你做的事是怕见光的。”

“没办法啊。”

“把以后的办法想出来就行。”

“简直没法了，他是个二杆子。”

“世上没有绕不过的弯，只有拐不过来弯的这个——”杜先生指的是脑门，“我觉得你的思路有点小问题。”

开始批评了，陆从骏的腰杆下意识地挺起来。

错了——接受批评的意识太强！听话听音，说“小问题”其实不是问题，这是一种亲昵的说法。杜先生今天心情不错，是因为陆从骏“黔驴技穷”，给首座一个逞能的机会。长官大部分时候喜欢属下精明强干，但有时也喜欢属下“无德无能”，以彰显其“足智多慧”和“长者风度”。

杜先生依然面带浅笑，接着说：“你以女人是间谍为由不准他们见面，可你做的工作却在证明她是个水性杨花的婊子，这就是问题。既然你指控她是鬼子间谍，就应该做她是间谍的证据嘛。在我看来，做间谍的证据比做婊子的要容易嘛，怎么会把你难倒呢，鬼打墙了吧。想一想，我相信你会想出来的，柳暗花明又一村，你总是有这样的好运的，好好想一想吧。”

陆从骏沉思着。

其实不需要想的，首座早有谋略在胸，否则他不会这么和蔼的。果然，杜先生丢给陆从骏一根烟，“算了吧，还是我来教你一招。”一边抽着烟，一边面授机宜。陆从骏听了脑门一拍，连连称好。杜先生解释道：“这一招就是奥地利著名军事学家劳斯特斯所说的‘自吹自弹，稳操胜券’的战术，既然你认同，就抓紧去落实吧。”

就此别过。

就此“黔驴”又迎来新技。

事不宜迟——那个疯子玩着命的呢！

当天晚上，陆从骏又奔医院来，床头柜上放着新一轮的冷菜冷饭，已绝食两餐的陈家鹄躺在床上，对着天花板发呆。毕竟才饿两顿，神志因饥饿反而更加清灵，虽然陆从骏有意压低脚步声，蹑手蹑脚进来，但还是被陈家鹄觉察到，来了个先声夺人。

“希望你不要重蹈覆辙，否则我就只有怠慢你了，我不会起床的。”陆家鹄说，对着天花板，声音中透出一种上古兵器的冷和峻。

陆从骏对着无视自己的他在心里暗暗骂道：少来这套！这是你女人玩过的那一套，很下作的。他娘的，你们还真是一对，玩命都玩成一个样，告诉你，你的女人就是玩这一套玩出事的，给我们顺势一推，推到萨根的“根”上去了，今天你的下场不会更好，我照样玩得你脑子进水，心出血！

心里是一片杀气，但面上是春风拂面，笑逐颜开，“还在生气？起来吧，有好消息。”陆从骏说，走到床边，俯下身，拍拍其手臂。

“对不起，”陈家鹄目不斜视，“我要先听好消息。”

“你认为的好消息是什么呢？”胸有成竹的陆所长笑道。

"废话少说，直说吧，同不同意我见惠子？"

"你非要这么剑拔弩张干什么，"陆从骏提高声音，吼道，"起来听我说，否则我走了。"

这气势来得诡异，莫非真有了转机？陈家鹄坐起身，靠在床上，看了对方一眼，"我只能这样。"声音很小，真的像饿得没力气似的。

"就这样吧。"陆所长看他退了一步，客气地说。

"别让我又躺下去。"陈家鹄冷冷地说。

"就怕你激动得跳起来。"陆所长拉过凳子，与陈家鹄相对而坐。他心里有底，侃侃而谈，"首先，我告诉你，经报杜先生批准，我们同意你出去与惠子见面。其次，鉴于你的安全，我有个附加条件，希望你能接受。"

陈家鹄想装得平静，却装得不像，身体本能地往前倾，声音也变了，有点颤抖，"什么条件？"

"现在我们虽然侦控了敌人三条特务线，但你知道密码都没有破，特一号复出后，密码和报务员都换了。所以，特务的行踪我们掌握不了，我们不知道他们在说什么，搞什么阴谋诡计，但有一点是明确的，就是他们要谋害你的意图一如既往，从未变过。"

罗嗦！陈家鹄担心罗嗦的背后又是说教，便催促道："直接说条件吧。"

陆从骏倒也配合，爽快地答应道："好，长话短说。我们分析，敌人一定会利用你这次出去跟惠子见面的机会对你下手，这是他们唯一的机会。我们无法改变这个局面，只有知难而进，设法破除敌人的行动。鉴于此，见面的地点要由我们定。"

"可以。"

"这是一。"陆从骏扳着指头说，"二，我们要找一个你的替身，让你的替身先代你与惠子见面，你就在暗处旁观，等替身见了确定没事后，你们再见。"

"这……"

"听我说，"陆从骏没给他争辩的机会，"这样会出现两种可能，其

一、惠子有可能出于对你的旧情而不顾组织命令，私下与你见面，这样最好，反正你就在附近，我们可以当即安排你们见面；二、惠子心上根本没你，她要利用见你的这个唯一机会，对你——现在是你的替身——下手，这样你还会跟她见面吗？我想没必要了吧。”

“不可能的。”陈家鹄笃定地说。

“不要这样说，”陆从骏说，摇着头，“我不能说百分之百，但至少是百分之九十以上。你别以为你了解她，现在全世界最不了解她的人就是你！当然她也许不可能亲自动手，到时我们会派人去接她，也会检查她。所以，她亲自下手的可能不大，但十有八九她会带人来，而且不止一个，可能是倾巢出动，因为机会难得，过了这村没这店的。”

陈家鹄想了想，问：“你去哪儿找我的替身，不会是我哥吧。”

陆从骏说：“家鸿当然是最合适的，但这是有危险的，生死之险，所以我决定还是另外去找。”事实上已经找好，就在黑室内部。

可万一替身遇难怎么办？面对陈家鹄的顾虑，陆从骏又高尚了一把，“这是没办法的，可总比让你去冒险要好。不过我们会尽量把这个风险降低，毕竟我们也是有准备的。为什么我第一个条件就是见面地点要我们来定，就是为了保证替身的安全。”

陈家鹄思量着。

陆从骏说：“答应吧，没有其他办法了。你要见面，只有这样。”

陈家鹄说：“行。”

陆从骏起身准备告辞，“好，那我们会尽快通知惠子。我想她听了一定比你还要高兴，把你的命送给她，正是她求之不得的。陈家鹄，你该清醒了，我的忍耐也到了极限。”

“让事实说话吧。”陈家鹄冷笑道。

“你非要碰得头破血流吗？其实你已经头破血流了。”陆从骏说，一边往外走，一边重复着那句话，“我不能百分之百保证，但至少十有八九她会带人来，而且不止一个，是倾巢出动。”突然看见床头柜上的饭菜，回头问陈家鹄，“还不吃吗？不吃也可以，到时我只有抬着你去见她。”

“吃。”陈家鹄干脆地说。

“都冷了，我给你找人去热一下吧。”陆从骏端着饭菜走了。陈家鹄听着他远去的脚步声在走廊上突突地响，突然听到自己肚子在咕咕地叫。这就是所谓的饥肠辘辘吧，他暗自想，这次挨饿得到的回报是大的，他们终于屈服。他走到窗前，对着黑暗的夜深深地吸一口气，又慢慢地吐出来，好像是吐掉了连日来的郁闷，留下的只有饥饿感。

肆

现在是两天前，惠子离家出走的那天下午。

惠子哪是什么女强人，一走出陈家，眼泪就忍不住往下掉，泪珠一颗比一颗大，滚在脸上，砸在地上。她踏着泪珠漫无目的地往前走，走啊走，泪流满面的样子像伤透了心，呆头呆脑的样子又像一个傻子，惹得好些人驻足窥看。正是午后，街上人来人往，有的赶路，有的去市场买菜，有的沿街摆摊，大声叫卖生活。一个棒棒夫看惠子拎着箱子，勤恳地迎上来，想揽她的生意，一见她满脸泪水又六神无主的鬼样，吓得缩回去了。

就这样走街，穿巷。

就这样穿巷，走街。

一直走，停不下来：偌大的重庆，无她立锥之地。

曾经去找过三家客栈，她的证件（护照），她的名字，她的口音，她的像丢了魂的鬼样，都叫店主不敢挣她的钱。天黑了，她随着灯火走，最后不知不觉走到了重庆饭店楼下。她立在街沿边不敢进门，还算运气好，遇到刚来上夜班的前台服务员小琴。小琴当然也听说了她的“新闻”，但惠子悲伤无助的样子一下触动了她的同情心。她把她带回自己的寝室，是员工宿舍，就在饭店背后的一幢平房里，一间不到十平方米的陋室，本来由小琴和同事合住，最近同事家里有事，告假回家了。

小琴把惠子安顿在同事的铺位上，便去上班。

次日早晨，小琴下班回来，发现惠子捧着一个男人（家鹄）的照片默默流着泪，看样子一夜没睡。小琴给她带回来两根油条，让她赶紧吃了睡。小琴值了一夜班，困死了，说完倒头就睡。中午，小琴醒来，发现惠子还是老样子，捧着照片，一动不动，一声不吭，像个塑像，油条成了塑像的一部分。

“惠子姐，你怎么没有睡啊？”

“……”

“惠子姐，你怎么油条也没吃啊？”

“……”

“惠子姐，你怎么了？你能听到我说话吗？”

“……”

任凭问什么，都不应声。小琴突然觉得有点害怕，好像她带回来的不是个人，是个鬼。突然，有人敲门，小琴如获救兵一般去开门。一看，是一个不认识的人。男人，一身便衣，一脸冷漠，样子有点凶。

“你找谁？”

“找惠子。”

“你是谁?”

“我姓孙。”

来人是老孙。

与此同时，还有人也在找惠子。

谁？

萨根！

萨根算是还有点良心，想到出了这么大的事，估计陈家人会为难惠子。昨天下午自己的事情一了（接受大使先生严正谴责并革职），就去陈家找惠子。得知她已被逐出家门，便四处寻找，最后找到重庆饭店。这鬼地方他恨死了，真不想再踏进门，但惠子失踪了，而这是她最可能来的地方，只好硬着头皮上门来找。这会儿，正在王总办公室跟王总假惺惺地聊着呢。

“你没事吧？”

“我要走了。”

“去哪里？”

“回国。”

“什么时候？”

“什么时候有飞机就什么时候走。”

“星期五有个航班。”

“那就是星期五。”

“什么时候回来呢？”

“不回来了。”萨根狡黠地看看王总，阴阳怪气地说，“你该知道我出丑了，哪有脸回来，滚蛋了。不过这地方我也待够了，整天跟一群流氓打交道，担惊受怕，没有一个朋友，身边都是一群狼心狗肺的王八蛋，还是走了好。”

“真对不起，是我多事，给你惹是生非了。”

“王总你这说哪里去了，跟你没关系的……”

怎么没关系？酒里肯定下了药的，这一点萨根很明白。他知道，黑室的人早盯上自己了，王总完全有可能被他们收买了。这一点王总也料想到了，他相信萨根现在肯定对他有怀疑，只是拿不出证据来。他以为萨根今天来找他是要追问他什么，心里盘算着怎么应付他。其实多虑了，萨根今天来只想找惠子，对你王总是不是王八蛋的事他看轻了。退一步说，也无法看重。今非昔比，他现在是要走的人，不想跟谁斤斤计较，以牙还牙，只想把该了的事了掉。惠子是最该了的事，为了找到她，不惜来跟一个可能是王八蛋的人曲意逢迎。

“惠子怎么了？”王总问，他确实不知道惠子的情况。

“她被陈家赶出来了。”

“为什么？”

“还能为什么，当然是为你的那顿美酒。”萨根又扬鞭甩话。

“我真是好心办了坏事。”王总绝对不给他空子钻，“这帮警察太坏了。”

“这样也好，她早该这样，陈家人根本不爱她，也没资格爱她。我是真正爱她的。”

“你要把她带走吗？”

“如果她愿意。”萨根说，“可现在首先得找到她。”

“她去哪里了？”

“难道没在你饭店吗？”

王总当即给他找，亲自打电话，安排人楼上楼下查问，总之，问了楼里所有人，都说不知道，没看见，只是没去找小琴问。小琴跟惠子平时没什么特别的交情，谁也没想到该去问问她。昨天夜里小琴领走她，只有一个人看到，就是老孙的部下小周，他昨天一直跟着惠子。所以，老孙找惠子是熟门熟路，曲里拐弯不打转，跟回家似的。

这会儿，小琴终于听到惠子出声了，是哭声。

放声痛哭！

老孙告诉她：陈先生刚从外地回来公干，想趁机跟她见个面，现在组织上已经同意，他是专门为此来通知她的。惠子听了以后就哭，哭，哭，止不住，劝不停。老孙说：“明天下午一点，你就在这儿等着，我会来接你的。”她哭着连连点头，泪水因为点头而滴落得更急更快。老孙说：“我走了。”她还在哭，忘了送送老孙。

老孙走了很远，依然听到惠子痛哭的声音，如同随着他脚步声尾随而来，不弃不离，不绝于耳。在老孙的记忆中，只有在奔丧场上才能听到这么结实、这么有力、这么潮水一般汹涌澎湃的哭声。老孙一边走一边想，这个女人以为眼泪可以改变我们，可是我们不相信眼泪。

在老孙回五号院的途中，陆从骏正在往一号院赶去。两辆车在闸北路上不期而遇，双方没有下车，只从车窗里探出头做了个简单交流，便知道：老孙的事情已经办妥，陆从骏是去

见杜先生，后者紧急召见他。

陆从骏匆匆走进杜先生的办公室，看到里面坐着一个很精干的上校军官，三十二三岁的样子，长条脸，高鼻梁，胡子剃得干干净净，眉毛又粗又黑，线条分明，弯曲有度，像两只提手。相书上说，长这种眉毛的男人做事情专注，做朋友牢靠，如果是女人长了这种眉毛，十个有九个要红杏出墙，给男人戴绿帽子。男人要提得起来，女人要蹲得下去，这种眉毛是让人提的，该长在男人身上。

"不认识吧？"杜先生对陆从骏说，"三号院的，你的继任者，金处长，刚从前线回来。"

"金一鸣。"金处长热忱地上前握住陆从骏的手，"陆所长好，我现在坐的是你以前的办公桌，天天听下面人夸你，久仰久仰。"

"不敢当。"陆从骏与他握手问好，感觉到对方的手很糙，想必在前线不是个坐办公室写无聊公文的文职。

杜先生吩咐俩人坐定后，对陆从骏说："安排你认识金处长，你应该想到节外生枝了吧。"

"什么事？"

"你的千里马会织女的事啊。"

"都安排好了，明天下午两点。"

"我刚才不是说，节外生枝了嘛。"

原来，杜先生今天早上起床时突然想起这件事，居然灵机一动，冒出一个新主意。是什么呢？"我决定假戏真做。"杜先生说，目光灼然地看着陆从骏问他，"我问你，敌人是不是很想除掉陈家鹄？"

"是。"陆从骏说，"不过，现在敌人以为他已经被除掉了。"

"如果他们知道还没除呢？"

"肯定还是想除掉他。"陆从骏沉思着说，"这从我们已破译的电报中可以看得很清楚，上面是下了死命令的，要求一定要除掉他，这也在一定程度上说明他原来的导师可能真的参与军方密码的研制工作。"顿了顿，又说，"海塞斯也是这么认为的。"

"那我再问你，"杜先生目光炯炯地盯着陆从骏，"如果敌人知道陈家鹄要出去会他的女人，会不会采取行动呢？”

“会。”陆从骏想了想，“应该会的。”

“那就告诉他们，让他们来行动嘛。”

“这……恐怕……”

“怕什么，没有好怕的，这我已经决定，没有商量余地。”杜先生以绝对的口气切断了陆从骏的顾虑，“你不想想，那么多特务整天在我们身边搞鬼，敌机隔三岔五飞过来侦察、轰炸，我们眼前一片黑，心里慌成一团，我做梦都在想怎样来撕开敌人的这张特务网。现在我觉得这就是一个好机会，把他们引出来，引蛇出洞，抓他一个两个，撕开一个口子。”

“这样替身会有生命危险。”陆从骏还是说出了顾虑。

“不是有金处长嘛，”杜先生说，“你是老处长，你该知道他们特侦处这种游戏玩多了，有的是保护替身的经验。再说了，如果实在保护不过来，只要有利于反特工作，死一两个人也值嘛。”

陆从骏说：“这次我们找的替身是侦听处的杨处长。”

杜先生听了一怔，“怎么是他？你不会在外面找一个嘛。”

陆从骏解释道：“时间太紧了，再说他俩身材和脸形轮廓很相像，在外面还不一定找得到这么像的人。”

杜先生转身对金处长说：“听见了没有，这个替身的命也是很贵的，能保证他安全吗？”

金处长思量一下，说：“我跟陆所长商量一下吧。”

杜先生说：“好，你们下去商量商量。”说着起身送人，一边对陆从骏说，“我觉得我这个修改是很完美的，我们以前的方案太简单，不划算，兴师动众，就为了骗骗自己一个部下。现在，一箭双雕，一举两得，价值翻番！好了，具体实施细节你们回去商量，我只要结果，敌人要引出来，替身不能死。”

与此同时，侦听处杨处长正在老孙办公室试穿陈家鹄的几件衣服，老孙的部下小周在一旁趣味盎然地看着，时而指指点点，说点儿什么。小周最近一直在外面负责监视萨根和惠子，现在萨根要滚蛋了，惠子明天下午一点之前肯定是哪里都不会去的，她会坐等老孙去接她见家鹄。所以，老孙把小周抽回来，让他负责把杨处长打扮成陈家鹄。

试穿到第三套衣服时，小周看见老孙驾车回来，便出来迎接。杨处长穿好衣服，背对着门，对着镜子在理衣领。进门前，小周一把将老孙拉住，指了指里面的人问："认识吗？"

老孙看了看背影，很是惊讶，脱口而出道："陈先生？"

杨处长忽然转过身来，笑道："看清楚点，别乱认。"

三人打了照面，忍不住都笑了。

杨处长对老孙说："能把你骗住说明我还真有点像哦。"

老孙说："像，背后看，加上这身衣服，确实像。"

小周说："其实像不像没关系的，他一直待在船舱里，没人看见他的。"

老孙说："你这话就不对了，做这种事肯定小心为妙，宁愿白下工夫事也不能轻率。待在船舱里是没人看得见，可还有去的路上呢，万一敌人从开始就跟踪我们呢？"

小周调皮地说："敌人也没见过陈先生。"

老孙佯怒地敲他一下脑门，"又轻率了！人没见过，还有照片呢。"

小周一边溜之大吉，一边说："除非是近距离，还要长一对慧眼。"

老孙对杨处长笑道："这小子，整天就想逗乐。"

小周嗔怪道："那是因为你给我安排的工作太没有乐趣了，整天跟个贼似的钻来钻去，走的都是暗路，说的都是暗话，还找不到人说，只能跟木头凳子和石头墙壁说。"

正这么说着，电话铃突然响了。是陆从骏打来的电话，要求老孙今天晚上之前一定要把惠子与陈先生会面的消息抖给萨根。"准确的时间和地方都抖给他，不要怕敌人来杀陈先生，要诱惑他们来，一定要来，来的人越多越好。"老孙放下电话，不由地看了一眼一身都穿着陈家鹄衣服的杨处长，那亚麻布的西服、卡其布的裤子，都是他昨天晚上从陈家鹄的箱子底下翻出来的。这是冬天的行头，陈家鹄上次穿它们时一定还在耶鲁大学的校园里，由于闲置得时间太长，衣服的皱折又深又乱，似乎还有一种复杂的气味，像樟脑丸的气味，臭香臭香的。

电话里陆所长没有说明三号院金处长的介入，他顿时觉得肩上压力很大，对杨处长陡然有一种唯恐自己保护不力、落入敌人暗算的担心和不安。至于如何把消息抖给萨根，他倒一点都不觉得为难，因为小周中午才向他汇报过，上午萨根去重庆饭店找过王总。

那么，理所当然，这事交给王总去完成是最合适的。

王总得令后也觉得这事由他来做顺理成章，即刻给萨根打去电话，说他找到惠子了。挂了电话，王总与老孙又商量一番，再次明确该怎么把消息透露给萨根为好之后，便下楼在风中等待萨根的雪佛兰越野车的出现。

来了，来了。

王总迎上去，带着萨根去见惠子。绕过去需要三分钟，路上，王总开始发起牢骚，“他娘的，我现在反倒成她的秘书了，又要给她找车，又要给她准备礼物，烦死人了。”故意指代不明，让萨根心生好奇。

“你在说谁？”萨根果然上当。

“你亲爱的惠子啊。”

“她怎么了？”

“她男的回来了，明天要见她。说了你别不高兴，我看她还是蛮在乎这个见面的，跟我说的时候那个高兴劲啊，别提了，提了准让你生气。”王总小心地看看萨根，接着又是牢骚满腹，“见就见，他娘的，还搞得跟个大人物似的，安排见面的那个地方——简直是一个鬼地方，老远的，没有车还不行，有了车也还不行，还要联系船只，荒唐，搞得跟个黑社会的人似的。可我饭店的两台车明天都有事，要不明天你辛苦一趟？”说了又连忙知错地摇摇头，“不行，不行，你们现在这个关系，你还是回避一下为好。”

多么好的开场白，香喷喷的肉包子一个个甩出来，只等萨根去咬。萨根会不咬吗？不可能，咬得来劲得很！“他们约在哪里见面？”萨根咬钩了。王总看他那饿狗闻到肉香、热心急切得眼睛发绿的架势，临时又添加一笔，跟他卖了一个关子，“她那男的好像还真不是个简单的家伙，我能说吗？当然当然，我可以告诉你，但你最好别再跟其他人去说，行吗？”在萨根傲慢地表示认同后，王总把具体见面的时间、地点、方式毫不含糊地奉献出来，让萨根暗自得意。

但总的来说，此行萨根是不得意的，他甚至差点为此丢了老命。谁也没有想到，当王总敲开小琴寝室的门，惠子见到萨根后，会回头去找一把刀出来朝萨根要命地捅！刀是小琴用来缝补衣服的大剪刀，虽然锈迹斑斑，但朝人身上捅还是很有杀伤力的。幸亏王总和小琴及时阻拦，也幸亏惠子身子骨软，加之行凶手法太无章法，剪刀还没有拿稳当就大叫大嚷要杀他，过早地暴露动机，结果自然皆大欢喜——萨根一点皮毛都没伤到，惠子也不必为此再被警察带走。

但当时惠子的那个凶蛮、拼命的样子确实是吓煞人的，好像她在这个寒酸贫陋的地方待了一天，便变成了一个赤脚的、袒肩露胸的、刁蛮的街头泼妇，性子暴烈，满嘴秽语，举止粗野，让熟悉她的王总和萨根都目瞪口呆。

其实，惠子仇恨萨根，这在老孙和王总的预想中，俩人事先交流过，对惠子的心理有个基本预判，认为她此刻一定恨死萨根，把她害成现在这个人不人鬼不鬼的样子。所以，刚才路上王总才敢信口开河，把自己说成“惠子秘书”，牢骚满腹，以此来引诱萨根咬钩。要不是对惠子有那个预判，王总怎敢说那些，万一俩人坐下好生相谈，岂不砸了锅？虽然想到惠子一定恨萨根，但是没想到会恨得如此深、如此毒，以至理智全失，要动刀杀人。这样，萨根自然没有脸面再待下去，他像只被唾弃的老狗，夹着尾巴狼狈而逃。逃了很远，还能听到惠子那撕心裂肺的哭声和骂声。

柒

与此同时，陆所长和金处长正在王总对萨根说的那个“地点”作现场观摩调研。这地点其实不是“地”，而是“水”，是重庆四周最宽阔的一处江面，俗称“三江汇合处”。所谓三江指的是嘉陵江、岷江和长江。但这是民间说法，严格地说岷江过宜宾后已经叫长江，一般叫它为北长江。所以，其实是两条江，就是嘉陵江和长江，它们在朝天门前汇合，呈现的一个“Y”字形，感觉像三条江。天在下毛毛雨，他们穿着蓑衣，抽着叶子烟，像个渔民，坐在一条小木船上。小船晃晃悠悠，从朝天门码头出发，过了江中心，又往北长江方向漂。

刚进入长江，金处长回头指了指渐行渐远的朝天门码头，对陆从骏说：“你看，这儿离码头已经不近了。我们再往前看，你看，”回头往北长江方向指，“那一带江面视野很开阔，四周也没什么藏身地，便于我们掌控敌情。”

陆所长左右四顾一会儿，思量着说：“这儿会不会太偏远了点，这容易让敌人引起警觉，怀疑我们在下套。”

金处长说：“这些特务都是老狐狸，偏一点他们反而不会怀疑。你要在市里找个地方，他们反而多疑了，因为他们知道你们是个秘密单位，做事必然会神秘诡异。”

陆所长点头道：“嗯，有道理。”

金处长说：“现在关键是时间，你们什么时候才能把信传递过去。”

陆所长说：“刚才来之前我给孙处长打了电话，要求他今天晚上之前一定要把信息传过去，但就是不知道萨根会不会接招。听说他要滚蛋了，不知道他还想不想干这一票。”

“除了他还有没有其他人呢？”

“没有。”

“这有点悬，即使他得了信，传不传上去也不一定，毕竟是要走的人了，还会不会那么卖力呢？”

陆所长说：“这就是赌徒，没办法的，只能碰运气。”

金处长说：“那好，就这么定，会面的事你们负责，安全我来负责。”

陆所长说："一定要保证替身的安全，那也是我麾下的一员大将啊。"

金处长说："放心，所以选这个地方，就是为了保证替身的安全。这地方敌人无处藏身的，不管是从地上来，还是从水里来，一出现都将在我们的视线和射程内。"

"天上来呢，你跟高炮部队联系了吗？"

"不可能天上来的，你看这鬼天气，飞机来了也下不来。"金处长说，"再说了，敌人会对惠子下手吗？首先她是日本人，其次萨根毕竟跟她有过肌肤相亲，一日夫妻百日恩，这才过几天，不至于来同归于尽这一套吧。"

此时，他们还不知道惠子行刺萨根的事。晚上回去，陆从骏得知此事后，执意要求金处长一定要通知高炮部队，让他们作好防空准备，以防重蹈覆辙。他是吃过敌人飞机的大苦头和大亏头的，被服厂遭炸的教训一直是他内心深处的一个痛。这痛让他的神经变得格外敏感、警觉，做事格外细致、周全。这天晚上十二点前，他一直在与金处长和老孙、杨处长等人连轴开会，对着草图反复推敲各种细枝末节。

草图是他亲自画的，如下：

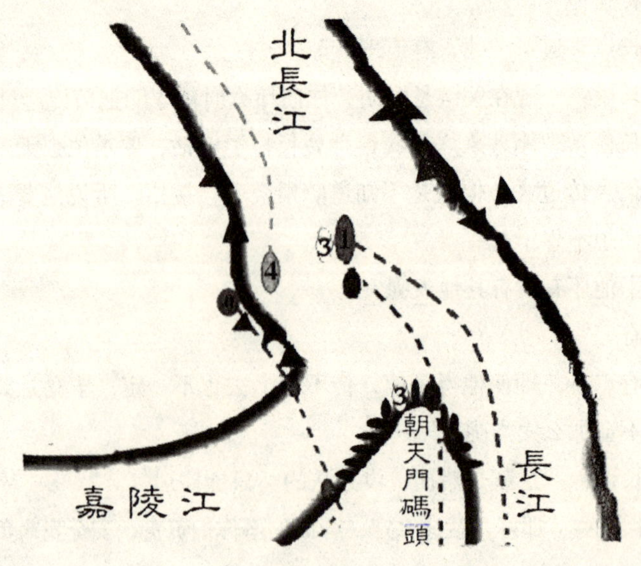

陆从骏的手指头顺着图上标的绿色线路走，最后停在0号位置上，一边讲解道："这是我带陈家鹄走的路线，最后我们就猫在这儿（0号位置）。我们会提前到的，这里的视野很好，你们的一举一动都将被我尽收眼底。"说完，他要求金处长和老孙各自说说自己负责的路线和任务。

金处长负责三条线，第一条是红色1号线，这是他带杨处长走的路线，是一艘机帆船，从长江下游开上来，大约比陆所长迟十分钟到达江中心，停下，等待孙处长送惠子来与'陈家鹄'会面。第二条是黄色3号线，这是有可能要假扮敌人去袭击'陈家鹄'的一艘船，老早就停在朝天门码头，到时将听命金处长，一旦发令，它将去袭击1号目标。第三条是橙色4号线，这是一艘渔船，从北长江下来，停在0号目标附近江面上，主要任务是防不测敌情，保护岸上的陆从骏和陈家鹄。

老孙负责接送惠子，走的是蓝色的2号线。老孙说："我是最迟出现的，两点钟准时开车去朝天门码头，然后坐船送惠子去1号目标，与杨处长会面。"

陆从骏听罢，对金处长说："等惠子上1号船后，你应该下船，到老孙的船上去。"

金处长说："知道，给他们'约会'的时间，也是钓敌人来上钩。"

陆从骏对老孙说："正因为要钓敌人来上钩，金处长上了你的船后，你要把船开走，不妨开远一点，好让敌人觉得有机可乘。"

杨处长忍不住问陆从骏："他们都走了，那万一敌人来袭，谁来保护我呢？"金处长马上接口，"放心，你的船上、甲板下和暗舱里都埋伏有保护你的人。还有这些地方，你看，这些位置都是我的人。"指着岸上几个黑色三角形，"我已经把两岸所有可能朝1号目标狙击的位置都占据了，并安排了我们的狙击手，一来是堵死了敌人从岸上狙击我们的可能，二来，万一敌人来袭，他们还可以从岸上打击敌人。"

陆从骏也笑着安慰杨处长说："我估计啊，敌人是不会朝惠子开枪的，所以一旦有情况你就抱住她，把她当挡箭牌，保你没事。"转而对金处长说，"你要对黄色船上的人交代清楚，如果敌人真的来了，1号船那边交上火了，他们要立刻过去支援。如果敌人不来，他们才假扮敌人去袭击1号船。”

金处长说：“我正要问你，敌人要是不来，你看我让他们等多久行动为好呢？”

陆从骏说：“这个，我看不能太教条，最好到现场看了临时定，我相信敌人要有行动你们会有感应的。”想了想，觉得不对，又说，“当然，确实也应该有个时间，等得太久的话，我要稳住陈家鹄也会有困难。这样吧，暂定三十分钟，然后再根据现场情况定，你们看如何？”

最后就这么定了。

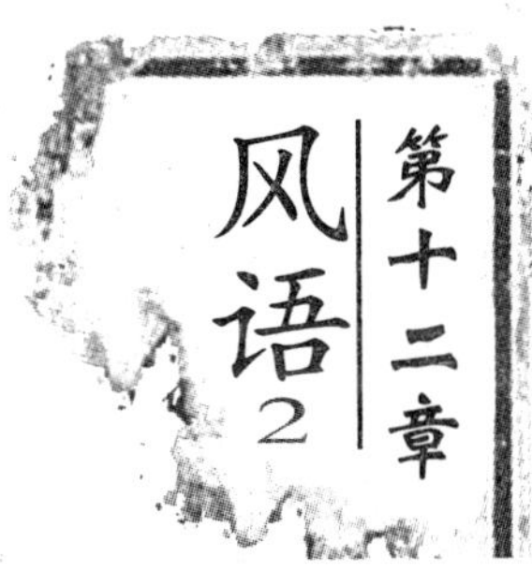
第十二章
风语2

第二天，太阳被厚实的云层温柔地挡在天外，飞机之虞纯属多余。不过，这谈不上是天公作美，只能说是正常，重庆的冬天就是这样，求个太阳比求菩萨还难。因为阳光下不来，江面上的水汽到十点钟都还在左冲右夺，远远看去，有一点灰色，有一点蓝色，或者是它们的中间色。不管是什么色，只要肉眼看得见的都会影响能见度，缩短视线。好在过了十一点钟，水汽开始散去，到了中午前，水汽基本散尽，否则，陆从骏手里的望远镜什么都看不清，他的良苦用心也很难实现了。

根据方案，下午一点钟，陆从骏带着陈家鹄从嘉陵江南岸码头上船，十分钟后，船驶过嘉陵江，在北岸上了岸，然后，坐车至嘉陵江与北长江接壤的弧口处。这里有一间简陋、低矮的抽水机房。机房废弃已久，里面堆了好多麦秆和稻草，天冷了，成了老鼠和蜘蛛温暖的窝。陆从骏带陈家鹄走进去时，一群老鼠突然蹿出来，落荒而逃，惊得他差点拔枪。

他们比计划提前十分钟到位。这里是离江中心最近的地方，地处弧角，视野开阔，嘉陵江，北长江，长江，三段江面都可以看到。陆从骏第一次用望远镜朝四周看一番，看到江中心漂着两叶小舟，插着彩幡，是那种窑船，水上妓女用的。斜对岸，朝天门码头那边，散散落落停着十几只渔船、游船和渡船。

陆从骏放下望远镜，神色凝重地嘀咕一句，“情况不妙呢。”

陈家鹄问：“你发现什么了？”

陆从骏伸手指着停泊在朝天门码头的那些船只，说：“你看那边，停着好多船。”

陈家鹄用望远镜看了一会儿，说：“那是码头，当然会有很多船。”

陆从骏冷笑道：“昨天我来看时就没那么多。”他这是为自己安排的行动做铺垫，因为他知道，这些船中必有一艘是金处长安排的，船上的人一定全副武装，如果有敌情他们会扼制敌情，如果没有敌情，他们会制造敌情。

抽了一根烟，等陆从骏第二次举起望远镜看时，发现北长江上游漂下来一只渔船，几乎就停在他们眼前最多一百米远的江面上。一个渔民放下渔网，像模像样地开始捕鱼。

陆从骏知道，这也是金处长的人，是来保护他们的。

过了五分钟，长江下游开上来一艘机帆船，逆流而行，浓烟滚滚，意味着水流的阻力相当大。金处长独立船头，迎着风，举着望远镜放眼四方，在一般人看来，他好像是初来乍到，在欣赏四边的风景。如果附近有敌人，他们看见他这个样子就不会这么想，敌人会预判这船上藏着陈家鹄，此人此举（举目四望）是在巡视敌情。

机帆船最后开到江中心，孤零零地停在那儿，熄了火。杨处长从船舱里走出来，手上拿着渔竿，开始垂钓。他戴着一顶大大的黑毡帽和一副墨镜，穿着一件米色风衣。陆从骏看了一会儿，把望远镜递给陈家鹄，让他看，“你看看那个钓鱼的人。”

“他是谁？”陈家鹄看了问。

“扮演你的人。”陆从骏笑道，“怎么样，像吧？”

“像什么，根本不像。”

“现在是需要不像才叫像。”陆从骏语焉不详地说道。他接过望远镜，一边看又一边说，“他一路走来，如果让谁都认出来他是你，说不定半路上就被干掉了。如果他摘了帽和墨镜，脱了风衣，你会发现他穿的是你的衣服，长得还真是有点像你。其实他不需要像你，只要身材、轮廓像你就行了。”

“为什么？”

“因为你出来也是要乔装打扮的。”

“惠子会一眼认出他来的。”

“这无所谓。”陆从骏解释道，“我们估计惠子一定会带人来，只要她上了那只船，和‘你’进了船舱不出来，敌人就会以为‘你’在船上，然后就会袭击那只船。”

“你的意思……”陈家鹄思量一会儿，还是直通通地说，“只要有人来袭击那只船，就说明惠子是敌人？”

“难道不是吗？”

“哼，”陈家鹄冷笑，“恕我直言，你要安排一批人来袭击太容易了。”

陆从骏久久盯着陈家鹄看了一会儿，语重心长地说：“告诉你，那人可是我一个大处长，整个侦听处都离不开他，我也离不开他。如果是我安排人来袭击，把他劫持走了，意味着你今后进了黑室就不能看到他。这对我是多大的一个损失？我会演这种戏码，为了你，让一个大处长消失？”

陈家鹄想了想，说：“那敌人万一把他劫持走……”不等他说完，陆从骏便打断他，气壮山河地说：“做梦！你认为我会这么傻，跟你说，那艘船里我至少安了一个加强班的兵力，水下、船舱里、甲板下，都是我的人！还有你看，”指着眼前那只渔船，“这些渔民也是我的人。还有陆地上，到处都是我的人，敌人来多少家伙都只有一个结果，送死！”

就是说，此刻停泊在朝天门码头的某一只船里的人（有三人），如果没有敌人来制造事端，他们将以“敌人”的名义来袭击“陈家鹄”，并当场死在陈家鹄面前。不是假死，而是真死。其实假死也是可以的，但陆从骏实在畏惧陈家鹄的鬼脑袋，担心被他识破诡计，执意要来真格的。为此，金处长专门去监狱里挑了三个死刑犯来。

这一出戏，铺排很大啊。

陆从骏接着说：“现在你该明白，我为什么要选择在这里迎接惠子了吧。因为这儿视野开阔，便于我们掌握敌情。你看，”他指着停泊在江中心的机帆船，“它停在那，岸上离它最近的人是我们，我们离它有多远？少说四百码。如果敌人要远距离狙击他，这儿是最好的狙击点，但我们已经把它占了。然后那个地方，你看那间茅草屋，”指的是对面山坡上的一间草屋，“那个点也不错，比我们远不了多少，但也被我们掌控了。这两边山坡上我们已经全部排查过，有可能藏人狙击的地方都已经全部被我们掌控，现在敌人要对‘你’下手，唯一的办法只有从水上来。那好啊，我们张着大口袋等着他们来呢。”

陈家鹄茫然地四看一番，指着朝天门码头说：“江边有那么多民居，你们都排查过了？不可能吧。”

“是不可能，”陆从骏笑道，“可是也没有必要。”

“为什么？”

“太远了。”

正说着，陆从骏发现朝天门码头那边开来一辆吉普车，他把望远镜递给陈家鹄，“她来了。你看看那辆车，应该是我们去接惠子的车。”陈家鹄举镜看，果然是。老孙把车停在一边，叫惠子下车，并带她下到码头，上了一只小船，朝江中心划来。

小船越来越近。

陆从骏看见陈家鹄举望远镜的手在抖，便拿过望远镜，对他说：“看你激动的，手都在抖啊。你该紧张才是，那不是你心爱的女人，那是一条毒蛇，鬼知道她今天会制造什么血案。”

陈家鹄如在梦中，呆呆地看着被距离缩小为一团黑影的小船，过了好久，才怯怯地、心绪难平地问陆从骏：“你估计敌人今天会来吗？”

“我只能说希望他们不要来。”陆从骏说。

“万一来了呢，”陈家鹄问，“他们不都是有生命危险吗？”

“你是为我的部下担心，还是为惠子？”

“都担心。”

“不用担心。我刚才说了，这四周我们都布了人的，只要敌人一出现，我们的人就会觉察到，敌人不可能飞上船去的。”

“你不是怀疑惠子是间谍吗？”

“不是怀疑，而是肯定。”

“那她上了船后就可能把你的处长干掉，同归于尽。”

“她不会这么傻，连你都认不出来。”陆从骏对陈家鹄给他递上来这么好的一个话题很高兴，不觉得眼睛一亮，扬眉吐气地说，“现在你该明白，我为什么要给你找替身，就怕她来这一招，不要命，跟你拼命，跟你同归于尽。”

谎话说千遍也会成真理，这一瞬间陈家鹄简直有点“君心”动摇，怀疑惠子真的是毒蛇一条。恍惚间，惠子在他心目中成了一个摇摆不定的形象，时而披头散发，怀里揣着匕首，时而妩媚动人，手里捧着他的照片和信……他对即将发生的事充满了紧张和好奇。

一切都是有方案的。在载着老孙和惠子的小船与机帆船相距百十米时，老孙告诉惠子，那个正在甲板上钓鱼的杨处长就是陈家鹄。惠子一看，好像是有点像，顿时激动得又是大呼小喊，又是挥手示意。杨处长见此，起身对惠子挥了挥手，钻进了船舱。这和他乔装的形象是相符的，他在以此告诉惠子，你要注意安全，我出来是有风险的，所以要乔装，现在你惠子这么大呼小叫，吓得他只能躲进船舱里去静候，不敢待在外面。

听老孙这么一说，惠子简直恨死自己，激动没有了，随之而起的是紧张，是恐惧。之后她一直在东张西望，好像她刚才的大呼小叫已经引来敌人。直到他们的船与机帆船首尾相接，老孙把她扶上机帆船后，她看见船舱里“家鹄”伸出一只手在欢迎她，她才又激动起来。一激动，没看脚下，被缆绳绊了一跤，差点栽到水里。

太激动了！

惠子一进船舱，根本没在意杨处长不是陈家鹄，喊一声家鹄，猛地扑到杨处长的怀里。后者却用枪抵住她，吼道：“老实一点，坐在我身边，别动。”杨处长摘下黑镜和帽子，“好好看看，我是谁。”

惠子一看，像被烫了似的，惊叫着弹开，想逃，却被杨处长死死拉住，“别叫，叫了别怪我不客气！”

惠子惊慌地乱叫，挣扎。

金处长在隔板那头喝道："别叫，再叫我崩了你！"循声看去，只见一枝乌黑的枪管从隔板缝里伸过来，把惠子吓坏了。

"搜她身。"金处长说，杨处长做。

"你们要干什么？"惠子哭了，她想起萨根也这么摸过她的身子，顿时有种羞愧感。

"你不是要见陈家鹄吗？我们带你去见他好吗？"杨处长一边搜着她的身，一边阴阳怪气地说。

"你们是不是把他也抓了？"惠子问。

"我们抓他干什么，"杨处长说，"我们要抓的是你。"

"你们抓我干什么？"

"因为你是日本间谍。"金处长从隔壁走出来，对着惠子说，开始审问她，"老实说，你有没有带人来？"完全是胡审乱问，目的是拖时间。

四百米外的机房里，陈家鹄盯着机帆船，心里想着惠子，只觉得时间过得真慢。陆从骏举着望远镜在四处地看，寻找可能来袭的敌人。兴师动众，布了这么大一张网，他真希望萨根帮他一个忙，派人来干一场。天气不错，能见度不好也不坏，他相信今天只要敌人有行动，他一定可以有所斩获。刚才，他在跟陈家鹄展望这一美好意愿时，陈家鹄甚至都被感染了，给他提建议，说：如果有敌人来行动，不要个个击毙，要争取留个活口，这样也许可以顺藤摸瓜，摸到他们的老窝里去搜查密码本。

这主意好啊，陆从骏想，现在特一号线又出来了，报务员和密码都变了，说明电台已经不在萨根手上。在谁手上呢？抓个活口就好了，就知道了，即使搜不到密码本，至少可以搜到一些资料吧。这么想着，陆从骏也开始觉得时间过得慢了，因为他心有期待呢，像陈家鹄一样。

逝者如斯夫。

时间，随着江水无声地流去。近处的渔船，远处的机帆船以及更远处的窑船、轮船、渡船，都如静物一般，泊在水中，没有动静。偶尔，有渔民的小木船漂来又漂去，也有几只水鸟飞来又飞去，可就是不见敌人的动静。

“如果敌人没有行动，是不是可以证明惠子是清白的？”陈家鹄问，忍不住揉揉眼睛。他的眼睛刚才一直盯着机帆船，累了。

“可以。”陆从骏说，但马上又否认，“其实是不可以的。“

“为什么？”

“我问你，如果惠子身上带有武器呢，你还会认为她是清白的？”

“他们现在在对她搜身？”

“应该吧。”陆从骏接着又反问，“难道不应该吗？”

“如果确认惠子身上没带武器，敌人又没来行动，那是不是可以证明惠子是清白的？”陈家鹄像个小学生一样幼稚地问。

“可以。”陆从骏像个老师一样自信满满地回答道，“完全可以。如果真要是这样，就说明惠子是清白的，我马上放你下船去，让你们在船上相见。”但这怎么可能呢，陆从骏在心里说，你就别做梦了陈家鹄，这次行动我是志在必得。就算萨根消极怠工，不组织人来，还有我自己组织的人呢，他们是三个死刑犯，到时我至少要叫他们死掉一两个给你看，让你看得见摸得着，让你绝无猜忌，让你死心塌地地相信我！

五分钟。金处长按照计划，从机帆船上下来，下到老孙的小木船上，小木船晃晃悠悠地荡开去，给人感觉是，他们特意给惠子和“陈家鹄”腾出单独幽会的时间，这属于诱敌之举。自然，如果附近有敌人，这也是他们袭击的最佳时机，保镖脱岗了。

二十分钟，没有动静。

半个小时，还是没有。

看来，萨根这混蛋今天是没有安排人来。陆从骏想，好，那我们就自己行动吧。按照计划，停泊在朝天门码头的一艘渔船起了锚，发动了引擎，突突地离开码头。在陆从骏的提醒下，陈家鹄举起望远镜看，很快觉察到这条船的异常动静，只见它在码头转了一圈后，往江中心开过来。开始是慢慢地开，等离机帆船只有百十米时，突然全速朝机帆船冲过去。

陈家鹄放下望远镜，焦急地对陆所长说：“你看，那艘渔船，冲过去了！”

陆从骏不需要看也知道是怎么回事，驾船的人肯定是金处长的部下，船舱里有三个死刑犯……但他还是装着紧张的样子接过望远镜看，骂道：“操！怎么回事？那可能就是敌人，去袭击的……啊，船都过去了，我们的人怎么还没有反应呢？”

有反应的，一切都计划好的。等渔船即将接近机帆船时，老孙和金处长的小木船便从后面抄过去，悄悄截断他们的后路。等渔船挨着机帆船停下，船舱里冲出三个蒙面死刑犯，举着枪，吆喝着，准备跳上机帆船去袭击时，机帆船上——水下、船舱里、甲板上——顿时神奇地杀出五员伏兵，与老孙和金处长形成前后夹击，三下五除二，把三个死刑犯击毙两个，打伤一人，把伤者作为活口抓了起来。

这一切都发生在很短的时间内，岸上的陈家鹄看得目瞪口呆。

然而，接下来发生的事情该让陆从骏目瞪口呆！按计划，战事一罢，杨处长应该押着惠子从船舱里出来，对她进行现场教训和加罪——这些“敌人”是她带来的嘛。可是，当杨处长拉着惠子刚走出船舱，还没开始说什么，突然，远处传来一声枪响，杨处长头部中弹，倒地抽搐，鲜血汩汩地流。

木船上的老孙大喊：“趴下！都趴下！！”

众人都趴下，唯有惠子，像傻了似的，独立在船上。大家都纳闷，岸上的人纳闷，水里的人纳闷，惠子也纳闷，这到底是怎么回事？究竟是谁开的枪？他在哪里？

叁 是中田。

这会儿，他正趴在朝天门码头附近的一栋民宅的屋顶上，手里端着他如情人一般钟爱的德国威格—S11狙击步枪（带消音器），在做第二次瞄准。冯警长趴在一旁，大汗淋漓。俩人都是工人打扮，穿的是电工的制服。冯警长戴了一副浓黑的假的大胡子，让你根本认不出来。戴假胡子变得了相，却变不了声音，一开口，他还是他。

“走了，已经干掉了，快走吧。”冯警长催促中田走，后者置之不理，继续瞄准着。

砰——！

枪声又响，金处长的一员伏兵应声倒下。

冯警长急了，伸手把他的枪拉过来，“你在朝谁开枪？那女的是你的同胞。”

中田嘿嘿笑道：“知道，知道，我没朝她开枪，可以干的人多着呢，船上船下都是，我想再干掉一个。难得啊，机会难得，这枪跟我来这鬼地方快一年了，一直闲着，还没犒劳过它呢，今天就让它过过瘾吧。”

冯警长紧紧抓着枪，骂他：“你疯了！一旦让他们发现，我们就完了，快走！”

“怎么发现？枪的声音还没你放个屁响。”

“瞄准镜会有反光的。”

“这不有树给我们掩护着嘛。这真是个好地方啊，居高又隐蔽。”中田开始收拾枪支，一边又问，“那些蒙面人是什么人？”

“我也不知道。”

“难道还有人在跟我们抢功劳？”

“萨根可能把情报又卖给另一路人了。”

“这个老流氓，整天就想着钱，钱，钱，哈哈哈。”中田开心的样子好像是在家里刚刚杀了只鸡，“他一定没杀过人，他要杀过人就该知道，杀人可比数钞票要快活得多啊。”这半年来他的中文大有长进，可以对人直抒胸臆，“不过我还是感谢他，给了我这个机会。”

中田卸了枪支，装在电工包里，背上，跟冯警长一起，大摇大摆地离去。

这栋楼高三层，坐落在江边，一棵枝繁叶茂的小叶榕树临江而立，让江面上的人难以觉察到一个枪手的动静。一个小时后，通过多方排查，金处长和老孙总算找到中田作案的屋顶，拾到弹壳两颗，但他们还是难以想象——不可思议！从这里，这么差的视角，这么远的距离，有人居然可以一枪撂倒一人，百发百中。

与此同时，陆从骏已经把陈家鹄送回医院。

医院就是陆军医院，与黑室相隔两条街，当初徐州看病，惠子流产，都在这儿。这儿以前是杨森私人开办的中医堂，医院和药厂合在一起，占地颇大，建筑庞杂，院中有院。一年前，南京中山医院划归军方，组建了国军南京总医院，下设有陆军医院、空军医院、海关医院。南京沦陷后，这些医院均相继迁到重庆，陆军医院便落脚在此。从此，这儿成了重庆最大的医院，中医西医混为一谈，医生和病人也是军民参半，有点不伦不类，但生意却因此好得不行，人满为患。

陈家鹄住在将军病号院里，这是一个小四合院，在医院的东北角，远离嘈杂的门诊中心，紧邻医院的后门。后门和将军病号院均有岗哨，由军方把守，一般人是进不去的。陆从骏每次来，都是从后门进出。这次，陆从骏把陈家鹄送回医院后，一刻不停就走了，因为他要去追查事故，处理后事。当他开车从后门离去时，李政正好从前大门离开了医院。

李政怎么会到这里来？

他是来寻找陈家鹄的。

陈家鹄摔成重伤无疑是个紧要的消息，徐州不敢迟疑，次日便发出消息。天上星看了老钱带回来的纸条后，觉得这是接近陈家鹄的一个好机会，便给老钱和李政安排任务，要求他们去找找陈家鹄看，一方面是关心他的伤情，另一方面也希望借这个机会能跟他建立起联络。

怎么找？根据徐州的报告，陈家鹄是头部受伤，且伤势严重，自然要找有条件、有能力治疗这类病人的医院。天上星派人了解到，目前重庆符合此要求的医院有九家，其中五家隶属军部，另外四家则很杂，有国民政府的地方医院，有私人医院，还有美国红十字医院。天上星给俩人分了工：五家军队医院由李政负责去跑，其余几家交给老钱。他们俩人都是认识陈家鹄的，只要见了面就可能说得上话的。

李政跑的第一家医院就是陆军医院。这倒不是巧合，是李政通过分析做出的决定。首先，这家医院离黑室所在地最近，陈家鹄伤势严重需要抢救，当然是越近越好；其次，陈家鹄下山时乘坐的就是这家医院的救护车，说明黑室同他们有合作。有此两点，最大“嫌疑”便非它莫属。李政在住院大楼反复转了几圈，没有见到人。他也想到了将军病号院，但觉得一来进去麻烦，二来以陈家鹄的身份，似乎还够不上资格住到那里面去，琢磨着反正还有几家医院要跑，别处的可能性无论如何要更大些，便离开了。

接下来几天，李政跑遍了其他几家军人医院，同时老钱也把几家地方医院跑了，都没见到人。到了这时，陆军医院又重新回到李政思维的焦点上来，这一天，他这是跑第二趟了，一来便直奔之前漏看的将军病号院。

既然是将军住的病房，自然不是什么人都可以进得去，门口有岗哨。但这难不倒李政，毕竟他是兵器部堂堂上校处长，医院又不是黑室，戒备森严得一个外人都进不去。李政随便编了个理由，哨兵就对他立正敬礼，开门放行。进了门，就更自由了，随便看，楼上楼下，每一间病房，包括陈家鹄的病房，李政都看了。可以想象，如果这一天陈家鹄不出门，他们一定就这么“邂逅”了。可陈家鹄出去了，李政推开他病房时，看到的是一张空床。退一步说，如果李政在里面多磨蹭十分钟，陈家鹄也回来了。事实上，李政前脚刚离开院子，陆从骏后脚就把惊魂未定的陈家鹄送回来了。

他们就这么擦肩而过，也许该说，是陈家鹄与延安的缘分还未到。

肆

天塌下来了！

这两个小时，陆从骏感觉时间像长了牙齿似的，一分一秒都在噬人。他回到办公室后，一边向四方打电话打探情况，一边坐等老孙回来汇报情况。可当老孙和金处长一前一后悄悄进来，老孙凑上前想对他说点什么时，他突然一把揪住老孙的衣襟，发作地吼："你说，到底是怎么回事！怎么回事你说！"

金处长上前拉开他，想劝他，被他一手打掉。"荒唐！荒唐！"他气恼地走到一边，对着墙角冷笑道，"给人下套子，结果把自己套住了，你们说，这到底是怎么回事！"

金处长走上前，悄声对他说："已经查清楚，凶手是在朝天门码头的一栋居民楼上狙击的，有人看见当时有两个人上过楼顶，一定是他们干的。"

"我要知道是什么人。"

"暂时还不知道。"金处长说，"目击者只看见两个背影，背着两只白色的电工包。"

"会不会是萨根？"

"不会。"老孙低声说，"他今天一天都没有出过门。"

"昨天他见过谁？"

"也没有见谁。"老孙说，"我一直安排了人在监视他，昨天他在重庆饭店跟王总分手后就回了使馆，然后到现在都没出过门。"

"怪了，"陆从骏鼻子出气，"看来又是一桩无头案！"

其实不怪的，从理论上说，人不出来，可以打电话，也可以传纸条。昨天萨根从王总那儿得知惠子要去见陈家鹄的消息后，开始是不打算跟谁说的。陈家鹄不是早死了，你为此该得的奖金也拿到了，再去管那些事干什么。告诉他们陈家鹄没死，是脱裤子放屁，犯贱！他知道，自己过两天就要走人——航班都订好了，大后天下午一点的飞机。就是说，再过几十个小时，这里的世界将跟他没关系，神经病才去管这些事。

不管，不管！

可是，回到宿舍，放在写字台上的一袋咖啡作了祟。这咖啡是中田几天前托人给他送奖金时顺便捎来的。如果说奖金是“组织上”颁发的，中田只是转交，不说明什么，那么这袋咖啡却体现了中田个人的心意。这山旮旯里的咖啡竟跟毒药一样，一般人买不到的，要“业内人士”从专门的渠道去搜才搞得到。中田在使馆路上开着一爿小茶馆（在美国大使馆后门出去不远），因为这一带外国人多，也供应咖啡。中田知道他爱喝咖啡，以前就常给他送。以前他在岗位上，是并肩合作的战友，送了也就送了，他没觉得什么。可现在他事实上已经脱岗，朽木不可雕，报废了，他还有这份惦记，就有点感人心肠了。一袋咖啡让萨根心里暖暖的。体会到一个人的好，会把他越想越好，比如最后这笔钱，萨根想中田如果私吞又怎么了，自己拿他没治的。这可不是一笔小钱啊，现在他丢了工作，这钱几乎成了他的救命钱，今后养老就靠它了。这么想着，中田的形象在萨根心里越发的闪亮了，动人了。

知恩图报，可他有什么能回报中田？这一走，估计这辈子是再也不可能见到他了，永别了。聚时龃龉，别时依依，何况是永别。一时间，萨根心血来潮地惆怅起来，一个念头——想给中田留点什么——盘在心里，变得沉甸甸的饱满。最后，他决定把这个消息作为礼物送给中田。他知道，中田是个神枪手，这对他是个可以大显身手的好机会。再说，杀了陈家鹄，对他也是去掉一块心病，至少今后他花这笔养老金时心里要踏实得多。

就这样，当天晚上，中田收到了萨根给他捎来的两包骆驼牌香烟，里面夹着一张纸条。

天哪，陈家鹄居然还没死！

中田看了纸条，头一下焦了，脑海里顿时浮现出相井第一次召集他们开会时的情景。会上相井曾专门问过陈家鹄的生死，他十分肯定地表示：

陈家鹄已死，并敦促相井给萨根支付酬金。要命的是，相井似乎十分相信他，让他把钱转交给萨根。更要命的是，萨根收了钱，谁知道呢？现在陈家鹄“死而复生”，他又拿不出证据证明萨根已收到相井请他转交的钱，那么相井完全可以做这样的逻辑推理：一、这钱你中田私吞了；二、你明知道陈家鹄没死，就为讹一笔赃款，存心欺君犯上。

这是什么罪啊，可以杀头的！

怎么办？中田想到那天冯警长也对相井说过陈家鹄已死，便连夜找到冯警长商议对策。找对人了！冯警长也怕相井找他秋后算账，俩人同病相怜，很快达成共识：对相井隐情不报。

不报容易，但陈家鹄活着，你怎么能保证他永远不知情？山不转水转，纸是包不住火的。要想人不知，除非干掉陈家鹄。俩人商来议去，决定铤而走险。没想到，最后一点危险也没有，他们来去自由，如入无人之境。谁能想到这么远还能置人死地？他们进入的是一个金处长毫无警戒和防备的区域。

“至少有八百码远，”金处长沉吟道，“真是不可思议。”

“肯定是个神枪手。”老孙自言自语。

“废话！”陆从骏又对老孙骂，“这么远的距离，一般的枪都够不着！”

金处长从口袋里摸出两枚弹壳给陆从骏看，“是，肯定是德国特制的威格—S11狙击步枪，这枪的射程达到一千五百米。”顿了顿，又犹犹豫豫地说，“我奇怪……敌人为什么……要等那么久，直到我们行动才……那个，好像敌人知道我们有行动。”

“这不可能。”陆从骏干脆地说。

“那为什么敌人在杨处长开始钓鱼时没行动，那时机会很好的。”金处长说。

“那时谁知道他是什么人，”陆从骏没好气地说，“连我都认不出来，不要说敌人。那时敌人根本不能确定‘他’是不是陈家鹄，后来惠子上船，你又下了船后，他们关在船舱里那么久，最后又一起从船舱里出来，敌人就以为他就是陈家鹄了。”

“这怪我，”金处长小声说，“当时我要不下船就好了。”

“你就别当好人了。”陆从骏并不领情，翻着白眼，像个死人一样有气无力地说，“问题不在这里，问题是我们都没有想到敌人会有这么一个神枪手，在那么远的地方狙击，而且弹无虚发。”

中田，一个像陈家鹄一样神奇的神枪手，以超乎人想象的能力，把陆从骏钉在了终生不忘的耻辱柱上。机关算尽，到头来却是枉费心机，这既是这次行动的可耻下场，也是陆从骏在黑室总体命运的写照。

伍

也不是一无所获，至少陈家鹄“明白”过来了。

纵然陈家鹄有九颗脑袋也休想破掉陆从骏制造的这部血淋淋的密码。这是一部用三个人（杨处长和两个死刑犯）的命制造的密码，惠子你认命吧，你浑身包着三张人皮，别指望陈家鹄还能慧眼识珠。当有人跟你玩命的时候，你的智商和学识只能当鸭蛋煮来吃。这天晚上，当陆从骏和老孙拖着沉重的脚步来医院看望陈家鹄时，后者似乎等待已久，不等来者开口，便满脸通红地对他们说：

“带我出院。”

就四个字，别无下文。陆从骏想跟他说点什么，他用手势表示不想听。他像个障碍物一样，杵在房间中央，对任何人不理不睬，浑身散发出一种极度愤怒和悲凉的安静。

陆从骏注意到他脸色异常的红，却没有太在意。十多分钟后，老孙办完出院手续，在一群人的前呼后拥下，陈家鹄率先走出病房，往外走去。陆从骏紧紧跟着他，仿佛怕他逃跑似的。因为走得太快，下楼梯时，陈家鹄一脚踩空台阶，差点滚倒在楼梯上，幸亏踉跄了两步，紧随其后的陆从骏一个箭步冲上去，一把将他抓住，奋力往后一拉，总算免于跌倒。一个前扑，一个后拉，作用在陈家鹄身上，好像把他挤压了一下，他禁不住地大叫一声："啊——"与声音同时出口的，还有一口血水喷射而出，呈一条抛物线砸在雪白的墙上，像一朵鲜红的梅花。

这怎么出院？

这是又一张住院单！

这一回，陆从骏不需要医生诊断也知道陈家鹄犯的是什么病，民间形容人气愤至极时爱说：肺都被气炸了。陈家鹄犯的就是这病，肺气炸了！

不仅如此，还有其他症状。

第二天中午，陆从骏陪海塞斯来看陈家鹄，俩人走进病房后又退了出来，因为床上躺着的是一个满头白发的人。问护士，护士说陈先生就住那个病房。护士带他们来，走到病床前，轻轻地喊："陈先生，陈先生。"那个满头白发的人从枕头上微微仰起头，虽然是满头白发，但陆从骏和海塞斯还是认得出来，他就是陈家鹄。

海塞斯惊呆了！

陆从骏也惊呆了！

陈家鹄想从床上坐起来，人没有坐直，一阵咳嗽，又咳出一口血。俩人连忙劝他躺下，惊惶失措。陈家鹄倒是出奇的镇定，坚定地坐直了，还微笑着鼓励自己咳。

"咳吧，使劲地咳，咳死了就好了。"陈家鹄说。

海塞斯听着，鼻子一酸，湿了眼眶。

陆从骏也想哭，但似乎又想骂娘。几条人命呐，换回来的就是这么一个视死如归的家伙，陆从骏觉得自己的肺也在膨胀，要吐血了。他想破口大骂，却不知道骂谁，最后也是鼻子一酸，湿了眼眶。他可怜自己，怎么会这么倒霉，付出那么多，收获的依然是付出。

"放心，我死不了的。"陈家鹄似乎猜透陆从骏的心思，对他苦笑道，"我欠下的命债太多了，我要死也要等让我还清了债再死，否则死不瞑目。"转而对海塞斯说，"教授，等着我，医生说我还年轻，没事的，休养几天就可以出院，等我出去了，我要好好跟你干一场，我一定要把这群狗特务都挖出来。"

医生是安慰他的。他其实已经不年轻，他已经在一夜间变成了一个白发苍苍的小老头。一个星期过去，全重庆最好的医生都来开过处方，该用的药都用了，陈家鹄的病情没有任何好转，还是每天咳，一咳就出血。更令人担心的是，他的精神日益萎靡，还患上厌食症，吃不下东西，吃了就吐。他的内部好像被气愤、伤心、苦难等垃圾填满了，老是想吐，有没有吃东西都想吐，干呕，常常呕出血。眼看他一天天萎靡下来，请来的医生一个个败下阵来，陆从骏出了一个怪招，从大街上请来了一位高僧。

高僧姓阎，号悟真，四川江津人，父亲是个郎中，在镇上开有一家三开门的大药铺，四乡有名，家道殷实。十一岁那年，酷暑之季，深更半夜，药铺莫名地起火（实为硫磺自燃），在一箱箱干柴一样干燥的药材的助燃下，火势迅速蔓延，把半条街都烧了，烧死几十人。他的父母双亲、兄弟姐妹，一家子九口人都葬身火海，独独他被一只无形的手从窗洞抛出，而且恰好丢进门前洗草药的大水缸里，幸免一死。

但烧坏了头皮，头发从此再也长不出来，他成了一个天生的和尚。一年后的秋天，一个从峨眉山上下来的老和尚来镇上化缘，他用一罐被大火烧变形的银元给自己化了缘，跟着老和尚走了。如今，他年过花甲，须长过胸，却是眉清目秀，手轻脚健，一天可以走上百里山路。每到冬天，他都要从山上下来，云游四方，既化缘，又行善，替人治病消灾。这阵子他正好云游至重庆，前些天陆从骏在大街上与其谋过一面，印象深刻，当时他仅用几根银针便把一个，只能匍匐爬行的乞丐扎得当场立起来，令乞丐感激得当街号啕大哭。

这天午后，陆从骏从医院出来，又邂逅他，看见他在医院门口在给路人号脉行医，便好奇地凑上前观望。同行的小和尚，十二三岁的样子，一脸天真，看见陆从骏立于一旁，对他念了一句阿弥陀佛，有板有眼地说："方家天象混乱，是毒火攻心，吃我师傅两服草药保证火降息安，太平无事。"

陆从骏有意问："要钱吗？"他想如果要钱则走人，这种江湖郎中十个有九个是骗子，昨天那个乞丐也不过是他们的帮手、托儿。

小和尚眼珠子一转，明明快快地说："方子不要钱，药草嘛，我们这边有的也不要钱，拿去就是，我们这儿没有的，就只有请方家去药店配了，那自然是要钱的啰。"

陆从骏看见他脚下有一麻袋草药，还有一串风干的死松鼠和蜈蚣、蜥蜴什么的小动物。麻袋里还有一只乌黑的小木盒，这会儿老和尚配药，正打开盒子在拣药，里面是十分值钱的虎骨、鹿茸、牛鞭、头呈扁三角形的眼镜蛇等，这些都是名贵药材，老和尚拣了送人，也是文分不收，令陆从骏惊叹不已，心生好奇，便一直守着，直到老和尚忙完。

老和尚以为他要看病，抓住他的手摸了他的脉相后，道："居士患的是无病之病，不必吃药，老衲送你一句话吧，放宽心，睡好觉，多走路，少忧愁，就万事大吉。走吧，你没病，不要无病呻吟，若有家小在此，常回家享享天伦，病灶随风散。"

陆从骏谢过，却不肯走，与他攀谈起来，择机聊起陈家鹊的病情，诚恳讨教。

老和尚捋一下胡子，道："自古中医看病讲究'望、闻、问、切'四个字，所以，人不见，病不见，不然老衲有江湖行骗之嫌。居士若真心求医问药，不妨带老衲去见一下病者。老衲看病只为行善，山高路远都是路，山越高，路越远，善心越大，越易成人之美，解人之困，万不可偷懒讨巧矣。"

人就在楼上，举步之劳。

老和尚看了陈家鹊，望过，闻过，问过，切过，罢了，引陆从骏到病房外相谈。

老和尚问："病者是你何人？"

陆从骏答："是我兄弟。"

老和尚道："实不相瞒，令弟之病十分凶险，要急治，耽误不得，否则等到病入膏肓，神仙也救不了他。"陆从骏恳求善僧指点迷津，开方下药。老和尚道："病人心病身病交加，欲治身病，先要治心病。他魂魄散了，神气断了，服百药皆如泥沙。"

心病如何治？老和尚出了个怪方子，"居士救人心切，老衲以救人为善，救人一命，胜造七级浮屠。若信得过，让他随老衲走吧。"

去哪里？

峨眉山。

怎么去？

山高水远，别的不说，就算派专车送，这一路走下来至少也得三五天。如果不顺，遇到塌方或者断桥什么的，十三四天都到不了。陈家鹄那身体，也许经不起三四个小时的颠簸就会丧命。但若不去，留在重庆也是等死，不如死马当活马医，试试看吧，或许绝处逢生了。穷则思变，天地另开。这么想着，陆从骏定了心思，便紧急驱车去找杜先生定夺。

杜先生一听火了，指着陆从骏的鼻子一通数落，"我看你是昏了头了，最好的医院、最好的大夫你不相信，竟然去相信一个草头老和尚！那是和尚，不是神仙，可以点石成金，起死回生。"陆从骏心里憋屈着一团火，他呕心沥血累死累活，结果杨处长死了，陈家鹄垂死，整个黑室风雨飘摇。追根溯源，这都是因杜先生一定要拆散陈家鹄和惠子而起。他在内心深处对杜先生是有意见的，尽管这意见他不敢提，甚至不敢想，但此刻不知怎么的内心变得执拗起来，嘴上硬邦邦地顶了杜先生，"可陈家鹄不是死人，他不需要神仙，他只是病了，需要一个医术高明的大夫，而我们最好的医院、最好的大夫对此束手无策，不如放手给外人一搏。"

杜先生看一眼陆从骏，不动声色地问："怎么，你的意思是说全重庆的大夫都不如一个老和尚？"

陆从骏低眉轻声说："先生知道，山外有山，天外有天，自古道士僧人中不乏高人。我亲眼看过他替难民治病，仁心仁术，药到病除，而且他对陈家鹄病情的判断也很精到。”

杜先生往椅背上一靠，有点皮笑肉不笑的味道，“那就请他就地医治，也好让重庆的大夫们学习学习嘛，干吗非要大老远跑峨眉山去？”陆从骏只好把老和尚的原话向杜先生转述，最后加上自己的意见，“我也认为换个环境对陈家鹄有好处。重庆本是他的伤心之地，所看见的人和物都叫他耽于旧事，他的心情如何好得起来？心情好不起来，病就好不了。去峨眉山，换个环境，看看山水，或许能改变他的心情。那里风景秀甲天下，又是普贤菩萨的道场，他的戾气大，让菩萨化解化解，也许就好了。”

杜先生沉吟着掏出烟来，陆从骏上前要帮他点，杜先生却转过头去自己点上了，分明是没有说动他。过了半晌，杜先生才回过头来问：“那你打算怎么送他去？”陆从骏早想好了，“让老孙和小周开车送，轮流开，昼夜兼程，只要不出意外，三四天应该就能到。”杜先生冷冷地说：“可万一出了意外呢？你能确定这老和尚不是江湖中人？他要是把车引到土匪窝里去了，不光是陈家鹄，你那两员干将都只能跟着一起完蛋。”这个问题陆从骏着实是没有想过，他愣了一下，只是牵强地说：“应该不会吧。”

杜先生哼一声，说：“应该？这世界上应该的事情太多了，汪主席当年不是口口声声说日本人应该不会武力侵华，现在呢，大半个中国都沦陷了。”

陆从骏默然，他在犹豫，杜先生说得是有一定道理，谁也不能保证老和尚到底安的是什么心。但片刻之后，他坚定下来，比之前更加坚定：一则，他觉得老和尚那一身慈悲正气断然假装不来；二则，陈家鹄生命之火即将熄灭的征兆也绝非虚假。便再番据理力争，不依不休的样子，叫杜先生烦不胜烦。

“别说了。”杜先生起身而走，一边忍着脾气说，“我看你中了邪，就依了你吧。但有一点无须讳言，这事你在我这儿是减了分的，如果一路平安无事，陈家鹄祛病而归，算你有运，否则别怪我不客气。”

就这么峰回路转。

次日一大早，在黎明的曙色中，老孙驾车，带着陈家鹄和大小和尚，还有助手小周，一行五人，出发了。陆从骏默默地看着车子的尾灯越来越小，快消失时才想起刚才没有跟他们道个别，便临时补一句，对着行将消失的一点点亮光大声地说：

“一路走好啊——”

这时陆从骏心里陡然生出一个奇怪的想法，觉得自己前辈子一定对陈家鹄行过大恶，这辈子注定要做他的牛马来还债。

这是陈家鹄咯血后的第九天。

现在是陈家鹄咯血前的几个小时，当天下午两点半钟，也就是杨处长临死前的一刻钟。当时惠子正在船舱里，被杨处长的乌黑枪口逼得瑟瑟发抖，有人却心血来潮地想起惠子来了。

谁？

相井。

他早从冯警长那儿搞到了陈家的地址。这天午后，相井西装革履，照着地址寻到天堂巷，敲响陈家的门，嘭嘭嘭，由轻变重，有礼有节。

“请问你找谁？”来开门的是家鸿，他看来人穿得这么周正，口音有点不对头，有些反感，冷冰冰地问。

“你好，先生，”相井笑容可掬地说，“这是陈家鹄的家吗？”

“是。”家鸿有点警惕，“你找他干吗？”

“我找他的太太，小泽惠子。”

家鸿顿时沉了脸，“你是什么人？”

相井笑吟吟地说：“我是她的老师。”

家鸿打量他一番，“哪儿的老师？”

相井依然笑，“美国，美国的。”

家鸿突然觉得他的口音和惠子很相像，用一只独眼瞪着他问：“你是日本人吧？”

相井点着头，鞠着躬说：“我爱中国，我和惠子一样爱中国。请问惠子在家吗？”

家鸿没好气地说：“找错地方了，这儿没这个人！”说罢，重重关了门，让门外的相井备感蹊跷。

正是从这一刻起，相井开始了寻找惠子的历程。这注定是找不到的，因为几乎与此同时，朝天门码头的枪响了，三条人命相继赴了黄泉路，还有两个人受了重伤，倒在血泊中……一分钟内，死伤五人，惠子，你死定了！

惠子被带回，关在渝字楼地下室的审讯室里，冯警长的表妹就是在这屋里上吊自尽的。看来，这屋子对女人不够好，是凶宅。外面死静，屋子里一团黑。眼睛被废弃后，鼻子显得特别灵敏，惠子闻到一股血腥味，那是从隔壁传过来的，那里陈着三具尸体，还没有处理，身上一定沾满了血。其实，惠子衣服上也是沾积了血迹的，是杨处长头部中弹后溅到她身上的。

傍晚时分，惠子听到有两个人的脚步声“橐橐”响起，由远及近，走进了隔壁，窸窸窣窣地忙乎了一阵，好像在扒谁的衣服。一分钟后，惠子得知，扒的是杨处长的衣服。

有人推开门，打开灯，光亮一下灌满屋。惠子受了刺激，不由地用手挡住光亮。她披头散发，一张泪脸，青灰又浮肿，又脏，几个小时把她折磨得人不人鬼不鬼的。

更像个鬼，见了人，吓得瑟瑟发抖。

来人是陆所长和老孙。

陆所长先发制人，劈头将刚从杨处长身上脱下来的血衣甩到惠子身上，“幸亏我防了一手，否则陈家鹄就被你干掉了！”

衣服盖住惠子的头，她慌张地把它取下来，哭着想上前，被老孙一声断喝阻止，“回去坐下！”惠子回去坐下，一边哭诉着：“不……不……不是我干的，我什么都不知道……”

“是，不是你干的，”所长冷笑道，“是你指使同党干的。”

“不，我没有同党……我只是来见家鹄的……是孙大哥让我来的……”

“谁是你的大哥，”老孙说，“我叫孙处长！”

“孙处长……”惠子乖乖地叫一声，乞求地望着他，“你说……是不是你让我来见家鹄的……”

“是，可我没喊你带人来杀他啊。”

所长指着她手上的血衣说：“这就是陈家鹄，如果我们不防范！不错，你设想得很周到，表面上你是因为不甘心丈夫被人夺走，坚持要见他，可实际上你见他的目的就是要勾结同党杀他。”说着，眼光像冷冷的刀锋一般看着她，“说，你的同党在哪里。”

“不！我没有同党……”

“不，你的同党很多。”老孙哼一声，说，“我们干掉两个，还抓了一个，没想到岸上还有。说，你到底有多少同党，说了可以饶你不死，不说你就只有死路一条。”

“说吧，”陆从骏说，“告诉我们那些人到底是什么人，现在在哪里？”

“那些人……我一个都不认识……”

“可是他们认识你，”陆从骏说，“子弹像长了眼睛，杀了你身边两个人（杨处长和卫兵），可就是不杀你，不朝你射击，你说这是为什么。总不会是因为你漂亮，要带你回去当压寨夫人吧。”

惠子被辩驳得哑口无言，只好哭诉：“呜呜……不，不，呜呜……不是这样的，陆先生，呜呜呜……不是这样的……家鹄啊，你在哪里，家鹄啊，我好害怕啊，呜呜呜……”

“别哭！”老孙大声说，他今天终于可以不需要扮好人了。为了向陆从骏证明他对惠子没有同情心，他甚至在装恶人，说话总是恶声恶气的，“有你哭的时候，等拉你出去枪毙的时候你再好好哭吧，现在先闭上嘴，过来！在这里签个字，快签！”

“这是什么？”

“审讯记录。”

“你什么时候记的……”

“你管我什么时候记的。”

这个审讯完全是走过场的，目的就是要惠子在上面签个字，然后把她交给法庭去处理。不该死的人黑室可以把他搞死，这叫暗杀，黑室没少干，可惠子的黑路已经走到这地步：手上捏着三条人命，犯不着来这一套，还是叫法院去枪毙吧，让她光明正大的死，免得以后出现万一，瞎猫碰到死老鼠，让陈家鹄探到实情，找他们算旧账。

这时，陈家鹄还没吐血呢。两个小时后，陈家鹄口吐鲜血！

九天后，病入膏肓的陈家鹄像一匹死马一样，被一个底细不明、真假莫辨的老和尚带走了。

第十三章
风语2

壹 不必多虑，老和尚的底细是干净的，完全是个大善人，医术也是高的，要不，陈家鹄上路的当天都过不去。上路不到五个小时，陈家鹄就敲打了第一次死亡的钟声。当时他们刚走出重庆界，翻过一座小山，下了山，看见路边有一家小饭店。山上气温低，走了几个小时，大家又饿又冷，准备下车吃个热饭，暖暖身子。陈家鹄吃不了饭，自然没下车。等他们吃完饭上车时（不到二十分钟），发现他已经近乎断气了——只有呼呼地出气，没有吸气，一边翻白眼，咬牙关，应该有大半个身子进了鬼门关了。

老孙和小周顿时手足无措，这些年来一直在刀口舔血的小周居然还迸飞出眼泪，不知是吓的，还是悲的。老和尚叫俩人莫慌，说："我早料到有此关卡，迟来不如早来。"随后，吩咐他们将陈家鹄抬进饭店。老板见是个将死之人，生怕沾惹晦气，坚决阻止。老孙哪里有心情跟他罗嗦，掏出枪朝他脑袋上比划一下。老板顿时惊得魂飞魄散，像个孙子一样把他们请到后院卧室去，还主动问，要不要些热水什么的。

老和尚说："且慢。"不慌不忙，取出三根银针，在病人的人中及两侧合谷穴缓缓扎下，然后叫老孙将病人的头抬高，抬高到约四十度左右。老和尚看着，算着，约摸半分钟后，突然伸手在病人头顶猛一拍，病人的脸色立变，变得潮红。说时迟那时快，老和尚紧接着用左手将病人的衣服扯开，右手几乎在同一时间飞出一针，银针如长了眼睛一般精确地扎入膻中穴。陈家鹄噗的一声，吐出一口黑血，脸色立刻恢复正常，人也醒了过来。

小周一直站在旁边紧张观看，这时似千钧巨石落地，高兴得一蹦三尺高，上前紧紧拉住老和尚的手，用力摇晃，"师傅，您可真是活神仙，用几根针就能起死回生。"老孙也是如释重负，轻轻将陈家鹄的头放在枕头上，对老和尚抱拳感激一番。他的态度比小周更是强烈和诚挚，因为在感激之外他还多了一份愧疚。在这之前，他对老和尚是有顾虑的，总觉得他有江湖骗子的嫌疑，居心难料。现在好了，几根银针轻描淡写地扎下去，陈家鹄化险为夷——这远比说十车话更有效力，证明高僧心术俱佳，陈家鹄是碰到好人贵人了。

老和尚似乎看穿了老孙的心思，合十为礼，对老孙道："不必拘礼，治病救人乃佛门弟子之本分，何况陈居士福泽绵长，阳寿未尽，老衲不过是顺应天命而勉为人事罢了。此乃注定之缘法，如花开花谢，日升日落，最是自然不过，何必感言？"陈家鹄身体本是虚弱到极点，但被老和尚扎了几针，像接了仙气，神志异常清楚，听老和尚这么说，忍不住接口说："照师傅的意思，人世间的事都是生而注定，人生岂不成了一场被缘法安排好的戏？戏即人生，人生即戏，无从选择，无可逃遁？"

老和尚微微一笑，说："我晓得你姓陈。陈居士果然慧根不浅，只是此乃玄奥微言，绝大妙义，非三言两语可以辨识之。你如今身体虚弱，不宜多说话，也不宜多思考，等到了峨眉山，养好了病，倘若那时还有兴致，老衲与你促膝长谈。"说完，也不等陈家鹄回答，老和尚径直上前对他唱起催眠曲，"天色已晚，颠簸了一路，居士也累了，赶紧休息吧。"陈家鹄听着，不一会儿便觉得睡意沉沉，微笑着熟睡过去。

见陈家鹄睡了，老和尚的脸色变得严峻起来，转身对老孙说："他休息，我们不能休息。准备一下，立刻出发上路。"老孙有些不解，老和尚解释道："他现在的状况比出发时更加凶险。老衲刚才只是顺了他的气脉，事实上对他的病毫无益处。这就好像断粮的百姓吃观音土，虽能充饥，却不能消化为用，反倒有害。不瞒你说，老衲用银针只能保他两昼三夜平安，如果在这之后还不能赶到峨眉山，只恐将有不忍言之事发生。"

那还等什么？老孙和小周二话不说，立刻将陈家鹄抬上车，连夜出发。路有两条：一条是先取道成都，然后转道眉州、乐山而至峨眉。这条路是官道，路况好且无匪患，但缺点是路太绕。另一条则是取道荣昌、富顺，往西直赴乐山而至峨眉。这么走倒是要近许多，但必须翻越几座大山，路况极差尚在其次，关键是沿途常有土匪出没，安全得不到保障。老孙心想，如果陈家鹄死在路上，自己回去也是罪，死在土匪手上也罢。

便选择了后一条路。

孙、周二人轮换开车，夜以继日，第二天中午便到荣昌县，一干人在县城里胡乱找了家饭店一饱，又匆忙上路。刚开出县城不到十里，陈家鹄突然浑身痉挛起来，呼冷喊热，人事不省。老和尚让大家别担心，说他这是内邪不宣，不碍事，今晚必好。一边说，一边又开始施展他那神乎其神的银针功夫，罢了又让小和尚将几颗黑不溜秋的药丸用水化了，喂他服下。傍晚到达富顺时，陈家鹄果然复了元气。至此，老孙和小周对老和尚的敬佩和信任又被拔高。之后一路，俩人对他完全言听计从，没有半点违拗和疑虑。

第三天，车子一路颠簸进入乐山境内。小周的情绪很乐观，一边开车一边有一搭没一搭地逗小和尚玩。老孙错过了困头，闭着眼假寐，忍不住提醒小周当心一点。小周笑着说："这一路有大师在，鬼神不近，小蟊贼也不敢靠拢，没什么可担心的。"话音未落，却是传来一声枪响，犹若平地炸响惊雷。小周下意识狠踩一脚刹车，把昏睡的陈家鹄也惊醒过来。小周不由自主地望了身边的老孙一眼，老孙瞪着他说：

"看我干什么，看前面，麻烦来了。"

的确，麻烦来了。转眼间，十多支枪杆从四面八方的林子里探出来，吆喝着朝车子围上来。领袖的头目是个头缠红头巾的中年汉子，操着一口标准的乐山话，喝令所有人统统下车。乐山话属南方语系，与成都、重庆话区别明显，外地人很难听懂。但此时不用听懂大家也知道他的意思。老孙和小周是从风浪里滚出来的角色，临危不乱，心里头噼啪打响了如何虎口脱险的算盘。小周率先拔出枪，问老孙怎么办，回答他的是老和尚。

"听老衲的，把枪收起来，是祸躲不过，我先下车看看。"老和尚说着，先下了车，一边宣诵着佛语。头目一把推开他，骂："少跟我装菩萨，老子不信这一套，老子只信手里的枪。下来！要想活命的都下来！"用枪指着车里，威逼人人下车。喽啰们随即围上来，打开所有车门，下来！下车！都滚下车来！叫着，嚷着，骂着。

"且慢，且慢，众兄弟，"老和尚不慌不乱上前阻拦，"车上有重症病员，惊不得，惊不得。"一边从容走到头目面前，向他合十为礼，"敢问这位贤士，刘三檀越近来可好？”头目原本气势汹汹、目空一切，被他这么一问，心思乱了，迟疑起来。那刘三不是别人，正是他们的袍哥老大。

这一带叫做牛角山，属乐山和自贡交界隘地，山如其名，如牛角一般高险陡峻。山上古树参天，再加上道路错杂难行，野兽毒虫出没不止，外人进去后极易迷路，不死也要扒层皮，在明清两代为当地私盐贩子藏匿之所。辛亥革命后，前清遗老遗少躲了进来，人头多了，就扯起大旗聚成了寨子，四方泼皮无赖闻风入伙，专以打家劫舍为生。国民政府曾剿过两次，折了几十人却未能拔掉恶瘤，抗战爆发后，再无人过问。如今，势力越发壮大，已聚八百多人，刘三便是这里的大头目，人称三爷。

刘三，本名刘荣，系大军阀刘文辉的远房族兄，原是前清犍为县县丞，正牌子举人出身，会文章，富智计，落草后颇受尊崇，老寨主死后被公推为新主，到如今已有十五年光景。三年前，刘三最宠爱的小女得了种无名热的怪病，四方求医不果，便领人上峨眉山拜菩萨祈救。途中，凑巧撞见悟真和尚，被施了救，带回寺里，吃了两服药，病情便见好，令刘三感激不尽。日后不久，刘三托人送来书信一封，财宝一箱。悟真和尚阅信方知，刘三为何方人士，在何方逞能。刘三在信中立誓，但有差遣，当赴汤蹈火，绝不皱眉，云云。悟真乃出家人，与世无争，哪里会去差遣一个土匪头子，不料，这次还真用上他了。

无名头目把老和尚上下再三打量一番，骂道：“别装，方圆几百里都知道这是咱三爷的地盘，你以为报个名就把我吓倒了，跟我装？告诉你，别装屌，装死还差不多。”

老和尚微微一笑，道：“不妨带老衲去见你三爷，老衲出门多日，车里病人危在旦夕，老衲正欲寻人施助，三爷竟唤人来接了，呵呵，善哉，善哉。”磊落之情，坦荡之样，实让无名头目不敢造次，便骂骂咧咧带他走了。

便见了刘三。

便化险为夷。

别时，刘三又赠不少财宝，悟真一概不要，却讨求山参一枝。原来，此时的陈家鹄，经这番折腾，已经气若游丝，生死两茫茫，急需补气强神。但师徒出游多时，携带的补气强神的良药已告罄，若不能及时采补，老和尚对陈家鹄的命数也心存悬疑，所以向刘三讨求。刘三差人端来一抽屉的山参让悟真挑，悟真挑选一枝二十年的老山参，一颗心顿时释然。随后几日，正是靠着这枝老山参，陈家鹄才坚持活着上了峨眉山。

一行人是第五日凌晨到达峨眉山报国寺的。

这是老孙第二次到峨眉山。一九三五年，蒋介石在高参杨永泰的建议下，开办了有名的“峨山军官训练团”，自兼团长，刘湘为副团长，陈诚为教育长。四川、西康、云南、贵州等地营长以上军官多被调来受训，训练场地就设在报国寺门前的小广场以及虎溪畔的山道间。开办之初，杜先生曾来视察过，老孙时任杜先生卫队队长，便随行而来。此番故地重游，尽管天色不明，但那熟悉的楠树和红墙亦勾起他不少三年前的记忆。尤其是如今杨永泰和刘湘均已离世，更令老孙欷歔不已，有种物是人非的凄凉。

悟真老和尚是在山腰万年寺出的家，修持则在洗象池畔的天花禅院。从报国寺到洗象池，尚有大半日的山道。由于不通公路，只能步行，老孙便在此与众作别，驾车返回。小周本是安排他来为陈家鹄保驾的，自当留下。他找来两副滑竿，轮流抬着昏迷不醒的陈家鹄，片刻不歇，一路赶路，于午后终于结束艰难行程，赶到了天花禅院。

天花禅院规模不大，统共只有十来个和尚，三间佛堂，十八间厢房，厢房后还有一间药材储藏室，里面包括野生雪莲、冬虫夏草、灵芝、千年人参等名贵药材。它们的来历与老和尚的医术一样神秘，外人全不知端倪，给人感觉仿佛是说有就有了，好像老和尚有法术，凭空变出来的一样。不论如何，它们的存在，使得老和尚济世救人不会有巧妇难为无米之炊之虞。这也是他为何要带陈家鹄上山的理由，至少是之一吧。毕竟，说一千道一万，没有良药是治不了恶病的。

但是现在，有神仙药也对陈家鹄无用，用不了，因为他已经深度昏迷，开不了牙口，咽不下点水。一路上，头两天他还有意识，后面几日一直昏迷不醒，要不是老和尚用那枝老山参时刻给他补气，可能早断了气。他这口气，全靠老和尚细细嚼碎了老山参，口含鼻塞，强行维持着的。

上山后，老和尚便开始施医。他将陈家鹄安置在一间空屋子内，这屋子简陋至极，除了一张木床什么也没有，连窗户都没有，只在墙角处有两个不起眼的换气口。把门关上，伸手不见五指，仿佛一尊大棺材。

接下来的两天，陈家鹄就在这尊大棺材里静静躺着，像一个真正的死人。

小周被安排住在旁边的厢房里。他毕竟放不下心，时刻凝神倾听，却始终听不到隔壁有丝毫动静。只见老和尚偶尔进去给病人扎两针，很快便出来，时间短得像错觉，抑或一个万籁俱静中偶然发生的小意外。

到第三天晚上，不知什么缘故，子夜已过，小周被什么声音惊醒，听见陈家鹄的房间里传来一阵奇怪的声音，窸窸窣窣的，像是有什么人在轻轻搓揉他的衣服。小周觉得奇怪，起身去察看。推开门，只见小和尚一脸坦然地守在“大棺材”门口。小周更是奇怪，走上前问：“小师傅，这么晚了，你怎么还在这里？”

小和尚瘟头瘟脑地回答：“师傅让我守在这里，不许旁人进去打扰。”小周如释重负，“原来是师傅在给陈先生治病。”见小和尚点头，又问，“师傅进去多久了？他进去，我怎么没听见呢？”

“师傅不在里面。”

“不在里面？”

“是的。”

“那他怎么给人治病？”

“我不知道。”

“师傅到底在哪里？”

“我不知道。”

小和尚一问三不知，子丑寅卯什么也讲不出来，但就是不肯放小周进去。小周哭笑不得，又不便强闯，只好怀着巨大的好奇与更加巨大的期待，返回自己房间，继续睡觉。

第二天一大早，小周被一阵猛烈的咳嗽声惊醒，这正是久违了的陈家鹄的咳嗽声。陈先生醒了！小周惊喜交集，一跃起身，赶紧穿戴整齐，推开门，却看见老和尚带着两个沙弥正匆匆走来，其中一个提着个沙罐，也不知装的是啥，另一个则提着篮子，里面装着碗、调羹和蜡烛。四人一起进去，在屋里，陈家鹄的咳嗽声又被成倍地放大，如牛吼，如闷雷。

陈家鹄从黑暗中醒来，一时难以适应门外透进来的光亮。但这并不妨碍他分辨来者是谁，他用沙哑无力的声音问："师傅，我这是在哪里？"

"在你涅槃重生的地方。"老和尚说完，沙弥已点燃蜡烛，屋里的黑暗顿时被驱散一空。小周这才看清病人的脸色，竟比屋外那漫山的雪还要苍白，仿佛透出摄人心魄的寒刃，不觉冷得心里一缩。

老和尚径直上前，把了把病人的脉，笑道："陈居士真是个有福之人啊，遇到坏事也能因祸得福——牛角山遇匪，你受了惊吓，出了一身大汗，内邪随汗走了不少，后又求得老山参一枝，讨得残喘，好让我妙手回春。"言毕即扎针，完了又伸出手在病人头部轻轻推拿几下，然后问他，"居士可想吃点东西？"陈家鹄苦笑，"光想有什么用，吃了都会吐出来。""我问你想不想？"老和尚说。陈家鹄摇头，"不想。"老和尚笑道："怪了，人人都要吃饭咽菜，你陈居士一代才杰之士，翻手为云覆手为雨，怎么会连饭菜都不想吃呢？你能吃的，一枝二十年的老山参都让你吃了，那苦涩之味实不是食之甘味。想一想，一碗农家菜粥，闻之清香，观之一青二白，食之入口即化，妙哉，妙哉。"

不知为何，陈家鹄顿时觉得口舌生津，咽了一口唾沫。老和尚笑道："你咽了一口津液，说明你是想吃东西了。想吃什么？嗯，依老衲看，此刻来一碗热乎乎的青菜粥正是你之所想。来吧，我早已给你备好了。"老和尚对两个沙弥挥挥手，一人连忙将罐子打开，正是一罐热气腾腾的青菜粥，另一人则把碗和调羹拿出来，盛了一碗，递给师傅。

"把他扶起来。"老和尚吩咐小周，小周便扶了。

"请你张开嘴。"老和尚吩咐陈家鹄，陈家鹄便张开了嘴。

"一碗菜粥，菜是青青小菜，米是象牙白米，水是洁净雪水，佐以高山野参汤、红糖、当归、白糖，我用微火熬煮半夜，天下哪有如此美食。来吧，吃吧。"老和尚说着喂了一羹。

再一羹。

又一羹。

如是再三，一碗粥很快见底。陈家鹄担心不争气的胃又给他来老一套，一阵翻腾后把吃下的东西全吐出来。这么想着，他合了口，闭了眼，好像这样可以把要吐的东西挡回去似的。这样过去数分钟后，陈家鹄只觉得胃里生出一股温暖之气，丝丝往下畅通，同时觉得一股贪婪的食欲满了欲海，使他下意识地舔了舔嘴唇。老和尚见了，笑道："还想来一碗？"陈家鹄不假思索地点了头。一旁静观的小周终于找到事做，接过空碗准备再去盛，被老和尚制止。"够了，"老和尚对陈家鹄说，"你这沉疴之躯，久病之身，十分虚弱。所谓虚不受补，能消化这一碗粥就已经很不错，想吃得再过一个时辰。"

一个时辰后，又吃了一碗，又是没吐。

这一天，陈家鹄把一罐子粥吃得一干二净，一粒米都没有吐出来。到了晚上，他已经有说话的愿望了，他问老和尚："我之前吃什么吐什么，现在也没见你用药，怎么一碗粥入肚，只觉肠胃里暖暖的十分受用，不但不想吐，还想再吃。这是什么道理？"老和尚开心笑道："没什么道理，这是你的命，也是你与老衲的缘分。不过，你既然神志回转，老衲不妨讲一个故事给你听，当做饭后茶余之消遣。"顿了顿，缓缓讲来，"话说从前有座村庄，供奉着一尊魔鬼木像，为了不让魔神带来灾难，村庄每年都要牺牲一位村民去祭祀他。后来，一位被送去祭祀的村民心想横竖是个死，何不一搏？于是他一把火将魔像烧成了灰烬。没想到从此后，村庄就从魔鬼的阴云中解脱出来。陈居士，你心中或许就有这么一座魔像，阻碍你不能咽食，老衲只是替你暂时驱散了它的阴影，至于能否将它彻底焚毁，还得要靠你自己。"

陈家鹄咀嚼着老和尚的话，若有所悟。

老和尚转过头去，对小和尚说："你去厨房看看药熬好了没有，熬好了就送过来。”小和尚应声而去。老和尚这才又对陈家鹄说：“好了，你神志刚刚回来，不宜多劳神，把心静下来，什么也不必想，老衲自会竭尽所能助你康健。如果你觉得脚趾头有疼痛之感，但说无妨。”

陈家鹄一怔，突然，“啊哟”一声叫了出来。

陈家鹄确实感到脚趾头痛，好像每个趾头都被毒蚁叮咬过，烧热，辣痛，且有增无减。如果他可以坐起身来，弯腰细看，会发现每一个趾头均有几处米粒般大小的创口。

那是被蛇咬的！

咬他的可不是一般的蛇，是峨眉山上特有的一种毒蛇。普通人被它咬到，创口立刻剧烈红肿，血流不止，人会出冷汗，会恶心呕吐，紧接着鼻腔、眼膜、皮下组织等部位亦迅速出血，不出五步即昏厥，五分钟内必断命。此蛇被当地人称为“峨山五步皇”，毒性比一般的五步蛇更为猛烈，极其罕见。老和尚偶然在白龙洞捕得一尾，精心饲养两年，如今终于在陈家鹄身上派上了用场。

老和尚治病不拘一格，甚至可谓胆大包天。这间棺材样的黑屋子，是他专门为需用毒虫以毒攻毒的病人设计的。天花禅院海拔两千多米，一年中有小半年被积雪覆盖。冰天雪地里，虫豸别说攻击病人，连行动都成问题。老和尚辟出这么一块地方，在地下挖有坑道，一旦有病人要急救，便烧火提高室内温度，令毒虫可以行动自如。为了不让毒蛇咬到陈家鹄身体的其他部位，老和尚在他身上涂满了地黄水，只在脚趾上抹了专门“引蛇出洞”的香草药膏。昨天晚上，小周听到的窸窸窣窣声，便是峨山五步皇毒蛇在吸食陈家鹄香喷喷的脚趾头的声音。

毒蛇这一夜辛勤工作，效果比老和尚预期的要好，他这么快神志清醒，并能消化食物，说明他体内积累已久的毒气、晦气、浊气已开始明显下行。之前，毒气往上急攻，脏腑功能乱成一团，头发才会一夜变白。以后，陈家鹄的白头发将日渐转黑，正是因为毒气下行的泄路通畅了。老和尚看在眼里，欣慰在心，他对治好陈家鹄的病信心更添。

这天午后，老和尚叫人收拾出另外一间厢房，叫陈家鹄住了进去。这间厢房在天花禅院左侧，推窗即见洗象池，白天可见满山遍野银装素裹，妖娆万端；池塘边，一片英姿挺拔的冷杉林，在风中萧萧瑟瑟，低吟轻语。夜晚，明月如洗，朗照枝头，天人合一；凭窗远望，万山沉寂，云收雾敛，遥天一碧，心地宽阔。陈家鹄身在其中，白天受日光沐浴，夜间被月华抚弄，心神日渐安宁。

景色撩人可以为药，但要彻底治愈陈家鹄的心病，这还远远不够，必须人心对照，借物明志。在接下来的日子里，老和尚有空便来看陈家鹄，除了扎针、用药，还陪他下棋，教他佛理，同他谈心，聊天地，侃大山，慢慢地把陈家鹄关闭的心境打开来。转眼到了陈家鹄上山后的第九日，这天老和尚拿了一本《唐诗选集》来，笑着对陈家鹄说："老衲识字不多，平时却爱附庸风雅，这本书翻来覆去看了十多遍，还是有些字不认识，听说居士是留洋归来的大博士，学问一定大得很哦，教教我吧。"陈家鹄说："师傅拿我开心不是？我是学数学的，要论文学恐怕要差师傅一大截。"话是这么说，他还是把书接过去，见是李白的《庐山谣寄卢侍御虚舟》。老和尚请他读一遍给他听，而且要大声，要尽量有表情。陈家鹄开始不愿意，但在师傅执意要求下，便读起来，越读越富有声情：

我本楚狂人，凤歌笑孔丘。
手持绿玉杖，朝别黄鹤楼。
五岳寻仙不辞远，一生好入名山游。
庐山秀出南斗傍，屏风九叠云锦张，影落明湖青黛光。
金阙前开二峰长，银河倒挂三石梁。
香炉瀑布遥相望，回崖沓嶂凌苍苍。
翠影红霞映朝日，鸟飞不到吴天长。
登高壮观天地间，大江茫茫去不还。

黄云万里动风色，白波九道流雪山。

好为庐山谣，兴因庐山发。

闲窥石镜清我心，谢公行处苍苔没。

早服还丹无世情，琴心三叠道初成。

遥见仙人彩云里，手把芙蓉朝玉京。

先期汗漫九垓上，愿接卢遨游太清。

读罢，老和尚笑眯眯地看着他，压根不提什么不识之字，只说：“你中途一刻未定，换气自如，说明肺部之伤疾已经基本无恙，今后可以出去走一走了。走吧，今天我带你小走一会儿，可能会觉得累，但无妨。累也是一个身体无恙的信号，如果你的身体感觉不到累，就不可救药了。”

山中积着雪泥，老和尚和陈家鹄都穿上布鞋，鞋上又绑上两圈草绳，沿着山道一路往上，朝雷洞坪的方向缓缓行走。这一路道路极窄且陡峭蜿蜒，又结了冰霜有些湿滑，严格说并不适合散步，这对久卧病榻的陈家鹄而言更是“雪上加霜”。所以，老和尚不想远走，只走了百十米便要回头，却遭陈家鹄反对。他还要走，一走又走，最后竟走了三里路，走到一座凉亭方才歇了脚。俩人在凉亭里坐下，老和尚说：“按道理，你大病初愈这么远足是不许的，老衲该制止你，但见你兴致高，便由了你。只是回去之后，你得多挨几针。”陈家鹄笑道：“我现在早已是满身针孔，不在乎再多上几个。”印象中，这是老和尚第一次看到陈家鹄脸上露出笑容。

要治其身病，先要治其心病，这是老和尚对陈家鹄病情的最初判断，后来与陆从骏相谈，更加肯定了自己的想法。陆从骏虽没有对老和尚和盘托出陈家鹄的病历，但多少还是透露了一些，令其可以猜测到，无非是为爱而伤、为情所困之类。现在看到他笑，老和尚心里窃喜。心病难治，难就难在身外找不到药材。换言之，药材在病人自己心里，而笑便是最好的药。老和尚看陈家鹄出气略粗，料他身上一定发出微汗，便问：“是否有口渴之感？”陈家鹄点了点头，看着铺在树叶上的积雪，说：“如果师傅同意，我倒是想抓一把雪来吃，舔一下也行。”老和尚呵呵笑，“看来你体内之伤已痊愈。有伤必有寒，有寒必畏风，你现在对雪水都断了畏惧，说明你体内之寒已除。好啊，真是年轻啊，祛病如此快，你的身体本是上好的，老衲现在有信心还你一副好身体。不过雪水是喝不得的，若真口渴还是吃颗蟠桃吧。”

“吃蟠桃？”陈家鹄不由一怔，这大冬天的，哪里去找桃子？以为老和尚是在说笑话。只见老和尚从袈裟里摸出一支短笛，放在嘴里吹起来。约十分钟后，一只一米多高的猴子捧着一颗拳头大的桃子出现在老和尚面前。老和尚唤它叫“大青”，轻轻拍拍大青的头，示意它把桃子送给陈家鹄。大青唧唧地叫一声，似乎是在说“知道了”，转过身来恭恭敬敬地把桃子捧给陈家鹄。

陈家鹄早已看得目眩神迷，竟手足无措，不知该接还是不接。

老和尚说：“这是大青给你的见面礼，收下吧。”陈家鹄连忙起身恭恭敬敬又小心翼翼地接过桃子，还不忘说一声“谢谢”。大青跳到老和尚身边，十分亲昵。老和尚笑着从怀里掏出一包糖来给它，大青高高兴兴地拿在手里，一屁股坐在老和尚旁边，大吃大嚼起来。

老和尚见陈家鹄捧着桃子不吃，说：“你不是口渴吗？吃吧，吃了对你有好处。”陈家鹄这才试着剥开皮，咬了一口，只觉满口蜜汁乱窜，竟是平生未尝之绝味。老和尚说：“怎么样，很好吃吧？”陈家鹄点点头，问：“这季节，冰天雪地的，大青从哪里摘来这样鲜美的桃子？”老和尚轻抚大青的头，笑着说：“吃了鸡蛋，还要找下蛋的母鸡么？你要是喜欢，多与大青亲近亲近，以后有你吃的。”陈家鹄上前去抚摸大青，一边问老和尚：“师傅，禅院里外都是猴子，这大青可比它们要大得多，也聪灵得多。”老和尚点点头，说：“大青本是这里的猴王，后来猴群叛乱拥立新王，新王必杀它而后快，是老衲救了它。一年多来，每当听到老衲的笛声，它就会送蟠桃来。老衲生平救人无数，要说念情感恩，没有谁能及得上它。”

陈家鹄听完，觉得老和尚这话颇有弦外雅音，不禁默然。

陈家鹄的感觉没错，老和尚把大青召唤来给他讲这个故事，的确是为了治疗他的心病而故意为之。“难道人还不如猴子？”老和尚自问自答，“自然不是。人乃万物之灵，灵之一字，心之一字也。我们这颗心，包容四海不难，包容天地亦不难，难的是包容自己。存了一分杂念，便遮蔽碧海苍天。陈居士，说到底这便是你今日的病根。”

陈家鹄像是留声机一般重复念叨一遍：“这便是我今日的病根。”

“不错。”老和尚盯着陈家鹄看，正容说道，“阳明子云：破山中贼易，破心中贼难。这道理一针见血。你心中挣扎无端，贼势滔滔，破之乃难上难矣。心病不除，身体如何好得起来？”

陈家鹄思量半天，道：“道理我明白，只是说起来容易做起来难，大千世界固然复杂，但人心更复杂啊。”老和尚顺势而为，一掏二挖，便把陈家鹄心中的块垒——惠子——挖出来。秘密端出来，目的是讨教，请师傅指点迷津。老和尚听罢，置若罔闻，只说：“今日已不早，我们回去吧。”说完，拍拍大青，意思是与它再见了。大青依依不舍地抱了抱老和尚，又象征性地抱了抱陈家鹄，才摇摇摆摆地离去，让陈家鹄由衷感慨猴子真是有灵性的动物。

纵然有九个脑袋，陈家鹄这次是真正被陆从骏骗到了，惠子是日本间谍，这对他不啻为致命打击，他的肺正因此而炸，他的病正因此而重。病倒之初，他一心希望早日痊愈回去工作，所以异常配合医生的治疗。殊不知，身体绝情地背叛了他，令他心有余而力不足。病情日日加重，到后来他绝望了，滴水难进，覆水难收，他认为自己纵然有九条命也是死定。哪知道，上山不足十日，居然连雪水都想喝了，他对自己身体恢复之快感到吃惊。身体好的另外一个征兆是，那些烦心事又在心里荡漾开了。今天他一吐为快，本以为会引得师傅一番鸿篇大论之教导，不料是只字未闻，实令他百思难解。

老和尚其实是故意在吊陈家鹄的胃口。治心病，讲究的是若即若离，欲擒故纵，把问题的实质抛出来，却不作解答，让人自己去思，去想，去琢磨，琢磨得越深，其心思自是越纠缠，越紊乱。等乱到一定程度时，突然当头棒喝，让病人豁然开悟，其效果当是最好。

这样过去多日，一天午后，到了固定的该扎针灸之时，老和尚按时照来，却是徒着手，挎着一只背囊，见面就催促陈家鹄出门。“今天天气晴好，”老和尚说，“我带你去看看云海。”路上，老和尚时而夸陈家鹄脚步有力，时而夸他气色如祥云，呼吸如自然，总之，是夸他身体好。老是夸，陈家鹄终于在面对茫茫云海时道：“记得师傅曾说过，我是心病大于身体之疾，如今我身体是日日见好，可为何不见师傅治我心病？”老和尚觉得时机已到，便笑了笑，缓缓念道：“菩提本无树，明镜亦非台。本来无一物，何处惹尘埃。记得我们上路头一天，在重庆郊外那家小饭馆里，你曾问老衲，人生如戏，戏即人生，我们活着之意义何在？现在老衲可以回答你，人世间事渺渺杳杳，一切所谓之意义，统统皆是无意义。何况你惹的尘埃，轻如浮云。”

陈家鹄想了想，说：“师傅的话太过深奥，我理解不了。”的确，要让他视惠子为“浮云”，实是强人所难。老和尚似乎看穿他心思，指着自己的心说：“老衲心中女色全无，决非因老衲出家在先，只因女色如浮云，似彩虹，都是空中楼阁矣，让凡夫醉生梦死。世间万物皆为身外物，你为一个女流迷顿、辗转，岂不妄自菲薄？俗家有言，世间唯女流和小人难养；佛家言，性是乱，色即空。男辈女流，阴阳相克，水火不容，乃天地注定，大丈夫自当放下明志。”

阳光和煦，云海飘飘。

老和尚伸手指着灿烂阳光，道：“要知道，我们生命至深的需要不过如这冬日的阳光一般和煦、简单，但总有人，太多人，喜欢顶着烈日，化身飞蛾，投向华丽的火焰。殊不知，天地太强大，凡身太弱小，理当卸下所有承载，轻心即轻身，身轻生命才能自在活泼。欲壑难填，欲望是个永远无法满足的东西，当你打开一扇门，便是无穷的门。而欲望终归是沉重的，只会让你的生活变得复杂，生命变得迷顿，念你之念。老衲今日送你四句偈语。”

“请师傅讲。”陈家鹄看他抚须不语，催促道。

“由爱故生忧，由爱故生怖；若离于爱者，无忧亦无怖。”

老和尚的这一席话，似有心，似无意，正中陈家鹄内心深处最大的阴影。他不由得皱紧眉头，一时间，与惠子相识的浪漫、相知的感动、相爱的甜蜜、成婚的温暖、离别的痛苦、相思的煎熬、背叛的惊骇……过往的点点滴滴，如春水潺潺，缓缓流过心头；又洞若烛照，所有细节纤毫毕现，酸甜苦辣洪水汹涌，内心泛起大波澜。

他的心思如何逃得过老和尚的明察？老和尚看着他，念声佛号，将一件禅事缓缓道来："曾经，慧可禅师以断臂之大愿力向达摩祖师求道，禅师问曰：'诸佛法印，可得闻乎？'祖师回答：'非从人得。'禅师闻之很是茫然，思量许久，竟觉俗尘缭绕，不得安宁，遂向祖师乞言：'大和尚，我心不安。'祖师淡然一笑问他：'心在何处？我来替你安！'禅师于是顿悟妙法。"

这故事陈家鹄听得半懂不懂的，但以后日日思，夜夜想，一日夜里竟如迦叶忽见佛陀拈花，醍醐灌顶妙义入心，始觉今是昨非。这天夜里，月光如银，他独自一人步行至山崖前，观看四周郁郁苍松，眺望脚下茫茫云海，长久默不做声，别时粲然一笑，对着崖下云海道：

"松间闻道，云端听佛，陈某不枉此行矣。"

夜深回归寺院，远远看见小周与小和尚在修行堂内静心端坐，好似一对志同道合的师兄师弟，也在等待师傅醍醐灌顶。

伍

为了让陈家鹄的身体能够尽快复原，老和尚不惜血本，拿出最好的野生人参和灵芝等给他进补，同时又让小周天天领他去山野走走，热身，散心。小周本是个生性活泼的人，二十出头，正是好动、好玩的年岁。刚上山时，因陈家鹄卧床不起，没什么事，小周天天与小和尚绞在一起，砍柴拾果，探梅寻兰，游山玩水，方圆几十里山野内，漫山遍野都留下了他们的足迹。小周现在正好做陈先生的向导，带他游玩，何处有路，何方有景，哪里有险，都在他心里。带陈先生出门，安全自然是第一，于是山左一带就成了他们常走之地。这一带风景独好，苍松傲雪，远景开阔，有泉有涧。北伐战争后，陆续有富甲一方的商人为避战乱而在此栖居，他们劈山修路，伐木造屋，一家家地迁来，一户户地相聚，迄今已经人丁兴旺。

这一天，陈家鹄像往常一样与小周一起，往山左一带去散心，一边走，一边不知不觉聊起老和尚。不知从什么时候起，陈家鹄发现，只要说起老和尚，小周总是敬从心底生，礼从手上起——双手会不由自主地合十，默念一句："师傅在上。"通过小周热情唠叨的讲述，陈家鹄仿佛看见了另一个老和尚，他天天凌晨四点起床，坐禅两个时辰，天亮出门扫雪，日出熬药（眼下多为陈家鹄），一日三次给徒弟讲经，睡前习武一个时辰。说到师傅的武功，小周每每发出感叹：

"他两个指头就能把我掀翻在地……"

"他练武时走路脚不沾地，简直像在飘，在飞……"

"有一次我看见他腾空而起，把一只停在树上的鸟一把抓在手里……"

虽然没有亲眼所见，但陈家鹄全然相信，因为老和尚神奇的一面他早已有领教，从那一支支银针，到一碗碗草药，从治他身病，到疗他心病，一个赴黄泉路上的人就这么不知不觉间被他拉了回来，回到了从前。昨天夜里，他做梦，居然梦见自己在破译特一号线。这个梦向他透露出太多的信息，他首先想到的是陆从骏在召唤他，其次他觉得这也说明自己的身体确实是恢复了，再次……他一直想不出来，可总觉得还有什么。这会儿，他把这事对小周道明，问他有什么想法。

小周脱口而出："这不明摆的，你心里堆积着太多的恨，你恨透了那些特务，你想回去报仇，给那些为你死去的人雪恨。"

接着，小周又嬉笑着说："你虽然还没有真正走进过黑室大门，但你跟黑室的关系比这山上的金顶还高，而我虽然是黑室的元老，却还没有你一半的高。你啊，黑室已经进入到你的生命中了。"

"难道你不是吗？"

"说真的，我没有梦见过黑室。"小周认真地说，"我倒是几次梦见悟真师傅了。”

“我也常梦见悟真师傅。”

“但你不可能忘掉黑室。”

“难道你忘得掉吗？”

“你忘不掉它，是因为它需要你，黑室离不开你。”小周答非所问，“人就是这样，士为知己者死，谁把你当宝贝，你就会尊重谁。”

陈家鹄笑了，“人家说，士别三日，刮目相看，你就在我身边，可我也要刮目相看你了，满口都是至理真言。”

小周也笑了，接着又是一句文绉绉的话，“这叫近朱者赤，近墨者黑。”

说话间，俩人已经从山路上下来，来到一个人家聚集的山坳里。这一带住的都是来避难的有钱人家，山左正因这些人家的迁居而时兴一时。刚进山坳口，便听见一群人在院子里吵吵嚷嚷，门口有一些闲人围观，指指点点的。陈家鹄和小周不由得有些好奇，便走过去看热闹。看了一会儿，明白了端倪。吵架的是某富商的三个儿子，父亲前不久去世，昨天正好过了七七四十九日大忌日，今天三个儿子在母亲面前分父亲留下的钱财，结果分出了争端。这是无趣的事，俩人看一会儿便走了。

刚走不远，小周注意到南边山坡上的那栋楼里，有个一脸富态的妇女，正站在晒台上偷偷打量陈家鹄。小周说：“你看，陈先生，那人在看你呢。我敢肯定，她女儿一定也在某个窗洞里看你。”陈家鹄说：“看我干吗？在看你吧，你经常来这里走动，可能认识你了。”小周说：“看我就说明她瞎了眼。这些天我和你天天来这一带逛，这里人也都认识你了，谁看不出来，你是主人，我只是你的随从，谁会把女儿嫁给一个下人？”陈家鹄一听这话，就像被冰了一下似的，顿时沉了脸，闭了口，不理他，埋头朝前去了。

小周心想，你回去还不照样要面对这个话题。其实，这家人已经托人来跟小周打探过陈家鹄的情况，他们家有个女儿，原来在北平读书，北平沦陷后一直在家里待着，可年纪不小，已经二十四岁，没有对象，让家里人很着急。这些天他们常来这儿逛，不知这家的大人还是姑娘本人，看上了陈家鹄，便托人私下找到小周来了解陈家鹄的情况。小周知道这是不可能的事，便以“不了解他”搪塞掉了。刚才，他陪陈家鹄下山时，看见那个曾经找他来打探陈先生情况的人上山去了他们寺院，估计他一定是去找悟真师傅打探陈先生的情况去了。陈家鹄在前面走，小周看着他高大、魁梧的背影，心里禁不住地想，他这人实在太出众了，往哪里一站一走，都引人注目，招人喜欢，所以，可想他这一生注定是要被一堆俗事纠缠。这么想着，小周自然地在心里念了一句“阿弥陀佛”。真是近朱者赤啊。

果然，吃罢晚饭，老和尚把陈家鹄叫出去一同散步，说的就是这件事。陈家鹄听了，苦笑不迭，“这太荒唐了师傅，我刚从火坑里出来，怎么可能再往里面跳？想必师傅一定替我拒辞了。”“自然是拒掉了。”老和尚说，“但这件事也告诉你，你该下山了，可以回单位去了。”陈家鹄以为师傅是怕他们来胡闹，“莫非师傅还怕他们来威迫我？再有钱的人也不至于这么无耻吧。”

“居士想到哪里去了，”老和尚笑道，“人家又不是牛角山上的刘三，怎会干这种蠢事。刘三心里着魔，打家劫舍，抢婚逼婚也是难免。这人家可是腰缠万贯之家，有钱固然能壮胆，做出一些狂妄自大之事，但有钱人最重要的是体面，断不会行这等事。”

“那师傅为何要因此催促我下山？”陈家鹄还是不解，问。

“你身体已恢复如初，自然该下山。”老和尚说，“试想，倘若你身体有恙，精神不佳，人家怎会看上你？你不过是路过那里几次，人家虽跟你有过照面，却没有相谈过，对你生情滋意，正是看你一表人才，身健体壮，有精神气，有不凡的风采。所以，这事也是提醒了我，你该下山了。”看陈家鹄思而不语，他接着又说，“决非老衲嫌弃你，赶你走，你生而注定不是庙堂的人。你有智有识，心怀报国之志，身体好了，自当回去尽职。”

陈家鹄思量一会儿，说：“师傅不是曾说过，人世间事渺渺杳杳，一切所谓之意义，统统皆是无意义。”

老和尚不假思索答道：“这是老衲所见，而你非老衲矣。人世间没有两瓢相同的水，更何况人乎？人上一百，形形色色，万不可张冠李戴，削足适履。老衲虽不知道你究竟是何人，在做何等大业，但你瞒不了你所拥有的那与众不同的气质。老衲深信不疑，居士一定替公家肩负着重担，使命崇高。正所谓‘王孙游兮不归，春草生兮萋萋’，峨山虽好，非居士淹留之地。你应该比老衲更清楚，战事需要你，家国百姓需要你。回去吧，回到属于你的地方去，放下浮云，轻装上阵，老衲笃信居士一定能凯旋而归。”

陈家鹄听着，直觉得热血一阵阵往头上涌，恍惚间，好像已经踏上归途，腾着云，驾着雾，飞离峨山，飞抵渝都。这使他再一次深切体会到，自己竟然是那么渴望回去。这天晚上，陈家鹄辗转难眠，好不容易睡着又是乱梦纷飞，时而梦见师傅，时而看见陆从骏，进而看见海塞斯和满桌子的电文，后来居然还梦见了惠子。梦里的惠子时而狰狞可怖，时而悲伤可怜，时而从天堂巷里走出来，时而从美国大使馆里走出来……有那么一会儿，惠子是从抄满电文的电报纸里钻出来的，模样极其荒诞恐怖，把陈家鹄吓醒了。醒来，惠子的这个极其荒诞恐怖的头像一直盘踞在他脑海里，久久驱不散，赶不走。终于，他明白了，自己为什么那么急切地想回去工作，那么惦念特一号线，是因为惠子——既然她是萨根的同党，这条线又是萨根掌握的，那些电报里或许会有关于惠子的内容。这个念头一旦瓜熟蒂落，他竟变得十二分地想回去了。

所以，早晨一起床，他即去找老和尚，问山下镇上有无邮局。老和尚刚扫完地，准备回去洗漱，听陈家鹄这么说，问他：“想下山给公家拍电报？”得到肯定的答复后，老和尚道，“不必了，天还没有亮，我就叫小周去了。不出意外的话，一周之内你即可踏上归途。”说完，老和尚放好扫帚，双手向陈家鹄合十，念一声“阿弥陀佛”，转身飘然而去。陈家鹄望着他的背影，又抬头四顾了一下这已渐渐熟悉起来的环境，深深的失落感倏地涌上心头，令他久久难以平静。

这天正午，陈家鹄坐在禅院外的一棵树下思考着破解特一号线的事情，渐渐进入物我两忘之境（这次不是迷症）。就在这时，一个熟悉的声音从坡下传来，把他从幽远的遐想中拉回来。

“陈先生，陈先生！”

是老孙！他身后跟着两个人，看起来并不认识，仔细再看，只见一个扛着一个箱子，另一个扛着一副空滑竿。无疑，前者一定是老孙的手下，箱子里装的也许是防身武器，后者嘛，想必是老孙怕陈家鹄大病初愈，不能走这么远的山道，专门为他雇来的苦力。

老和尚似乎算到老孙今日会上山，竟早在禅房准备好茶水和椅子，迎接老孙的到来。老孙一路走来早已口干舌燥，入座后也不客气，一口气把面前的茶水喝完，然后从手下手上接过箱子，捧到老和尚跟前，一边打开一边说道：“大师啊，感谢您治好了陈先生的病。这是我们的一点心意，没什么俗物，您一定要收下。”箱子已经打开，里面装着一件金线天蚕丝袈裟，几本宋版经书，还有一套前清宫廷里的紫金法器——紫金钵、乌木佛珠、金丝楠木木鱼等，固非俗物，价值连城。饶是老和尚见识多广，也被眼前这份厚礼给惊得呆了，过了半晌，方抬头看了看老孙，笑着说：“居士真是贵人，出手不凡，老衲今日算是大开眼界了。”

老孙连忙解释道：“这是我们单位感谢大师您的，不是我个人。我孙某穷夫一个，哪里会有这种宝贝。”老和尚点头道：“老衲知道，只是贵单位盛情让老衲诚惶诚恐。这些都是稀世之宝，老衲却之不恭，受之有愧。”老孙说：“却之不恭是对的，受之有愧就不对了，您治好了我们陈先生的病，那就是我们单位的大恩人，我们送礼是知恩图报，这总该没错吧大师。您若不收下，那就是我没有完成差使，回去要受罚的。”

老孙本来话不多，但这会儿说的比谁都多，实为高兴使然。一番推辞后，老和尚终是收下了礼物。得知老孙车子停在山下，不可久留，老和尚遂敦促小和尚快快开饭。饭菜上桌，都坐下准备吃了，老孙突然发现一直没见着小周，便问陈家鹄：“小周呢，我怎么没看见他？”他这么一说，陈家鹄也回过神来，问小和尚：“是啊，他人呢？今天我一直没有看见他。”

“他不会还在睡懒觉吧。”老和尚吩咐小和尚去小周住的厢房看看。小和尚说：“不必看了，他已经走了。”去哪里了？小和尚说他也不知道，但是小周走前有东西留给他，让他转交老孙。小和尚回屋去把东西拿来，是一个军用挎包，包里有一把手枪、三盒子弹和一本证件，两把匕首，还有一封信。信很短，却像两把匕首一样，狠狠地扎在了老孙和陈家鹄的心窝上。信是这样写的：

> 孙处长、陈先生：
>
> 你们好！
>
> 当你们读到这封信的时候，我已经离开天花禅院，也可以说是离开了你们。是的，对不起，我决意留在山上，找一间小庙剃度为僧，安度此生。感谢你们曾经对我的关心和照顾，从今后，我将会分秒向佛，日日诵经，祝祷大家永远平安、幸福。阿弥陀佛……

这太出人意料了！

老孙匆匆把信看完，又气又急，丢了信往外跑去，只见山峦起伏，白雪耀眼，哪里有小周的影子？他不死心，呼喊着小周的名字，漫山遍野都是呼唤小周的回声。回声在山谷间飘来荡去，唤醒了山间野猴，唤醒了松巅积雪，却哪里唤得回小周那坚若磐石的去意？

其实，这会儿小周就躲在寺院外的一棵松树上，老孙歇斯底里喊他、找他的样子，他看得清楚也听得真切。他一度差点为老孙真诚的心意所感动，想到放弃出家，跟他们一起回到重庆去，继续并肩为黑室效力。但终究是一时心血来潮而已，而他决意留下却不是心血来潮，是日日思、夜夜想了很长的事。他不停地念着“阿弥陀佛”，以此法力来抵抗老孙的呼唤，终是抗过去了，唯一的败相是两只眼眶里含满了泪水。这本是他不许的，他希望自己能够像悟真师傅一样，凡事从容不惊，平静坦然地面对，泰然自若地应接，可他法力有限，没有做到。他不知那眼眶里含的热泪是给老孙的，还是给自己的。

一个小时后，他用蒙眬的泪眼默送老孙一行离开。当看见他们的车子钻入云海消失不见后，他才走出树林，与他们挥手作别，然后毅然转身返回寺院，跪在悟真师傅面前，乞求出家为僧。一跪，跪了三天三夜，其执著、坚韧之心终于让师傅相信他不是心血来潮，而是真心拜佛，遂亲自为他剃度，并赐法号“了空”。

纯属巧合，当了空小和尚头顶崭新的六字真言，第一次走进神圣的庙堂，第一次手持神圣的法器，为天花禅院敲响新一天晨钟的同时，那辆载着陈家鹄和老孙及随从的美国产越野车，正缓缓驶进陪都地界。

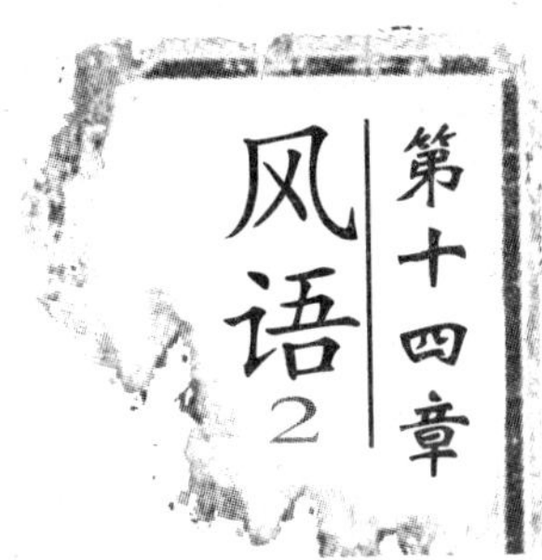
第十四章
风语
2

壹

陈家鹄下山的日子是一九三九年一月十九日，回到重庆是二十三日，他离开重庆是一九三八年十二月七日，他吐血的时间是之前九天，即一九三八年十一月三十日晚上。就是说，这口血，这场病，这两叶破肺，剥夺了他整整五十四个工作日。

有趣的是，这五十四天重庆似乎留不住人，总是在赶人走，有太多的人，你爱的人，恨的人，都在此期间陆续离开了重庆，走出了故事。要不是陈家鹄回来，这个故事都难以维系下去了。

最先离开的是惠子，她在受陆从骏和老孙恶作剧似的审讯之后，当天晚上便被法院的刑警铐走。所以这么急弄走她，倒不是急于要叫她死，而是怕她死。这个屋子对女人蛮凶的，曾有一个姑娘（前黑室成员，冯警长的表妹）就在此上吊自杀，成了老孙工作上的一大污点，压得他长时间抬不起头来。他怕惠子步人后尘，又在他履历上抹黑，便连夜通关系找人把她弄走。这一走便去向不知，生死不明。她失踪了，音讯全无，踪影不显，像妓院里的某个妓女，一夜间消失无影了，既不见人，也不见尸。

是没人关注吧？

不，有人太关注她了，为了找她都悬了赏，这人就是相井。他那天下午造访陈家遭到露骨的怠慢后，估计到惠子一定出了事——至少是被陈家赶出门，要不就是被关在家里，失去了自由。到底是怎么回事？相井越想心里越着急，便连夜召见冯警长打探情况。

“我不知你有没有陈家鹄妻子的消息，我想见见她。”相井依然没有道出自己和惠子的关系。

“她？你怎么见得了。”冯警长不知道他们的真实关系，大大咧咧地说，“她现在怎么还找得到，要找到可能也是尸体了。”

“她死了？”

“没死也在牢里。”

“为什么？”

真实的事情历历在目，但冯警长不可能说的，说了岂不是露馅了。不过，没关系，只要把时间往前提一下，稍加改动就行。“这说来话长啊，”啰唆一句是为了找个合适的说法，冯警长思量一会儿说，“陈家鹄被飞机炸死后，她就被军方抓走了，他们怀疑她是我们的同党，是她把黑室地址透露给我们的。”这说法不错，可以圆过去。

“然后呢？”

“她做了我们的替罪羊，只能是九死一生，我想。”警长说，口气还是轻轻松松，甚至还有点得意，为自己找了个不错的说法得意。相井听了久久盯着他看，看得他浑身起鸡皮疙瘩。

“怎么了？龙王。”警长问。

“找到她！”相井斩钉截铁地说，“你给我想办法找到她，活要见人，死要见尸，一定要找到她。”

“为什么？”

“为了钱。”相井有意偷换掉警长问的概念，“只要你能找到她，我给你双份的赏金。”看警长没反应，又补充说，“不是你那个的双份，而是我给萨根的那个的双份，够你买下这儿的一条街。”

有这么个诱惑，警长真的四方去找了，转眼两个月过去，打破电话，耗尽人情，跑断腿：拘留所、监狱、饭店、街头、刑场、陵园……所有可能藏纳法办人员的地方，都跑了，问了，寻了，找了，没有，就是没有。蛛丝马迹都没有，一无所获啊。

这是惠子的情况，她是第一个走出人们视线的。

然后——当然是萨根，他的行程早就定了，飞机来了就走了。当时重庆到香港一礼拜只有一个航班，票很难买，但萨根不愁买不到，因为谁都希望他早点滚蛋，中方、美方，包括相井。他带着“陈家鹄已被干掉”的好消息和一大笔冒领的赏金离开重庆，心情想必是蛮好的。据说他走得很风光，金处长给他派出一干保镖护送他上飞机。因为，万一路上有个三长两短，美国大使馆一定会认为是中国政府干的。

怕人栽赃啊。

接下来走的人也是明摆着，就是陈家鹄。可再接下来走的人，是谁也想不到的：是海塞斯！教授怎么会走？是啊，他怎么能走？可是，他真的走了，而且由于他的走，引发了一大批人的走。

贰

海塞斯的走，是因为美女姜把他告发了。

姜姐怎么会知道他的身份？这说来话长。应该说，海塞斯开始跟姜姐打交道时是比较谨慎的，基本上只是把她当一个性伙伴，带着色欲来，完事就走，而且来去的路上都有讲究和伪装。但慢慢地，也许姜姐的伪装更胜一筹吧，教授的警惕性越来越弱，同时，感情越来越深，体现出来的是：他在她身边滞留的时间越来越长，话也越来越多。有一天晚上——就是陈家鹄吐血的那个晚上，他居然一夜没走。

天气冷了，男人身上的那股闷人的狐臭味似乎也薄弱了许多，姜姐在疯狂之余也有了缠绵的雅兴，她常常完事过后趴在海塞斯的胸前数他的胸毛，一根、两根、三根……三十根……三百根……那天晚上海塞斯就是被她这么数着数着，睡过去了。天气冷了，有女人的被窝留人啊。从那以后，海塞斯经常到渝字楼来跟姜姐过夜，直到有一天被陆从骏发现了为止。

那段时间，陆从骏被陈家鹄的病折腾惨了，对海塞斯关注得不多。等陈家鹄去了峨眉山，他自己又生了一场病，重感冒，休息了一个多礼拜。这天晚上，老孙从峨眉山回来，讲起陈家鹄一路上的情况，陆从骏听了想起一句话：该死不死，必有后福。心情受此鼓舞，便去找海塞斯分享。办公室里灯亮着，门口挂着“请勿打扰”的纸牌——这是海塞斯骗人的小把戏，陆从骏便闯进隔壁他弟子郭小冬的办公室里。

郭小冬不知道海塞斯门上挂着那纸牌，一句话把他师傅出卖了。“您找教授？”郭小冬见所长进来，殷勤地对他说，“他下楼去了，您坐着等一会儿吧，我给您泡杯茶。”

“他去哪里了？”

“不知道。”

“什么时候走的？”

“半个多小时前。”

“应该回来了吧？”

“没有，回来我听得到的。”

陆从骏听了觉得不对头，便再去敲海塞斯的门。没人应。再敲，再敲，还是没人应。便拧开门看，果然是没人。人去哪里了？四处问，最后从门卫那儿得到确切消息：教授一个小时前出去了。

“出去了？”所长一惊，“跟谁一起走的？”

“就他一个人。”门卫说。

所长急了，大声呵斥道：“你怎么能放他出去！”

门卫支支吾吾地说：“你……上次不是说……他、可以出去……”

陆所长这才想起，前一段时间因为他要常去附院见陈家鹄，曾跟老孙打过招呼：只要海塞斯出去，任何人不要过问。命令下了却忘了取消。可是他会去哪里呢？老孙立即带人出去寻找，陆从骏自己则在老孙办公室里守着，守啊守，一直守到凌晨五点多钟，这老兄才慢悠悠地回来。

“你去哪里了？”回来就好，所长既惊又喜，既喜又气。

“我在对门院子里散步。”海塞斯大言不惭地说。

“你撒谎怎么不脸红？”

“因为我没有撒谎。”海塞斯笑道。

“那你是爬进去又爬出来的？”

“什么意思？”

“因为大门锁着。”

“我有万能钥匙。”

“你有通往地狱的钥匙！”陆从骏开始还沉浸在他回来的惊喜中，还有心情跟他逗逗乐子，看他越说越离谱，便不想啰唆，沉下脸训斥他，“说，你到底去哪里了？敌人到处在找我们，你还敢夜不归宿，不要命了！”

在海塞斯眼里对方不是老虎，只是一只猫，发火也吓不到他的。说到底，不就是搞个女人嘛，有什么了不得的。海塞斯坦然地说：“恰恰相反，我是在对一个生命负责。我是一个生命，还没有老朽的生命，你知道吗，陆先生？”陆从骏这才意识到，他在外面有了女人。是什么人？妓女？还是相好？

“告诉我，她是谁？”陆从骏说。

“我不会告诉你的，”海塞斯说，“我告诉了你，也就等于失去了她。”

“你要了她，就没了命。”

“没这么可怕。”

“不过你放心，这种可怕的事下不为例了。”

海塞斯没听懂陆从骏说的意思，看着他，耸耸肩，没说什么，溜走了。值班室这边，老孙在批评门卫。陆从骏走过来，劝老孙，“算了，这事他们没有责任，有责任的是我们，没有及时通知他们。”但他及时想起了一个人，“我看他做事很尽职的，把他喊过来吧，反正他在那边也没事了。”

说的是徐州。

徐州就这么进了黑室，梦寐以求啊。不费一心一力，出色完成任务，捡了个大便宜啊。当初为了下山，吃了那么多苦头，只进了一个“黑室的对门”，现在稀里糊涂进来了。怎么回事？徐州想的是，陈家鹄病愈出院了，进了黑室，遂把他“照应”进去。这么想着，他觉得陈家鹄离他更近了。更称心的是，鉴于他的形象可怖，有碍观瞻，老孙安排给他的是个苦差使：只负责守夜，白天他还是回老地方去待着。这多好啊，等于是原来的根据地不丢，可以照常与老钱保持联络，同时又进了虎穴。

徐州知道，组织上一定在急盼陈家鹄的最新消息，所以进黑室正院后的头一个晚上，他便写好纸条：武松康复回家，且进了正房，我也一同跟进，希望更好开展工作。武松是陈家鹄的代号。纸条一直揣在贴胸的口袋里，只等见到陈家鹄后便发出去。

可是连值三个夜班，有事没事东转、西转，逛遍前院、后院，见了一大堆陌生人，男的，女的，高的，矮的，胖的，瘦的……就是始终没见着陈家鹄的身影。最后从洋教授那儿才得知，陈家鹄根本没进来。

这天夜里，海塞斯又想出去会姜姐，徐州自然不敢放，这是老孙明确交代过的，要盯紧洋教授，不能让他夜里出去。海塞斯有约在先，急于想出去，徐州便跟他玩了一个欲擒故纵的手段，给他感觉是可以争取的，借此俩人小聊一会儿。正是在这小聊中，徐州才得知陈家鹄根本没进来，至于他在哪里，病好了没有，教授也不知道，徐州自是无从知晓。

聊过之后，徐州当然还是不敢放的，为了给自己找台阶下，他打电话叫来老孙，让老孙来当恶人。

怪了，老孙居然放人了！

原来，陆从骏责令老孙要尽快查清海塞斯在跟什么女人来往，可又不准放他出去，这怎么查？重庆好几十万女人呢。唯一的突破口只有一个人，海塞斯的司机。老孙约他喝了一顿下午茶，软硬兼施，连哄带骗，司机招了，但好像又没全招。司机一口咬定他不知道女人是谁，只知道他们约会的地方在渝字楼。既然在渝字楼，自家的地盘，老孙决定放胆一搏，放他出去。

夜长梦多，老孙只给海塞斯两个小时。

两个小时后，海塞斯如期回来，姜姐也回家去了。第二天上午，老孙被手下带着去到市中区中山路附近的一条冷僻小巷里。一条石板路，拾阶而上，一溜木板房，多数是两层楼，家家户户门前屋后挂着红辣椒。老孙走了一个来回，最后走进一户人家。

这就是姜姐租住的房子，房东是一对老头老太，都已年过花甲，老头吧啧吧啧吸着水烟，对人爱理不理的；老太婆坐在堂前在纳鞋底，见有人进屋，很贤惠，上来跟老孙打招呼，很客气很热心。相谈中，老孙知道他们有两个儿子都在前线，女儿嫁的也是个当兵的，屋子就这么空了，便把隔壁一间屋出租给人住，现在住的是一个“大美人”。老太婆对姜姐印象十分好，不但夸她人长得好，心眼更好，经常提前支付房租，有时还给老头子送纸烟。

老孙想知道平时有什么人跟她来往，老太婆连声说："没有，没有。"还解释说她丈夫在部队上当大官，所以她待人接物很注意影响，住了一年从来不见她带人回来过。见问不到东西，老孙就很想去隔壁那间屋看看。当然不能硬闯，便来了个缓兵之计。下午，老孙先叫人支走老头老太婆，安排他们去警备区前线官兵家属接济中心领一袋大米。其间，老孙与两名手下趁机对姜姐租住的屋子实行全面搜查。没有发现发报机，唯一可疑的，是屋内有一部电话机，而且藏在床头柜里，引起老孙警觉。

回头，老孙去通信机站核查这部电话，本想办个手续，登个记，让机站窃听这部电话。可一查吓一跳，这部电话居然是"红线"，是与汪精卫主席联络的专线，要窃听必须有委员长的手令才行。

陆从骏闻讯着实感到震惊，以为姜姐只是日鬼的虾兵蟹将，哪知道居然还是条神秘的大鲨鱼。大鲨鱼固然诱人，但要是抓捕不当，有可能让你网破船翻。所以，保险起见，陆从骏不得不去请示杜先生。

杜先生听完汇报，先是久久沉思，后来突然对陆从骏爽朗地笑道："看来你要立大功了。"陆从骏诉苦说："我一个人怕没这个能耐，我想窃听这电话都没资格。"这话说得不好听，接近发牢骚。杜先生斜他一眼，迈出一步，从陆从骏面前走过去，用背脊骨对着他说："谁说你是一个人，你的意思是这一路走来都是一个人？"

"不，还有你。"陆从骏讪笑。

"就是，至少还有我。"杜先生回过头来，肯定了他的谄媚。接着，杜先生说，"汪某的降和不是秘密，时下不乏有人说他在与日本人暗中勾结，妄图颠覆国民政府，但一直苦于没有实证。"

陆从骏说："据我所知，汪身边的人最近在上海、南京等地与日本特务高层组织梅机关接触异常。"

杜先生说："是的，委员长对此非常重视。所以，你给我盯紧这条线，没准可以顺藤摸个大瓜出来。"顿了顿，又说，不乏得意地，"你们查，那叫顺藤摸瓜，在党国政治大局来看，这叫敲山震虎。某些人如果能够悬崖勒马，知难而退最好，要不然……”说到这里，杜先生忽然缄口，但眼神和语气充满杀气。这样的锋利只转瞬即过，他很快又恢复了常态，吩咐陆所长，“事不宜迟，你马上去安排人准备窃听电话。”

“那手续……”

“让机站窃听才要手续，难道你自己不会架台机器？”

意思很明白，让他自己动手干。陆从骏回去即给老孙布置任务。窃听嘛，多容易的事，切开电话线再接一根线出来的事，小学生都会做。老孙叫上人在姜姐住的这条巷子里租了一间屋，屋子窗外便是电线杆，爬上电线杆，并联一根线进屋，这巷子里的所有电话都成他们的囊中物，想偷听谁的电话，犹如探囊取物一样容易。

天黑了，姜姐下班回去了。

姜姐回家，职业地东看西察，注意有无人入室的迹象。这一切，她做得自然不刻意，显然是“每日一课”，已经养成习惯。察看一周，并无异样，她放心地放开手脚，宽衣丢物，洗手洗脸。

诸事妥当，她掏出一纸条，准备打电话。当打开床头柜时，她发现了异样——原来她在话机上盖着一块绣花丝巾，虽然丝巾依在，但花的方向反了（本来是倒放的，现在是正的了）。她见此，立即警觉地去找房东问：

“今天有无人来找过我。”

“没有。”房东老太说。

“你们今天有没有离开过家？”

“下午我们去了一趟警备区。”老头子说。

“警备区？干什么？”

老头说：“没什么，就问我们家儿子现在在哪里。”

老太说：“你知道的，我家两个儿子和女婿都在前线部队上，他们给我们发了十斤大米。那个长官还说，我大儿子在十九路军，那是抗日的英雄部队，等以后赶走了鬼子还要犒劳我们呢。”

老太缠着她还想多说，姜姐根本无心听，应付两句就回自己屋里去了。一个小时后，姜姐带着一身灰烬和一只皮箱出了门。灰烬可能是烧了一些东西吧，皮箱里是什么？她要溜吗？就让她溜，看她去哪里，跟着她走也许可以摸到更大的瓜。

夜深了，石板路上因为姜姐的鞋跟敲出的清亮声音而显得更加清冷，更加静。

走出巷子，路口停着两辆人力车，车夫一个是年轻人，一个是中年人。年轻人在抽烟，中年人在打盹。姜姐叫醒中年人，上了他的车。

"快走。"

"去哪里？"

"重庆饭店。"

车子往前走，姜姐不时地往后张望，注意有无跟踪。没有。拐过一条街，还是没有。她觉得似乎有点奇怪。后来凭着路灯，她无意间发现车夫弯腰露出里面的衣衫是军队的制服衫衣，且侧腰处明显有别枪的迹象，不禁恍然大悟。

姜姐见前方有一个路口，支使车夫道："前面往右。"

车夫回头说："你不是要去重庆饭店吗，怎么往右？"

"少废话，叫你往右就往右。"

"好嘞。"

小巷深深，了无人影。

快行至小巷尽头时，姜姐突然从身上掏出手枪，向车夫后脑勺连开两枪，跳下车，钻进另一条小巷，逃之夭夭。她就这么跑了，永远跑出了黑室的视线，直到几个月后，三号院的人去河内追杀汪精卫时，才在同一宾馆发现她，那一天也成了她的末日。

重庆有许多大大小小的坝，系江水常年冲积而成。珊瑚坝是渝中区长江水域左岸最大的沙洲，东西长约两公里，南北宽六七百米，夏季洪水期常被淹没，冬季枯水期，露出水面的沙洲可达上百万平方米。一九三三年，时任四川善后督办的刘湘为统一川政，下令在此动工修建机场。这也是继广阳坝后，重庆的第二座机场。

珊瑚坝机场虽然简陋，却留下了中国许多重要历史人物的足迹。尤其重庆作为陪都期间，蒋介石、林森、汪精卫、冯玉祥、宋子文、孔祥熙、张群、陈诚及周恩来、叶剑英等，都是这儿的常客，从这里“飞天”。一九三八年十二月十八日，时令已近大雪，江面上袭来的寒风比山谷里钻出的穿堂风还要阴冷。上午八时，戒备森严的机场，突然驶进两辆小车。

战时的珊瑚坝机场属一号院管辖之地，对出入人员有严格的检查制度，但车上下来的人是汪精卫、陈璧君、曾仲鸣、何文杰、陈堂涛、桂连轩和王庚余等一行要员，值班的人不敢造次，只好眼睁睁地看着他们登上飞机。

飞机拔地而起，从而开始了汪精卫的卖国之旅。

次日，汪精卫、周佛海、陈璧君、陶希圣、曾仲鸣一行飞到了越南河内；两天后，另一位叛国主谋陈公博从成都起飞，经昆明到河内与汪精卫一行会合。二十九日，汪精卫给国民党中央党部和蒋介石发出“艳电”，公然打出对日本乞降的旗帜。

这一下，离开重庆的人可多了，明的，暗的，天上飞的，地上走的，先行的，拖后的，加起来至少走了几百人，都是一群追随汪贼卖国求荣的货色。还有不少人想走又没走成，比如相井、姜姐等等。在原计划中，他俩都是在走的人的名单里的，尤其是相井，他来这里干吗？不就是来为汪一行出走铺路架桥，现在他们走了，他大功告成，理所当然要跟着走。

但因出现变故，汪一行出逃的时间和方式，跟原计划有较大变动。本来他们中大部分人要绕道从成都出逃，从重庆走的只有汪精卫及其老婆陈璧君，这样分头走，不易引人注目。但因临时发现姜姐已被黑室盯上（房间被搜查，电话被窃听，人被盯上），汪精卫担心他们都已经被盯上，于是搞突然袭击，连夜收拾东西，第二天早上就行动，比原计划提前了四天。

他们这次走，连相井都被蒙在鼓里，直到十九日，一行人到达河内后才发来电报告知情况，并要求他不得轻举妄动，要静候待命，处理后事。就是说，他暂时还不能离开重庆，何时离开，另行通知。相井自是恼怒十分，但人家汪大人现在是日本政府热心收买的大人物，红得烫手，得罪不起，只有听之任之，伺候好他，这样下一轮走的名单中也许就会有自己。相井想，人在屋檐下，不得不低头啊。

好在汪精卫没有马上发“艳电”，汪府虽然暗流涌动，但表面上还是一如既往，军警还不敢上门搜查，给了相井一个周旋的时间。他把连接汪府后花园的铁栅栏门用一把锈迹斑斑的大铁锁封了，开了正大门，给人感觉这是一个独立的寺院。为了招徕信徒，他在门口立起大铁锅，连搞好几天的行善赠粥活动。这事他在上海就干过，但效果这边独好。战时的重庆，至少有十万难民，这些人纷至沓来，从早到晚，排成长龙，成了相井及其随从们最好的保护伞，包括姜姐。姜姐找到了最好的角色，她盘起头发，穿上布衣和大头棉鞋，当上了老妈子，天天烧火熬粥，脸上常常沾满锅灰，连性饥渴的男人都不会正眼瞧她一眼。

随后，汪精卫在河内发表“艳电”的第二天，相井也对宫里发去一份重要电报，内容如下：

> 可靠消息，美国著名破译家让·海塞斯现在重庆，替支那人破译帝国军事密码。此事万万不可，应立即向美国政府提出强烈抗议，勒令其滚出中国。

这电报把黑室搅成了一锅烂粥！

这一天，陆所长应邀匆匆赶来见杜先生，后者久久盯着他，最后从牙缝里挤出一句脏话：

“你他妈的闯大祸了！”

这是相井给宫里去电的第三天，这边已经有反应，速度之快，力度之大，实属罕见。美国政府出于自身利益的考虑，直接同蒋委员长私下交涉、抗议，要求中国政府迅速放海塞斯回国。无奈之下，委员长只好忍痛割爱，当然免不了对杜先生大骂“娘希匹”。

陆从骏知情后当然是很震惊，同时他深知现在黑室离不开教授，所以不顾一切要求杜先生通融，一定要去说服委员长收回成命。杜先生听了，气不打一处来，恶声恶气地对他说：

“你不要再说什么屁话了，这事已没有任何回旋余地，只有照办了。我几次三番告诫你，海塞斯的身份一定要滴水不漏，守口如瓶，最后还是功亏一篑。不要怪谁，你自己酿的苦酒只有你自己喝。现在的问题是，第一，给我查清楚，是谁惹的祸，我怀疑你那里内奸还没有除尽！第二，让教授安全登上飞机，顺利回国，不要再节外生枝。”

这对陆所长无疑是黑色的一天，但在探寻答案的黑暗面前，他心里面清澈见底。他坚信黑室内部不会有内奸，事情一定出在海塞斯身上，是他把他的身份对姜姐透露了。

此时，海塞斯其实还不知道姜姐已经出事，他们下一轮的约会时间还没有到呢。陆所长没有把姜姐的真实情况及时告诉海塞斯，一来，他不想让海塞斯知道他们在跟踪他；二来，陆从骏也想看看海塞斯跟姜姐到底会怎么发展下去。现在看不了了。这女人失踪了，还给他捅出这么个大娄子——这当然首先是海塞斯捅的，他嘴巴太烂了！这天，陆从骏从杜先生那里回来，直闯海塞斯办公室，他真想破口大骂。可鉴于之前的隐瞒，骂他还不能直接骂，得绕个弯子。

“告诉我，那个女人到底是谁？”陆从骏闯进来，劈头盖脸地朝海塞斯吼，让海塞斯一下愣了。他还没见过所长对他这么严肃，发这么大的火。“怎么了，怎么了？有话好好说。”海塞斯被他这架势镇住，没有硬碰硬，而是退一步，嬉皮笑脸的。

“别废话，我再问一遍，她是谁？”陆从骏变本加厉，猛地拍响桌子，“你今天必须说，你的身份已经大白了你知道吧？你的政府跟鬼子现在是一个鼻孔出气，在逼委员长放你回去！到这个时候你还要隐瞒什么！这是我们最后一次合作，事关黑室的命运，也事关你的生命！”

海塞斯知情后也大为惊骇，当即供出姜姐，并回顾了他们交往的过程。“怎么会这样？真的，她是日本特务？”言罢，海塞斯竟小声地自言自语起来。

“还不是小的，是大家伙！”

“她现在在哪里？”

“鬼知道，她跑了。”

海塞斯自知大错铸成，后悔莫及，对陆从骏的发问一一如实道来，“我是跟她提起过……我的工作……我想她是渝字楼的人，跟你们大家都很熟，就没有多在意……”

“都说了些什么？你该不会全说了吧？”

“没有……我只是……偶尔说起过，我在给你们破译日军密码。”

“那还不等于全说了！你还说了什么？”

“没有……我没有说其他的……”

“有没有说陈家鹄的事？”

“没有。”

“有没有说过这儿的地址？”

“没有，这我可以保证，绝对没有。”

“她问过吗？”

“问过，但我绝对没说。”

“你是什么时候跟她说你的工作的？”

海塞斯想了想，“那早了，有些时间了。”正因此，他反而觉得好像找到了姜姐不是敌特的证据，“我觉得你们可能误会她了，你想如果她是间谍的话，她应该早就向上面报告我的情况，然后，上面就会马上采取行动，不可能等到今天才来赶我走。”

陆从骏狠狠瞪他一眼，“你到底是天才还是白痴，到这时候还在犯迷糊？她之所以早不说，是因为她还想从你嘴里挖更多的情报，现在说是因为她已经暴露了，挖不了了。”

海塞斯问：“她怎么暴露的？”见陆从骏气呼呼地不理他，他低下头，感叹道，“疯狂，疯狂，这世界太无情了。”头摇得拨浪鼓似的，“我真没想到她会是敌人特务，看上去那么贤良美丽的一个女人。”

“贤良美丽？美丽是不假，要说贤良，如果她叫贤良，这世上就没有心狠手辣之徒了。”陆从骏愤愤然地说，“哼，说起来也幸亏她没杀你，否则我就活不成了。”

“她还杀过人？”

“才杀了我一个部下。”

“天哪，这世界太残酷了。”

“是你太自大了！”陆从骏看着他说，“这下好了，你走了，黑室就空了，由于你的自大，我一切都白干了。”

“难道我必须回国？”

“你要是不回国，鬼子就会向贵国政府施压，你们政府又会把压力转嫁到我国政府头上。”陆从骏说，“让你走是委员长下的命令。”

“什么时候走？”

“做好随时走的准备，一有飞机就走。”陆从骏说着，一屁股坐在凳子上，茫然地说，“迟一天都不行，要不然就要出事。鬼子已经在上海纠集一批流氓向贵国领事馆抗议，我们必须尽快让你离开重庆，出现在美国大街上，只有这样抗议才会结束。”

与此同时，重庆饭店的台球室里，黑明威正独自在练球，啪啪的声音像加了消音器的手枪的击发声。看样子他状态不佳，连打几个臭球，气得他将球杆丢在桌上，背着身在室内走来走去，似乎恨不得离去。这时，有个身材高大的男子走进来，拿起球杆，趴在桌上，瞄准，啪啪地连击几杆。黑明威转过身看，见来人是冯警长。

黑明威警戒地环视四周，见没人，便上前问：“你怎么来了？”

冯警长走到黑明威旁边击球，悄声道：“你姐出事了。”

黑明威装模作样地拿起另一根球杆，走到警长身边准备击球，“出什么事了？”

冯警长击完一球，“暴露了。”

黑明威趴在桌子上瞄准黑球，“你怎么知道的？”

俩人一边打球，一边小声交流着。

“她给我打电话说的。”

“我怎么没接到她的电话？”

“她怀疑你的电话被窃听了。”

“我也暴露了？”

“没事，”警长说，“她是担心，因为你们最近接触比较多。我已经盯你一天多了，看你有没有尾巴。”

“有吗？”

“没有。有了我就不会跟你接头了。”

“她现在在哪里？”

“不知道。”

“那怎么行，”黑明威说，“电台联络的频率表什么的都在她手上，她从来都是随身带的，万一有事要联络怎么办？”

“这说明她一定还会找你的。”冯警长说，“这两天你最好别出门，就在房间待着，她可能随时会来找你。”

果然，下午姜姐就来找黑明威了。当时黑明威正在心不在焉地练习发报，猛然听到有人敲门，连忙藏好发报键，起身去开门，看见一位包着大红头巾的孕妇立在门前，让他很是疑惑。

“太太，有什么可以效劳？”

“怎么？”孕妇推开门闯进来，指指肚皮道，“什么眼力嘛，塞个枕头就不认识了。”

孕妇就是姜姐，她的化妆术真是不赖，当烧火老妈子像老妈子，当孕妇像孕妇。这不仅是穿扮的问题，更是心理和演技的问题。毕竟是在上海受过特高课专业训练的科班生啊，就是不一样，有两手。

黑明威左看右看，忍俊不禁，上来想扯掉她的头巾，“这什么玩意，一下把个大美人搞得像个丑八怪。”姜姐连退两步，说：“别，我这身装扮可是花了不少工夫弄的。”她不想久留，当即打开拎包，取出一包用油纸包着的东西，“呶，这是电台联络表和密表本，龙王让我交给你，今后我不便再来了。”

“这怎么行？”黑明威说，“这儿还离不开你的嘛。”

“你不会是爱上我了吧。”姜姐上来大方地拍拍他的脸蛋，黑明威脸刷地红了。姜姐见了，嬉笑道，“你很可爱的，可惜我们没缘分。你是记者，应该知道我们的汪大主席已经跑到越南，宣布要与日本合作组建新政府，所以最近这边风声很紧，你要多加小心。”

“你真的不来了？”黑明威一时手足无措。

“没办法，我已经暴露，不能再出来活动了。”

“可我还不知道怎么使用密码呢。”

“怎么不知道，我不都跟你说了。”

“说是说了，可我还没有用过。”

“你会用的，很简单的，就跟用字典差不了多少。”说罢，姜姐连一个“再见”都没说，便干脆地掉头走了，让黑明威措手不及，一时愣在那儿。后来想追出门去时，她已在外面关住门，匆匆地走了。黑明威打开门，追出去，只听到一声比一声紧凑的鞋跟声，透出离去的决然。

黑明威站在那儿想，她要去哪里？我还能见到她吗？他忽然觉得自己很想跟她在一起。这是他长这么大第一次对一个女性有这种想法，以前他对女人总是有种莫名的畏惧和抗拒：他的母亲还在他的心里！他是个不幸的儿子，母亲给他植入了对女人如对老虎的畏惧心理。他也成了姜姐唯一共事却没有同床的男人。不过，以他此刻的心理推测，如果再给他们一段相处的时间，也许他们会有同床的那一天的。这么说，他们确实是没缘分啊。

陆一个礼拜后，海塞斯声势浩大地走了。

确实是声势浩大啊，香港的报纸登了，美国的电台播了，以致在峨眉山上的陈家鹄都可能知道了——事实上不知道，因为寺院里没有收音机。因为消息不慎走漏，所以海塞斯走的那天，金处长派了一个排的兵力护送他去机场，排场比杜先生出门还要大。排场再大，陆从骏还是提心吊胆，到了香港，又有一群人接，一群人送，都是陆从骏亲自出面安排的。

功夫不负有心人，海塞斯顺利回了国，有好事者在纽约第五大道上还给他拍了照，登在香港的报纸上，另有人在美国的电台上也说了，对国民政府深表遗憾的表面下极尽挖苦和嘲笑。

不管你怀什么心，说什么，只要人安全回了美国，杜先生心里的石头就落了地。但话说回来，连一个人走的消息都按不住，说明什么？陆从骏，你黑室的内贼没除尽啊。这一天，杜先生又把陆从骏叫到办公室，说的就是这个话题。

杜先生说："黑室成立至今，成绩斐然，但厄运也不少，各路特务围着我们转，就想把我们灭了。树大招风，树大更要抗风！杨处长是被一颗八百米外的子弹射杀的，这说明什么？说明我们身边的特务不是三脚猫，不是几个小喽啰。教授的走是绝密又绝密的消息，外界又怎么会知道呢？难道你觉得这是敌人掐指算卦算出来的？"

"当然不是。"

杜先生狠狠地瞪他一眼，"陆从骏，我早对你说过，你那里面不干净，你要打扫卫生，彻彻底底地打扫。这次算你运气好，教授路上没有出事，否则你的脑袋已经是我的啦。"

陆从骏埋着头听训，一声不吭。

杜先生接着说："陆从骏，我可以明确告诉你们，当前是我们最困难的时候，为了配合汪贼的降日计划，最近鬼子从水上、路上、空中，海陆空三条线源源不断地输送特务进来，潜伏在我们身边，加上汪贼留下的余孽死党，我们是身处雷阵啊。你必须有高度的警惕性，你们那里的每一个人都是价值千金的，都是敌人的眼中钉，肉中刺……"

从踏进屋子的那一刻起，陆从骏就已经做好挨骂受罚的准备，也许是准备充分吧，他没有表现出应有的局促和不安。甚至，在杜先生看来，他为部下今天的泰然，为他宠辱不惊的气度，为他目光里引而不发的那种力量感到一种不可思议的震惊，好像他的威严已经被剥夺。当陆从骏意识到这点后，为了掩饰内心的平静，也是为了还给首座一份威严，他使劲想起远在峨眉山上与生死作搏斗的陈家鹄，想起自己眼下干的坏事败露后可能得到的灭顶之灾，想起杨处长的死，想起海塞斯工作上的困境……全是一堆闹心事，想着，想着，他眼睛泛红了，声音发颤了，拿烟的手哆嗦了。

这个表现又似乎过了头，与他过往在首座面前的形象有所不符。不过，杜先生凝神沉思一会儿，没觉得异样。或者说，他接受了这个异常，因为他觉得陆从骏确实应该痛定思痛，好好总结一下教训，充分认识到自己的工作面临的困难。他是个忠诚有才干的人，痛苦会让他变得更加有才干的，杜先生这样想着，为今天的谈话感到满意。

接下来的日子里，陆从骏丝毫没有在单位内“打扫卫生”的意思，因为杜先生看到的“那些黑”是他自己抹上去的。说来叫人不敢相信：海塞斯根本没有走！走的是一个“像海塞斯的人”——他其实并不像海塞斯，可这有什么关系呢？海塞斯的标志是一把大胡子，天气那么冷，围条大围巾总是可以的，戴顶大帽子也不是不可以。关键是，不管是日本政府还是美国政府，虽然都要求中国政府放海塞斯回国，可谁会来检查呢？一个人其实经常不是以相貌作凭证的，而是以名字。陆从骏做的主要是文字工作，比如制作假护照，比如虚构上报的材料、新闻稿，比如图片说明文，等等。

陆从骏干了一件瞒天过海、偷梁换柱的事，欺骗的对象包括委员长在内，其胆大足以包下生死大关。这是一般人想都不敢想的事，正因为超出一般人的想象，所以他成功了。当然，如果失败，将惨遭杀头之祸。为了确保成功，陆从骏甚至把五号院的所有人头都押上了。他干了一件很绝的事情，疯狂的事，在一个三更半夜，把五号院的全体人员集中在礼堂内，包括林容容、李建树、张铭程——他们刚结业下山，参加了工作。张铭程被海塞斯淘汰，留在机要处当机要员，林容容和李建树则进了破译处，做了海塞斯的部下。

在死一样的肃静中，在众目睽睽之下，陆从骏让老孙用一把削发如泥的匕首剃掉了一头已经被黑室折腾得半白但依然茂密的头发，并割破指头，滴了至少半两血，兑在一斤烧酒里。随后，他命令每一个人效法他，割破指头，滴血入酒。全体八十七人，人凑一份，最后，一斤酒差不多盛满了一只脸盆。他第一个喝下一杯血浓于酒的酒，然后把海塞斯将走的来龙去脉和他将偷梁换柱的设想对大家和盘托出。最后他这样说道：

“今天我要以血酒为证，和大家签一个生死盟约，不想签的人现在可以出列退场，想签的人留下。”

没有一个出列的。

一盆血酒就这么被喝光。

这是一个疯子的举动，但陆从骏这么做却是出于高度的理智。有一个明显的事实支持他这样做：陈家鹄在峨眉山生死不知，郭小冬来了这么久毫无建树，林容容和李建树初出茅庐，是龙是虫还不能见分晓，如果海塞斯走了，黑室等于空了。空了还能干什么？空了，就是等着人来看笑话，就是坐以待毙，还不如搏一次！

可这赌的是命啊，他敢这么疯狂赌命，也许还有一点就是：他认为杜先生应该明白海塞斯走了对黑室关系利害，心底可能也是希望他这样做的。他明的不让你做，暗的希望你做。这是官场的潜规则，是厚黑学。当然这仅是他的猜测，如果猜对了，东窗事发，杜先生会保他的。否则的话，他觉得自己活着也没什么意思了，很显然，如果杜先生决意要这么做，黑室事实上已经被他抛弃了，废墟而已。

与其在废墟里苟活一世，不如搏一次命。

海塞斯就这么留了下来，跟当初陈家鹄隐居在对门一样隐居在黑室院内。院内八十七人，天天可以看到他，同吃一锅饭，同走一条路，同顶一片天，但对外面的人来说，这个人已在美国。海塞斯休想出门，只要不出门，你什么要求都可以提，都可以满足你。甚至，陆从骏对他在院内找女人这一点都默认了。院内现有二十七名女性，陆从骏默默掐了一下指头，有可能被他瞧上眼的大概五个左右。其中林容容首当其冲，是最危险的，年纪、长相都有优势——也可以说是劣势，以前是师生关系，现在又在一层楼里共事，出险的机会最多。他不希望发生这样的事，可只要海塞斯能给他破掉密码，他似乎也舍得。

舍不得孩子，套不到狼嘛。

海塞斯果然对林容容发起进攻。

一天晚上，林容容来给他泡茶的时候，他从背后一把抱住了她。林容容会惊慌，吓得茶杯都掉在地上，这是他想到的。但他没想到，林容容会强力抵抗，不要命地抵抗。他趁林容容慌乱之际，把手从她的衣服下伸进去想摸她的胸时，林容容像一只被摸了屁股的母老虎，在双手被他箍住的情况下，用头奋力向后撞击，不要命地撞，刚好撞到他下巴上，把他牙关都差一点震脱位了。

“教授，你怎么能这样！”林容容退到办公桌那边，顺手抓起烟灰缸，准备进一步还击。海塞斯痛苦地揉着下巴，“你把我的下巴撞坏了。”一边又朝林容容移过来，“放下东西，我不是你的敌人，我只是想从你身上得到一点灵感。”林容容继续抓着烟灰缸，说：

“我的身体不是你的。”

“是谁的呢？”

“反正不是你的。”

“你还是处女吗？”

“你管得太多了。”林容容说，“你应该管管你的密码。教授，大家把命都搭上了，都希望你早日破开特四号线密码，把汪贼的行踪找到，你却……在想这些事，教授，你不应该这样。”

“我是人，男人，一个健康的男人，不是囚犯。”海塞斯激动地说，“你们把我关在这里，门不能出，戏不能看，女人不能碰，你们以为这样就可以破译密码吗？”

“又不是你一个人这样，大家不都是一样嘛。”

“所以，你们都疯了我看，怎么能这样工作呢？”

说一千道一万都没用，林容容坚决不让他碰，求情不行，威逼也不行，摸一下手也不行。最后，林容容像个小偷似的，带着个烟灰缸趁机溜走，而且以后再也不单独进他的办公室，那只烟灰缸也就一直没有机会物归原主，后来她把它送给了陈家鹄。

林容容说的特四号线是怎么回事？以前没听说过啊。

是这样的，特四号线是汪贼逃到河内后与相井建立的联络电台，上线自然是汪贼，下线就是相井。汪贼出逃重庆是瞒着相井的，逃到河内后他急于要通知相井，到河内的当天即借用特三号线的频率与相井联络。特三号线这边侦听处一直有人守着，所以它一出来就被发现了。

其实也就出来这么一次，前后不过半个小时，发了一份电报，如果当班的人马虎一点，经验差一些，是很容易疏忽掉的。这天值班的正好是蒋微，她的耳朵灵得很，加上经验丰富，刚呼叫几下便被她发现是一台新机器——不同的机器电波声有区别的。

在老频率上出现新的机器型号，而且发了一份报后再也不出现，蒋微觉得很蹊跷，引起她深思。如果说从此老机器没了，新机器一直在那儿，说明对方换机器了，是可以理解的。但现在老机器当天又出现了，而新机器却一去不返，它像个妓女，来跟特三号线会了一下就拜拜了。

这到底是怎么回事？蒋微想，可能是一部新电台，想跟特三号线下线联络，因不知怎么通告它，便借用特三号线的平台通告它，那份电报可能就是在对它说：我要跟你联络，去哪里吧。换言之，它不是妓女，它是“第三者”，这会儿它们可能在某个秘处幽会呢。随后几天，蒋微组织大伙天天寻找这部可能的新电台，一天晚上果然在一个新频率上找到它。这其实不难找的，因为双方的声音都是现存的，好像拿着照片去人堆里找人，找到是正常的，找不到才不正常呢，只能说明你太不专业，也不敬业。

海塞斯命名这条新线为特四号线。由于它出现的特定的时间、联络方式、机器型号，蒋微怀疑这是汪贼带出去的电台。为此，她写了一份专题报告，引起陆所长的高度重视。在密电破不开的情况下，如何来证实这是不是汪贼的电台？有一个办法就是：辨别报务员发报的手法。汪贼出逃后，汪府和二号院陆续消失了一批人，其中有一个姓裘的杭州姑娘，以前在二号院通讯处工作。陆从骏把她以前的三个同事找来一起辨听特四号线上线报务员发报的手法，他们三人听过后一致认定，这就是“裘姑娘”的手法。

至此，毫无疑问这就是汪贼身边的电台。

再说，自汪贼在河内公告“艳电”后，陆从骏知道，三号院已经陆续派出去三批特工去找他，目的是要抓他回重庆接受审判（要么就地干掉他）。但河内这么大，没有线索怎么找？现在电台找到了，离找到他们也就只剩一步之遥。就是说，找到电台是个非常重要的线索，蒋微在当中功不可没，令陆所长对她更是青睐。杨处长牺牲后，陆从骏就曾想让她出任侦听处处长，可她太年轻，才二十四岁，委任如此重任，因怕惹人质疑和非议才作罢。现在，人家立了大功，便趁热打铁下了命令。

话说回来，最后的“遥远一步”只有靠海塞斯去走。

陆从骏为什么斗胆搏命地要把海塞斯留下来，原因就在此：他不想在抓捕汪贼的历史大战中袖手旁观，他想有大作为，关键时候露一手。应该说，他的条件很好，电台找到了，而且电报流量相当大，更是滋长了他的信心。汪贼出逃匆忙仓促，在重庆有诸多事情未了，因而对相井有太多的话要说，经常一天发好几封电报，让海塞斯暗自窃喜，觉得这是非常有利的条件。言多必失，事多必乱。破译电报，最怕“金口难开”，对着一面墙绞尽脑汁，苦思冥想。电报多了，容易露出破绽，发现一个破口子，钻进去，就有可能升入天堂。

每天，当侦听处给他送来成沓的电文时，海塞斯都隐隐地感到一种冲动，像踏入了一条清澈见底、鱼儿乱窜的溪流中，似乎随时都可以徒手抓起一尾鱼。可是，不知是时光的流逝让他失去了过往超凡的神力，还是异域的天象、地理让他犯了“水土不服”的毛病，还是林容容的毅然拒绝浇了他霉头，还是别的什么原因……总之，海塞斯感到自己的激情显得杂乱无章，他兴奋，可表现的是那么没有经验，手忙脚乱，神魂颠倒，以致每一次出手都是徒劳，每一次碰运气都撞到南墙。他把基督的神像请入室，挂在正面墙上，祈求主给他带来好运，但来的还是厄运、厄运……他像个被众魔诅咒、诸神抛弃的将军，一次次冲锋，均以失败告终。

这是怎么回事？是我老了吗？在经历了重重挫折和无情打击后，海塞斯比以往任何时候都想念陈家鹄，每到夜晚就想念，清晨醒来也在想念。而且，他可以想象，由于自己的无能和不幸，有一个人比他还在用心地想念陈家鹄，他就是陆从骏。

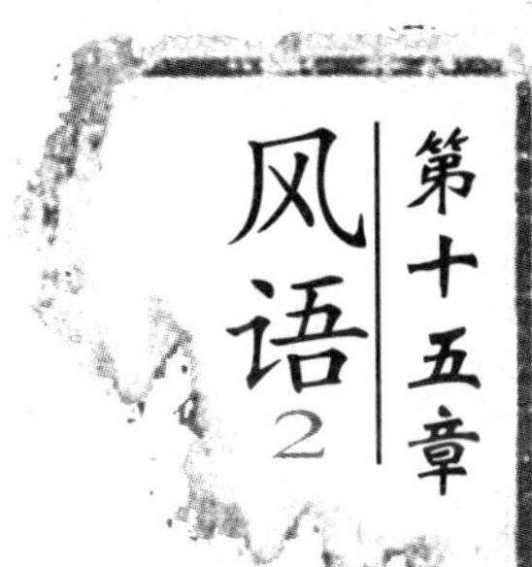
第十五章
风语2

壹 有一天，林容容回忆她与陈家鹄的过去时，她觉得他们之间的事情既复杂又简单，既有人为的因素，又有某种天意。比如那天陈家鹄从峨眉山回来，全黑室那么多人，第一个看到他下车的人恰是她，这就是天意。当时她正在替陈家鹄收拾东西。三个小时前，他们在进入重庆地界后，路过某高炮部队，老孙有一个战友在那里面当参谋长，便进去蹭了一顿午饭，同时给陆所长打来电话，提前报了个到。陆从骏正是接了电话后，带上林容容过来给他收拾东西的。鬼子的尾巴已经剪掉，难缠的恶病已经祛除，陆从骏可以理直气壮地请陈家鹄大驾光临黑室本部——正院。附院的那间屋子空置已久，可以想象一定四处蒙尘结垢，把它打扫干净，最多住个一两天，没意思，不划算。所以，陆从骏决定让陈家鹄今天回来直接入住黑室。

如果陆从骏不在那时候去上厕所，第一个看到陈家鹄回来的人应该是他，但恰恰在车子开进院门的前一分钟，他进了厕所，解大溲。所以，听到有车子开进院子后，他明知道是陈家鹄回来了，却无法冲出来迎接。

冲出来的是林容容！

她听到汽车开过来的声音，顿时觉得跟地震似的，整栋房子都好像被汽车轮胎碾得在发颤，同时她听到身体内部发出一阵悲喜交加的响声，这声音带着忧伤和畏惧，在她周身引发了因为炽热而冰凉的感觉。她冲出门，站在回廊上往楼下看时，车子还没停稳。她想下楼去迎接，却突然觉得双膝发软，以致要扶住栏杆才能站得住。她一动不动、软弱地站了好一会儿（其实只一会儿），看见陈家鹄从车子里钻出来。她的第一印象是，陈家鹄好像魁梧了许多，其实是因为穿棉袄的缘故，他们分手时陈家鹄还只穿件单衣呢。

“老同学，你好。”这么称呼应该带着欢喜的情绪，大大方方的，声音会长着翅膀飞向天空。可她没想到，自己的声音是那么羞怯，那么紧缩，好像这几个字是烫的、苦的，把她喉咙整治得一下子收缩了，干涩得像要裂开来。她对自己表现出这么没有经验的兴奋很失望。

叫她更想不到的是，陈家鹄闻声只抬头看了她一眼，便默然低下头，没有回声，没有微笑，没有挥手，连目光都没有远弹一下。唯一的变化是，他加快步伐往楼梯口走去，显然是要上楼去。

很快，陈家鹄在她的视线里变成一个背影。她默默地看着他的背影，却看见了他孤独、落落寡欢的神情。当他上了楼，出现在廊道上，向着她走来时，包括后来跟她说话时，她都觉察到他这种孤独、落寞、寡欢的神情。这是她对他的第二个印象，他神情里有一种驱不散的孤独感。以前，他可不是这样的，以前他即使独来独往也不会给人孤独的感觉，顶多是孤傲吧。

"你怎么在这儿？"

"我来给你收拾东西。"

"干吗收拾东西？"

"你要搬走了。"

"去哪里？"

"就对门。"

"谁叫你来的？"

"陆所长。"

陆从骏就在这时从厕所里出来，替她解了围。是的，林容容有种被解救的感觉，在与他说话时她感到冷，越来越冷。这是她绝没有想到的。自从那次在医院相见后，她每时每刻都在想念他，在他跑步的山路上，在教室里，在他的寝室门前，在结业典礼上，在同学们谈论他的时候，在失眠的深夜里，甚至在纷乱的梦中，她都把他当做一个可能暗恋自己的人，对他有一种非同寻常的思念。但是这次见面，这次谈话，让她一下子明白了，自己的怀疑是正确的：陆所长说他在暗恋自己，不过是一个职业的说辞而已，跟他的心无关，只跟他的病有关；他需要她来扮演那个角色，把他从昏迷中叫醒，仅此而已。这种感受以后被一再地确认、强化，她对自己的恨因此也被一再确认、加强。

东西在他们来之前都收拾就绪，林容容和老孙一件件往楼下搬，陈家鹄和陆从骏在院子里踱着步谈着事，主要话题是小周：这个小王八蛋，居然出家了！这在一定程度上扫了陆从骏今天的兴，林容容几次听到他在骂娘。

东西不多，两个来回就差不多搬完，只剩下一包东西，独立地放在办公桌上，好像很贵重的样子。老孙最后把它拿下来时，陆从骏却说：

"这个就算了吧？"问陈家鹄。

"这是什么？"陈家鹄问了就后悔，他知道，这一定是有关惠子的东西。

"把它烧了吧，我看。"陆从骏试探地问，看着他说，"烧了好。"

老孙看看陈家鹄，不见他反对，便往一旁走去，准备去烧。陈家鹄没有上前去阻止，但等火柴划亮时，却开了口。

"别烧。"

"一个鬼子的东西有什么好留的，留着是一种耻辱。"陆从骏说。

"就把它当做耻辱留着吧。"陈家鹄说。

还是老孙聪明，他在俩人僵持中提出一个貌似合乎情理的建议。"我觉得应该把它当纸钱烧给杨处长。"老孙说。"对，这个主意很不错。"陆从骏热烈响应，对陈家鹄说，"杀人偿命，她害死了杨处长，让她烧点纸钱还不应该，简直便宜了她。"陈家鹄听了沉默一会儿，冷不丁问陆从骏：

"她现在在哪里？"

"谁？"

"就是她。"陈家鹄指指老孙手上的东西。

他怎么知道她还没死？陆从骏马上意识到，是自己刚才多嘴，一句"便宜了她"泄露了信息。该死！他在心里骂自己一句，知道现在已经没有退路，索性跟他摊了牌。

"监狱。"陆从骏冷冷地说。

"能活着出来吗？"

"你知道的，她犯了死罪。"

“判了吗？”

“快了。”陆从骏说，过了一会儿，又想套他的话，“怎么，你希望早一点判决她？放心，法庭不会饶过她的，她必死无疑。”

“但你和杜先生可以饶过她，是不？”听陈家鹄这么一说，陆从骏心里又起了一阵寒意，好像这家伙真的什么都知道似的。“你听说什么了？”他笑着问陈家鹄。后者语焉不详地说：“该知道的我都应该知道，你可以告诉我什么？”陆从骏说：“当然，你该知道的我都会告诉你。”一边想，关于惠子的真实情况我一个字也不会对你说，我对你说的——你听着——都是我瞎编的，“依我之见，以她犯下的罪，杜先生饶不了她。就算杜先生饶了她，那些被她害死的人的阴魂也不会饶她。”

确实，都是临时瞎掰的。

惠子的“罪”至少可以枪毙三次，因为她至少害死了三条命。可当法庭传讯陆从骏去作证时，他却没有及时去，而是去了杜先生的办公室。去了法庭，他不可能提供其他说法，只有一个说法，而这个说法将毫无余地、绝不迟疑地将惠子送去刑场。去找杜先生，是为了讨教，从某种意义上说，这给了惠子一次生的机会。

“惠子怎么办？”

“你想怎么办？”

“我说有什么用，只有你才掌握她的生杀大权。”

“我的权力可以下放，这件事上你的意见可以代表我。”

“我还是希望给她留一条活路。”陆从骏小心地发表意见，“毕竟她今天的结局从头到尾都是我一手操作的，死了，我真怕她变成厉鬼来找我算账。但皇天可鉴，我一切都是为了党国的利益。”

杜先生听了，哈哈大笑，“陆从骏啊陆从骏，想不到你的内心居然还有这么温柔又怯弱的一面，想不到，想不到，你让我刮目相看。”听口气，是在嘲笑。陆从骏连忙改了口，“我只是胡思乱想，实际上当然应该毙了她，一了百了，免得夜长梦多。”

拍错马屁了。杜先生微微摇了摇头，抚了一下下巴，颇有长者风度地说：“当一个人的生死就捏在你手上时，又何必急于让她死呢，留着她也许会有后患，但或许也能向上天证明，我们并不是杀人不眨眼的刽子手。”

惠子就这么从一堆来日不多的死刑犯里解脱出来，与一群妓女、毒贩子、小偷、同性恋、贩卖假药的、倒卖军用小物资的，等等，总之是一群罪不大恶不极的女流氓阿飞关押在了一起。

这是一所女子监狱。

监狱就在市区，在沙坪坝，其实就在冯警长的眼皮子底下，从警局走路过来也不过十几分钟，可以说近在咫尺啊。冯警长找不到惠子，想来真是有些冤。天知道，他是多么想找到惠子，因为可以得到一大笔赏金呢。相井交给中田、让他转给萨根的那沓美金他是当场看见的，可以买下几栋警局大楼啊！何况，如果找到惠子他能得双份，这是多少钱啊，冯警长被那个巨大的数字激励着，找到惠子的决心也因此被放大得十分巨大而坚强。

可是他找的思路错了，或者说，他知道得太多了，太了解案犯的命运了。在他看来，惠子这一回作为他和中田的替罪羊被抓走，犯的是命案，是重犯，一定关押在那些关押重刑犯的监狱里。所以，他重点找的也是那些监狱。那些监狱多半不在城里，有些甚至由军方秘密掌握着，他一所所地找过去，用尽关系，说尽好话，找得好辛苦，好麻烦。好几次他找烦了，生气不想找了，可只要想想那个激动人心的数字，他便又去找。最后，大监狱都找遍了，连惠子的一根头发都没找着，把他气得差点背过气去。

不过，有一次他差点找着了。一天晚上，惠子所在的监狱有犯人越狱，他作为把持一方的大警长，不可避免地参与到了抓捕行动中。为此，他曾两次来过监狱。他知道，这监狱里关的都是些“几个口子”管不好的烂女人，最了不得的重犯，也就是个别串通相好谋害自己丈夫未遂的潘金莲。所以，他从没有专门到这儿来找过惠子，不可能的，这是常识。但既然来了，也可以顺便问一问，便问了：一个日本女人，名叫惠子，小泽惠子。被问的女法警在名册上认真翻看一遍，明确告诉他：没有这个人。

这是怎么回事？

其实，惠子被移交到地方法院后，她的名字变成了“魏芝”。这肯定不是谁有意为之，而是在移交过程中出现的差错，可能是因为办案人员没想到惠子是日本人，加上惠子发音的问题，一马虎，就成了魏芝。惠子知错不改是很可以理解的，如果那些狱友知道她是日本人，鬼知道她要多吃多少苦头。监狱里只有少数几个管事的狱头才知道她是日本人，至于她更详细的真实情况，只有监狱长一人知道。

冯警长没有去问监狱长，问了就好了，现在他虽然来过两次，有一次甚至惠子就在他眼前（犯人在球场上列队受训），他都无缘发现。看来，警长命里只有桃花运，没有发洋财的运。

这所监狱是由以前的一所女子教会学校改造而成的。学校原本就很封闭，石砌墙体显得坚固厚实，围墙高筑，门少窗小，现在主要是在围墙上加一道铁丝网，有点监狱的意思。走进去看，里面其实一点也不像监狱，柏树参天，石子小径，水泥浇筑的乒乓球桌，篮球场，大食堂，教学楼，寝室屋，都是学校的感觉。甚至走进教室，晃眼看去，一排排桌子、板凳，黑板上有板书，均是师生满堂的气象。只是仔细看去，才发现大不同，一张张桌子是缝纫机桌，板书是衣服的设计图案、尺寸什么的。

这里现在是一家制衣厂，对犯人的改造就是给前线官兵缝制衣服。惠子不会用缝纫机，做的是辅助工，给衣服钉纽扣，一天工作十多个小时，每天经过她的手的纽扣至少可以装备一个加强排。超负荷的劳动在一定程度上让她摆脱了时间停滞不前的纠缠和折磨，但尚不能完全摆脱。一天里总有那么几个钟点，比如早上醒来时，晚上入睡时，单独如厕时，工间休息时，一个人走过幽暗、潮湿的石子小径时，围墙外那位钢琴教师弹起钢琴时……这些都是她恐惧的时光，她会情不自禁地哭，有时是喃喃自语，有时是浑身难受，坐立不安，手脚哆嗦，像时间的指针扎进了她的身体里。寝室是间大屋子，住着包括她在内的十六名犯人，她的床铺在最阴暗的角落，从来吹不到风，也见不到阳光。

进来的头一个礼拜，每一天她都觉得度日如年，一分一秒，沉重如山，时刻压迫着她，令她喘不过气来，看不到将来，死亡的念头像手里的纽扣一样多，一样不离手：睡觉时摸到冰冷的铁床想到死，起床看到囚衣上的编号想到死（她的编号是一百七十一号），路过花坛看见油茶树开出白色的花朵时想到死，被狱友污辱时想到死，吃饭吃出一只屎壳郎时想到死，看到天上飞过一群大雁时想到死，从灰蒙蒙的窗玻璃里看到自己鬼一样的形象时想到死……有一天晚上，她梦见陈家鹄温存地抚摸她、亲吻她，她在梦中流出了热泪，激动得号啕大哭。可醒来发现抚摸她的是二十九号狱友，一个嘴上整天挂着“操你妈”的北方佬，她拿着一把从工场偷回来的剪刀，胁迫她就范。她把剪刀抢过来，往自己的喉咙刺，幸亏对方夺她的剪刀，偏了方向，只刺破了一层皮。

这件事轰动了监狱上下，狱头关了二十九号犯人一周的禁闭，对惠子（应该是魏芝）则给予了一定同情，给她换了床铺，跟她谈了话，还特意安排十三号犯人盯着她，怕她再受人欺负，又寻短见。犯人中有两个地下团伙，一是白虎帮，二是凤凰帮，十三号正是凤凰帮的头目，人称太后，因惠子长得有点像她已过世的妹妹，不免爱屋及乌心生好感，加以照顾。正是有了“太后”罩着，惠子后来的铁窗生涯过得相对平静。

主要是她找到了一件事做——写日记。

不知是因为悲伤过头失了语，还是怕人听出她的家乡口音，惠子入狱后几乎不开腔，别人跟她说什么，她总是以点头摆手作答。有一天十三号说她：“你是属猫的，整天不出声，不怕憋死啊。”惠子习惯地摇摇头，不过这一回总算出了点声，“我想写点东西。”她说。

就是说，她希望十三号给她搞来纸和笔。

这对十三号来说是小事一桩，便成全了她，弄来的本子还蛮高档的，套着蓝色塑料皮——用十三号的话说，是防水的。从那以后，惠子才彻底摆脱了想死的念头，她把所有的苦和痛都消耗在笔记本上，几乎所有闲暇时间都在孜孜不倦地写啊写，狱友们因此也都不叫她“171号”或是魏芝，而改叫她“呆子”了——该是“书呆子”的简称吧。

从峨眉山回来的当天晚上，陈家鹄就一头钻进破译楼里。他的办公室在海塞斯办公室的对面，楼上走廊的尽头，也是双门大开间，将近四十平方米，以前是图书资料室。

一个多星期前，老孙出发去峨眉山接陈家鹄时，陆从骏便开始忙乎陈家鹄的办公室，叫人把图书资料都腾到楼下，叫后勤处把墙壁粉刷一新，照着海塞斯办公室的设施全套布置：大写字台、大方形茶几、靠背椅、长沙发、橱子、书柜、黑板、保密箱、电话机、盆景植物、双层窗帘，等等。大东西布置完后，又叫他们张罗小玩意，茶具、茶叶、咖啡、烟缸、打火机、粉笔、铅笔、笔筒、圆规、角尺、镇纸，等等。

与此同时，由林容容一手负责给他安顿寝室，从床单到被褥，从洗脸盆到洗脚盆，从洗衣服的肥皂到洗脸的香皂、擦脸油、牙膏、牙刷，应有尽有，全是簇新的，有牌子的。那时，林容容还把自己当做他可能暗恋的人，一边布置一边满心欢喜地想，总有一天他会知道，这一切都是我一手操办的，那时他会有多么开心。她一心想要让陈家鹄走进房间时感觉惊喜，所以一再给自己提高要求，把每一个边边角角都洗了，擦了，东西一一安放到位，被子叠得跟豆腐块一样方方正正，连窗帘拉开到什么位置都用了心，比了较。可以说，她把什么都想到了，做到了，就是没想到——万万想不到，陈家鹄最后根本没进寝室！

林容容又是空欢喜一场。

不仅于此，对林容容打击最大的是，第二天她作为陈家鹄的徒弟提着热水瓶走进师傅办公室，准备给他泡茶时，陈家鹄板着脸孔问她：

“你来干吗？”

“我给你泡茶。”

“没必要，你走吧。”

“这是我的工作，我现在是你的助手。”

这是组织安排的，林容容和李建树是新手，需要有师傅带一下，陈家鹄和海塞斯必须各带一个。陆从骏出于可以想象的原因，想把他们捆在一起，遭到陈家鹄坚辞。

“那就让老李来跟我吧。”陈家鹄说。

这件事让林容容彻底看透了所谓“陈家鹄暗恋她”的本质：大谎言！弥天大谎啊！林容容忍了又忍，终于忍无可忍，斗胆去质问陆所长。在林容容眼泪的催逼下，陆从骏不得不承认事实。

“你为什么要这么骗我？”林容容委屈啊，不理解啊。

“这不明摆的吗，为了救他嘛。”这是事实，陆所长答得轻松自如。

“那你至少应该事后跟我说明情况啊。”林容容委屈至极，哭得更凶。

“现在说也不迟。”陆从骏恬不知耻地露出可恶的嘴脸，“我看出来了，你对他有意思，这很好嘛，而他现在确实也是孤家寡人一个，你们完全可以合情合理地接触交往嘛。恕我直言，我个人希望你们能够结成一对，这对党国的事业有百利而无一弊，你说呢？”

林容容哑口无言，只有眼泪在默默诉说着什么。

这是陈家鹄入黑室后的第七天，再过几天就是大年三十了。

不可思议，这么多天，除了上厕所，陈家鹄没有离开过办公室。办公室是寝室，也是食堂，也是健身场所。他在办公室里重复了病房的生活，一日三餐由人送，一堆人围着他转，所有的人都希望他早日结束这种生活。

这是种什么人的生活啊，没有生活的生活，不是在床上就是在办公桌前。他让人在办公室里临时加设一张钢丝床，困了就睡，醒了就起，就工作。与钢丝床同时搬进屋的，有一个稻草蒲团和一面桃木屏风。蒲团是他打坐用的，每天起床和睡觉前各打坐一次，每次三十分钟。这是他健身的方式，效果似乎奇好，有时感觉状态不好，头晕目眩，只要坐上半个钟头便精神焕发。屏风是用来掩蔽钢丝床的，有四屏，可以折叠，打开有两米多长，刚好把钢丝床挡在视线外。每一屏正反两面均印有窈窕的仕女图案，总共八幅，人人手持桃形扇子，翘着兰花指，穿着袒肩的纱衣，跣着三寸金莲，收腹挺胸，顾盼生姿。

以后，办公室内，每一处可以钉贴纸张的平面：墙上、橱上、柜上，甚至天花板上，都将钉贴上电报、地图、文件、图标等跟破译相关的资料。屏风是它们第一个占领的地方，屏风上画着仕女的地方又是率先被占领之处。他心里已经没有女人，所有想走进他生活的女人都将被赶走，哪怕是古代的，画上的。

除了与海塞斯和李建树在工作上经常有长时间的交流外，他跟其他人很少有交流，有往来，包括陆从骏，以致陆从骏在很久以后都还清晰记得他曾经同他说过的很多句话，以及说话时的表情——就是没表情，像一只铁匣子在说。

“我已经给你浪费太多时间，不想再浪费了。”这是他进黑室的当天决定吃住在办公室时，对陆从骏说的一句话。

“我不希望你常来看我，我需要什么会给你打电话的，现在我只需要你告诉我，你最希望我破译哪条线的密码。”

“你不该担心我的身体出问题，你该担心我的大脑出卖我。”

“什么时候我破译了这部密码，我就把它的尸体当楼梯走下楼去。”

这些话包含着对党国事业的无比忠诚和赤胆，即使陆从骏自己有时都不一定说得出口，可他张口就来，不迟疑，不含糊，不做作，没有注解，无须补充，像是一道经过深思熟虑的命令。开始，陆从骏总怀疑这是他阴谋的表面，担心他也许从哪儿听说了一些惠子的是非，他要用这种天花乱坠的言辞包裹自己险恶的内心秘密——鬼知道他关在办公室里在干什么呢，也许整天在压床板呢，他在用虚假的努力给你制造虚假的信心，以此达到报复你的目的。

可是，海塞斯和李建树都愿意用良心和眼珠子保证，他无时无刻不在努力工作着。他每天与他们开会，每次会上都抛出一大堆问题和设想，你从他提出的问题和设想中可以下判断，他一个人一天干的活比他们全处十七个人（包括楼下）加起来的工作量还要大。这肯定不仅仅是因为他有一目十行和过目不忘的神力，也包含了他废寝忘食的精神。

大年三十总该破个例，放松一下，出来和大家一起吃顿年夜饭。不！他用一个字拒绝了大家的盛情。你不下楼也可以，我们上楼来陪你吧。不！为此，他还又冒出一句很铿锵的话：

“我现在只有一个节日，就是什么时候我把密码破了，那时你们再来陪我补吃年夜饭吧。”他这么说，口气平静，像在说一个理所当然的决定。

这餐年夜饭，与他平时的夜饭相比，只有一点变化，就是菜碗里多了两只黄灿灿的大鸡腿，而他只吃了一只。虽然他也想把另一只吃了，可他怕同时吃下两只鸡腿，他的胃是满足了，他的大脑却可能因为胃里滞留过多的血导致脑部供氧不足，而提前向他发出就寝的讯号。

年三十都在为党国效劳，这成了陆从骏教育大家的活教材。其实，以前五号院里的大部分人都不知道破译楼里有这么一个人，这个夜晚，由于陆从骏在举杯向大家庆贺新年吉祥之际，对着一张空椅子说了一大通夸奖陈家鹄和勉励大家的话，使大家得以知道他的存在，并对他充满了敬意和好奇。从那以后，这个院里的每一个人，包括老孙手下的那只巴伐利亚牧羊犬，都开始默默地为陈家鹄祈求星辰之外的运气降落在他身上，好让他早日结束监禁生活，从楼里走出来，与大家吃一顿年夜饭。

不仅如此，连他的敌人，上清寺里的那些人，似乎也被感动得失去理智，开始暗暗地佑助他。这天晚上，姜姐盘起头发，穿扮老式，戴上一顶斗笠，腋下夹着一把雨伞，手上戴着一挽黑纱，匆匆上路了。

其实，好几天前，河内方面就发来电报，同意她离开重庆去河内过年。她一直拖到这天夜里才走，非她本意，实是相井出于讨好她的目的而干的好事。河内没有同意任何人走，包括相井本人，独独只给她一个人亮了绿灯，相井因此明白了一个道理：她是汪精卫床上的女人！换言之，冯警长不过是她的玩伴，而玩她的人是汪主席。这个惊人的发现让相井后悔莫及，因为此时汪大人的未来已经昭然若揭。他极力挽留她，是为了临时抱佛脚，争取一点向她献殷勤的机会。他以安全为由建议她年三十晚上走，被她接纳，于是为自己取悦她赢得了一点时间。在接下来的几天时间里，他把她当女皇一样伺候，竭尽全力给她编织一些美好的记忆，以便日后她在汪大人面前美言他，让他早日脱离这个鬼地方，有个腾云驾雾的灿烂明天。

包括她最后以这身走的装扮，也是相井献计献策的结果。这是奔丧的样子，很高明的一招。年三十，家里死了人，真是个可怜的人啊。年三十，值班的军警都偷偷喝酒去了，谁管谁的事啊。相井为姜姐这次出逃真是费尽心机，一定程度地注定了她一路上会万无一失的。

果然，姜姐一路顺利过关，十多天后安全到达河内。殊不知，这恰恰为后来陈家鹄破开特四号线密码提供了一个非常难得的契机。

陈家鹄说：“现在我只需要你告诉我，你最希望我破译哪条线的密码。”

陆从骏答：“当然是特四号线。”

海塞斯说：“正如你黑板上写的，现在我们侦控的敌台共有九条线，其中军事线五条，特务线四条。战争已经进入拉锯阶段，加上我们破译人手不够，连你在内总共只有五个人，上面决定暂时放弃军事密电的破译，当务之急就是要破译特务台，其中特四号线又是重中之重。”

海塞斯说：“现在已经确认，特四号线是汪精卫出逃到河内后与重庆地下潜伏分子联络的一条线路，其下线就是特三号线的下线。这两条线现在电报流量是特四号线明显多于特三号线，特四号线出来后电报流量一直很大，几乎每天都有往来的电报，而且电文都在中长以上。特三号线刚出来时也是这样，但是后来减少了，最近有所增加，但不是很多，有的也都是一些短电报。”

海塞斯说：“至于特二号线，最近一个月很少联络，电报更是少，可以说几乎处于半冬眠状态。你曾经怀疑它是敌特空军的气象预报台，现在我认为可以肯定，就是。这条线，现在事实上暂时也可以置之不理。最后要说的是特一号线，它是在特三号线出现之后不久恢复联络的，报务员和密码都换了，唯一没变的是机器，还是那台萨根用过的机器。萨根已经回国，电台的复活让我们可以想见他后继有人啊。”

这是陈家鹄回来后，海塞斯第一次跟他介绍工作情况。“最后我来说明一下为什么说首当其冲要破译特四号线，因为——”说到这时，海塞斯突然发现陈家鹄呆若木鸡，似乎根本没在听他讲，便揶揄地叫唤他，“嗨，陈先生，你在想什么？”见他没理会，又喊，“嗨，你听见我说的吗？”

陈家鹄这才有反应，“听见了，你继续说，我听着呢。”

海塞斯问：“我刚才说什么了？”

陈家鹄说：“你说上面做了这个决定那个决定，我还正想问你，你说的上面是指谁？”

海塞斯一听即明白，他只听了个开头，后面根本没听，便没好气地说：“你的上面是我，我的上面是陆所长，陆所长的上面自然是杜先生，而杜先生的上面应该是委员长，我想这决定应该是出自你们委员长的。就是说，委员长给我们下达的任务是反特，把特务揪出来，让重庆太平。但你的心思我看还留在峨眉山上没回来，这怎么行？时间很紧迫啊，你们委员长还指望我们尽快破译特四号线，从而寻到汪精卫的行踪，把他抓回来呢。”

陈家鹄埋头思索一会儿，抬头诚恳地说：“刚才我好像走神了。”

海塞斯说：“不是好像。你完全走神了。”

陈家鹄说：“可我好像又想到了什么，是什么呢？”

海塞斯毫不掩饰心中的不满，“是峨眉山上的雪景吧。”

陈家鹄好像没听见教授的嘲弄，仍旧痴痴地喃喃道：“什么？它是什么？怎么回事，它就在我眼前，我怎么就想不起来？”抬头乞求地望着海塞斯，“真的，我好像发现了什么，可就是想不起来，真见鬼。”

海塞斯说：“那你就好好想吧。”便走了，气呼呼地。他觉得这人有点让他陌生，或者说他以前的独特性不见了，变得像他身边的其他中国人一样不诚实，爱装腔作势，不肯承认自己的错误。换言之，他觉得陈家鹄这种样子是装出来的，不过是骗人的把戏。

其实，陈家鹄又犯了他的老毛病：迷症。也许跟那次头部受伤有关系，也许跟他当下求胜心切的心理有关，或者别的什么原因，总之，现在他的迷症老毛病似乎加重了，病发的几率在明显增加。以前，他一两个月才会犯一次，现在几天就会来一次。犯迷症时，记忆和时光都是被切掉的，这是一种病，现在陈家鹄和海塞斯都还没有意识到。

接下来的日子里，陈家鹄经常出现这种症状：教授在说，他在听，可听着听着就走神了，回过神来又总是说刚才好像想到了什么，试图极力想把它们搜索回来，却常常搜得痛苦不堪又一无所获。有一次，很奇特，他走神时，嘴里念念有词的，好像是在念一首诗，反复念。念到第三遍时，海塞斯终于把它听清并记录下来，如下：

全身有骨二零六，
配布四肢一二六。
上比下肢多两块，
余下八十在中轴。
面颅十五脑颅八，
每侧鼓室藏着仨，
加上躯干五十一，
中轴八十刚好齐。

他醒来后照旧没有记忆，好在这回有东西。海塞斯把记下的东西给他看，并试图帮助他搜索这首所谓的诗可能附有的深层意思。因为这里出现了很多数字，海塞斯觉得这里面可能藏着某个破译灵机。可他费尽努力搜索，依然无果，为此甚至痛苦得抱着头乱打转，让海塞斯看得都同情了。如是反复再三，也引起海塞斯的重视，他觉得这可能是陈家鹄的一种天才怪异现象，走神的表象之下，大脑其实在经历着极速运转，正如悲到极限时常常呆若木鸡一样。

海塞斯之所以这么想，是因为他自己身上也曾有过这种怪状，年轻时他经常是在与女人做爱时——在高潮来临时——在浑身痉挛、大脑被燃烧的血烧得要爆炸时——获得破译的灵感。按说，这时大脑是一片空白，可好几次他都在这期间听到天外之音——像天空被闪电撕开口子，像山崩地裂，像火山爆发，谜底就这样在剧烈的黑暗和阵痛中迸发、显现。为什么他那么迷恋女人？他是在冥冥地祈求灵感呢。这说来是一件荒唐的事情，可世上哪有比密码更荒唐的事？一群天才聚在一起，用天文数字在做藏猫猫的游戏，听上去很荒谬，很好玩，然而很多天才就因此而疯掉，更多的天才是被活活憋死。

密码！

该死的密码！

荒谬的科学！

该死的游戏！

当海塞斯意识到陈家鹄的走神有可能是一种天才接近天机、酝酿灵感的异象时，他开始有意识地引导他进入这种状态，期待能够出现一次奇迹，让他把失去的记忆——也许是一个至珍的灵感——从黑暗中收拾回来。引导的方式其实很简单，就是你跟他滔滔不绝地谈事，最好谈那些他可能熟悉了解的事，他听着觉得有趣又不要太有趣，太有趣了你讲的东西把他迷住了不行，太无趣你让他烦了也不行，必须介于有趣和无味之间，要让他坐得住又分得了心，走得进去又走得出来，像在重温一册好书、一部好电影。海塞斯天真地想，就陪他玩玩吧，他身上有太多神奇的一面，多一个奇迹也不是不可能的。

就这样，海塞斯像个催梦师一样，一次次把陈家鹄引入迷症中，他不知道这有多么危险。事实上，每一次迷症都有可能把病人定格在迷魂中，那就是永久的失忆，就是灵魂出窍，就是精神分裂，就是脑子烧坏，像烧掉的钨丝。打个比方说，迷症中的人，犹如电压急骤升高的电灯，亮度会增加，但如果太亮，持续的时间太久，钨丝随时都可能烧掉。正确的做法是，每当人犯迷症时，要及时、巧妙地引导他出来，既不能突然断喝，猛然把他叫醒，又不能袖手不管，最好是放一点病人平时爱听的音乐，或者让病人的亲人、朋友，总之是病人平时熟悉的声音，慢慢引导他出来。可想，海塞斯一次次把陈家鹄引入迷症中是多么无知又危险，何况陈家鹄大脑才受过伤。

然而，有道是，大难不死，必有后福。死神是个大鬼，病魔不过是个小鬼，陈家鹄能把那么强大的死神逼退、击败，那些小鬼似乎都不敢沾惹他了。所以，一次次迷症，虽然来得那么频繁，他都涉险而过：因为无知，如履薄冰，变成了如履平地。然后，有一天奇迹降临也就不足为怪，正如乱剑杀人一样，有点乱中取胜的意思。

伍

奇迹是在元宵节的前一天降临在特一号线上的。

陈家鹄回来后，陆从骏曾召集破译处全体人员开过一个动员大会，给他们吹冲锋号。会后，海塞斯又把陈家鹄、郭小冬、李建树、林容容叫到一起，在楼上开了一个小会，明确了一下分工。五个人，四条线，陈家鹄全权负责最重要的特四号线；特二号线最次要，暂时要破译的条件也不成熟，但又不能完全放弃它，得有人盯着、养着它，这个任务交给了郭小冬；海塞斯全权负责特一号线；林容容和李建树合力负责特三号线——因为俩人还需要师傅领路，所以这条线其实也可以说是由海塞斯和陈家鹄俩人共同负责。对此，陈家鹄曾有不同意见，他建议海塞斯单独来负责特三号线，理由有二：一、这条线出来之初海塞斯就在高度关注，深入研究，而对陈家鹄来说完全是新的，一点不熟悉，要介入进去会耗很大精力，不划算；二、特一号线是复出的，当初的密码也是陈家鹄破的，他相对比较熟悉，容易做指导（其实另有隐情）。这个相对合理的建议，最终没有被海塞斯采纳，也许正是因为他深入研究过特三号线，知道它的厉害，不想去啃硬骨头。说真的，他现在需要成果，否则就真成了“眼高手低”的大师了。

陈家鹄太想介入到特一号线密码的破译中去，因为这条线以前是萨根的，他想从中捕捉惠子的信息——这就是隐情。所以，他一直在悄悄关注它，不时主动跟海塞斯提起。这一天，他又说起来，问海塞斯最近有什么新进展。

海塞斯说："我担心它可能会启用完全跟老密码不相干的新密码，因为中间这条线静默了将近半个月，如果启用老密码的备用密码，也就是我们通常说的B本密，不应该静默这么长时间。你觉得呢？"

陈家鹄说："我不知道。但我知道，当初你坚决不想让我插手这条线时，我就知道你在这样想，你担心我会落入A本密的老思路中，陷入泥潭，不能自拔。"

海塞斯说："担心是真的，但不是担心你陷入泥潭。是的，一部密码研制出来后都分主本和副本，俗称A本和B本。如果A本在使用过程中被损坏，启用B本是毫无疑问的，但这次敌人明知我们已经破译A本，而且中间电台又静默这么长时间，我确实担心他们是启用了全新的密码。"

陈家鹄说："有理。"

海塞斯说："如果我的担心属实，特一号线远还没有到实质破译阶段，因为电报流量还不够，我先给你做些铺垫工作，等你破掉特四号线后回头再来对付它时可能会顺利一些，绝不是怕你陷入泥潭不能自拔。你有盖世神力，怎么可能陷入泥潭？"

陈家鹄说："你给我上麻油呢。"

海塞斯说："你听我说完，我现在其实有新想法。确实，正常情况下特一号线启用老密码B本的可能性很小，但现在的情况并不正常。第一个不正常，特一号线复出后电报流量锐减，还没有以前三分之一的流量。第二个异常，这条线原来掌管电台的萨根已经出问题，身份暴露，而且人都已经走了。掌管电台的人一般是小组老大，老大出了问题，敌人对这个小组可能会另眼相看，不信任。对一个不信任的小组，上面还会不会给他们一部全新的密码？我认为不会。可是抛弃它吧又会觉得可惜，这种情况下，我觉得上面很有可能给一部老密码的B本，吊着它。你看呢？"

陈家鹄说："我觉得你有点一厢情愿。因为萨根身份暴露就把整个小组看成二等公民，这想法太牵强。萨根身份虽然暴露，可由于他有外交官的特殊身份，我们既不能抓他也不能审他，实际上对这个小组没有根本性的伤害，凭什么怀疑整个小组？何况萨根现在已经走了，连后顾之忧都没了。我倒在想，特一号线复出后电报流量减少，可能跟特三号线的冒出来有关。你以前也说过，特一号线复出后，特三号线的电报流量也变小了。所以，我想两条线可能在一个小组内，之所以设两条线，是想迷惑我们。”

海塞斯说：“我也这样想过。”

陈家鹄说：“所以，你不妨把特一号线的电报也拿来给我看看。”

当天，海塞斯把特一号线复出后的总共三十七份电报和相关侦听日志都抄录一份，交给了陈家鹄。后者连夜看，最后对其中一份电报产生了极大的兴趣，他总觉得这份电报有点怪，感觉像一堆人当中，其他人都着西装革履，穿得十分周正，独独一个人穿得怪诞，好像没穿外套，显得很不协调。至于为什么会这样，他一时也想不清楚。反复研究侦听日志，他也注意到这部电台的下线有两个报务员：一个手法娴熟，是老手（姜姐），一个生疏，是新手（黑明威），而且后来老手不见，全由新手在作业。但这并没有给他什么启发，从某种意义上说，一个新人刚上机作业由师傅带一段时间，这是很正常的，就像他现在带老李一样，带一段时间后新人自然要独立工作。

思而未果，他带着疑问上床睡觉了。

第二天，海塞斯照例来跟他交流，指望又把他引入迷症中去。陈家鹄正在继续思考昨天夜里没有想通的问题，便把这份电报找出来给海塞斯看，并将自己的疑问抛出来，向他讨教。

海塞斯说：“你说的这个情况我也注意到了，但我想这不外乎两个原因，一是发报的人因为独立工作不久，手生，加上当时可能精力不集中，发报的错码率很高。另一种情况是我们的侦听员在抄收时由于信号不好，或者精力不集中，或者水平的问题，抄收的错码率太高。错码率太高，给我们感觉就有点怪，四不像了。”

海塞斯说：“你也许会说，我们现在还没有破译电文，怎么可能感觉得出来错码的多和少？其实这道理很简单，打个比方，我现在不懂越南语，但由于我反复研看，我对越南语的字形已经有基本的熟悉度，如果在一堆越南语中突然冒出一些四不像的怪字符出来，比如冒出韩文，我虽然不明其意思，但照样可以感觉出怪诞来的。所以，我认为你提出的这个问题，就是这两个原因造成的，错码太多。”

海塞斯说：“我认为，要破译特一号线，我们只能从一个角度进入，就是这些电报中会出现一些固定的词，比如萨根的名字，他走了，回国了，下面应该会向上面报告；还有我的名字。”说到这里，海塞斯把他曾跟姜姐相好后闹出的一堆麻烦事向陈家鹄一一说了。

就在说这些时，海塞斯发现陈家鹄又进入迷症状态。为了让他沉醉其中，海塞斯继续找话说：“我的名字将不止一次出现在这些电文中，从最初向上面举报我在这里，到后来我被逼走成功，他们肯定也会向上面汇报。这些名字在几份特定电报中的固定存在，犹如黑屋子的天窗，也是我们现在唯一可以钻的空子，找到天窗就可以破窗而入……”

这时，海塞斯听到呆若木鸡的陈家鹄突然痴痴地说：“密表……密表……密表……”连说好几遍，且声音越来越大，直到最后把自己吵醒。醒来后，陈家鹄依然不记得刚才在想什么。海塞斯提醒他说：“你刚才不停地在嘀咕，密表，密表，我想你是不是……”话音未落，陈家鹄腾地从沙发上跳起来，大吼一声：“我想起来了！”

这次记忆没有丢失！后来，正是靠着这个危险又珍贵的记忆，他们成功破开了特一、特三号线的密码，包括特四号线其实也破了，只是由于……怎么说呢，成果暂时还不能享用，要等待另一个契机来把它激活。

话说回来，那一天，姜姐乔扮成孕妇来同黑明威见最后一次面时，交给黑明威一包东西，其中有一样东西是特一号线密码的密表。所有密码都由密本和密表两部分组成，密本是主

体，体积大（少说有几本大字典那么多），一般都专门配有一只箱子。这么大的东西，姜姐不可能天天随身带着，所以平时就放在黑明威的房间里。但密表只有一册书那么大，完全可以随身带，姜姐就是这样的，为了安全起见，密表她是一直随身带着。这样既可以制约黑明威私自乱发电报，同时，万一黑明威被捕，房间遭搜查，密本被缴获，至少还有密表可以最后挡一下，是最后一条防线的意思。姜姐身份暴露后，不便再经常出来露面，便把密表交给黑明威，让他一手负责电台。

此时，黑明威已经学会如何操作电台，如何使用密码理论上也已经知道，但毕竟还没有实践过——这是后来他用错密码的原因之一。原因之二是，姜姐把密表本交给他时亲昵地拍了一下他的脸蛋，这个挑逗性的小动作一下把他推到从未有过的意乱情迷的状态。姜姐哪里知道，他还是一个绝对的处男，还不曾被女人这么挑拨过。随后，姜姐走了，他顺手把密表本一丢（丢在书架上）惶惶地追出去，后来又惶惶地回来，心里全是姜姐的影子，那本密表本被搁在书架上，当时根本没放心上，后来要发报时也没有想起来。

当然，那只放密码本的箱子他是不会忘的，这是他房间里最需要保密和保护的东西，平时放在床底下，每次发报前姜姐总是把它拿出来，对着它译报。译报很简单的，用他师傅（姜姐）教他的话说：就跟查字典一样。正因为简单，他第一次实践也没有遇到任何麻烦，很快对着密本把文字都译成了电文。可他忘了这只是程序之一，之后还要给这些电文用密表再打扮一下，形象地说，就是还要给它加穿一套外衣。

电报就这么发了出去！

这就是那天晚上令陈家鹄觉得十分怪异的那份电报，没穿外套的，而陈家鹄在迷症中恰恰是想到了这点：报务员在译电时忘了加用密表。至于为什么忘，是因为马虎，还是不懂，还是什么原因，陈家鹄并不知道，也不需要知道，关键是他想到造成这种怪异的原因可能跟漏用密表有关，这就够了。

那么这想法对不对呢？

可以马上验证的。如果确实如此，上线在收到这份“裸电”后必将立即给下线回电，提醒这个问题，一般这份电报会短。就是说，只要查一下侦听日志，看一看这份裸电发送成功之后，上线是否立刻给下线发短电一封。一查，果然如此，四分钟后上线即回复一封只有七个字的短电。

那么这封短电会说什么呢？这个意思就非常局限，肯定是在提醒或者骂下线漏用密表。只有七个字，又是那么局限的意思，要对上去不会太难的。海塞斯当即把楼下的四位分析师喊上楼，一起来“排句”。所谓排句，就是根据特定的意思（即提醒或骂下线漏用密表）和要求（七个字）造句，把相关的句子全排列出来。因为字数少，意思又这么明确、局限，可以造的句子数量也是有限的，几个人绞尽脑汁，搜肠刮肚，最后也只罗列出一百多句。然后，把这些造句请演算师一一去演算，如果哪句话的演算出现归零，就说明对上了，就是它了。最后，演算证明这句话是：

笨蛋你没加密表

千里之堤，溃于蚁穴。这行傻乎乎的“七律诗”，便是这部密码的蚁穴，裂缝，破绽，断口，天窗……至此，这部密码告破已是指日可待。三天后，在破译处全体人员夜以继日拼命捣鼓下，特一号线的“密码大厦”轰然坍塌。再说，本来陈家鹄和海塞斯都在怀疑特一号线和特三号线是同一个组织，现在密码在手，自然要去试探一下——不是举手之劳嘛。

一试，呵呵，没错的，就是一回事，它们是个连体人，心连心，手挽手，生死与共。对黑室来说，一枪撂倒俩家伙，开心啊，快活啊，爽啊。可能是爽过了头，不论是海塞斯，还是陈家鹄，还是陆从骏，还是……总之，所有的人，都没有想到，这个“连体人”居然还连着一个，就是特四号线。如果有人想了，那真是要爽死人，不就是再举一下手嘛，特四号线就完蛋了。事实上，此时它已经完了蛋，可由于根本没人去这样想，暂时尚能苟延残喘一阵子。

为什么没人去想？当然不是因为得意忘形，高兴得昏了头，甚至恰恰相反，是因为太清醒，太明白一些规矩、常识。试想，汪精卫是什么人嘛，人上人，马上又是要当总统的大人物，日帝国眼里的心肝宝贝，大红人，怎么会那么贱，那么卑微，要跟人合用一部密码？问题就在这里，大家把他想高了，把一只青蛙当做了老虎。确实，当时包括蒋介石在内都没有想到，汪精卫寄人篱下的境况会那么惨，基本上就是个瘪三货色。

话说回来，既然特四号线还“活”着，陈家鹄肯定还得忙，海塞斯作为他寻觅灵感的搭档，自然也闲不下来。由于刚尝过迷症的甜头，这下俩人都迷上了这玩意，他们不知道这游戏的危险性，无知而无畏，一时间简直疯狂地玩上了。好在陈家鹄有鸿运罩着，常在河边走，就是不湿脚。鸿运也包括姜姐无意中的鼎力支持，要不是她及时出现，危险的游戏老这么玩下去，保不准哪天就出了事，湿了脚——一失足成千古恨。所以，归根结底，陈家鹄的平安无事，得对姜姐的及时出现鞠一个躬。

姜姐是正月十三，也就是陈家鹄从迷症中捕捉到珍贵记忆的前一天，到达河内的，她错过了与汪大人一起吃年夜饭的机会，但赶上了过大年，正月十五，闹元宵，吃汤圆。没有一错再错，还算是不错。人在客乡，东躲西藏，日子其实并不好过，蛮煎熬的。但因有似锦的前程鼓励着，有盼头，他们还熬得住，苦中有乐啊。但有人熬不住，生病了。谁？就是最先跟汪大人出来的报务员，那个姓裘的杭州姑娘，重感冒，发高烧。发高烧怎么工作？这不，汪大人有急事要跟相井联系，怎么办？

没事，姜姐不是会嘛，顶一下吧。

就顶了。

其实也就是忙乎了半个钟头，发了一份并不长的电报。可他们哪里想到，姜姐的中指头刚用上功，属于是试音性质地刚敲了几下发报键，这边的蒋微就用耳朵把她“认”出来了。

一个原来特一号线下线的报务员突然出现在特四号线的上线上，在汪贼身边！至此特四号线终于活到头。如果说之前谁都没想到它们是“三连体”，那么这时候谁都会这么去想。

想了就好，试一下吧。

一试，呵呵，历史重演了！

就这样，从此，汪贼一行的足迹逐渐暴露出来。一九三九年三月二十一日子夜时分，河内高朗街二十七号洋楼内枪声大作，一场蓄谋已久的刺杀汪精卫的行动精彩上演，死伤者的血从三楼一直流到花园里，钻入泥土，其中一定有一个美女告别人世的血，那便是姜姐。一度怀疑也有汪精卫的断魂血，但事后证实，这是个谣传。那天晚上，汪精卫临时与曾仲鸣换床而睡，曾替汪而死，汪贼侥幸不死，似有天意。

老天注定他还要臭上加臭，臭名昭著，遗臭万年。

虽然杀贼行动告败，但这并不影响陈家鹄的声名秘密地远播和身价大涨，这个把死神赶走的年轻人眼下正红得发紫，从头到脚都红彤彤的，虽然他深爱的女人生不如死，虽然他的目光里饱含孤独的神情，虽然他的生命遭受着可怕迷症的威胁，虽然延安的同志对他念念不忘、情有独钟，虽然他至今尚不是党国的人，虽然——虽然——但是，不管怎么样，从五号院到三号院，乃至一号院，凡是该知道他的人都对他满怀敬意，凡是该有的荣誉都对他毫不吝啬，凡是该给他的特权都对他全面开放，而他在性情包括信仰上存在的这个缺点那个瑕疵，凡是该原谅的一概原谅。总之，他有点像神了。

（本部完）

2010年12月3日改完本部

于**北京银行杭州分行**会所